守覚法親王全歌注釈

小田剛

和泉書院

目次

凡例 …… iv

北院御室御集

春 1〜29 …… 一
夏 30〜45 …… 三
秋 46〜84 …… 五〇
冬 85〜108 …… 九三
雑 109〜145 …… 一一八

書陵部本拾遺　北院御室集

春 146〜162 …… 一六二

夏　163〜178　……　一八一
秋　179〜201　……　一九九
冬　202〜217　……　二一二
雑　218〜240　……　二三七

守覚法親王百首　詠百首和歌

春廿首　241〜251　……　二六一
夏十五首　252〜256　……　二七三
秋廿首　257〜262　……　二七八
冬十五首　263〜266　……　二八四
祝五首　267〜270　……　二八九
恋十首　271〜280　……　二九四
鳥五首　281〜285　……　三〇三

三百六十番歌合　正治二年　286〜288　……　三一〇
新時代不同歌合　289　……　三一二
月詣和歌集　290　……　三一三

夫木和歌抄 291〜306 ……… 三一四
平家物語〔覚一本〕 307 ……… 三一七
源平盛衰記 308 ……… 三一八
▽（補遺）
新古今和歌集 309 ……… 三一九
夫木和歌抄 310・311 ……… 三二〇
御室五十首 312〜316 ……… 三二二
付　記 ……… 三二六
索　引
全歌自立語総索引 ……… 三四七
五句索引 ……… 三七二

凡例

一、本書は、新古今随一の閨秀歌人たる式子内親王の一つ違いの弟である守覚法親王（薨去もちょうど一年後）の全歌の注釈を試みたものである。守覚法親王は、新古今を代表する名歌「春の夜の夢の浮橋とだえして峰に別るる横雲の空」（38・春上・定家）の収められている御室五十首（仁和寺宮五十首・508）を主催された方として、つとに著名である。

二、守覚法親王の歌（及び詞書など）の本文について、1〜145は、神宮文庫蔵本（三、一三八〇・一）「北院御室御集」（林崎文庫）によった。なお1〜145の歌番号は、『新編国歌大観　第四巻私家集編Ⅱ定数歌編』に基づいた。さらに146〜240は、宮内庁書陵部の「守覚法親王集」（図書寮、2969、1冊、501—314）、241〜285は、神宮文庫蔵本「守覚法親王百首」（林崎文庫。三、一二二六）、286〜308は、古典文庫『式子内親王集・守覚法親王集』259〜262頁に指摘された、1〜285以外の、収載漏れの歌であり、順序も古典文庫の記載順に従ったが、本文は、各々『新編国歌大観』に拠った。さらに309〜316は、勅撰集（新古今）、私撰集（夫木抄）、御室五十首の、308まで以外の守覚詠であり、これも表記は『新編国歌大観』に従った。146〜316の歌番号は私に付した。

二系統に分かれるという現存諸本のうち、第一系統は、1〜145の神宮文庫蔵本であり、まずこれを初めに置いて、次に守覚の全歌の注釈を目ざすという立場から、神宮文庫蔵本にない95首を第二系統の宮内庁書陵部蔵本より補い、さらに、以上の二書に見えない歌を神宮文庫蔵「守覚法親王百首」及びその他によって補足した。

1〜285の翻刻の方針としては、原本に忠実である事を旨としたが、濁点を付し、新字など現行通行の表記（例、聲→声、哥→歌）に従った。ただし読み易さを考慮して、適宜、〈　〉内にヨミや漢字を付した。底本の歴史的仮名遣いの誤りはもとのままとしたが、巻末の和歌の自立語や五句索引は訂正したものを用いた。また本文の欠けたもので、他本によって補えるものは、〔　〕の中に補足した。

三、注釈は、【校異】、【語注】、【（口語）訳】、【本歌・本説】、「補説・参考事項・参考・類歌」（＝▽）の順とした。また各歌の〝移り変わり〟にも留意して、▽の初めに指摘しておいた。さらに【参考】は、勅撰集において①7千載集、私撰集において②10続詞花集、私家集において③129長秋詠藻（俊成）、定数歌集において④30久安百首、歌合、歌学書、物語、日記等において⑤174若宮社歌合建久二年三月あたりまでとした。【類歌】は、それ以後――①8新古今集、②11今撰集、③130秋篠月清集（良経）、④31正治初度百首、⑤175六百番歌合より――である。

1、詞書（題）についても、【訳】は〈　〉として付したが、あまりにも自明なもの（例、「立春」、「返し」等）や二度目のものは除いた。

2、校異は単なる表記上の違い（例、はる―春、霞―かすみ）や繰り返しの記号などは省いたが、諸本を考える上での参考にすべく、少しく詳しいぐらい掲げる事とした。校異の略称については、次の如くである。

北院御室（御）集＝守覚（法）親王（御）集

書…宮内庁書陵部本（501―314）＝146～240の底本――第二系統

内…内閣文庫本（201―340）――第一系統

河…河野信一記念（文化館）本（346―839）――第一系統

東…東大国文本（本居帙109―1656）――第一系統

榊…『榊原本私家集㈢』（日本古典文学影印叢刊11）本――第一系統

以下は活字本であり、前述の右の諸本と重複するものもあるが、参考のため校異に加える事とする。いうまでもなく重複するものは、前述の諸本を優先した。

私Ⅰ、私Ⅱ…『私家集大成　中世Ⅰ』17守覚法親王Ⅰ・神宮文庫蔵本（156～160頁）＝1～145、18守覚法親王Ⅱ・書陵部蔵本（160～165頁、五〇一・三〇（ママ）四）＝146～240の底本と同じ

国…『新編国歌大観　第四巻 私家集編Ⅱ 定数歌編』の「守覚法親王集」（神宮文庫蔵本）＝1～145、「書陵部本拾遺」＝146～240

宮、神、東、天、群、続…『古典文庫』の「守覚法親王集」の「宮内庁書陵部本」（＝私Ⅱ、国）、「神宮文庫本（底本）」（＝私Ⅰ、国）、「東京大学附属図書館本」（「東大国文本」と同じ）、「天理図書館本」――第一系統、「群書類従所収本」――第一系統、「続国歌大観所収本」――第一系統

守覚（法）親王百首＝詠百首和歌

神百…神宮文庫本（三／1226）＝241～285の底本

内百…内閣文庫本（201―340）

書百…書陵部本（152―66）

林百…神宮文庫本（三／809／1）

森百…大阪市立大学付属図書館・森文庫本（911・148・SHU）

以下は活字本であり、前述の諸本と重なるものもあるが、北院御室御集同様、参考のため校異に加える事とする。これもいうまでもなく重複するものは、前述の諸本を優先した。

神百、宮百、続群…『古典文庫』の「守覚法親王百首和歌（＝正治初度百首）」の「神宮文庫蔵「守覚法親王百首」」＝241～285の底本と同じ、「宮内庁書陵部蔵「守覚法親王百首」」＝書百、「続群書類従所収のもの」

古百…古典文庫489『中世百首　六』「詠百首和哥」（沙門守覚）―仁和寺蔵、守覚自筆

3、勅撰集の本文については、おおむね『新編国歌大観　第一巻　勅撰集編』に拠った。古今集は後述の「新大系」に基づいた歌もある。

4、略称は以下の如くである。

歌題索引…『平安和歌歌題索引』（瞿麦会編）

歌枕索引…『平安和歌歌枕地名索引』（大学堂書店）

古代地名索引…『日本古代文学　地名索引』（ビクトリー社）

歌枕辞典…『歌枕歌ことば辞典・増訂版』（笠間書院）

歌ことば大辞典…『歌ことば歌枕大辞典』（角川書店）

新大系…岩波書店刊の「新　日本古典文学大系」のシリーズ

和泉…和泉書院の「和泉古典叢書」のシリーズ

式子注釈…『式子内親王全歌注釈』（和泉書院）

百首・本文考…千草聡「『守覚法親王百首』本文考」（『日本語と日本文学』第18号）

1

[1]北院御室[2]御集

[3]守覚法親[4]王

[5]春[6]

[7]立春

1 年なみの[8]たちか[9]はりぬるしるし[10]にや[11]／こほりし水も[12]したむ[13]け《せ》[14]ぶ[15]なり[16]。

【校異】1「書籍館印」「浅草文庫」「和学講談所」の印あり（内）、「紅梅文庫」の印《ハンコ》あり（河）、「本居」技 五五二二《三》の印あり（東）。2御—ナシ（書）。3守覚法親王—ナシ（書）。4王—王後白川院御子。覚性第子（ママ）安元（ママ）年三月六日寂（河）。5集中不載顕昭敦経雅頼（河）。6春（位置—河、東…以下略）。7立春（位置—河、東…以下略）。8たち—立（河、東）。9は—へ（玄玉集）。10に—あれ（玄玉集）。11歌二行目一字下げ（榊…以下略）。12した—下（内、河、東、榊）。13け《せ》—せ（書、内、河、東、榊、国）。14ふ—に《ふ》（東）。15なり—らん（内）。16。—ナシ（書、内、河、東、榊、国…以下略）。

【語注】**○年なみ** 勅撰集では新勅撰初出四例。式子一例（70）、他③130月清639、1398、131、拾玉4938、132壬二983、133拾遺愚草1290、④10寂蓮1など、この時代に用いられつつあった詞なのであろう。あと堀河百首1106（冬「除夜」匡房）、永久百首4「うちなびきけふ立ちかへるとしなみのよらぬみぎはあらじとぞ思ふ」（春「元日」忠房）、③100江帥153、六百番歌合845（恋「老恋」顕昭）など。散文作品には用例がなく、年の重なるのを波に寄せた歌語である事が分る。ここでは単に「年」というほどの意か。「波」の縁語「立ち」。③130月清446「やまがはのこほるもしらぬとしなみのながるるかげはよどむひぞなき」（治承題百首「歳暮」）。**○たちかはり** 「立春」で年が立ち変わる。永久百首4は、後述の玄玉集356（守覚）と同じ「立ちかへる」。**○しるし** 姉式子のA、B百首の冒頭歌（春）に、1「春もまづしるくみゆるは音羽山…」、101「…春の色むなしき空にまづしるき哉」がある。**○しるしにや** 「しるしあれや」（玄玉集）は字余り。正しい「文字あまり」というものは、必ず句中に単独母音「あ」「い」「う」「お」のいずれか一つを最小限含んでいなければならない（宣長の説）。**○したむせぶ** 恋歌的、また漢語的詞。八代集一例・後拾遺707「わすれずよまたわすれずよかはらやのしたたくけぶりしたむせびつつ」（恋、実方）。また「咽ぶ」も新古今の三例（215・式子、801、1324・定家）のみ。「咽ぶ」も漢語的詞。一方、守覚は用例多く四例。新撰朗詠集426「幽咽泉《いうえつたるいづみの》流氷下難《ながれはこほりのしたになやむ》」（管絃「琵琶引」白。「幽《ニ》咽《ブ》泉流《ハ》氷下《ニ》難《なやメリ》」と読むものもある）、和漢朗詠集463「隴水凍り咽んで流るること得ず」（「管絃」五絃弾）、新古今631「かつこほりかつはくだくる山河の岩間にむせ《す》（新編国歌大観）ぶ暁の声」（冬「題しらず」俊成。文治六年〈1190〉三月、五社百首「氷」、日吉社奉納分）。「咽ぶ」は、万葉集に二例あるが、勅撰集では千載までほとんど用いられる事のなかったこの語を、漢語を通して新古今歌人らが、歌に歌い込んだものではなかったろうか。1の下句の「こほり」「水」「下」「咽ぶ」が、二つの漢詩に通っている。さらに付言すれば、この「咽ぶ」は、新古今801「おもひいづるをりたくしばの夕煙むせぶもうれしわすれがたみに」（哀傷、太上天皇）の「此「むせぶもうれし」は、小歌調である。」（『折口信夫全集』第八巻「新古今前後」396頁）の「咽ぶ」でもある。**○なり** 「「なる」は、耳から聞いた認識を感動をまじえて表現する語。…伝聞推定という術語はよくない。」（新書・古今140）とされる。

【訳】年がすっかり変ってしまったあらわれであろうか、氷り果てていた水も下のほうで咽ぶような声、即ち次第にとけてゆく音が聞こえるようである。

▽年の明け変ったしるしか、氷った水も下の所で咽ぶかのような音をたてると、上句（一、二句）は永久百首4、下句は漢詩に因って、「立春」を聴覚詠で歌い初める。13玄玉和歌集356、巻四、時節歌上「立春の心をよませ給ける」

二品親王仁和寺。

【参考】③122林下1「けふこゆるはるまちがほにあふさかのせきのし水もしたむせぶなり」（「…、立春」）

【類歌】①9新勅撰702 704「山河のいしまのみづのうすごほりわれのみしたにむせぶころかな」（恋一、如願法師）

鶯

2　おく山の谷のふるすのうぐひすも／たかきにうつる春[1]に[2]あ[3]ひ。[4]《にイ》けり。

【校異】1春―時天・群・続。2にあひ。《にイ》―はきに（河、東）。3あひ。《にイ》―逢に（内）。4。《にイ》―ナシ（榊）、に（国）。

【語注】○谷　勅撰集、主な定数歌集、私家集をみても、式子（三例・冬）とは逆に、冬よりも春の用例の多い事が知られる。守覚は316首中12例と、式子（400首中8例）以上の使用の割合であり、内訳は春4（うち「鶯」3）、夏、秋各1、冬3、山家2、雑1例と春が多い。　**○谷のふるすのうぐひす**　①詞花259 258「うぐひすはこづたふはなのえだにてもたにのふるすをおもひわするな」（恋下、律師仁祐）、同260 259「うぐひすは花のみやこもたびなればたにのふるすをわすれやはする」（恋下「かへし、…」大僧正行尊）、④421源氏物語356「めづらしや花のねぐらに木づたひて谷のふる巣をとへるうぐひす」（初音（明石の君））。　**○うぐひすもたかきにうつる**　③19貫之872「こち風に氷とけなば鶯のたかきにうつる声とつげなん」（「おなじもとなつがもとより」）、④30久安百首8「はるごとにたかきに移る鶯やくらゐの山のありすなるらん」（春二十首、御製）、③129長秋詠藻617「谷を出でてたかきにうつる鶯は花さく宿のあかずなりけり」（二月「花の中に鶯ある所、人の家あり」）、④31正治初度百首806「さのみやは谷のかすみに埋もれんたかきにうつれうぐひすのこゑ」（春、隆房）、④31同1809「よそにても聞くぞうれしきくらゐ山たかきにうつる鶯のこゑ」（春、静空）。「谷を出る鶯」「高きに遷《うつ》る鶯」は、出世、昇進を意味するので、ここもそれを寓意するか。　**○たかき**　「高木」か。が、「高し」は古今50をはじめ八代集に多いが、「高木」はない。　**○末句**　「春にあひにけり」なら字余り（「あ」）。さらに「春に会」ったのは、作者か鶯か。また第四句「たかきにうつる」のも鶯か、はた両方か。いちおう鶯が高きに移る春に、私が出会わした事としておく。

【訳】奥山にある谷の古巣にいる鶯も、（春が来て、閉じこもってなどいないで）高い所に出て移って行く春に出会った事だよ。

【本歌】古今14「うぐひすの谷よりいづる声なくははるくることを誰かしらまし」（春上「寛平御時后宮歌合の歌」大江千里）…毛詩・小雅・伐木「伐木丁丁　鳥鳴嚶嚶　出ㇾ自二幽谷一　遷二于喬木一　（嚶其鳴矣）」（『詩経』（國譯漢文大成）、小雅、鹿鳴。464頁）、「遷ㇾ喬若可ㇾ冀」（李嶠百詠・鶯）

▽「（波、）氷、水」（1）→「（奥山の）谷」。山奥の神仙境を思わせる谷の底の古巣の鶯が、春の来て谷より出ると、1の「立春」の聴覚詠をうけて、来春の「鶯」の視覚詠へと転ずる。本歌の、鶯の、谷より出る声によって来春を知ると歌ったものをうけて、2は、奥山の谷の古巣の鶯も、低い所を出て高所に移って行く春に会った事よと、鶯の行動を見る歌と変えているのである。

【参考】③129長秋491「いつしかとたかきにうつれ春日山谷のふるすを出づるうぐひす」（右大臣家百首「鶯」。治承二年〈1178・65歳〉）

梅[1]喚鶯

3　[2]梅が[3]香を[4]己が[5]はぶきににほはせて／[6]ともさそふなりうぐひすの[7]声。

【校異】1喚—援《本》(書)。2梅—むめ(書)。3香—ゝ(内、書)。4己—をの(書、内、榊)、おの(河、東)。5はぶき—羽吹(内)。6とも—友(内、榊)。7声—こゑ(書、河、東)。

【語注】**○梅喚鶯**　守覚Ⅱ8(援)、守覚Ⅰ3のみの珍しい歌題(歌題索引)。**○梅が香を己が…ににほは…て…(名詞止)**　③131拾玉1715「梅が香をおのがにほひになしはてて垣ねをつたふ春の山かぜ」(百番歌合、春、右勝・北山樵客)。**○上句**　①後拾82「むめがかをさくらのはなににほはせてやなぎがえだにさかせてしかな《ママ》」(春上「題不知」中原致時《ママ》)。**○己がはぶき**　③129長秋484「をしのゐる池の氷のとけゆくはおのがはぶきや春のはつかぜ」(右大臣家百首「立春」)。**○はぶき**　羽を振る事。「山郭公うちはぶき」(古今137、夏、よみ人しらず)。八代集、他後撰1112のみ。

【訳】梅の香を自《み》らの羽ばたきで、においをさせる事によって、(自《み》ら＝鶯の)友を誘っているようだ、あの鶯の声は。

〈梅が鶯を呼び招く〉

▽「鶯」。下句倒置法。2の視覚詠と異なって、上句嗅覚、下句聴覚、香と声によって(鶯は)友を誘うと歌う。また倒置ととらず、…その鶯の声が聞こえるともとれる。2と同じ「鶯」の歌ではあるが、付きものの「梅」を配し、人里離れた山奥から舞台・場を梅(香)にもってきている。

霞

4　春来て[1]も雪きえやらぬよし野山／かすみにも又[2]うづ[3]もれにけり。

【校異】1来—き（河、東）。2又—また（内）、こ本（河）。又う—山又イう（東）。3うづ—埋（内）。

【語注】**〇春来ても雪**　⑤175六百番歌合16「はるきてもゆきふるそらをながむれば霞もさゆるここちこそすれ」（春「余寒」家隆）。　**〇雪きえやらぬ**　③77大斎院1「ふりつもるゆききえやらぬ山ざとにはるをしらするうぐひすのこゑ」。⑤248和歌一字抄244・264「吉野山春はなかばに過ぎぬれど雪消えやらで花咲かぬかも」（寒「山寒花遅」顕季卿）。
〇よし野山かすみ　③28元真74「よしの山かすみたちぬる今日よりやあしたの原にわかなつむらん」（「かすみ」）、⑤62源大納言家歌合6「よしのやまかすみにけるとみえつるはたなびくくものうすきなりけり」（「山雲」）など。**〇かすみに…うづもれにけり**　⑤167別雷社歌合29「朝まだき賀茂の河せを見渡せば霞の底にうづもれにけり」（「霞」頼輔）。　**〇又**　同時か、時間的間隔があるか。冬（雪）と春（霞）で後者か。

【訳】春が来たところで、雪がまだまだ消えない吉野山は、雪のみならず、霞にも又埋もれ果ててしまった事よ。

【本歌】拾遺1「はるたつといふばかりにや三吉野の山もかすみてけさは見ゆらん」（春「平さだふんが家歌合によみ侍りける」壬生忠岑）

▽梅に鶯の詠（3）より、雪と共に詠まれる、奥深い深雪の吉野山、その山は霞にもまた埋もれたと歌う視覚の詠。
本歌には雪はなく、春が来て霞が立つ、4は雪が残り、雪同様、霞にも埋もれたと詠歌する。

【参考】古今3「春霞たてるやいづこみ吉野のよしのの山に雪はふりつゝ」（春上「題しらず」よみ人しらず）
③129長秋202「年のうちに春立ちぬとや吉野山霞かかれる嶺の白雪」（中「…立春歌とてよめる」）

【類歌】新古今1「みよしのは山もかすみて白雪のふりにしさとに春はきにけり」（春上「はるたつこころをよみ侍りける」摂政太政大臣）

5　ゆ[1]ふがすみそこともみえずた[2]ちこめて／風のを[3]とにぞき[4]くの浜ま[5]つ。

【校異】1ゆふ―夕（河、東）。ゆふがすみ―夕霞（内）。2たち―立（榊）。たちこめ―立籠（内）。3を―お（河、東、国）。をと―音（内）。4きく―菊（内）。5まつ―枩（内）、松（河、東、榊）。

【語注】○ゆふがすみ　勅撰集初出は新勅撰12（春上、親隆）。③106散木1328「故郷となりぬる宮のゆふがすみ思ひかけずやたちかはるらん」。「夕霞」・「謝恵連甘賦 擬――以表色指朝景以齊円 梁昭明太子七召 聴弱水之晨浪望崙山之――唐太宗冬日臨昆明池詩 寒野凝朝霧霜天散――」（佩文韻府、921頁）。○そこともみえず　古今126「そこともいはぬ」（春下、素性）、④26堀河百首1077「炭がまやそこともみえずふる雪に」（冬、顕季）。○風のをとにぞ　古今169「あききぬとめにはさやかに見えねども風のおとにぞおどろかれぬる」（秋上、敏行）。○きくの浜　「きく」は掛詞。豊前（北九州市小倉）。『歌枕索引』の例歌は、この5の歌のみ。八代集にない。奥義抄259頁参照。②万葉3144 3130「豊洲《トヨクニノ》　聞浜松《キクノハママツ》　心裳《ココロニモ》　何妹《ナニトテイモニ》　相云始《アヒシソメケム》」（第十二、羇旅発ㇾ思、右四首柿本朝臣人麻呂歌集出）、①12続拾遺1010 1011「おとにのみきくのはま松下葉さへうつろふ比の人はたのまじ」（恋四「題しらず」家隆）、④14金槐692「とよ国のきくのそまつおいにけりしらずいく代の年かへにけむ」（雑部「屛風歌」。古典大系の第二句「企救の浜松」）、同454にも「とよ国の菊のながはま…」とある。

【訳】夕霞がどこがどうという事もなく立ちこめてしまって、風の音にだけきく、きくの浜松である事よ。

▽「霞」。夕霞が立ちこめて、どこと分らず風の音にだけ聞くきくの浜松と歌う、上句視覚、下句聴覚の構成詠。4

と同じく霞の覆う歌であり、「吉野山」→「きくの浜（松）」へ舞台を移す。4と異なって、ようやく本格的な春になる。

山霞

6　はるがすみしるべがほにて朝たてば[1]／中くまがふ山路なりけり。

【校異】1たータ（河）。

【語注】○山霞　意外にも、この守覚Ⅰ6のみの珍しい歌題（歌題索引）。○第一、三句　②10続詞花754「春霞花園山をあさたてばさくらがりとや人はみるらん」（雑上、よみ人しらず）。○しるべがほ　八代集にない。③133拾遺愚草2026「おなじ江にもえて蛍のしるべがほなる」（仁和寺宮五十首、夏七首「江蛍」）。「…顔」は西行の愛用語。

【訳】春霞が道案内をするような様子で朝に立って、却って道を（、入り乱れて）分らなくなる山道である事よ。〈山の霞〉

【本歌】後拾遺5「はるのくるみちのしるべはみよしののやまにたなびくかすみなりけり」（春上、大中臣能宣朝臣）

▽同じく「霞」→「山霞」。「立ち（て）」。初句「夕霞」→「春霞」。時「夕《ゆふ》」→「朝」。舞台も海辺「きくの浜」→「山路」。5の下句聴覚→5の上句と同じ、視覚。さらに5と同じく霞が立ち（込めて）分らなくなる。そこで却って山路を見失うと歌う。それは即ち、本歌をうけて、（しるべ）顔で朝に立って逆に「まがふ山路」だと変化させているのである。

【参考】③19貫之45「おもふことありてこそゆけ春霞みちさまたげに立ちわたるらん」（「女ども山でらにまうでしたる」）

野望霞[1]

7　朝日さす野[2]本ノマ、〔朱〕／おりゐ[3]る[4]雲雀[5]本ノマ、〔朱〕。

【校異】1望―望《外歟》(内)。2本ノマ、〔朱〕―本(河)、本ノマ、(榊)、「本ノマ、(朱)(一字分空白)」(私Ⅰ)、ナシ(書、内、東)。3ゐ―ぬ続。4る―て(内)、の宮、か(私Ⅱ)。5本ノマ、〔朱〕―本(内、河)、「本ノマ、(朱)(以下欠)」(私Ⅰ)、ナシ(書、東、榊)。

【語注】○野望霞　これも守覚Ⅰ7・Ⅱ10のみの珍しい歌題(歌題索引)。が、「野外霞」(内)は、家隆1733～1734・定家2144～2145(歌題索引、212頁)にある。　○第四句　③58好忠83「みちしばもけふははるばるあをみはらおりゐるひばりかくろへぬべみ」(二月をはり)。　○雲雀　八代集一例・詞花141「ひばりのとこぞ」(冬、好忠)。万葉集には、有名な②万葉4316 4292「宇良宇良尓《ウラウラニ》　照流春日尓《テレルハルヒニ》　比婆理安我里《ヒバリアガリ》」を含めて三例ある。

【訳】朝日のさす野…おりている雲雀…。〈野原において霞を望み見る〉

▽「山霞」(題)→「野望霞」。同じく時は「朝」。「雲雀」が登場。が、それ以上の事は、第二句のほとんど、さらに第三句、末句が欠如しているので、何もいえない。

8 おきかけてと[1]を[2]ざかりゆく声すなり[3]／かすみのうち[4]にうたふ船[5]人。

【校異】1とを―遠（榊）。2を―ほ（河、東、国）。3なり―也（内）。4うち―中（内）。5船―舟（内、河、東、榊）。

【語注】○海路霞　他に、為忠初9～16、俊恵20がある（歌題索引）。③116林葉20「なみごしに見つつこぎ行くあはの島こ松がうれは霞へだてつ」（春「海路霞歌林苑」）。○第三句　⑤167別雷社歌合56「武蔵野に朝なくきぎす声すなりかすみの中につまやこもれる」（霞、安性）、①後撰60「帰る雁雲ぢにまどふ声すなり霞ふきとけこのめはる風」（春中、よみ人しらず）…名詞止。○うたふ　八代集になく、万葉一例（後述）。が、「歌」は八代集二例・千載1162、1199。○うたふ船人　家持の②万葉4174 4150「朝床尓《アサトコニ》　聞者遙之《キケバハルケシ》　射水河《イミヅカハ》　朝己芸思都追《アサコギシツツ》　唱船人《ウタフフナビト》」（巻第十九「遙聞ニ溯レ江船人之唱ニ歌一首」）。

【訳】沖の方をめざして遠離って行く声がするようだ、霞の中に歌を歌っている船頭である事よ。〈海上の舟の路の霞〉

▽三句切、体言止の新古今的表現の典型。7「野望霞」→「海路霞」と、より低く水へとなる。8は、倒置法ともとれるが、霞の内に歌う船人の声が遠ざかって行くとの、視覚と聴覚の詠。

【参考】③125山家419「おきかけてやへのしほぢをゆくふねはほかにぞききしはつかりの声」（秋「船中初雁」）

【類歌】②16夫木10388「霧がくれうたふ舟人声ばかりするがの海のおきに出でにけり」（雑五、家集、信実朝臣）

羇旅霞[1]

9　八重まで[2]はけさぞかすみのこめてける[3]／さゝがき[4]うすきひなのかり庵。[5]

【校異】1羇―羈（国）。2ま―き（河）。3ける―わる《ける歟》（河）、つ《け》る（東）。4さゝがき―笹垣（内）。5庵―盧（河、東、榊）。

【語注】○羇旅霞　守覚Ⅰ9のみの珍しい歌題（歌題索引）。　○けさぞかすみ　④26堀河百首38「しづのをが柴かりみだるとやののにけさぞ霞はたな引きにける」（春廿首「霞」顕仲）。　○さゝがき　八代集にない。「細垣」（「八重垣」に対する）とも考えられるが、後述の歌よりして「笹垣」（内）であろう。また「ささのいほ（笹庵）」は新古今1110にある。　○さゝがきうすき　②10続詞花701「草枕ささがきうすく《〔き〕》あしのやはところせきまで露ぞおきける《〔そでぞつゆけき〕》」（旅、肥後。③106散木752・旅宿）、⑤229影供歌合〈建長三年九月〉78「ならはねばふしぞかねたる山里のささがきうすき夜はの秋風」（帥）。

【訳】幾重にもわたって今朝は霞が立ちこめている事よ、笹の垣の薄く細い田舎の仮庵であるよ。〈旅での霞〉

▽「霞」。「うちに」→「こめて」。これも三句切、体言止の典型。「海路霞」（題）→「羇旅霞」へ。舞台を海から「鄙の仮庵」へ移す。視覚詠。上句の八重霞の大、太、厚、下句の「（笹）垣薄き（鄙の仮庵）」の小、細、薄の世界の対照。上句と下句との並立のように訳したが、三句切・倒置法ともとれる。

梅

10 ち[1]りがたき《に歟》ミ〔朱〕[2]な[3]るともおらん梅がえ[4]の／花のさ[5]かりはやつれもぞする。

【校異】1ちりがた―散方（内）。2き《に歟》ミ〔朱〕―に（内、榊、国）、き《本》（河、東|）、き（東）。3る―に（河、東）。4え―枝（河）。5さかり―盛（内）。

【語注】○第三、四句　③71高遠101「人のいへのかきごしにみるむめがえのはなのさかりはきみのみぞみむ」（「ある女、かへし」）。

【訳】（梅が）ちるような時になったとしても折りとろう、なぜなら梅の枝の花盛りはやがて衰えもしていくから。

▽霞↓梅の歌へと転ずる。梅枝の花の盛りは衰えもするから、「散り方」になっても折り取ろうと、式子詠に通う、自《み》らの心を平易に吐露し述べた歌。

【参考】③35重之106「むめがえのものうきほどにちるゆきをはなともいはじはるのな立に」

11 千[1]む[2]めがえの花にう[3]つ[4]ろふ[5]うぐひすの／[6]こゑさへにほふはるの[7]あけぼの。

【校異】1千―ナシ（書、内、国）。2む―む《う》（東）。3う―こ（書、天|・群|・続|）、木（榊）。うつろ―こづた（千載）。4ろ―た（書、榊、天|・群|・続|）。5うぐひす―黄鸝（榊）。6千（書―一行書きの間の上方の位置…以下同じ・略）。7あけ―明（榊）。

【語注】**○むめがえの花**　④31正治初度109「つねよりも身にしむ物は梅がえの花よりちらすうぐひすのこゑ」（春、三宮）。　○花にうつろふ　①20新後拾17「梅がかを木づたふ枝にさきだてて花にうつろふ鶯のこゑ」（春上、亀山院御製）。　○うぐひすのこゑさへ　⑤258文治六年女御入内和歌33「みどりなるうは毛のみかはうぐひすのこゑさへはるのいろになるらん」（二月、「鶯…」殿―）。　○こゑさへにほふ　この表現について茅原雅之氏は、「定家詠〔私注―③133拾遺愚草5「梅の花梢をなべて吹く風に空さへにほふ春の明ぼの」（初学百首、春廿首）〕との関連を窺わせる一方、「声さへ匂ふ」なる語の初出と思われ、家隆詠〔私注―③132壬二66「風さえて空にすみゆくさかきばの声さへにほふ雲の上人」（初心百首、冬）〕の参考歌である可能性が考えられる。」（『中世文学』第四十号、「藤原家隆の「初心百首」成立についての一考察」115頁）と言われる。あと171「こゑにほふなり」とあり、家隆もさらに③132壬二2478「声さへ匂ふ」がある。　○下句　④38文保百首2709「風わたる花のたかねを行く雁の声さへにほふはるの明ぼの」（春、沙門覚助）。　○にほふ　香と美がある。「この「にほふ」は視覚的な美でなく、二七を承けて嗅覚的な美をいう。」（新大系・千載28）とされる。　○はるのあけぼの　勅撰集では千載28のこの歌が初出。⑤197千五百番歌合212「ゆくへなき雲ぢにきゆるかりがねのこゑさへかすむはるのあけぼの」（春、丹後）。

【訳】梅の枝の花に移って行く鶯の声までも香り、美しい春の曙である事よ。

▽「梅が枝の花」。「ちり」→「うつろふ」。「鶯」を加え、その「声さへ匂ふ春の曙」（体言止）と、聴覚、嗅覚、視覚の融合、渾然一体となった、当代流行の、新古今所収の定家詠（新古今44「むめの花にほひをうつす…」など）を彷彿とさせる新風歌風詠。千載28、春上「題しらず」仁和寺法親王守覚。同じ守覚の詠に、「梅がえの花に」「春の曙」の詞の通う246がある。

「鶯の声までも匂うと、梅花薫る春暁の情調を把えた。二七と同様、視聴覚と嗅覚の感覚の交錯の中に美的世界が構成されている。」（新大系・千載28）。「本歌「いかなれば花に木伝ふ鶯の桜をわきてねぐらとはせぬ」（源氏物語・若菜上）の第二、三句の「たゞ一ふしをとれる歌」（井蛙抄）といえる。梅花が「春の曙」とともに詠まれるようになっ

たのは、勅撰集では千載集が最初」（和泉・千載28・補注）

この当時の、11に似た新風表現の歌としては、次がある。

式子11「花はいさそこはかとなくみわたせばかすみぞかほる春の曙」（春）

良経10「明け渡る外山の梢ほのぼのと霞ぞ薫るをちの春風」（花月百首、花五十首）

定家315「咲くと見し花の梢はほのかにてかすみぞにほふ夕ぐれのそら」（閑居百首、春二十首）

同時代の類歌として、以下がある。

⑤197千五百番歌合157「むめがえの花のにほひをゆかりとやきゐるうぐひすつまもとむらし」（春二、公継卿）

⑤197千193「むめがえのはなのありかをしらねどもそでこそにほへはるの山かぜ」（春二、宮内卿）

⑤197千284「むめがえの花のねぐらはあれはてでさくらにうつる鶯のこゑ」（春二、三宮）

【参考】③85能因18「にほひだにあかなくものを梅がえのすゑつむはなの色にさへさく」（上「早春に翫御願紅梅」）

③126西行法師22「梅がかにたぐへて聞けば鶯のこゑなつかしき春の明ぼの」（春「梅に鶯の鳴き侍りしに」）

なにとなくよの[1]中すさまじくお／ぼゆるころ[2][3]南面の梅

のさきそ[4]／めてさかぬかた[5]もあるをみて

12　梅のはなさきを[6]くれたる枝見れば／わが[7]身のみやは春によ る《そ歟》[8]なる。

【校異】1よの—世（内、河、東、榊）。2ころ—比（内、河、東、榊）。3ろ—ろ、（国）。4さきそめ—咲初（内）。5かた—方（内）。6を—お（河、東、国）。7わが—我（内）、己か（私Ⅰ）。8るな《そ歟》—そな（内、河、東、榊、国）。

【語注】○梅のはなさき　①古今1066「梅花さきてののちの身なればやすき物とのみ人のいふらむ」（雑体「題しらず」よみ人しらず）。　○さきおくれ　八代集にない。　○わが身のみやは　③115清輔363「なげかじながらの橋の跡みれば我が身のみやは世には朽ちぬる」（長柄橋）。　○春によそなる　③116林葉146「たちよりてをればをられぬ桜花いづら我が身の春によそなる」（春「又、おなじ所のはなをみて」）。他、③122林下187「世中のはなはわが身のよそなればはるくる事もまたれざりけり」（冬「としのくれに前左衛門かみの本より」）。

【訳】梅の花で咲き遅れた枝をみると、自分だけが春に疎外されているのではなかったのだ。〈何という事もなく世の中がつまらなく思われた折、南おもての梅が咲き初めてはいたが、咲かない所もあるのを見て〉

▽「梅（の）」「花」「枝」。11とはまたうって変って、その前の10に似た自己の思いを淡々と述べる抒情歌。梅花の枝を見て自己をふりかえり歌う。11の客観視した詠と対照をなす。また同時代の類歌として、③131拾玉807「むめの花こしぢの枝にちる雪はさきおくれたるにほひなりけり」（詠百首倭歌、春「梅有遅速」）がある。

【参考】④30久安908「梅の花おなじねよりはおひながらいかなる枝のさきおくるらむ」（春二十首、清輔）

13　　春雪埋梅

を[1]の[2]が色は雪よりそこにう[3]づもれて／にほふ[4]に梅[5]はあらはれにけり。

【校異】1を―一□を（書）、お（河、東、国）。2の―れ《の》（東）。3うづも―埋（内）。4ふ―ひ（書）。5梅―むめ（書）。

【語注】○春雪埋梅　これも守覚Ⅰ13・Ⅱ13のみの珍しい歌題（歌題索引）。　○そこ　掛詞（其処・底＝例、土佐日記・2／16）か。

【訳】梅の白い、自《み》らの色は雪よりも下のほうに埋もれ果ててしまうが、香によって、梅というものはあらわれる事よ。〈春の雪が梅を埋める（歌）〉

▽「梅」。「見」↓「色」。12同様の詠みぶりではあるが、今度は下句によって分るように機知、理知的。類想に頼政の有名な①詞花17 16「みやま木のそのこずゑともみえざりしさくらははなにあらはれにけり」（春「題不知」源頼政）があり、さらに同時代の類歌として、③131拾玉4624「あけにけるやみはあやなきむめの花にほひに色もあらはれにけり」（「暁梅」）がある。

残雪未尽[1]

14　根にかへる花かと見ればまださかぬ／さくらがした[2]の雪のむら[3]ぎえ[4]。

【校異】1尽（元・旧字）—尽（内）。2が（底本・か）—が（東、国）、の（私I）。3むらぎえ—村消（内）。4ぎえ—消（榊）。

【語注】**○残雪未尽**　これも月詣42（守覚）／守覚I14のみの珍しい歌題（歌題索引）。**○根にかへる花**　①千載122「花はねに鳥はふるすにかへるなり春のとまりをしる人ぞなき」（春下「…、くれの春のこころをよませたまひける」崇徳院御製。和漢朗詠集61「花は根に帰らむことを悔ゆれども…」（上「閏三月」藤滋藤）に基づく）、他、⑤157中宮亮重家朝臣家歌合16「ねにかへる時を見むこそかなしけれ花にさきだついのちともがな」（「花」侍従有房）、③125山家1462「ねにかへる花をおくりてよしの山夏のさかひに入りて出でぬる」（下、百首、花十首の末）。**○まださかぬ**　③35

重之76「まださかぬえだにうづまくしらゆきをはなともいはじ春のなたてに」（「立春の日、雪ふる」）、③118重家550「まださかぬみねのさくらもあるものをいかにちりぬるにはのはなぞも」（「花有遅速」）。　**○雪のむらぎえ**　八代集では後拾遺一例、新古今四例と、新古今に多く、この当時の流行の表現と知られる。①新古118「山ざくら花の下かぜ吹きにけり木のもとごとの雪のむらぎえ」（春下、康資王母）、①新古76「うすくこき野辺のみどりの若草に跡までみゆる雪のむら消」（春上、宮内卿）。

【訳】根に帰った（桜）花かと見ると、まだ咲いてはいない桜の下の雪の《〈ガ〉》むらむら消え（残っ）ている事であったよ。
〈残っている雪がまだなくならない（歌）〉

▽「雪」。「色」「あらはれ」↓「見れ」。13梅↓14桜。が、まだ咲いていずに、「雪」がつなぎの役割を果たしている。視覚詠。根に帰る花かと思って見ると、まだ咲いてない桜の木の下の雪のむら消であったと、これも13同様、機知、理知的な詠であり、この場合、①新古118とは逆に雪を花に見立てているのである。②12月詣和歌集42、巻第一、正月附賀「残雪未尽」仁和寺二品法親王。

桜

15　[1][2]花と見るよそ[3]めばかりのしら雲も／[4]はらふはつらき春のやまかぜ。

【校異】1続千春下（河）、続千（榊）。2花―一□花（書）。3め―目（河、東）。4続千（書）。

【訳】桜かと見る、ただそれだけで本当の桜ではない白雲でさえも、払ってしまうのはつらい（ものだ）、春の山風というものは。

▽「花と見る」、同じ体言止。「雪」→「（白）雲」「（山）風」。14同様まだ桜の咲いていない歌。花と見る（そうではない）白雲も払うのは辛い春の山風、ましてや本物の桜なら…と、とどのつまり「桜」を愛惜する。第一、四、五句はの頭韻。15続千載137 138、春下「花の歌の中に」仁和寺二品親王守覚。そして、はるか後代ではあるが、類歌に、⑤243新玉津島社歌合〈貞治六年三月〉67「花と見る雲のよそめにあくがれてきにしこころのはるのやまみち」（「尋花」関白）がある。

16　よしの山[1]うき[2]よの[3]ほか[4]に[5]のがれ[6]きて／[7]中く花にこゝろとめつる。

【校異】1う―か《う》（東）。うきよ―憂世（内）。2よ―世（河、東、榊）。3ほか―外（内、河、東）。4に―と（書、群、続）、の天。5のがれきて―ナシ（書）・「（五字分空白）」（私Ⅱ）。6き―来（内、榊）。7中く―不し（東）、不し《中く歟》（河）。

【語注】○よしの山うきよ　③131拾玉412「吉野山うき世をいとふ神かとは花見ぬひとやいひはじめけむ」（日吉百首和歌、春二十首）、③131拾玉652「なほふかく心はかけんよしの山うき世いでたる身とはおもはじ」（厭離百首、雑五十首）。○うきよのほか　④10寂蓮268「これやこのうき世のほかの春ならん花のとぼその明ぼのの空」。○のがれき　八代集にないが、一例として③131拾玉616に用例がある。また徒然草「思ひかけぬは死期なり。今日まで遁れ来にける、ありがたき不思議なり。」（百三十七段、新大系216、217頁）。

【訳】吉野山へ、そのつらい憂世の彼方に逃れて来て、執着をなくした筈であるのに、却って桜花に心をとどめた事よ。

▽「やま（山）」、「花」。「よそ」→「ほか」。やっと桜の咲いた歌で、吉野山という「憂世の他」に逃れやって来たのに、逆に花に心を止めると、「逃れ来」と「止め」が対照。また全体としては分りやすい、西行を思わせる詠。その

一例として、③125山家76「はなにそむこころのいかでのこりけんすてはててきと思ふ我が身に」（上、春「花の歌あまたよみけるに」）があげられよう。⑥16和漢兼作集250（春中「題しらず」二品守覚法親王）。同550に守覚の漢詩「嶺樹《れいしう》西横遮夕日《にしによこたはりてせきじつをさいぎる》　洲蘆東靡識秋風《しうろひがしになびきてあきのかぜをしる》」（秋上「別墅秋興」二品守覚法親王）がある。

17　滝のうへのみふね[1]の山の花ざかり[2]／みねにも尾にもかゝるしらなみ。

【校異】1みふね―御舟（内）。2ざかり―盛（内）。

【語注】○初句　字余り（「う」）。○うへ　「ほとり」としたが、「上」か。が、④14金槐75「滝のうへのみふねの山の山桜かげにうきてぞ花も散りける」（春「屛風に山中にさくらさきたる所」）のそれは「ほとり」とされている。○みふねの山　八代集にないが、万葉に多くの用例があり、②4古今六帖4468にも「たきのうへのみふねのやまのあしべよりきなきわたるはたれよぶこ鳥」（第六「よぶこどり」）、33光経440「滝の上の《本ノマヽ》みふねの山のはなさかり　そらまでしろしみつのみなかみ」（「春滝水」、私家集大成・中世Ⅰ）がある。『古代地名索引』（68頁）、『歌枕辞典』、『歌枕索引』（622、623、642頁）参照。『歌枕索引』の例歌をみると、古今六帖4首に花（桜）はなく、堀河百首の1首は紅葉であり、守覚あたりより桜の歌となっている。○花ざかりみね　③118重家99「よしのがはしがらみかけよはなざかりみねのさくらに風わたるなり」（花十首）、⑤182石清水若宮歌合〈正治二年〉42「花ざかり嶺の春風のどかにて空にながるるあきのかはなみ」（桜、法眼宗円）。○第四句　①古今51「山ざくらわがみにくればはるがすみ峰にもお《（を）》にもたちかくしつゝ」（春上「題しらず」よみ人しらず）。○かゝるしらなみ　①金葉二62、65、三62「みなかみにはなやちるらんやまがはのゐくひにいとどかかるしらなみ」（春「水上落花をよめる」大納言経信）。17「滝」ゆえに「かゝる」。

【訳】（宮）滝の付近の三船の山の花ざかりによって、峰にも尾（麓）にもかかっている白波である事よ。

▽同じく「花」。「よしの山」↓その中の「滝の上の三船の山」。「山」↓「峯」「尾」。一、二句ののリズム。名詞を列ね、山一面の花盛りによって峰も麓も白波に覆われていると、例によって桜を波に見立てている叙景歌。一方（峰）は花（盛り）、一方（尾）は実際の滝の白波とも考えられるが、「花盛り」ゆえ、また前後の歌——16咲いていると思われ、18咲いている花——からも、峰尾ともに花の白波がかかっているととる。

【参考】⑤157中宮亮重家朝臣家歌合24「風ふけばみふねのやまのさくら花しらなみかくる心地こそすれ」（花、生西）

【類歌】⑤182石清水若宮歌合〈正治二年〉11「滝の上の御舟の山の花ざかり木ずゑぞ雲のなみぢなりける」（桜、藤原季能卿）

④40永享百首150「吉野山花のさかりもいまぞとや嶺にも尾にもかかるしら雲」（春二十首「盛花」御製）

18　かへるさのすゑほど[1]遠き山路にも／いかゞ[2]見すて[3]ん花のゆふばへ[4]。

【校異】1すゑほど—末程（内、河、東）。2かゞ—ら《かに歟》（河）。3すて—捨（内）。4へ—へ《ゑ》（東）。

【語注】○**花のゆふばへ**　③106散木74「せりつみしことをもいはじさかりなる花のゆふばえ見ける身なれば」（春）、②16夫木1246「みよし野の水わけ山のたかねよりこす白浪や花のゆふばえ」（春四「家集、眺望山花」清輔朝臣）。○**ゆふばへ**　「花の色が深く見えるのにいうことが多い。」（岩波古語辞典）とされる。また八代集にないが、源氏物語に「暮れゆくまゝに、しぐれおかしき程に、花の色も夕映えしたるを御覧じて、」（「宿木」、新大系五—31頁）とある。

【訳】帰り道が程遠い山路であっても、どうして見捨てて（行って）しまえるであろうか、あの桜の夕映えを。

▽「花」「山」、17と同じく体言止。前後の桜の見立ての叙景歌（15、17）から、16的な平明な抒情歌に戻る。

山花未綻

19　かねてより猶[1]あら[2]ましにいとふかな[3]／花まつ[4]みねをすぐる[4]春風。

【校異】1猶―なを（榊）。2あら―折《あら歟》（河）、折（東）。3かな―哉（内）。4まつ―待（内、河、東）。5すぐ―過（内、榊）。

【語注】**○山花未綻**　わずかに行宗1、守覚I19だけの歌題（歌題索引）。行宗1「やまさくらまたさかすともみえぬかな　あさゐる雲のたえぬかきりは」。**○いとふかな**　⑤197千五百番歌合410「ふくかぜを夢のうちにもいとふかな花に枕をむすぶよなよな」（春三、丹後）。**○すぐる春風**　③130月清16「たれとなくまたるる人をさそへかしやどのさくらをすぐるはるかぜ」（花月百首、花五十首）、⑤237仙洞五十番歌合〈乾元二年〉5「うすぐもり霞みてにほふ花のうへをちらさぬ程にすぐる春風」（「春風」兼行）。

【訳】事前にやはり予期していた事として、厭い嫌うのであるよ、桜が咲くのを待っている峯を吹き過ぎてゆく春風をば。〈山の桜がまだ咲き初めない（歌）〉

▽「花」。「山」↓「峰」、「見すて」↓「いとふ」。三句切で、18と同じく体言止、倒置法。形は上記の如く新古今的表現の典型ではあるが、18と同じな抒情歌。題の「山花未綻」、つまり花の咲くのを待っている、峯を吹き過ぎる春風をば前もっての予期として嫌い厭う事だと歌う。

野桜

20　いはしろ[1]の松のとき[2]は[3]にことよせて／野中のさくらちら[4]ずもあらなむ[5]。

【校異】1いはしろ—岩代（内、河、東）。2松—枩（内、榊）。3ときは—常盤（内、河、東）。4ちら—散（榊）。5なむ—南（河、東）。

【語注】〇野桜　守覚Ⅰ20のみの珍しい歌題（歌題索引）。〇いはしろの松　①拾遺742「なにせむに結びそめけんいはしろの松はひさしき物としるしる」（恋二、よみ人しらず）、①拾遺854「いはしろの中にたてる結松心もとけず昔おもへば」（恋四「題しらず」人まろ）、④26堀河百首1312「見るからに心もとけずいはしろの松をばたれか結び置きけん」（雑廿首「松」河内）。〇松のときは　③73和泉848「ことはふぢちらで千とせをすぐさなんまつのときはにきつつみるべく」、④30久安212「たかさごの尾上の桜なみたてる松のとき葉をならひやはせぬ」（春二十首、教長）。〇野中　①拾遺375「ふるみちに我やまどはむいにしへの野中の草はしげりあひにけり」（物名「やまと」すけみ。「野中」は普通名詞とされている。ちなみに新大系・拾遺集の「地名索引」にもない。）や前述の拾遺854。〇末句　字余り（「あ」）。③28元真83「よとともにちらずもあらなむさくら花あかぬこころはいつかたゆべき」（＝32兼盛94「さくら」、①後拾133（春下、平兼盛）、⑤28内裏歌合〈天徳四年〉11（桜、元輔））、③89相模532「はなならぬなぐさめぞなき山ざとのさくらはしばしちらずもあらなむ」（「はる」）。

【訳】岩代の松の常緑にかこつけて、野原の中の桜はちらないであってほしい事よ。〈野原の桜〉

▽「山花」（題）→「野桜」。「花」→「松」、「峯」→「野」。舞台を「岩代」（紀伊）にもっていって、岩代の松に「言寄せて」、岩代の野中の花は散らないでほしいと、これも前歌群同様、桜に願いを込める抒情歌。「岩代の松」と

「野中の桜」を対照的に詠む。

樹陰[1]翫花

21　ともすれば木[2]の下[3]露に袖ぬらし／なづさふ花よ[4]あ[5]はれとやみる。

【校異】1陰―院《陰歟》（河）、院（東）。2木―こ（書）。3下―した（書、河、東、榊）。4よ―に（書、私Ⅰ）。5あはれ―哀（内）。

【語注】〇樹陰翫花　守覚Ⅰ21・Ⅱ22のみの珍しい歌題（歌題索引）。〇木の下露　①古今1091「みさぶらひみかさと申せ宮木のこのしたつゆはあめにまされり」（東歌「みちのくうた」）、④26堀河百首432「よをならべ木のした露にぬるるかなともしの鹿のめをもあはせで」（夏「照射」河内）、③119教長230「郭公このしたつゆにそでぬらしまちつるやまのかひになくなり」（夏「…郭公の歌」）。〇末句　④11隆信397「春雨にしをるる花もすみぞめにかはれる袖を哀とやみる」。

【訳】ややもすると、木の枝葉からしたたり落ちる露（涙）に袖をぬらして、いつもなれ親しんでいる桜よ、おまえはその私を「あはれ」とみてくれるのだろうか。〈樹の蔭において、花を賞翫する（歌）〉

▽同じく花（桜）の歌。「松」「桜」↓「木」「花」。前歌と同じな抒情歌。下句に分るように、「花」へ訴えかけた詠。

【参考】①金葉二521 556「もろともにあはれとおもへ山ざくらはなよりほかにしる人もなし」（雑上、行尊。百人一首66）

法金剛院のやへ桜のもとに[1]／人く[2]日ぐらしあそびて[3]か[4]へり[5]／なんとて[6]花[7]歌よみしに

22 新続[8]わ[9]する[10]なよおなじ木陰にた[11]づねきて／な[12]れぬるけふの花のま[13]とゐを[14]。

【校異】1に—に、（国）。2く—〻（榊）。3びて—ひ天・続。4て—て、（国）。5り—る天。6て—ての（書）。7花—花の（内、河、東）。8新続—ナシ（書、東、国）、新続古春下（河）。9わ—一□わ（書）。10る—か《る》（東）。11たづ—尋（榊）。たづね—尋（書、内）。12なれ—馴（内）。13まとゐ—円居（内）、まどゐ（国）。14を—を《に新続古》（河）。

【語注】**○法金剛院**　京都市右京区花園。双ヶ丘の麓にある。覚性法親王の母、鳥羽天皇中宮待賢門院璋子の御願により、大治五年（一一三〇）に仁和寺内に建立した寺（仁和寺諸堂記、仁和寺御伝）で、生前の御所とした。③125山家795の詞書にも「宝（法）金剛院」とある。また古今著聞集523話に、守覚（北院の御室）と「法金剛院」が出てくる。他「千載⑨587・⑩618　新古今⑧765…」（『古代地名索引』50頁、畿内、山城国）。さらに「仁和寺御伝」をみると、嘉応二年〈1170〉四月十四日「補二…勝光明法金剛院別当一」（424頁）とある。　**○第二、三句**　③133拾遺愚草130「夏ぞしる山井のし水尋ねきておなじ木陰にむすぶ契は」（二見浦百首、夏）。　**○なれぬるけふ**　③19貫之477「あすもくる時はあれども花みつつなれぬるけふはをしくぞ有りける」（「はるのくるる日」）。　**○花のまとゐ**　八代集初出は①後拾79「うらやましいるみともがなあづさゆみふしみのさとのはなのまとゐに」（春上、皇后宮美作）。あと③116林葉169「山路をばあらそひきつるほどよりも花のまとゐにむつれぬるかな」（春「花下競来といふ事を」）、⑤176民部卿家歌合〈建久六年〉37「よしの山花の円居のあとなれや木の下かげの雪のむら消」（「山花」長俊）など。

【訳】決して忘れてはくれるな、皆が同じ桜の木陰に桜を賞《め》で求めやってきて、すっかり（桜に、皆に）馴れ親しん

だ今日の花の団らんをば。〈法金剛院の八重桜のもとで、人々が一日中遊興して、帰ろうと思って花の歌をよんだ時に〉
▽「木（の下→陰）」、「花」。前歌と同じく花に呼びかけた詠。「人々」に、「けふの花のまとゐを・わするなよ」といったともとれる。21新続古今140、春下「法金剛院の花のもとに、人人ひぐらしあそびて歌よみけるに」二品法親王守覚。

海[1]辺花

23　さくら[2]さく春や[3]ながゐのうらならん／はなにとまらぬ[4]船人もなし。

【校異】1辺（元・旧字）―辺（内）。2さく―咲（内、河、東）。3ながゐ―長居（内）。4船―舟（河、東、榊）。

【語注】○海辺花　わずかに守覚Ⅰ23・忠盛Ⅱ176のみの歌題（歌題索引）。忠盛Ⅱ176「あはちしまいそきはの桜咲にけり　よきてをわたれせとのしほかせ」。　○さくらさく春や　⑤197千五百番歌合352「ふるさととなりにしかどもさくらさくはるやむかしのしがの花園」（春三、俊成卿女）。　○ながゐ　「長居」との掛詞。「船人」が長く居るも掛けるか。「長居」の勅撰集初出は古今917（雑上、忠岑）であるが、「ながゐのうら」の初出は千載427（冬、静賢）で、八代集一例。摂津（大阪市住吉区長居の海辺）。

【訳】桜の咲いている春は長く居《い》る、長居の浦なのであろうか、桜に止まらない船人もいない（みんな止まって花に見とれている事よ）。〈海辺の桜〉
▽「花」→「さくら」「はな」。「木陰」→「海辺」（題）。「ながゐ（長居）」と「とまらぬ」は対照語。花に止まらぬ船人もない事によって、桜の咲く春がそこは長い長居の浦なのかと推量した理知的な詠。

顕昭がもとより[1]八重桜にそへて

24 新拾[2] 君がへん千とせの春[3]をかさぬべき／ためしと見ゆゆ《る》〔朱〕[4]やへ桜かな[5]。

【校異】「〔二四〕〔二五〕…この歌、宮〔私注―書〕にない。」（古典文庫228頁）。1より―人《より》（内）。2新拾―ナシ（東、国）、新拾賀（河）。3春―春《秋》（河）。4ゆ―る《る》〔朱〕（内、河、東、榊、国）、ゆ《る》〔朱〕（私Ⅰ）。5かな―哉（内）。

【語注】 **○君がへん** 式子296「君がへん千世松風に吹そへて…」（祝）。 **○千とせの春** ③16是則4「かつ見つつちとせのはるをくらすともいつかは花のいろにあくべき」（春「花をしむところにて」）、①金葉二40 41・三46「しらくもにまがふさくらのこずゑにてちとせのはるをそらにしるかな」（春、待賢門院兵衛）、③106散木103「ことしよりちとせの春をたのむかな花のゆかりにとはると思へば」（春、二月）、④30久安514「花ゆゑに我が身ぞあやないのらるる千とせの春にあはんと思へば」（春二十首、隆季）。 **○かさぬべき** ①金葉二323 344・三328「きみがよはいくよろづよかかさぬべきいつぬきがはのつるのけごろも」（賀「題不知」藤原道経）。 **○ためしと見ゆる** ①金葉二33 34「よろづ代のためしとみゆる花の色をうつしとどめよしらかはの水」（春、待賢門院兵衛）。 **○やへ桜** 「千とせ」に対し「八重桜」（数詞）で応ずる。

【訳】 わが君が経《ふ》るであろう永遠《とあ》の春を重ね合わせ（て見）る事ができる、その例証と見られる八重桜である事よ。

〈顕昭の元より八重桜に添え加えて〉

▽「春」「桜」。「船人」→「君」、「長居」→「千とせ」。春歌ではあるが、我が君を寿ぐ賀歌。新拾遺集とで、贈った相手が異なっている。19新拾遺686、賀「二品覚性法親王に八重桜にそへてつかはしける」法橋顕昭の歌。

【参考】 ③115清輔56「わがやどに八重やま吹をうつしうゑて千とせの春を重ねてや見ん」（春「款冬」）

【付記】覚性法親王は、大治四年（1129）生、嘉応元年（1169）、四十一歳で没。顕昭は、大治五年（1130）頃の生で、没年未詳。が、承元三年（1209）までは生存との事である。二人は年齢も近い。ゆえに二十歳程年下の守覚（1150～1202年）とは不つり合いであり、歌の中身の点からも覚性と顕昭とが相応しいか。が、出観集（覚性法親王）には、これらの歌はない。

返[1]し[2]

25　同[3]

千代経〈ふ〉[4]べきためしとき[5]けば八重桜／かさねていとゞ[6]あ[7]だ[8]におもはじ。

【校異】1返—かへ（河、東）。2し—事（内）。3同—ナシ（内、東、国）、「同〔＝新拾〕（朱）」（私Ⅰ）、同上（河）。4経—ふ（内）。5き—さ（河）。6ゞ（底本・ゝ）—ゞ（東）。7あだにおもはじ—あたに思はし《あかすも有かな》（河）、あかずも有るかな（新拾）。8だ（底本・た）—だ（東）。

【語注】〇千代経べき　①後撰83「千世ふべきかめにさせれど桜花とまらん事は常にやはあらぬ」（春下「返し」（中務））。　〇八重桜かさねて　⑤384古今著聞集346「君がためうつしぞううる八重桜かさねて千代の春にあへとて」。

【訳】千代を送る事のできる好例ときくので、八重桜に（千歳の春を）重ね合せてみて、非常にあだおろそかには決して思いますまい。〈返《かえ》し〉

▽「返し」の歌の常として、相手の言葉でもって返歌する。「経」「べき」「ためしと」「八重桜」「かさね」。「千とせ」→「千代」、「見ゆる」→「きけ」。19新拾遺687「返事」二品法親王覚性。

26　花ゆへ[1]に世[2]のはかなさ[3]をしり[4]ぬれば／ちらすも風のなさ[5]けなり[6]けり。

【校異】1ゆへ—故（河、東）。2世—よ（書）。3さ…ば—ナシ（書）。4しり—知（内）。5なさ…けり—ナシ（書）。6なり—也（内）、成（榊）。

【語注】**○世のはかなさ**　④26堀河百首732「風ふけばなびく尾花におく露を世のはかなさによそへてぞみる」（秋「露」永縁）、③118重家574「さだめなき世のはかなさをしれとてやさやけき月の雲がくるらん」（「月催無常」）。**○しりぬれば**　③116林葉64「ふく風に梅のあたりをしりぬればちらすもえこそ恨まざりけれ」（春「…、梅花を」）、④30久安513「かねてより花の心をしりぬればさきてもちらん事をしぞ思ふ」（春二十首、隆季）。**○なさけなりけり**　③131拾玉1328「身のうさに思ひよそへてながむれどのかぬは花のなさけなりけり」（花月百首、花五十首）。

【訳】花のおかげで世の無常（はかなさ）を知ってしまうので、花を散らすというのも結局は風の思いやり・情愛である事よ。

▽「世」。「桜」↓「花」、「千代」「あだ」↓「はかなさ」、「おもは」↓「なさけ」。

27　見れば[1]おし花[2]ちるみねの夕[3]がすみ／たち[4]へだつるもこゝろあり[5]けり。

【校異】1お—を（河、東、国）。2ちる—散（内）。3夕—ゆふ（榊）。4たち—立（内、河、東）。5あり—有（内）。

【語注】**○初句**　「霞をみると、花が見られないので残念だ」か。**○花ちるみねの**　③133拾遺愚草640「暮れぬとも花ちる峰の春の空猶宿からん一夜ばかりも」（花月百首、花五十首）、④31正治初度2116「霞みつつ花ちる嶺の朝ぼらけ後にや風のうさも知られん」（春、丹後）。〇**夕がすみ**　③133拾遺愚草1833「誰かすむ野原の末の夕霞立ちまよ《〔ど〕》はせるはなの木の本《〔下〕》」（院句題五十首「遠村花」）、①11続古今128「よしの山さくらにかかるゆふがすみはなもおぼろのいろはありけり」（春下、後鳥羽院御歌）。〇**たち**　掛詞（立ち、接頭語）。〇**たちへだつる**　③79輔親198「なつごろもたちへだつべきほどちかくくれゆく春の色をしきかな」（「三月…」）、③95為仲64「行くほどもかつはみるべき山桜などて霞のたちへだつらむ」（「かすみ、…」）。〇**こゝろありけり**　①千載97「山ざくらちるをみてこそおもひしれたづねぬ人は心ありけり」（春下、源仲綱）。

【訳】花がちるのを見ると必ず残念に思う（事だろうよ、だから）、桜がちる峯の夕霞が立ち、花をへだてて見せないようにしているのも、結局は思いやりがあるという事なのだ。

▽「花・ちら」→「花ちる」、「風」→「かすみ」、「なさけ」（末句）→「こゝろ」（同）、「なりけり」（末句）→「ありけり」（同）。

羇[1]中落花

28　山ざくら雪とふりつゝあと[2]たえて／家路をこま[3]にまかせてぞゆく[4]。

【校異】1羇—羈（国）。2あと—跡（内、河、東）。3こま—駒（内、河、東）。4ゆく—行（内、榊）。

【語注】〇**羇中落花**　わずかに歌合〔377〕／守覚Ⅰ28だけの歌題（歌題索引）。『平安朝歌合大成　七』「三七七　嘉応元年〈1169〉　左兵衛督成範歌合」の「副文献資料」の「〔夫木抄〕巻四／〇嘉応元年成範卿家歌《（歌合）》　羇中落花　法橋顕昭／1駒とめて過ぎぞやられぬ清見潟散りしく花や浪の関守」。また題としての「落花」（雪と降る）は、和漢朗詠集131「さくらちる木のした風はさむからで空にしられぬ雪ぞふりける」（上、春「落花」貫之。①拾遺64、春）にある。

○雪とふりつゝ ①12続拾遺1448 1450「いにしへのこしぢおぼえて山桜いまもかはらず雪とふりつつ」（神祇、よみびとしらず）。 **○まかせてぞゆく** ①後拾508「みやこのみかへりみられ〔し〕てあづまぢ〔に〕をこまの心にまかせてぞゆく」（羇旅、増基法師。③47増基75「あはた…」）。

【訳】山桜が雪とふりつつあるよ、そこで自《み》らの足跡がすっかり埋もれてしまい、帰り道が分らなくなってしまうので、家への道を馬（の行くの）にまかせて行く事よ。〈旅の途次における落花〉

▽「花」→「ざくら」、「みね」→「山」、「かすみ」→「雪」、「ちる」→「ふり」、「へだつ」→「たえ」。〝雪中の馬〟の故事を用い、桜（の雪）によって家路が分らなくなり、馬に委せて帰る事だと歌う。「落花」に「羇中」を加える。また式子にも170「今朝の雪に誰かはとはん駒の跡を尋ぬる人の音ばかりして」（冬）がある。蒙求（「管仲随馬」）の故事――『八代集抄』後撰979参照――、詳しくは『式子注釈』170参照の事。

【参考】古今111「駒並めていざ見にゆかむ古里は雪とのみこそ花はちるらめ」（春下「題しらず」よみ人しらず）

29

[1]やよ[2]ひついたち比[3]〈ころ〉[4][5]に東山を見／ありきしついでに山[6]家春興[7]／といふ[8]ことをよめる

山ざとの柳さくらも[9]おりをえ[10]て／[11]みやこのみやは錦[12]なりける[13]。[14]

【校異】1雑春（書・「この歌、宮は詞書の前に「雑春」とあり。」（古典文庫228頁））。2ひ―ひの（書）。3ち―る（東）。

4比—ころ（書、榊）。5に—ナシ（書）。6に—に、（国）。7興—奥（古典文庫・神）。8こと—事（書、内、榊）。9おり—折（内、河、東、榊）。10え—得（内）。11みや—宮（榊）。12なり—也（内）。13る—り（古典文庫・書）。14後、各部の終り二行分アキ（河、東…以下略）。

【語注】○東山　伊勢物語59段「むかし、おとこ、京をいかゞ思ひけん、東山に住まむと思ひ入りて、／107住みわびぬ今はかぎりと山里に身をかくすべき宿求めてん」（五十九段、新大系133頁）。「後拾遺①124　詞花④147　千載①54・②82・⑰1052・1141　新古今⑯1471…」（『古代地名索引』48頁）、『国文学（学燈社）』昭和五十一年六月号「大原と東山—山里の典型」三木紀人、及び『式子注釈』式子68参照。○山家春興　わずかに覚性34・守覚Ⅰ29・Ⅱ27のみの歌題（歌題索引）。覚性34「山さとははるのあさあけそあはれなる　霞のそこの鶯のこゑ」（春、出観集）。「山家」の題としては、堀河百首に雑「山家」16首、和漢、新撰朗詠集、下（雑）に「山家」詩9、11、歌2、2が各々ある。○柳さくら　③131拾玉2434「時しあればもとめぬ人もきてぞ見る柳さくらの春のにしきを」（信解品「無上宝聚」）、③133拾遺愚草1410「庭の面は柳桜をこきまぜん春のにしきの数ならずとも」（関白左大臣家百首「桜」）。○第四句　みやの繰り返しによるリズム。○錦なりける　③132壬二2126「はるくれば桜こきまぜ青柳の葛城山ぞ錦なりける」（春「名所春といふ事を」）。

【訳】山里の柳桜もちょうど時宜を得て、〝錦〟となっており、都だけが〝錦〟であろうか、そうではない、ここもそうだ。〈三月の初日頃に、東山を逍遙してまわったついでに、「山家春興」（山里の家の春の情趣《おもしろさ》）という事をよんだ（歌）〉

【本歌】古今56「見わたせば柳さくらをこきまぜて宮こぞ春の錦なりける」（春上「花盛りに、京を見遣りて、よめる」素性法師）

▽「山」「さくら」。「家」→「里」。「山里の柳桜」の「錦」＝「山家春興」を詠む。第一、二句やの頭韻。本歌と同

様な見立て詠で、晩春、「春」の終りの歌である。がしかし、本来の「春」の歌のあり方としては、この後に「藤」「暮春」「三月尽」などの歌がある筈である。

夏

更衣を述懐によせてよめる

30 かずならでとし経〈へ〉[1]ぬる身はそれながら／猶[2]人なみにころもがへしつ。

【校異】1経―へ（内、榊）。2猶―なを（榊）。

【語注】**〇第一、二句** ①千載1079 1076「かずならでとしへぬる身はいまさらに世をうしとだにおもはざりけり」（雑中「述懐歌とてよめる」俊恵法師。⑤156清輔朝臣家歌合60）。**〇ころもがへ** 八代集にない。源氏物語「四月になりぬ。衣がへの御装束、御丁のかたびらなど、よしあるさまにし出でつゝ、」（「明石」、新大系二―64頁）。

【訳】人数《ひとかず》に入らず、年数ばかり経《へ》てしまった身は、そのままで変らずにいるが、やはりそれでも更衣の日には、人並に衣更えをした事よ。〈「ころもがえ」を昔のもの思いに寄せてよんだ（歌）〉

▽題の如く、更衣を述懐に寄せて詠んだ歌。

朝見卯花

31　今ぞ見るうのはな山[1]の花ざかり[2]/明《あけ》ても月のかげ[3]のこりけり。

【校異】1うのはな—卯花（内、河、東）。2ざかり—盛（内）。3かげのこ—影残（内）。

【語注】○朝見卯花　わずかに公重13・守覚Ⅰ31のみの歌題（歌題索引）。公重13「やまかつのあさひのかけをまちいて丶さらせるぬのとみゆるうの花」（風情集）。　○うのはな山　八代集にない。万葉二例、1967 1963「如是許《カクバカリ》　雨之零《アメノフラ》尓《クニ》　霍公鳥《ホトトギス》　宇之花山尓《ウノハナヤマニ》　猶香将鳴《ナホカナクラム》」（巻第十、夏雑歌）、4032 4088「…見和多勢婆《ミワタセバ》　宇能婆奈夜麻乃《ウノハナヤマノ》　保等登芸須《ホトトギス》　祢能《ネノ》未之奈可由《ミシナカユ》…」（巻第十七、右大伴宿祢池主報贈和歌五月二日）。「源頼政あたりが『万葉集』から開拓した語か。」（歌ことば大辞典）とされ、【類歌】を見ても分るように、守覚のこの当時、流行した表現であろう。また④31正治初度329（守覚）＝167にもある。③130月清1059「ながめつる月より月はいでにけりうのはなやまのゆふぐれのそら」（上、夏「薄暮卯花」）。

【訳】今見る事よ、卯の花の咲きにおう山の花盛りをば、夜が明けても月の光が残っている事よ。〈朝に卯花を見る（歌）〉

▽「更衣・述懐」（詞書）歌から、「朝見卯花」（同）歌へ。「卯花山」という、万葉にはあるが、新奇な詞、それを用いてはいるものの、伝統的な、白い卯花を月光とみる見立ての詠。視覚。一句、二、三句倒置法。千草聡氏は、44「しはつ山」同様、「卯の花山」という「伝統的な歌枕に新たな素材を配した当該歌の着想と表現は、現存諸歌集中では家集所収歌と『正治百首』の守覚歌にのみ見られる。」（『和歌文学研究』75号、「守覚法親王の和歌表現考」63頁）と述べられる。

【類歌】④31正治初度1225「なつの夜はいらでも月ぞのこりける卯花やまをにしにながめて」（夏、隆信）
①18新千載201「明けぬとも猶かげ残せ白妙の卯の花山のみじか夜の月」（夏、中務卿宗尊親王）
⑤230百首歌合〈建長八年〉825「あやしくも雨にくもらぬ月かげや卯花山のさかりなるらむ」（権中納言）

32

海辺[1]五月雨

さみだれの日かずつ[2]もりの浦なれや／下枝《しづえ》[3]もひちぬすみ[4]の江[5]の松。

右歌[6]〔朱〕続古今慈鎮和尚歌に[7]〈今《朝〔朱〕》。み／れば雪も[8]つもりの浦なれや浜／松がえの浪につ[9]くまで。[10]相似歟

【校異】1辺（元・旧字）―辺（内、河、東）。2つ―津（榊）。つもり―津守（内）。3下枝―しつえ（書）。新編国歌大観第四巻索引のヨミも「しつえ」。4すみ―住（内、河、東、榊）。5江―え（書）。6―〔朱〕―ナシ（内、河、東、榊、古典文庫・神）。7歌に〈今《朝〔朱〕》。み―哥に今み（内）、哥に今朝見（河、東）、哥に今朝み（榊）。8つ―津（榊）。つもり―津守（内）。9つく―付（内）。10。―ナシ（内、河、東、榊）、（古典文庫・神）。＊慈鎮歌初句「今朝みれは東・天・群・続」。左注「右歌、続古今慈鎮和尚歌に、今朝みれば雪もつもりの浦なれや浜松がえの浪につくまで、相似歟」（国・679頁）。

【語注】**○海辺五月雨**　わずかに月詣438（公景）、守覚Ⅰ32・Ⅱ32のみの歌題（歌題索引）。月詣438「五月雨にあまのとまやもくちはててかづきせぬにも袖やかわかぬ」（五月）。**○さみだれの日かず**　④30久安327「五月雨の日数へぬれ

ばかりつみししづやのこすげ朽ちやしぬらん」（夏十首、顕輔）、④26堀河百首445「さみだれは日数つもれどわたのべの大江のきしはひだらざりけり」（夏「五月雨」隆源）、④13長明16「さみだれの日数つもればしらすげの葉末をうづむゐでのうき草」（夏「五月雨をよめる」）。　**○日かずつもりの浦**　③121忠度74「たのめつつ日かずつもりのうらみてもまつよりほかのなぐさめぞなき」（恋「…、寄松恋といふことを」。⑤165治承三十六人歌合267）。　**○つもりの浦**　八代集一例・千載1261（神祇、隆季）。掛詞。摂津。前述・⑤177慈鎮和尚自歌合142「けさみれば雪もつもりの浦なれや浜松がえの波につくまで」（「雪の歌中に」）。　**○下枝**　「しづえ」の八代集初出は後拾75（春、経衡）であるが、「しづえ」は万葉に八例ある。③129長秋595「ふぢなみもみもすそ河の末なればしづえもかけよ松のもも枝に」（「返しに、歌合のおくにかきつけける」）。　**○すみの江の松**　⑤354栄花物語586「色ことに今日は見えけり住の江の松の下枝にかかる白浪」（巻第三十八、松のしづえ、因幡守忠季）。

【訳】五月雨がずうっとふり続いているつもり（津守）の浦なのであろうか、下のほうの枝もぬれはててしまった、墨の江の松である事よ。〈海辺の五月雨〉。〔右歌は続古今の慈鎮和尚歌――①11続古今670 674、冬「百首歌の中に」慈鎮大僧正――に、〃今朝みると雪も積もっている津守の浦なのであろうか、浜松の枝が（雪の重みで）浪にくっ付く程に（なっている事よ）〃とあるのに似ているのであろうか〕

▽「花」→「枝」「松」、「山」→「（つもりの）浦」「（すみの）江」。「朝見卯花」（詞書）から「海辺五月雨」（同）歌へと、歌材は違えど、歌自体は同じく平明な叙景歌。上句に時間的な経過がある。全体として視覚詠。

【参考】①後拾1063 1064「おきつかぜふきにけらしなすみよしの松のしづえをあらふしらなみ」（雑四、経信）

③125山家1180「かずかくる波にしづえのいろ染めて神さびまさるすみよしの松」（下、雑）

深夜五月雨

33　月も今はかたぶくほどに[1]なりぬらん／[2]はれずは[3]晴《はれ》ずさみだれの空。

【校異】1なり—成（内、河、東）。2はれずは晴ず—本マ、はれすはれす（河）。3晴—はれ（東）。

【語注】○深夜五月雨　守覚Ｉ33のみの珍しい歌題（歌題索引）。○初句　字余り（「い」）。○はれずは　③129長秋41「月よりも秋は空こそ哀なれはれずはすまんかひなからまし」（上、秋歌二十首、久安百首）。○さみだれの空　③131拾玉326「数ならぬ身のうき雲のたぐひかなはるるまもなき五月雨の空」（百首、夏十五首）。

【訳】月も今はすっかり傾く頃、夜明け近くとなってしまった事であろう、雨があからなければ明るくならない、そうして（一体今が）いつの時か分らない五月雨の空である事よ。〈夜深き五月雨〉

▽「さみだれ（の）」。「日」→「月」、「日かず」→「ほど」。前歌と同じ五月雨の詠であるが、「海辺」（題・所）から「深夜」（題・時）となり、具体詠（32、名詞多数及び歌枕二つ）より、やや抽象詠となる。

郭公

34　玉[1]過《すぎ》ぬとも声のにほひ[2]はなを〈猶〉とめよ／ほとゝぎす[3]なく宿の[4]たちばな。

【校異】1玉—ナシ（東、国）。2は—を（夫木）。3なく—鳴（河、東）。4たちばな—立花（内）。

【語注】○声のにほひ　ことばとして③130月清103、131拾玉3020にある。○にほひ　「（時鳥の声の）美」もか。が、

「橘」ゆえやはり香であろう。「ぼかしの色合から転じて、ここは余韻、余情。」（『玉葉和歌集全注釈』）。**○とめよ** 「匂いの縁で「香をたきしめる」意をかけ、香の高い橘に結ぶ。また「過ぎ」に対して「留め」という。」（『玉葉和歌集全注釈』）。**○宿のたちばな** ③131拾玉1235「たぐひなくあはれをそふるにほひかなむかしをこふるやどのたち花」（賦百字百首、夏十五首「花たちばな」）、①13新後撰1555 1554「こととへよたれかしのばんほととぎすなからむ跡のやどのたち花」（雑下、中務卿宗尊親王家参河）。**○たちばな** 勅撰集初出は千載173（夏、家基）。が、「花橘」は古今139（夏、よみ人しらず）以来の多数例。

【訳】（郭公が）彼方へ行ってしまっても、声に含まれる香は、それでもやはり止《とど》めよ、時鳥の鳴くわが家の橘（の香をば）。

▽「五月雨」→「郭公」、視覚→聴覚（「（時鳥の）声」）・嗅覚（「（橘の）にほひ」）詠へ。倒置法で、郭公が行ってしまっても、鳴いた我が家の橘の香はやはりとどめておいてくれ、と時鳥へ呼びかけたもの。例によって「時鳥」と「橘」とが付く。②16夫木2753、夏二、郭公「聞郭公といふを」光台院入道二品のみこ。①14玉葉371、夏「聞郭公といふことを」二品法親王守覚。

『玉葉和歌集全注釈』は「参考」として、後述の③123唯心房35を記す。

【参考】③117頼政126「香をとめて山時鳥おちくやと空までかをるやどの橘」（夏「郭公を、公通卿会」）

③123唯心房35「なつかしきこゑのにほひはほととぎすはなたちばなにねぐらすればか」（「夏のうた」）

【類歌】⑤182石清水若宮歌合〈正治二年〉122「時鳥こゑのにほひを身にしめて花たち花の風に聞くかな」（光行）

④32正治後度718「時鳥こゑのにほひも契あれや花橘のゆふぐれのそら」（「郭公」季保）

35　軒ちかく一こゑはしてほとゝぎす／をちのこずゑになごり鳴《なく》[1]なり[2]。

【校異】 1鳴—なく（書）。 2なり—也（内）。

【語注】 ○軒　漢詩に多い。 ○軒ちかく　①千載170「のきちかくけふしもきなく郭公ねをやあやめにそへてふくらん」（夏、内大臣）。 ○一こゑ　「一声」につき詳しくは拙論「式子内親王の「語らふ」「一声」——歌語、歌詞《ことば》としての側面——」（『国文学研究ノート』第二四号（平成二年四月））参照。 ○ほとゝぎすをち　⑤84六条斎院歌合〈天喜五年五月〉9「まつさとにこともかたらへほとゝぎすをちのやまにてこゑなつくしそ」（夏「遠聞郭公」なかつかさ）、⑤131俊忠朝臣家歌合1「まつ人のやどをばしらでほとゝぎすをちの山べをなきてすぐなる〔り〕」（「郭公」二条殿筑前君。①金葉二117 125、夏）。③97国基24「ほのかにぞこのゆふぐれにほとゝぎすをちのをかべのもりになくなり」（「遙聞郭公」）、③119教長250「ききつともいかがかたらんほとゝぎすをちの山べのよはのひとこゑ」（夏「遠聞郭公」）、④41御室五十首719「たが宿にちかく聞くらん時鳥をちの梢の夕ぐれの声」（夏七首、阿闍梨覚延）。 ○なごり鳴なり　③117頼政137「うたたねの夢にききなす郭公うつつの空になごりなくなり」（夏）。

【訳】 軒端近くに一声だけを残し時鳥は去っていったが、彼方遠くの木末にその余韻として鳴いているようだ。

▽同じく「郭公」の歌。「声」「鳴く」。「宿」↓「軒」。「軒近く」の「一声」と「遠の梢」の「名残」という第一、二句と下句と、それを連結する第三句の「時鳥」という構造、声（聴覚）の二重性。

36
夜ふけて郭公[1]のなく[2]をきゝ[3]て

ふけてしも山ほとゝぎす来なく[4]なり／よひにはまたぬ人も聞[5]《く〈きけ〉》とや。

【校異】1郭公―時鳥（内）、蜀魂（河、東）。2なく―鳴（河、東）。3きゝ―聞（内）。4なく―鳴（河、東）。なくなり―啼也（内）。5聞―きく（河）、きし《く〔朱〕／け〔朱〕》（東）、聞け《く》（国）。

【語注】**○山ほとゝぎす**　山に棲む、あるいは山から来た時鳥、の意。初夏に山を出て、里に移住してしまった時鳥は、山時鳥とは言わない。　**○ほとゝぎす・来なく**　③67実方8「やどのうへに山ほとゝぎすきなくなりけふはあやめのねのみとおもふに」（「五月五日、…」）、⑤116通宗朝臣女子達歌合6判「ふたかみの山時鳥きなくなりはれせぬ空をたれかたづねん」（「郭公」通俊）、⑤145長実家歌合〈保安二年閏五月廿六日〉3「なにせんにさつきのそらををしまし山ほととぎすきなかざりせば」（「郭公」新宰相中将）、②10続詞花119「待ちかねてまどろめば又きなくなり人くるしめの郭公かな」（夏、藤原永実）。　**○人も聞とや**　①21新続古1668「心なき人もきけとや郭公岩木の山にねをば鳴くらむ」（雑上、よみ人しらず）、⑤197千五百番歌合767「ほととぎす雲井はるかになきゆくは月のみやこの人もきけとや」（夏二、兼宗卿）。　**○聞**　新編国歌大観索引④のヨミは「きけ」。

【訳】なんと夜が更けて山郭公がやって来て鳴くようだ、宵の時点では待っていなかった人も聞け《（く）》というかのように。

〈夜更けに郭公が鳴くのを聞いて〉

▽「（山）時鳥」「鳴く」「なり」。宵には待っていなかった人も聞けという事か、夜更けて山時鳥が来て鳴くらしいとの詠。

杜郭公

37　うれしさは袖にあまりぬほと、ぎす[1]／なきかさねたる[2]ころも手[3]の森[4]。

【校異】1ほと、ぎす―時鳥（内）、子規（河、東）。2なき―啼（内）。3手―て（書）。4森―もり（書、榊）、杜（河、東）。

【語注】○杜郭公　今撰51（政平）、家隆520・1869・慈円3817・実家79・守覚Ⅰ37〜38・Ⅱ40・定家1120（歌題索引）と多い。○袖　「かさね」「ころも（手）」と縁語。　○なきかさね　八代集にない。新編国歌大観索引の①〜⑩にも、守覚のこの歌以外に「なきかさねぬ―」の用例はなかった。　○ころも手の森　八代集にない。「松尾大社の近くにあったと推定される歌枕。」（歌ことば大辞典）。『能因歌枕（広本）』91頁、「国々の所々名」の「山城国」の中にあり、また「参川国」（93頁）にもある。守覚三例（37、45、163）とも「比《ころ》」をかけるか。紅葉が歌われる事が多い。「衣手の森」の他、「衣手の関」「衣手の山」がある。②16夫木2775「郭公からくれなゐのふりいでてなけどもそめぬ衣での森」（夏二「…、郭公」光俊朝臣）。詳しくは『校注歌枕大観山城篇』603〜606頁参照。

【訳】うれしさは袖に余りはててしまった、時鳥（が）幾度も鳴いている衣手の森である事よ。〈森の郭公〉

【本歌】和漢朗詠集773「うれしさを昔は袖につゝみけりこよひは身にもあまりぬるかな」（下「慶賀」。この歌は、古今865「うれしきを何につゝまむ唐衣たもとゆたかに裁てといはましを」（雑上「題しらず」よみ人しらず）による）本歌による。

▽「郭公」「なき」。「山」→「森」。「杜時鳥」が一杯鳴いてうれしいという事を、縁語仕立てで歌う。第一、二句は

【類歌】④4有房439「…おもふことなき　うれしさは　そでにもみにも　あまりつつ　なににつつまむ　からころも…」

38　ほと[1]ゝぎすな[2]のるにし[10]るしこれ[3]ぞこの[4]／たれそのもり[5]のあ[6]りすなり[7]ける[8]る《りイ》[9]。

【校異】1ほとゝぎす―時鳥（榊）、蜀鳥（内）、杜鵑（河、東）。2な―名（内、河、東）。3これ―是（内）。4この―此（内、河、東）。5もり―杜（内）、森（河、東、榊）。6あ―あ《本》（内）。7なり―成（榊）。なりける《りイ》―也けり東、成《（ママ）》群（正しくは「成ける」）、なりける《りイ》（古典文庫・神）。8ける《りイ》―梟（河、東）。9る《りイ》―る（内、国）。10恵慶家集神なびの杜のありすの郭公《〔郭公〕（東）》一声きかで行や過《（ヽ）》なん（河、東）〔私注―③56恵慶法師集65「神なびのもりのまへをわたる」〕。

【語注】**○ほとゝぎすなのる**　①後拾184「ほととぎすなのりしてこそしらるなれたづねぬ人につげややらまし」（夏、備前典侍）、④30久安123「ほととぎす待つ夜のかずを雲井にてなのるしげさと思はましかば」（夏十首、公能）、③131拾玉4030「郭公なのりて過ぐるをのへよりはなれておつるこゑの色かな」（夏）。**○たれそのもり**　「誰れ」を掛ける。八代集にない。枕草子「森は　うへきの森。…大荒木の森。たれその森。くるべきの森。たちぎゝの森。…」（193段、新大系244頁）。伊賀。『歌枕索引』もこの38しか例歌をあげていない。④29為忠家後度百首366「えだしげきたれそのもりのこのまよりほのかに月のかげぞもりくる」（秋月廿首「木間月」）。**○ありす**　「在り巣」（鳥や虫などのすむ巣、すみか）か。八代集にない。恋歌的に女性の隠れ家を暗示するか（隠喩）、また万葉、俊成、式子歌にみられる「百舌鳥《もず》の草茎《くき》」の類いか。③12躬恒302「むめがえにきすむありすのうぐひすはなきまにはなををらせつるかな」、⑤51左大臣家歌合〈長保五年〉17「たがさとのありすなるらん郭公あるかなきかになきわたるなり」（「遙聞郭公」長能）、③96経信78「ゆふざれやそらもをぐらのほととぎすありすのやまにこゑなしのびそ」（「小倉山郭公」）、同79「ゆふざれにさやまのみねのほととぎすありすがほにもなきわたるかな」（「承暦二年内裏歌合に、郭公」）、④30久安8「はるごとにたかきに移る鶯やくらゐの山のありすなるらん」（春二十首、御製）。

【訳】郭公が鳴くのによって分る事よ、これが誰かという誰その森の巣である事よ。
▽同じく「杜郭公」の歌。「なき」→「なのる」、「ころも手の森」→「たれそのもり」（共に掛詞）。時鳥が鳴いて、そこが「誰其の森」の時鳥の巣だと分ったと歌う機知的な詠。
【参考】⑤165治承三十六人歌合221「さ夜更けてたれその杜の子規なのりかけても過ぎぬなりけり〔るかな〕（夫木）」（「郭公」経家）

暮天郭公

39 [1]ほとゝぎす[2]猶はつこゑを[3]しのぶ山[4]／[5]ゆふ[6]ゐる雲のそこに[7]な[8]く[9]なり。

【校異】1千（榊）、千夏（河）。2猶—なを（書、榊）。3しの—忍（内）。4千載（書）。5ゆふ—夕（内、榊）。6ゐ—しら（東）、しら《ゐる》（河）。7なく—啼（内、榊）。8く—る《く》（東）。9なり—也（内）。

【語注】**○暮天郭公**　千載157（守覚）／匡房Ⅰ63～65・経信Ⅱ54～55・Ⅲ68～69・広言26・守覚Ⅰ39・Ⅱ41と多い（歌題索引）。　**○しのぶ山**　掛詞。この歌が勅撰集初出。陸奥《みちのく》・岩代（福島市）。　**○そこ**　「底」。「其処《そこ》」との掛詞（守13）とはみなさない。また「雲のそこ」・「雲底」については、「松杉山暗陰雲底　鳥雀林喧落日前」（本朝無題詩六、法性寺関白集、「夏日桂別業即事」）。詳しくは、『中世文学研究』No.4（中四国中世文学研究会）、「新古今的表現成立の一様相（続）——「露のそこなる」をめぐって——」佐藤恒雄、43頁参照。「「雲の底」は千載初出歌語。」（和泉・千載157）。「雲のそこ」は、他③130月清137、132壬二168、⑤176民部卿家歌合〈建久六年〉105などに見える。

【訳】郭公がやはり初声を（しのぶというので）忍《しの》んでいる信夫山である事よ、夕方に（そこに）存在している雲の底のほうに鳴いているようだ。〈夕暮の空の郭公〉

▽「ほと、ぎす」。「あり」↓「ゐる」、「これ・この」↓「そこ」、「なのる」↓「なく」、「なり」（断定↓伝推）。「たれそのもり」から舞台を「しのぶ山」に移し、「暮天郭公」を歌う叙景歌。①千載157、夏「暮天郭公といへる心をよみ侍りける」仁和寺法親王守覚。⑤301古来風体抄583。

『新大系・千載157』は、「参考」として、万葉集、巻十一、作者不詳の2682 2674「朽網《くたみ》山夕居る雲の薄れゆかば我は恋ひむな君が目を欲り」を掲げ、「夕景の信夫山を見上げている話主。既に夏深いのにまだ忍び音で雲中に鳴く時鳥の声は、晴れやらぬ自分の思いを歌っているように聞える。」とされる。一方『和泉・千載157』は「巧緻優艶な詠風。」とする。

【参考】①千載158「かざご《こ》しをゆふこえくればほとゝぎすふもとの雲のそこに鳴くなり」（夏「郭公の歌とてよめる」藤原清輔朝臣。③115清輔69。⑤165治承三十六人歌合2）…39の次の歌

郭公声稀

40　[1]たづね見《み》て[2]うらみはは[3]てんほとゝぎす／いづくもかくや[4]夜がれし[5]つらん。

【校異】1たづ—尋（榊）。たづね—尋（内）。2うらみ—恨（内）。3て—れ（内）。4夜—よ（書、河、東）。5つ—□つ歟（書）。

【語注】**○郭公声稀**　続詞128（忠清）、公任60・61・行宗91・守覚Ⅰ40・Ⅱ42（歌題索引）とままある。②10続詞花128「たまさかにあふさか山の郭公何かかたらふたえまがちなり」（夏）。**○うらみははて**　③133拾遺愚草26「すぎぬるをうらみははてじ時鳥鳴行くかたに人も待つらん」（初学百首、夏十首）。**○ほとゝぎすいづく**　③3家持84「この

くれはゆふやみなるをほととぎすいづくをいへとなきわたるらん」（夏）、③73和泉800「くらき夜はみれどもみえず郭公いづくばかりになきてきぬらん」（「くらき夜、ほととぎすまつこころ」）、②10続詞花109「珍しく鳴きてすぐなる郭公いづくもこれやはつねなるらん」（夏「題しらず」源師賢朝臣）。　**○夜がれし**　①古今710「たがさとに夜がれをしてか郭公ただここにしもねたるこゑする」（恋四、よみ人しらず）。

【訳】尋ね求めていって見て、恨み尽くす事であろうよ時鳥、どの場所でもこのように（時鳥は）夜がれして、いないのであろうか。〈時鳥の声が稀である（歌）〉

▽「時鳥」。「ゆふ」→「夜（がれ）」。「暮天…」（題）から「…声稀」へと移る、抒情歌、恋歌めかしている。第二、末句んの脚韻。②12月詣308、四月附恋上「郭公」仁和寺二品法親王。

【参考】③19貫之876「よがれしていづくからくる時鳥まだあけぬより声のしつらん」

草上蛍

41　今こそ[1]やほたるともしれちりて[2]猶／かへりやは[3]をく草の[4]うは露。

【校異】1や—は（内）。2猶—なを（書、榊）、なほ（河、東）。3をく—せし（河、東）。4うは—上の（内）。

【語注】**○草上蛍**　守覚Ⅰ41・Ⅱ44のみの珍しい歌題（歌題索引）。　**○うは露**　八代集一例・新古今1342（恋五、道信）。源氏物語二例・「をくと見る程ぞはかなきともすれば風に乱る丶萩の上露」（「御法」、新大系四―170頁）ともう一例（「夕顔」）も歌。

【訳】今こそ蛍と知る事よ、散ってもやはり戻っていって置く、草の上の露の姿を見るにつけても。〈草上の蛍〉

▽「郭公」から「(草上)蛍」の歌へ移る。「夜がれ」(時)↓「今」。散っても戻っていった露によってそれを蛍と知ったと歌う機知、見立ての詠。

蛍[1]照海浜

42　伊勢のうみの[2]清きはまべに[3]て[4]る[5]影を／玉とひろへばほたるなりけり[6]。

【校異】1蛍―螢(書)。2うみの―海東(正しくは「海の」)。3はまべ―濱邊(内、河、東)。4に―を《に歟》(書)。5てる―照(内)。6ほたるなり―蛍也(内)。

【語注】**○蛍照海浜**　守覚Ⅰ42・Ⅱ45〜46のみの珍しい歌題(歌題索引)。**○伊勢のうみ**　①14玉葉2617 2604「伊せの海のきよきなぎさはさもあらばあれわれはにごれる水にやどらん」(釈教歌)。**○第一句**　字余り(「う」)。**○清き**　万葉の赤人歌・②930 925「烏玉之《ヌバタマノ》　夜乃深去者《ヨノフケユケバ》　久木生留《ヒサギオフル》　清河原尓《キヨキカハラニ》　知鳥数鳴《チドリシバナク》」(反歌二首、山部宿祢赤人作歌二首并短歌)。**○清きはまべに**　②万葉4295 4271「松影乃《マツカゲノ》　清浜辺尓《キヨキハマヘニ》　玉敷者《タマシカバ》　君伎麻佐牟可《キミキマサムカ》　清浜辺尓《キヨキハマヘニ》」(第十九、右一首右大弁藤原八束朝臣)、③119教長403「わたつみのきよきはまべによるなみのよるともみえずてらすつきかげ」(秋「同院の百首に」。④30久安241、秋二十首)。**○ほたるなりけり**　④11隆信126「そこきよきたまえのみづにかげそへてなほあらはすは蛍なりけり」(夏「…、江辺のほたる」)。

【訳】伊勢の海の澄みきったきれいな浜辺に照っている光るものを、珠玉だと思って拾ってみると、それは螢であったのだ。〈蛍が海辺を照らす(歌)〉

▽「草上蛍」(題)から「蛍照海浜」へ。「露」↓「海」「玉」、「ちり」↓「ひろへ」。また舞台・場を「伊勢の海の清

き浜辺」へもっていって、照る光を玉だと拾うと蛍だったと、これも前歌同様の機知、見立ての詠。

蛍照船[1]

43　葉ずゑよりこぼるゝ露の[2]こゝちして／[3]あし[4]わけぶねに[5]ほたる[6]とびかふ。

【校異】1船—舟（河、東）。2こゝち—心地（内、榊）。3あし—蘆（内）。あしわけ—芦分（河、東）。4わけぶね—分舩（内、榊）。5ほたる—蛍（榊）。6とび—飛（河、東）。

【語注】**〇蛍照船**　わずかに守覚Ⅰ43・小侍従Ⅰ42・Ⅲ23にみられる（歌題索引）。小侍従Ⅰ42「さためなくともすかゝりとみえつるは　鵜ふねにまかふほたる成けり」（夏）＝Ⅲ23。**〇第一、二句**　③106散木409「あだし野のはぎの末こす秋風にこぼるる露やたま川の水」（秋、八月「…、草花露深…」）、⑤221光明峰寺摂政家歌合52「たつか弓ひきののくさの葉ずゑよりおきふしそでに露ぞこぼるる」（「寄弓恋」忠俊）。**〇あしわけぶね**　八代集一例・拾遺853（恋四、人まろ）、ただし「葦わけを舟」（万葉数例もこの語例）。⑤354栄花物語358「とまるべき浦にもあらぬをいかなれば蘆わけ船の漕ぎ帰るらん」（武蔵。巻第三十一　殿上の花見）。**〇とびかふ**　八代集にない。源氏物語一例「「雲ちかく飛びかふ鶴もそらに見よ我は春日のくもりなき身ぞ…」」（「須磨」、新大系二—43頁）。

【訳】（芦の）葉先からこぼれ落ちる露のような感じで、芦を分けて行く船に蛍がとびかっている事よ。〈蛍が船を照らす（歌）〉

▽「蛍照海辺」（題）↓「蛍照船」。「玉」↓「露」、「ひろへ」↓「こぼるゝ」。共に「ほたる」の詞の位置が末句冒頭。また「難波の葦は伊勢の浜荻」が思い起こされるが、これは後世の言らしい。しかし、この言は平安時代からあった

考えであり、⑤160住吉社歌合〈嘉応二年〉の俊成の跋文には、「…、かのかみかぜいせじまにははまをぎとなづくれど、なにはわたりにはあしとのみいひ、あづまのかたにはよしといふなるがごとくに、…」とある。また「伊勢の浜荻」の勅撰集初出は、千載500（羇旅、基俊）。さて43は、葦を船が分けて行くと、葉末からこぼれる露かと思われて、船に螢が飛び交うと、これも機知、見立ての歌。第二、三句この頭韻。

納涼

44　しはつ山ならの葉かげのゆ[1]ふす[2]ゞみ／お[3]りにもあらぬ秋風ぞふ[4]く。

【校異】「新続古今集、雑上。」（古典文庫229頁）。これは21新続古1690の事であろうが、間違いである。後の守256との混同。1ゆふ―夕（内、河、東、榊）。2すゞ―涼（内）。3おり―折（河、東）。4ふく―吹（内）。

【語注】**○しはつ山**　八代集一例・古今1073（大歌所御歌）。万葉一例。摂津、三河説が有力。「古今⑦345〔しほの山（新大系）〕・⑳1073　万葉③272　奥義㊤254［私注―二十五　出万葉集所名／…／山］」（『古代地名索引』140頁、西国、豊前国）。他、④31正治初度335がある。また31の▽参照。　**○しはつ山ならの**　②16夫木14121「しはつ山ならのま柴にかざされてねらふさつをのたゆみなの世や」（第二十九「ならの真柴」俊成卿）、③106散木314「しはつ山ならのわか葉にもる月の影さゆるまでよはふけぬらし」（六月「月前遂涼」）、③129長秋93「しはつやまならのしたばをりしきてこよひはさね〔ねなむ〕んみやここひしみ」（久安百首、羇旅五首。＝④30久安896、顕広）。　**○ならの葉かげ**　③119教長307「かぜそよぐならのはかげのこけむしろなつをわするるまとゐをぞする」（夏「納涼のこころを」）、①14玉葉425「みなづきのてるひといへどわがやどのならの葉かげはすずしかりけり」（夏「夏歌に」大僧正行尊）、④13長明20「水むすぶならのはかげに風吹けばおぼめく秋ぞふかくなり行く」（夏「樹陰納涼」）。　**○葉かげ**　八代集にない。が、「（荻の）葉風」は千載226（秋上、侍従乳母）にある。前項参照。　**○ゆふすゞみ**　八代集にない。枕草子「いみじう暑きころ、夕涼みといふほど、物のさまなどもおぼめかしきに、」（207段、新大系254頁）。③125山家1077「まつがねのいはたの岸の夕すずみ君があれなとおもほゆるかな」（下、雑「夏、熊野へ…」）。　**○下句**　ア音のリズム。　**○秋風ぞふく（末句）**　この終り方は一つの型《パターン》である。

【訳】しはつ山（の）、楢の葉蔭で夕涼みをしていると、そこには夏だとは思われない秋風が吹いている事よ。

▽「螢」→「納涼」（題）の歌へ。水辺→「（しはつ）山」（歌枕）。「葦・葉（末）」→「楢の葉（蔭）」、時・夜→「夕」、「露」→「（秋）風」。涼しいので、しはつ山での秋風ではなく、夏風も秋風のように感じられると歌う。同じ守覚の歌に「しはつ山（初句）」「風」「吹き」「ならのは」の詞の通う256がある。さらに式子に、135「夕さればならの下風袖過て夏の外なるひぐらしの声」（夏）がある。

【参考】③19貫之483「かげふかきこのした風の吹きくれば夏のうちながら秋ぞきにける」（「人の木のもとにやすめる」）

杜辺納涼

45　すゞ[1]しさはひとへに秋[2]の心ち[3]して／夕かぜたち[4]ぬ衣手のもり[5]。

【校異】1すゞ—涼（榊）。2秋（元・俵）—秋（河、東）。3ち—地（内、河、東、榊）。4たち—立（内）。5もり—杜（内）。

【語注】○杜辺納涼　わずかに為忠91・守覚Ⅰ45のみの歌題（歌題索引）。為忠91「年つみてあつさくるしくいてやさ

は　ともにおいそのもりにすゝまん」。　**○すゞしさは**　「すゞしさ」は、八代集二例、①新古今261「すずしさは秋やかへりてはつせがはふるかはのべのすぎの下かげ」（夏、有家朝臣）と同868（離別、枇杷皇太后宮）。　**○夕かぜ**　「夕風」は後拾1、新古5、「秋の夕風」は千載1、新古1例と、新古今に多い。「凄凄朝露凝烈烈夕風厲」（文選、338頁）。「夕風」については、蔦田純穂氏に、「「秋の夕風」考――「秋の夕暮」との関係において――」（『高知女子大国文』第17号、昭和56年10月）の論考がある。　**○夕かぜたちぬ**　⑤175六百番歌合377「あきといへばさらでも物のかなしきに夕かぜたちぬたかまどのみや」（秋「秋夕」顕昭）、他③116林葉307など。　**○衣手のもり**　「ひとへ（一重）」と「裁《た》ち」と「衣」は縁語。

【訳】涼しくてひたすら秋のような感じがして、夕風が立った事よ、衣手の森は。〈杜のあたりの納涼（の歌）〉

▽「涼」「秋」「夕」「風」。「しはつ山」→「衣手のもり」、「ならの葉（かげ）」→「もり」。前歌にひき続いて〝納涼〟を歌い、歌枕を移動させて、晩夏の頃、夏も涼しさも深まり、もう秋の心ちがして、衣手の森にはさわやかな夕風が立つと歌う。四句切、下句は倒置法。⑤140右兵衛督家歌合8「夏ごろもたつゆふかぜのすずしさにひとへにあきの心地こそすれ」（「夏風」橘敦隆）が、45に酷似する。⑥17閑月集154、夏「杜辺納涼」喜多院入道二品親王。

【類歌】④35宝治百首1056「夏衣ひとへに秋の心ちして袖に涼しき夜はの月かげ」（有教「夏月」夏十首）

秋[1]

初秋

46 千[2] あさぢふの露[3]けくもあるか[4]秋[5]き[6]ぬと／め[7]に[8]はさやかにみえけるもの[9]を。

【校異】1秋（元・烋）—秋（内、河、東）、穐（榊）。2千—ナシ（書、東、国）。3露け—す、し（書）。4あるか—ある天。5秋（元・烋）—秋（書、河、東、榊）。6き—来（内）。7千（書）。8め—目（榊）。9もの—物（内、河、東）。

【語注】○あさぢふ　荒れ果てた、淋しい場所のイメージ。　○か…もあるか　「「か」は詠嘆。「もあるか」は万葉の語法。」（新大系・千載227）。

【訳】（秋が来て）浅茅生が露っぽくもある事か、（古歌のように）秋がやって来たと見た目にははっきりと見えてはいるものであるが…。

【本歌】古今169「秋きぬと目にはさやかに見えねども風のをとにぞおどろかれぬる」（秋上「秋立日、よめる」藤原敏行朝臣）

▽「秋」。「納涼」（題）→「初秋」（同）の歌。前歌、秋の心ちで夕風が立つと歌ったのをうけて、舞台を「衣手のもり」から「浅茅生」に移し、「風」→「露」となり、風〈本歌〉が立って「秋きぬとめにはさやかにみえけるものを、浅茅生の露けくもあるか」と歌う。「さやかに」と「露けく」を対照させ、「露けく」に涙を響かせて、その涙によって霞みがちになる、以前ははっきりと見えていたのに、となるのである。また、露に秋の到来を知るが、そんな事は

なくとも、〈本歌によって〉秋の到来は目に確《しか》と見えているのに、ともとれる。後世の歌に④39延文百首2936「露はまだおかぬさきより秋きぬとめにみぬ色を心にぞしる」（秋二十首「早秋」行輔）がある。一、二句と三句以下との倒置法。第一、三句あの頭韻。①千載227 226、秋上「秋たつ日よみ侍りける」仁和寺法親王守覚。『新大系・千載227』は、「本歌の「さやかに見えねども」を反転させ、更に涙がちで見えぬと対照させて悲哀感を強調。前歌の聴覚から視覚に転じ、孤愁感では共通させている。」と記す。

47　初秋[1]納涼

風さはぐ竹[2]は[3]かげ[4]本ノマ、〔朱〕／おもひ[5]たがへし秋[6]はき[7]にけり。

【校異】1秋—炑（内）。2竹—竹の（書、内、国）。3はかげ—葉ゞ風陰（内）。4本ノマ、〔朱〕—本ノマ、（榊）、「本ノマ、（朱）（七字分空白）」（私Ⅰ）、以下ナシ（書、内、河、東）。5おも…—以下ナシ（書）。6秋（元・炑）—秋（河、東）。7き—来（内、榊）。

【語注】○初秋納涼　守覚Ⅰ47・Ⅱ55のみの珍しい歌題（歌題索引）。○おもひたがへ　「思いがけない」か。八代集にない。源氏物語一例「年比心つけてあらむを、目の前に思ひ違へんもいとおしうおぼしめぐらされて、」（「須磨」、新大系二—72頁）、③108基俊33「なほきなけいまださつきぞ子規思ひたがへて山へかへるな」（「五月二（ママ）侍りしとしの…」）。○秋はきにけり　古今184「心づくしの秋はきにけり」、拾遺140「人こそ見えね秋はきにけり」をみても分るように、終り方の一つの型《パターン》。

【訳】秋風がざわめいている竹（の）〈は蔭〉葉の蔭…思ってもみなかった秋はやって来た事よ。〈初秋の納涼〉

▽「秋・きに」。「露」から、また「風」、「浅茅生」→「竹は（かげ）《（葉蔭）》」。「風騒ぐ竹（の）葉蔭…」に、予想とは異なった、こんな筈ではなかった、本来の（来）秋とは異質な秋が到来したと、新しい（来秋の）情趣の発見の詠。
【類歌】⑤184老若五十首歌合198「秋風におもひたがへてくずの葉もうらみそめぬる夕暮の空」（夏、宮内卿）

48　七夕[1]

秋[2]とのみなに《〈何〉》か[3]またましひこ星の／あふせをやすのわたり[4]なりせば。

【校異】1七夕―織女（内）。2秋（元・林）―秋（河、東）。3また―待（内）。4わたり―渡（内）。
【語注】**〇ひこ星のあふ**　①14玉葉473「なにとなく秋にしなれば彦星のあふ夜をたれにまつここちして」（秋上、野宮左大臣）。　**〇やすのわたり**　八代集にない。万葉一例・後述。「野洲川」は、八代集一例・拾遺603「よろづ世をみかみの山のひびくにはやす河の水すみぞあひにける」（神楽歌「みかみの山」もとすけ）。また『歌枕索引』は「やすのわたり（野洲渡）」として、⑦103閑放（光俊）9「なぞもかく人くるしめにまたるらんやすの渡りのやすくわたらで」（「七夕の歌」）、③131拾玉225「さなへとるやすのわたりのかたあらしこそのかり田はさびしかりけり」（百首、夏十五首「早苗」）を挙げる。近江とも考えられるが、ここは天の川の渡り場所の意である。「やす」が掛詞。「瀬」と「渡り」とは縁語。
【訳】秋だけをどうして待つ事があろうか（、そんな必要はない）、牽牛星との逢瀬がたやすい「やすのわたり」であったとしたら…。
▽「秋」。「風騒ぐ竹はかげ」から、天の川の「安の渡り」・七夕世界へと舞台を移し、中身も「初秋納涼」（詞書）か

ら「七夕」（同）歌とする。48は、彦星との逢瀬が易しい安の渡りであったなら、年一度の秋のみを待つ事はない、いつでも会えると、反実仮想による、二句切、倒置法詠。

【参考】②万葉2004 2000「天漢《アマノガハ》　安渡丹《ヤスノワタリニ》　船浮而《フネウケテ》　秋立待等《アキタチマツト》　妹告与具《イモニツゲヨク》（こそ）」（巻第十、秋雑歌「七夕」右柿本朝臣人麿之歌集出）

【類歌】④40永享百首368「待ちわぶるとしに一夜のあまの河あふ瀬をやすのわたりとは見ず」（秋二十首「七夕」公保）
③118重家438「たなばたのあふせはかたきあまのがはやすのわたりもなのみなりけり」（「七夕」）
④26堀河百首582「彦星のいそぎやすらん天の川やすのわたりに舟よばふなり」（秋「七夕」顕仲）

49　[1][2]たなばたの[3]秋[4]さりごろも一夜のみ／[5]か[6]さぬる[7]やまとなどかなりけん。

【校異】1かさぬる中歟（河）。2たなばた―七夕（内）。3秋（元・烋）―秋（河、東、榊）。4さ―き（河）。さりごろも―去衣（内）。5かさぬる―かたぬる〔不明〕本（河）。6さ―た東。さぬる―たぬ《さ》か《る》（東）。7やま―山（河、東、榊）、やま《中歟》（内）。

【語注】○一、二句　②万葉2038 2034「棚機之《タナバタノ》　五百機立而《イホハタタテテ》　織布之《オルヌノノ》　秋去衣《アキサリゴロモ》　孰取見《タレカトリミム》」（巻第十、秋雑歌「七夕」）、他③116林葉353など。　○秋さりごろも　八代集にない。万葉一例・前項。七夕の夜初めて袖を通す晴着。「秋さり」は掛詞か。　○重ぬる　「二」と「重ぬ」は言葉の諧謔。

【訳】織姫の秋になって著《き》る衣服は、たった一夜だけ重ねるヤマ〔二人の仲〕とどうしてなってしまったのであろうか。

▽「秋」「のみ」。「ひこ星」→「たなばた」。同じく「七夕」の歌。今度は織女の立場から（また第三者的にも）詠歌

する。第四句意不明、「なか」か。

50　さ夜[1]更《ふけ》て[2]しのぶ[3]けしきのし[4]るき[5]かな／きり[6]たち[7]かくす[8]ほしあひの空。

【校異】1更—ふけ（内、榊）。2しの—忍（内）。3けしき—気色（内）。4る—げ（宝物集）。5かな—哉（内、河、東）。6たち—立（内）。7かくす—わたる（宝物集）。8ほしあひ—星合（内、河、東）。

【語注】**○上句**　さ、し、し、しの頭韻。**○二、三句**　③125山家1245「なかなかにしのぶけしきやしるからんかはる思ひにならひなき身は」（恋百十首）。**○きり（霧）**　秋の代表的景物。**○ほしあひの空**　八代集二例・新古今316、同317。

【訳】秋の夜が更けて、人目をしのび会う様がよりはっきりしている事よ、霧がすっかり立ちおおい隠す七夕の星合の空であるよ。

▽「夜」。同じく「七夕」の歌。〃夜霧のしのび会い〃の様を詠ず。三句切、体言止の典型歌。或いは、倒置法で、解は「霧立ち隠す星合の空によって、夜更けてしの《忍》び会う様子がはっきりそれと分る」か。②12月詣611、巻第七、七月附雑上「七夕をよめる」仁和寺二品法親王。⑤376宝物集353、仁和寺法親王。

萩

51　やつるとも一えだ[1]おらんこはぎはら／はなふみし[2]だく鹿はなしやは。

【校異】1お—を（河、東、国）。2だく—さり（東）。

【語注】○一えだおらん　④26堀河百首612「露しげきあしたの原の女郎花ひと枝をらむ袖はぬるとも」（秋廿首「女郎花」師頼）。○ん　連体形ととらないで、終止形と解釈する。ゆえに二句切。○はなふみしだく　古今442「わが宿の花ふみしたく鳥うたむ野はなければやこゝにしも来る」（物名、友則）、③19貫之204。○鹿　万葉から萩と共によむ。

【訳】萩がすっかり衰えてしまっても、一枝は折ろう、小萩原（よ）、（なぜなら）萩の花を踏みしだく鹿がいないのであろうか（、イヤいて花をメチャクチャにしてしまうから）。

▽七夕の「星合の空」から、小萩が一面に生えた野原「小萩原」へ舞台を移し、「萩」（詞書）の歌となる。二句切。

【参考】⑤143内大臣家歌合〈元永二年〉4「小萩原花さきにけりことしだにしがらむ鹿にいかでしらせじ」（「草花」右中弁源雅兼。③109雅兼25「早萩」）

【類歌】③131拾玉1861「小萩原花に鹿なく野べの色をかきねにぞ見る秋の山里」（百番歌合「山家」）

④30久安145「鹿のなといふにもしるる（マヽ）小萩原花の中にも声きこゆなる」（秋二十首、公能）

①10続後撰297 288「あさなあさなつゆにをれふす秋はぎの花ふみしだき鹿ぞなくなる」（秋上「鹿歌とて」鎌倉右大臣。④14金槐243）

52　[1]新後[2]わけゆ[3]かば[4]たがたもとに[5]もうつるらん／[6]我《わが》[7]しめし野のはぎが花ずり[8]。

【校異】1新後—ナシ（書、内、東、国）、新後秋上（河）。2わけ—分（内、榊）。3か—け（書）。4たがたもと—誰袂（内）。5も—か天・群・続。6新後（書）。7我—わか（書）。8ずり—摺（河、東）。

【語注】○たがたもと　八代集にない。○我しめし野　赤人の万葉歌1431 1427「標之野尓《シメシノニ》」、②4古今六帖2601「わがしめしのの（花）」（第五、雑思「しめ」するが丸）、⑤80皇后宮春秋歌合13「我しめしのの」（「若菜」小納言《（ママ）》）。○はぎが花ずり　八代集三例・後述の後拾304と千載二例。

【訳】分けて行った時には、誰の袂にもさぞうつっている事であろう、私の領地とした野の萩の花摺りによって。

▽「萩」「花」。「（小萩）原」→「野」。同じく「萩」の歌。萩と共に通常詠まれる鹿は登場せず、萩の花摺によって誰の袂にもうつっている事であろうと推量する。三句切、倒置法。50同様、三句切、体言止の新古今的詠風の一典型。①13新後撰301、秋上「萩を」仁和寺二品親王守覚。式子に242「よせかへる浪の花ずりみだれつゝしどろにうつすまののゝうら萩」（秋）がある。

【参考】①後拾304「けさきつるのばらのつゆにわれぬれぬうつりやしぬるはぎが花ずり」（秋上「くさむらのつゆをよみはべりける」藤原範永朝臣）

①千載250 249「心をばちくさの色にそむれども袖にうつるは萩がはなずり」（秋上「題しらず」長覚法師）

【類歌】⑤229影供歌合〈建長三年九月〉112「朝まだき野原しのはら分けきつる我が衣手の萩が花ずり」（右近大将公相）

53　野辺ならば[1]鹿か虫かにかこたま[2]し／[3]われと[4]ちりぬる庭の秋はぎ。

【校異】1鹿か虫かに―しからむしかに（書）、群・続、しがらむ鹿《しか》に（御室五十首、御室撰歌合）。2一（書）。3われ―我（内）。4ちり―散（内、河、東）。

【訳】それが野辺であったなら、（ちらしたのは）鹿か虫かどちらかに「からみつけた鹿に」責任をなすりつけたであろう、が、自《み》ら散ってしまったわが家の庭の秋萩（は何にも責任を転嫁できないの）であるよ。

▽「野（辺）」「萩」。場は「野」→「庭」。同じく「萩」の詠。前歌52と同じく三句切、体言止。「虫」が歌に出てく

るのは、少し変であるので、「しがらむ鹿」が正しいか。「しかかむしかに／しからむしかに」の違いのみ。——①1古今217「秋はぎをしがらみふせてなくしかのめには見えずておとのさやけさ」（秋上、よみ人しらず）、③19貫之263「山とほきやどならなくに秋萩をしがらむ鹿の鳴きもこぬかな」（第三、秋）、④26堀河百首597「萩が花しがらむ鹿ぞうらめしき露もちらさでみまくほしきに」（秋「萩」顕季）＝③105六条修理大夫218——反実仮想。歌としては明快で分りやすい。④41御室五十首24、秋十二首。⑩57御室撰歌合49、秋、廿五番、左勝、御作。

【参考】①後撰299「わがやどの庭の秋はぎちりぬめりのちみむ人やくやしと思はむ」（秋中、むねゆきの朝臣。③17宗于22）

野花露[1]

54 千[2]秋[3]の野の千[4]くさのいろに[5]うつろへば／[6]花ぞかへりて露を[7]そめける。

【校異】1露—落天。2千—ナシ（書、内、東、国）、千秋（河）。3秋（元・炑）—秋（書、河、東）、穐（榊）。4くさ—種（内、河、東、榊）。5うつろへば—ナシ（書）。6千（書）。7そめ—染（河、東）。

【語注】○野花露　千載262（守覚）、守覚Ⅰ54・Ⅱ63のみの珍しい歌題（歌題索引）。○秋の野の千くさ　②4古今六帖3565「秋の野のちくさにさけるはなの色のみだれて物をおもふころかな」（第六、草「あきの草」）、②12月詣656「秋の野の千くさの花のいろいろを露ばかりしていかがそむらん」（第七、七月、大江通景）、④41御室五十首223「秋の野の千種の色にしみぬればかへる思ひもなき心ちかな」（秋十二首、兼宗）。○千くさのいろに　①後撰310「おくからにちくさの色になるものを白露とのみ人のいふらん」（秋中、よみ人しらず）。○かへりて　「色あせる意の動詞「返り」をかける。」（新大系・千載262）。

【訳】秋の野が多種多彩な（花の）色に変化すると、秋の花が却って逆に露を染める事であるよ。〈野の花の露〉

▽「秋」。「庭」から「野」へと場はまた戻る。「ちり」→「うつろふ」、「萩」→「花」。〃野の花の露〃（詞書）の歌。通常とは逆の発想の趣向歌で、それさえ分れば、あとは分りやすい。7千載262 261、秋上「野花露といへる心をよみ侍りける」仁和寺法親王守覚。

『新大系・千載262』は、①後撰310を「参考」とする。「繊細な抒情味の感得できる歌。」（和泉・千載262）。

さらに千草聡氏は、守183＝④31正治初度343「千くさまで花にうつろふ上露はちるにぞもとの色はみえける」（秋）と、「内容的同語関係的な共通点が指摘できる。」（『和歌文学研究』75号、「守覚法親王の和歌表現考――『北院御室御集』より『御室五十首』『正治初度百首』へ――」63頁）と述べられる。

【参考】②4古今六帖3749「菊のはな千くさの色をみる人のこころさへにぞうつろひぬべき」（第六、草「きく」みつね）

③80公任111「秋ののの花の露ともしらざりき千種のいろにおける白玉」（「だいおぼえず」）

④30久安332「色色の玉とぞみゆる秋の野の千草の花における白露」（秋二十首、顕輔）

④30久安433「秋の野の千草の華におきつればしら露もみなおのが色色」（秋二十首、季通）

①千載250 249「心をばちくさの色にそむれども袖にうつるは萩がはなずり」（秋上、長覚法師）

【類歌】⑤175六百番歌合462「秋の野の千くさの色もかれあへぬに露おきこむるよはのはつしも」（秋下「秋霜」中宮権大夫）

③130月清1358「秋の野のちくさのいろをわがやどに心よりこそうつしそめつれ」（下、祝、第七帖「野花…」）。⑤258文治六年女御入内和歌156）

④32正治後度926「秋の野の千種の色にとどめつる心や花の露とおくらん」（あき「くさのはな」女房越前）

霧

55 [1]を[2]と[3]しる[4]し[5]鹿の[6]かよひ[7]ぢ[8]これなれや／[9]きりのあなたに[10]この[11]はふ[12]む[13]なり。

【校異】55は262の次にあり（神百、内百、書百）。1を—お（河、東、国、神百、林百、森百、正治）。2と—とに（林百）。3しる—析る《本ノマヽ》（森百）。4し—ナシ（神百、森百）、き《しイ》（書百）。5鹿—志賀（森百）、、か（古百）。6かよひぢ—通路（内、森百）。7ぢ—路（河、東、正治）。8これ—是（河、東、内百、林百、森百）。9きり—さか（河）。10このは—木葉（内、河、東、内百、正治）、木の葉（林百、森百）、木末続群。11は—葉（書百）。12む—る（森百）。13なり—也（河、東、神百、内百、林百、森百）。

【語注】**○しかのかよひぢ** ③56恵慶221「をぐら山しかのかよひぢみえぬまで…」（夏）。「かよひぢ」は、漢語「通路」に当る。 **○きりのあなたに** ③87入道右大臣（頼宗）75「さほがはのきりのあなたになくちどり…」（「…、ちどり」）。 **○なり** 断定ともとれるが、「霧のあなたに」という事で、いわゆる伝聞推定。

【訳】音が確《しか》ときこえる、さぞ鹿の通う路がこれなのであろうよ、霧の彼方に木葉を鹿が踏む音がきこえるようだ。

▽「露」（詞書内）→「霧」（詞書）、「花」→「（木）葉」。前歌・視覚（「色」）→聴覚（「音」）。またまた「鹿」が登場。「霧」の歌。霧の彼方の木葉を踏む音によって、鹿の通路がこれと分ったという詠。④31正治初度百首356「秋」20首の18首目。

目加田さくを氏は、「自然の閑寂に溶けこんだ清澄な心境、x〔私注—下句〕は法親王らしい透徹した自然観照の高さ、清しさであって、守覚ならではの表現、他に類を見ない。」（『私家集論㈡』180頁）と述べられる。

【参考】②9後葉156「よやさむき妻やまどへる秋山に霧のあなたにをしか鳴くなり」（秋上、藤原道経）

旅霧といふ題を人にかはりて

56 [1]みやこどりありとみえばや[2]こと丶はん／[3]すみだ[4]がはらはきり[5]こめてけり。

【校異】1みや―宮（榊）。2こと丶―事と（内）。3すみだ―角田（内、河、東）。4がはら―川原（河、東）、河原（内、榊）。5こめ―込（内）。

【語注】**○旅霧**　守覚Ⅰ56・Ⅱ67のみの珍しい歌題（歌題索引）。**○こと丶はんすみだがはら**　②16夫木2869（夏二「名所郭公」後九条内大臣）。**○すみだがは**　歌語としては八代集にない。更級日記に「すみだ河とあり、舟にてわたりぬれば、」（新大系376頁）とある。③118重家579「きりふかきすみだがはらのとも千鳥…」（「古渡千鳥」）など。**○きりこめてけり**　⑤421源氏物語626「…槙の尾山は霧こめてけり」（（薫））、他③70嘉言83など。

【訳】都鳥がいると分った時には、都鳥に「わが思ふ人はありやなしや」ときいてみよう、が今は隅田川原は霧がこめている事よ（だから何も見えない）。〈「旅霧」という題を人に代って（よんだ歌）〉

【本歌（説）】伊勢物語「猶行き〳〵て、武蔵の国と下総の国との中に、いと大きなる河あり、それをすみだ河といふ。…13名にし負はばいざ事問はむ宮こ鳥わが思ふ人はありやなしやと」（九段、新大系89頁。「武蔵国と下総国との中にある隅田河のほとりに至りて、…」古今411詞書、羇旅、業平）

▽「霧」。「鹿」→「（都）鳥」。同じく「霧」の歌。「旅霧」（題）で、伊勢物語をふまえて詠む。視覚（「見え」）。三句切。

【参考】③30斎宮女御70「ひとをなほうらみつるかなみやこどりありやとだにもとふをきかねば」（「伊勢より」）。①新古908）

【類歌】④24慶運248「角田河かは霧ふかしみやこ鳥ありやなしやとたどるばかりに」（雑「都鳥」）
⑤231三十六人大歌合〈弘長二年〉「この里は角田河原もほどとほしいかなる鳥にみやことはまし」

海辺霧

57　浦[1]づたふ[2]さ[3]ほのうたのみ[4]きこゆ[5]なり／[6]あまの[7]ともぶねきりがくれつゝ。

【校異】1づた―傳（内）。2さほ―棹（内）。3ほ―を（河、東、国）。4きこ―聞（内、河、東）。5なり―也（内）。6あま―海士（内、河、東）。7ともぶね―友船（内）、友舟（榊）。

【語注】**○海辺霧**　わずかに実国63（㊫師光38）、守覚Ⅰ57のみの歌題（歌題索引）。実国63「すみよしのつもりのうらは霧こめて　あことゝのふるこゑのみぞする」。**○あまのともぶね**　③116林葉24「…たつままにあまの友ぶね数ぞ消行く」（春「…、海上夕霞」）、他⑤162広田社歌合〈承安二年〉70、同104など。なお「ともぶね」は、八代集にないが、③115清輔79（夏「船中五月雨」）などにある。　**○きりがくれ**　「きりがくる」は、八代集にないが、万葉一例・②万葉2145 2141「比日之《コノコロノ》　秋朝開尓《アキノアサケニ》　霧隠《キリガクレ》《きりごもり》　妻呼雄鹿之《ツマヨブシカノ》　音之亮左《オトノハルケサ》」（巻第十、秋雑歌「詠㆓鹿鳴㆒」。2145 2141「霧隠《きりごも》り」（角川文庫）、2141「霧隠《きりごもり》」（塙本）。

【訳】浦を伝いゆく竿を操る海士の歌だけがきこえてくるようだ、海士の連れ立って航行する船は霧に隠れつつあるよ。〈海辺の霧〉

▽「きり」。「こめて」→「がくれ」。同じく霧の歌。が、「海辺」（題）となり、「すみだがはら」「みやこどり」（鳥）→「浦（づたふ）」「あま」（人）と、海の霧を歌う叙景詠。56と同じく三句切。上句（聴覚）、下句（視覚）。同じ守覚

に「ぶね霧がくれ」「さをのうた」の詞の通う262がある。

【類歌】⑤271歌仙落書94評「霧がくれあかしのせとをみわたせばかすかになりぬあまのつりぶね」

霧籠暁天

58　あけ[1]ぬとやくらきもの[2]から[3]しり[4]ぬら[5]ん／きりまをわく[6]る[7]しぎのはねがき。

【校異】1あけ—明（内）。2もの—物（内、榊）。3ら—るら（東）。4しり—知（内）。5り—ら（河）。りぬら—らぬるるら（東）。6わく—分（内）。7る—らる（東）。

【語注】○霧籠暁天　守覚Ⅰ58・Ⅱ68のみの珍しい歌題（歌題索引）。○きりま　八代集にない。後述の式子293や③133拾遺愚草335（閑居百首、夏）などにあり、漢詩の影響による語か。詳しくは拙論『国語フォーラム』43号「式子内親王、正治百首の詞の達成」参照。○きりまをわくる　③106散木463「とへかしなきりまをわけてかみ山の…」（秋）、他③90出羽弁75など。

【訳】もう今は夜が明けてしまったと、あたりはまだ暗いもののきっと知ったのだろう、霧間を分けて鴫の羽をかく（羽ばたく）音がきこえる事よ。〈霧が暁の天を籠める（歌）〉

▽同じく「霧」（題、歌とも）。また鳥（「鴫」）に戻る。海の歌から地上へかえり、前歌と同様平明な詠で、霧4首を終える。同じく三句切。下句、聴覚。58は古今761「暁のしぎの羽がき百羽がき…」（恋五、読人不知）を本《モト》とする。また式子293に、「身のうさを思ひくだけばしの、めの霧まにむせぶ鴫の羽がき」（鳥。④31正治初度296）がある。

【類歌】⑤175六百番歌合402「あけぬとやおなじこころにいそぐらむかどたのしぎもいまぞはねかく」（秋中「鴫」経家）

虫

59　木がらし[1]にむしの音[2]たぐ[3]ふ秋[4]の野は／つゆもなみだ[5]もとまらざりけり。

【校異】1がらし―枯（内）。2音―ね（内、河、東）。3ぐ―か天。4秋（元・烁）―秋（河、東）。5なみだ―源涙（東）。

【語注】○秋の野はつゆも　⑤158平経盛朝臣家歌合19「…秋ののは露もあだなる花しなければ」（「草花」心覚）。○つゆもなみだも　①後撰1366 1367「…なになれやつゆもなみだもおきかへりつつ」（羇旅、よみ人しらず）。

【訳】木枯の音に（、秋の）虫の音を伴ってきこえる秋の野というものは、（木枯によって）露も涙も一所《ひとところ》にはとどまらない事よ。

▽「霧」→「木枯」「露」、「鳴（の羽搔）」→「虫（の音）」。〃虫〃（詞書）の歌。58の下句の聴覚から、一、二句・聴覚へと続く。一、二句は「木枯」と「虫（の音）」という〃重層〃、第四句も「露」と「涙」の〃重層〃、それをつなぐ橋渡しの役割の腰句「秋の野は」という構造。「木枯に虫の音（が）類ふ」そんな「秋の野」は、木枯の風と〃（秋の）あはれさ〃によって、露も涙も止まらないと歌った、平明な詠。

【参考】①金葉・解題61「をしめども野べの草木の枯れぬれば露だに秋はとまらざりけり」（秋「九月尽の心をよめる」源淳国。②10続詞花280）

【類歌】①新古今788「玉ゆらの露も涙もとどまらずなき人こふるやどのあきかぜ」（哀傷「母身まかりにける秋、のわきしける日、もとすみ侍りける所にまかりて」定家朝臣。③133拾遺愚草2774）

月

60　おほわだ[1]のうらは[2]の[3]風にきりはれ[4]て／千舟[5]のかずみ《も》[6]みゆる月かげ[7]。

【校異】1おほわだ—大輪田（内）。2うらは—浦半（内）、浦端（榊）。3は—や（河）、わ（東、国）。4はれ—晴（内）。5舟—船（内、河、東）。6み《も》—も（内、河、東、榊、国）。7かげ—影（内、河、東）。

【語注】**○おほわだ**　八代集にない。固有名詞の地名とも、②万葉31「左《サ》散《サ》難《ナ》弥《ミ》乃《ノ》　志《シ》我《ガ》能《ノ》〈一云、比《ヒ》良《ラ》乃《ノ》〉大《オ》和《ホ》太《ワダ》与《ヨ》杼《ド》六《ム》友《トモ》…」（第一、雑歌、過二近江荒都一時柿本朝臣人麿作歌「反歌」）の如く、「大曲—大きくよどんでいる所」という一般名詞とも考えられるが、やはり②万葉1071 1067の、「神戸市兵庫区の和田岬から東北方へかけての湾入した海岸。」（角川文庫）とされる地名か。『歌枕索引』は、「おほわだのうら（大輪田浦）」として、「よさのうみは霞へだてていづかたかちぶねよるてふおほわだのうら」（③116林葉27、春「かすみの歌とてよめる」、ただし末句「おほかたの浦」）をあげる。が、「おほわだのうらわ」は、この60の歌のみ。**○うらは**　八代集二例・後述の千載282と新古935（羇旅、家隆）。「わ」は曲っている所の意であり、「うらは」は、万葉集の「浦廻《うらみ》」の誤読から生まれた語とされる。②132壬二1860「浦わの舟も」（「高砂」）。**○千舟**　八代集にない。万葉一例・後述歌。**○みゆる月かげ**　①詞花295 294「くまもなくしのだのもりのしたはれてちえのかずさへみゆる月かげ」（雑上「題不知」内大臣）。

【訳】大和田の所の浦わのあたりを吹く風に霧が晴れてしまって、そこに浮かぶ沢山の船の数も数えられるほどの皓皓と照らす秋の月の光であるよ。

▽「野」から、また海へ舞台を移す。再び「霧」の登場。「木枯」「露」↓「風」「霧」「月」。秋の一つの中心的景物である「月」が出てくる。59の一、二句の聴覚より視覚詠（「みゆる」）へ。全体としては清澄な叙景歌、漢詩を思わ

せる構成の明確な詠。

【参考】②万葉1071 1067「浜清《ハマキヨミ》　浦愛見《ウラナツカシミ》　神世自《カミヨヨリ》　千船湊《チフネノトマル》　大和太乃浜《オホワダノハマ》」（第六、雑歌、過ニ敏馬浦一時作歌一首并短歌「反歌二首」右廿一首田辺福麿之歌集中出也）

③106散木695「君が代はちふねのよするおほわだにたつさざ波のかずもしられず」（祝）

③118重家337「神よよりうらなつかしきおほうらにちふねもみえず霞しにけり」（「海辺霞」）

①千載282 281「玉よするうらわの風にそらはれてひかりをかはす秋のよの月」（秋上「百首歌めしける時、月のうたとてよませ給うける」崇徳院御製。④30久安42）

【類歌】②16夫木11567「おほわだのうらわにこよひふねとめてきよきはまべの月をいざ見ん」（雑七、左近中将具氏卿）

②16夫木11802（=13817）「おほわだのはまのまつ吹くうら風にしがのてこらがそでかへるみゆ」（雑七、後九条内大臣）

61　はるぐ〜とちさとのほか[1]へ[2]ゆく[3]月は[4]／を[5]のがひかりやしるべ[6]なる[7]らん。

【校異】1ほか—外（内、河、東）。2へ—は（書）。3ゆく—行（内、榊）。4月は—ナシ（書）、「（三字分空白）」（私Ⅱ）。5を—お（河、東、国）。6べ（元・へ）—べ（東）。7なる—成（内）。

【語注】○はるばるとちさとの　②4古今六帖2784「はるばると千さとの程をへだてては…」（第五「とほみちへだてたる」）。　○ちさとのほか　「ちさと」は、「千里《せんり》」の訓読語であり、八代集にない。「ちさとのほか」は、漢語「千里・の外」よりきたものか。和漢朗詠集242「三五夜中の新月の色　二千里の外の故人の心　白」（上、秋「十五夜付月」）、③130月清59「くもきゆるちさとのほかにそらさえて月よりうづむ秋のしらゆき」（花月百首、月五十首。⑤178後京極殿御自歌合〈建久九年〉67）、③133拾遺愚草42「ふす床をてらす月にやたぐへけん千里の外を分くる心は」（初学百首、秋廿首）、⑤182石清水若宮歌合〈正治二年〉194「あくがるるこころの程は月もみよ千里の外のあり明のそら」（「月」雅経）など。　**○をのがひかり**　④29為忠家後度百首370「あさぢはら月をやどしてしらつゆのおのがひかりとおもひがほなる」（「露上月」）、⑤165治承三十六人歌合95「さ月やみおのが光をしるべにて山のかけぢを行く蛍かな」（「山路蛍」寂念）、⑤183三百六十番歌合〈正治二年〉357「くまもなきおのがひかりをこほりにてすはのとわたる秋の夜の月」（秋、正三位経）など。

【訳】はるばるとはるか彼方の所へ向う月は、自《み》らの光こそが行く先の道案内なのであろう。

▽「月」、同じく〝月〟の歌。「千（ち）」。「かげ（影）」→「ひかり」。海から地上（?）へ場を移したのであろう。はるかへ（旅）行く月は、自分の光がしるべなのだろうと歌う。同じ守覚に、「千さと」「行く月」「おのがひかり」の詞の通う260がある。

【参考】③116林葉462「我が心おくらざりせば秋の月ちさとの外に独ゆかまし」（秋「…、月」）
⑤160住吉社歌合〈嘉応二年〉35「てる月もおのがひかりやたむくらむしらゆふかくるすみよしのまつ」（「社頭月」伊綱）

62　峯[1]にても雲のちり[2]ゐる[3]月かげ[4]を／いはまにあらふ谷のした水。

【校異】1峯―岑（内）、嶺（榊）。2ちり―塵（内）。3ゐ―ぬ（河、東）。4かげ―影（内、河、東）。

【語注】**○ちりゐる**　八代集にないが、蜻蛉日記に一例ある。「薄色なる薄物の裳をひきかくれば、腰などち㊂がひて、こがれたる朽葉に」（「かげろふ日記」索引本文75頁。「㊂ちがひ（新柿大小）―ちりひⒶ。ちり〈塵〉ゐ〈講〉。ちりゐ（川全索注上喜）。」。新大系は「こしなどちりひて、」91頁）。また後述の①金葉歌参照。或いは「塵居る」か。

【訳】谷の下水のみならず、峰にもまた雲がまわりにちっている月の姿を、岩の間の所で洗っている谷の下を流れる水である事よ。

▽同じく「月」の歌。「光」→またまた「かげ」へ。前歌のどちらかといえば抽象概念詠とはうって変って、60と同じく漢詩を思わせる明確具体歌。視覚。同じ守覚に「いは」「あらふ」「谷の下水」の詞の通う230がある。

【参考】①金葉二188 199「すみのぼるこころやそらをはらふらん雲のちりゐぬ秋のよの月」（秋、源俊頼朝臣。①金葉三204。③106散木504）

①詞花302 301「かごやまのしら雲かかるみねにてもおなじたかさぞ月はみえける」（雑上、大江嘉言。③70嘉言144）

③116林葉435「かざごしの雲吹きはらふ嶺にてぞ月をばひるの物としりぬる」（秋）

63　風わたる[1]こずゑに[2]雨のをとは[3]して／月のみぞもる松が[4]うらし[5]ま。

【校異】1こずゑ―梢（河、東）、木末（内）。2雨―あめ（書）。3して―ナシ（書）。4うらしま―浦嶋（内）。5ま―た（東）。

【語注】**○風わたるこずゑに雨**　⑤197千五百番歌合1746「かぜわたるこずゑにあめをききなれて…」（冬一、公継）。**○こずゑに雨のをとはして**　①17風雅1689 1679「枝くらき木ずゑに雨のおとはして…」（雑中、入道二品親王法守）。**○雨**　縁語「もる」。また「松風」は琴の音によく譬えられる。**○をとはして月のみ**　⑤197千五百番歌合841「夏かりのあしまになみのおとはして月のみのこる…」（夏二、寂蓮）。**○松がうらしま**　「松」掛詞。宮城県松島。八代集二例・後撰1093、千載460。他⑤187鳥羽殿影供歌合〈建仁元年四月〉36「程もなくあくべき夏の夜はなれど月はのどけし松がうらしま」（「海辺夏月」小侍従）、⑤222名所月歌合〈貞永元年〉58「もしほやくこころあるあまのゆふけぶり月にはたてずまつがうらしま」(「名所月」下野)など。

【訳】秋風のわたっていく木末に(松風は)雨の如き音を立て、そうして(雨は漏れ落ちず)月の光だけが漏れ落ちる松の松が浦島である事よ。

▽「月」。「雲」↓「風」「雨」。場を奥山から海岸の「松が浦島」へ移す。平明な叙景歌。上句聴覚(「をと」)、下句視覚。⑤183三百六十番歌合333、秋、二十三番、左、仁和寺宮。同じ守覚に「風」「月」「まつがうらしま(末句)・正治百首」の詞の通う235がある。

【類歌】④11隆信354「かぜわたるこずゑのおとはさびしくてこまつがおきにやどる月かげ」(一、旅)

④20隆祐54「志賀のうらやこほらぬ浪のおとはして月の御舟ぞとほざかりゆく」(「湖上月」)

64　[1]つくばねねのしげき[2]こまより月もれば/[3]このものもの雪の[4]むらぎえ。

【校異】1つくばねね―筑波根(内)、つくはね(河、東、榊、国・「つくばね」)。2こま―木間(内)。3の―れ(河)、れの(東)。4むらぎえ―村消(内、河、東)。

【語注】○こま　八代集二例・後撰1144(雑二、素性)と詞花123。○このもかのも　古今1095による。歌学大系別巻二―『袖中抄』234頁、『色葉和難集』524頁、『無名抄』43頁など参照(詳しくは『歌学書被注語索引』86頁)。最近では「筑波嶺の「このもかのも」の論争」(西村加代子『平安後期歌学の研究』)がある。

【訳】筑波山の沢山生い茂っている木の間から月光が漏れ落ちると、そこはあたかもこちらあちらと雪がまだらに消え残ったように見える事よ。

【本歌】①古今1095「筑波嶺のこのもかのもに影はあれど君が御かげにますかげはなし」(巻第二十、東歌「常陸歌」)…

詞

▽「月」「もる」。「木末」→「木間」。また場を海辺の「松が浦島」（陸奥）→山・内陸の「筑波嶺」（常陸）。「風」「雨」→「雪」。63と同じく体言止。月光を雪に見立てる。その例としては、和漢朗詠集243「嵩山表裏千重の雪　洛水高低両顆の珠」（上、秋「十五夜付月」白）、式子150「久方の空行月に雲消てながむるまゝにつもる白雪」（秋）があり、またその逆が百人一首31・古今332「朝ぼらけ有明の月と見るまでに吉野の里に降れる白雪」（冬、坂上是則）である。さらにこの64の影響をうけた⑤247前摂政家歌合〈嘉吉三年〉19「春のくるしるしに跡やつくば山このもかのもの雪の村消」（「初春」源持房）がある。

【参考】①拾遺571「…冬は花かと　見えまがひ　このもかのもに　ふりつもる　雪をたもとに　あつめつつ　…」（雑下、源したがふ）

【類歌】④15明日香井256「つくば山…しげきこずゑやいかならんこのもかのもの雪のしたをれ」（冬。⑤197千五百番歌合1881）

65　駒とめてみればこゝろもうつり[1]けり／ひのくま川[2]にすめる月かげ[3]。

【校異】1うつ―移（内、榊）。2川―河（榊）。3かげ―影（内、河、東）。

【語注】〇みればこゝろもうつりけり　古今104「花見れば心さへにぞうつりける色には出でじ…」（春下、躬恒）。「うつり」は、「移・写り」の掛詞。　〇ひのくま川　八代集一例・古今1080、万葉二例、③132壬二667「駒とむるひのくま河の夕霧も恋しき人の影はへだてず」（光明峰寺入道摂政家百首、恋「寄名所」）、③132壬二2372「かげやみぬ日のくま河の夕霧にこまうちわたす音ぞとまらぬ」（下、秋、「河霧」）。「日・陽（の隈）」と「月（影）」とは対照。　〇すめ

「住む」との掛詞ではなかろう。

【訳】馬を止めてみると、川面に移り写っている月のみならず、心もそこに移る事よ、ひのくま川に澄んで写っている月の光であるよ。

【本歌】古今1080「さゝのくまひのくま河に駒とめてしばし水飼へかげをだにみむ」（神遊びの歌「日霊女の歌」）

▽「月」。「こま」↓同音の「駒」。場は山・「筑波嶺」（常陸）↓川・「檜隈川」（大和）、「もれ」↓逆の「とめ」。三句切、体言止の典型歌。あるいは倒置法か。三句切、体言止は「駒とめて袖うちはらふかげもなし…」（新古671、冬、定家）、「見わたせば花も紅葉もなかりけり…」（新古363、秋上、定家）等と同じ。視覚（「みれば」）。景と心との渾然一体となった詠。

【参考】②万葉3111 3097「左檜隈《サヒノクマ(ササノクマ)》　檜隈河尓《ヒノクマガハニ》　駐馬《コマトメテ(ムマトメテ)》　馬尓水令飲《コマ(ムマ)ニミヅカヘ》　吾外将見《ワレヨソニミム》」（巻第十二「寄レ物陳レ思」）

④26堀河百首1378「今よりはひのくま川に駒とめじかしらの雪の影うつりけり」（雑「川」匡房）

⑤121高陽院七番歌合38「みづならで人にもつきやうつるらんみれば心のすみわたるかな」（「月」ゆきいへ）

【類歌】③133拾遺愚草1094「駒とめしひのくま川の水清みよわたる月の影のみぞみる」（千五百番歌合百首、雑十首）

⑤182石清水若宮歌合〈正治二年〉153「いまも又しのべば袖にうつりけり月にむかしの影はみよとや」（「月」通具）

八月十五夜[1]月のうた[2]あ[3]またよみ/し[4]なか[5]に

66　逢[6]坂のせきぢ[7]はるかに[8]ひくこま[9]の/あと[10]なき雪や夜[11]は[12]の[13]月かげ[14]。

【校異】1夜—夜、(国)。2うた—哥(内、河、東、榊)。3あ—に《あ歟》(河)、に《ぁ》(東)。4し—ける《し》(内)。5なか—中(内、河、東、榊)。6逢—相(河、東)。7せきぢ—關路(内、河、東、榊)。8るかに—るに《か》(東)。9ひくこま—引駒(内)、率駒(河、東)。10あと—跡(内、榊)。11夜—よ(河、東)。12は—半(内、榊)。13の—れ《の》(河)。14かげ—影(内)。

【語注】〇八月十五夜月　他、嘉言79・摂津9のみの歌題(歌題索引)。③70嘉言78「ことなりといひふるしたる秋のよのながきこよひの月はつきかは」(「八月十五夜月」)、中古Ⅱ・60摂津9「かすかやまみねのあらしにくもはれててる月かけをいくよみつらむ」(「八月十五夜、関白とのより月の歌めしたるに」)。

【訳】逢坂の関(へ)の路をはるかにひいて行く馬の足跡が雪につかない、その雪はさぞ夜半の月光がそれと見えたのであろうよ。〈「八月十五夜、月」の歌を多くよんだ中で〉

【本歌】拾遺170「あふさかの関のし水に影見えて今やひくらんもち月のこま」(秋「延喜御時月次御屏風に」つらゆき)

▽「駒」「月かげ」(末句の体言止)。「ひのくま川」(大和)→「逢坂の関(路)」(近江)。これも64同様、月光を雪と見立てる平明な叙景歌。64より本歌をふまえた詠が続く。同じ守覚に「月」「あとなき雪」「(ひかり)」の詞の通う260がある。

【参考】①金葉二解題44「ひくこまのかげをならべて相坂の関ぢを月もこゆるなりけり」(秋、藤原朝隆。①詞花102 100「ひくこまに…せきぢよりこそ月はいでけれ」)

④26堀河百首769「逢坂の関路にけふや秋の田のほさかの駒をむつむつと引く」（秋「駒迎」公実）
④26堀河百首779「ひく駒のつめやひつらん逢坂のせきの清水のそことにごれる」（秋「駒迎」基俊）
④26堀河百首783「かずしらずきみがためにとひく駒はいくその秋かあふ坂の関」（秋「駒迎」紀伊）
【類歌】③131拾玉850「引くこまのかげこそ見えねあふ坂の中空にすむ月の光に」（詠百首倭歌、秋「夜半駒迎」）
⑤197千五百番歌合1801「とふ人のふみわけてけるにはのゆきのあとをぞうづむよはの月かげ」（冬二、三宮）

高野に[1]こもりたりける[2]こ[3]ろ山／居月のこゝろを

67 [4]世をいとふ[5]みやまがくれの[6]すまゐには／月さへ雲の[7]ちりなかりけり。

【校異】1こも—籠（内）。2ころ—比（内、河、東）。3ろ—ろ、（国）。4世—よ（書）。5み—深（内）。6すまゐ—住居（内、河）、住居《ひ》（東）。7ちり—塵（内、河、東）。

【語注】**〇山居月** 他は俊成Ⅰ249・良経1198だけの歌題（歌題索引）。③129長秋249「住みわびて身をかくすべき山里にあまりくまなき夜半の月かな」（「家に月の五首歌よみし時、山居月」）。③130月清集1198「山ふかみげにかよひぢやたえにけむさらずは月におとづれもがな」（「山居月」）。**〇世をいとふ** ②4古今六帖1446「よをいとふこころはここにとまらなん…」（第三「法師」）。

【訳】世をいといすごす、深山に隠れすむ住まい（＝高野山）においては、月までも雲の（俗塵を思わせる）塵がない事よ、心の如く雲一つなく空は澄み渡っている事よ。〈高野（山）にこもってしまった頃に、「山ずまいの月」という心を〈よんだ歌〉〉

▽「月」「なし」。「雪」→「雲」、「逢坂の関路」→歌に固有名詞（歌枕）はないが、詞書に「高野」とある。同じく「（山居）月」の歌で、明快直截的な詠。
【類歌】④38文保百首2988「世をいとふ心ばかりやかたからむすめばすまるるみ山べのさと」（雑十首、道順）

野宿見月

68　[1]秋の[2]野に[3]やど。《か》[4]る月を[5]はな《本ノマゝ〔朱〕（すすき）》／あたりの露をはらふ[6]そで[7]そ[8]ふ。

【校異】1秋（元・烋）—あき（書）、秋（河、東、榊）。2野—、（書）。3やど。《か》—宿れ（内）。4。《か》—か（書、河、東、榊、国）。5本ノマゝ〔朱〕—以下ナシ（書）、本（内）、本ノマ、（榊）、「本ノマ、（朱）（三字分空白）」（私Ⅰ）、「（三字分空白）」（私Ⅱ）、すゝき（河、東）。6そで—て（書）。7そ—そ《本》（河）。8ふ—「ふ（以下欠）」（私Ⅱ）。

【語注】○野宿見月　他は頼政Ⅰ233のみの歌題（歌題索引）。③117頼政233「秋の野の尾花かりふく庵には月ばかりこそあひやどりすれ」（秋「野宿見月」）。

【訳】秋の野（の露）に宿をかっている月を花〔薄《（の）よ》〕、まわりの露を払って進む袖に添っている（＝月の姿が写っている）。〈野に宿って月を見る〉
▽同じく「月」の歌。「すまゐ」→「やど」。場を「深山隠れ」から「野」にもってくる。上句から下句にかけてのつながりが、もう一つ明確でないが、おそらくは【訳】の如くなのであろう。
【類歌】①新古424「秋のよはやどかる月も露ながら袖に吹きこす荻のうは風」（秋上「だいしらず」右衛門督通具）
⑤236摂政家月十首歌合98「よなよなにやどかるつきもこころせよひとにはつつむそでのなみだぞ」（則雅）

69　しほたるゝ[1]いせをの[2]あまの[3]〔本ノマゝ〔朱〕〕／さまにも[4]おは[5]ずうつる[6]月かな[7]。

【校異】1いせを―伊勢お（榊）。2あま―海人（内）。3本ノマゝ〔朱〕―以下ナシ（書、内、河、東）、本ノマ、（榊）、「本ノマ、（朱）（五字分空白）」（私Ⅰ）、「（五字分空白）」（私Ⅱ）。4お―を（書）。5は―よ天。6うつ―移（内）。7かな―哉（内）、影群・続。

【語注】○月澄海辺　守覚Ⅰ69・Ⅱ82のみの珍しい歌題（歌題索引）。○しほたるゝ　③18敦忠119「伊勢のうみにふねをながしてしほたるるあまをわがみとなりぬべきかな」（「又」）。○しほたるゝいせをのあま　①千載719 718「しほたるるいせをのあまやわれならん…」（恋一、権大納言実国）。○いせをのあま　八代集三例・後撰718、千載719、同815。①後撰718 719「すずか山いせをのあまのすて衣しほなれたりと人やみるらん」（恋三、これまさの朝臣）。③50一条摂政35、第四句「…たれたりと」）。○あま　労働は激しく忙しいが、生活は貧しく粗末な着物を着ているという認識がある。○□　「袖衣」？あたりが入るのか。○おは　「負《お》ふ」。

【訳】潮にぬれてしずくが垂れ落ちる伊勢の男の漁師の〔　〕、そのみすぼらしい様子にふさわしくもなく、そこに写っている月である事よ。〈月が海辺に澄んでいる〉

▽同じく「月」の歌。67「深山」↓68「野」↓「海」（題）と、下・低きへくる。古歌をふまえて、卑賤な海士の分際にもかかわらず、美しい月が□にうつっていると歌う叙景歌。

【参考】⑤421源氏物語194「うきめ刈る伊勢をの海人を思ひやれもしほたるてふ須磨の浦にて」（六条御息所）

①金葉二解題70「しほたるる伊せをのあまの袖だにもほすなるひまはありとこそきけ」（恋下、藤原親隆朝臣。①千載

815 814）
④30久安168「かづきする伊勢をの蜑もかくやあらんしほたれにけりこひの涙に」（恋二十首、公能）

旅月

70　舟[1]むや[2]ふ[3]を[4]じまがい[5]そのか[6]ぢまくら／□月さへやどると[7]まりな[8]りけり。

【校異】1舟―ふね（内）。2や―せ（内）、か（東）、か《よや》（河）、や《か歟》（榊）、よ《や》東。3ふ―う（榊）。4をじま―雄嶋（内）。5いそ―磯（内、河、東、榊）。6か―う《か》（東）。かぢまくら―梶枕（内）。7とまり―泊（内、河、東）。8なり―也（内）。

【語注】○旅月　他、わずかに歌合〔384〕／伊勢大輔Ⅱ77・親宗49のみの歌題（歌題索引）。③86伊勢大輔77「月かげともろともにゆくたびのみちはくさのまくらにねられやはする」（「たびの月」）。○舟むやふ　守覚の他、新編国歌大観①〜⑩の索引に、「ふな・ねむやふ」の用例はない。④の索引は、「ふね…」・この歌。③125山家1486「みなと川とまにゆきふく友舟はむやひつつこそよをあかしけれ」（下、百首、雪十首）。他、③106散木1002「むやひするがまのほなはの…」（恋上「思」）、⑤175六百番歌合1142「なみのうへにくだすをぶねのむやひして…」（恋十「寄遊女恋」中宮権大夫）。②16夫木2984「…船をぞもやふ五月雨の比」（夏二、西行）の「もやふ・ひ」も、「むやふ」同様、八代集にない。○をじま　今の宮城県松島湾内の島。　○をじまがいそ　八代集二例・新古651、同948。③116林葉663「月きよみをじまがいそのいそなぐさなにのくもりをあさる千鳥ぞ」（冬「月前千鳥歌林苑」）。　○をじまがいそのかぢまくら　④41御室五十首494「浪かくるをじまが礒のかぢ枕…」（旅、雑十二首、有家）。　○かぢまくら　①千載515 514「うらづたふいそのとまやのかぢ枕きもならはぬ浪のおとかな」（羇旅「百首歌めしける時、旅歌とてよませ給うける」皇太后宮大夫俊成）、③130月清979「かぢまくら月をしきつのころもでにたちよるなみもうらぶれにけり」（院句題五十首「浦辺月」）。**○月さへやどる** ②12月詣269「…露おきて月さへやどる秋の夕暮」（「三月附羇旅」平康頼）。

【訳】船と船とをつないでいる雄島が磯における、楫を枕にしてねる船旅であるよ、月までも宿っている（水面に写っている）湊である事よ。

▽同じく「月」の歌で、海辺の詠。「伊勢」→「雄島」（陸前）。旅寝における月の（叙景）歌。式子に、285「松がねのをじまが磯のさ夜枕いたくなぬれそあまの袖かは」（旅。新古948）がある。

【参考】③129長秋262「袖ぬらすをじまが磯のとまりかな松風さむみ時雨降るなり」（冬「海路時雨といふことをよみける」）

【類歌】⑤197千五百番歌合2941「きよみがたうきねのなみにやどる夜は月にこころのとまりなりけり」（雑二、俊成卿女）

対月忘愁

71 うきながらやどらむ月をまつ[1]ほど[2]に／いづれはかはく袖の露かな[3]。

【校異】1まつ―待（内、河、東、榊）。2ほど―程（内）。3かな―哉（内）。

【語注】○対月忘愁 守覚Ⅰ71・Ⅱ83のみの珍しい歌題（歌題索引）。**○うき** 掛詞「憂、浮き」。**○月** 実際の月と真如の月の両意をもつ。**○いづれはかはく** 「月へのもの思いも消え（涙もかわいてしまう）」もか。また「いづればかわく」か、それなら、月が出た時には涙する事もなく、やがてかわいてしまう意となる。

【訳】つらいこの世ではあるが、悟りをひらく事をまっているうちに、即ちそのように浮きつつ表面に宿る月をまっているうちに、いずれは時がたってなくなってしまう袖の涙である事よ、つまり悟りをひらけ、袖に涙する事もなくなる事であるよ。〈月にむかって愁いを忘れる〉

▽同じく「月」の詠。「やどる」。前歌、海辺の歌を「浮き」でうけとめる。が、前歌と異なって、どちらかといえば抽象概念的に歌っているので、様々な解釈が考えられる。また前歌の雄大なスケールの叙景歌から自己身辺のつぶやき詠へと転ずる。さらに三つ前にも「露、袖」（68）がある。

暁更月

72　お[1]しみかねひれふるまでぞしたはしき／ま[2]く《つ〔朱〕》ら《ヽ〔朱〕》[3][4]の山のありあけの月。

【校異】1お—を（河、東、国）。2まく《つ〔朱〕》ら《ヽ〔朱〕》—まつら（河、東、国）、松浦（榊）、枕（内）。3く《つ〔朱〕つ〔朱〕》—く《ヽ〔朱〕ゝ〔朱〕》（私Ⅰ）。4ら—浦天・群・続。

【語注】**○暁更月**　守覚Ⅰ72・Ⅱ84のみの珍しい歌題（歌題索引）。**○ひれふる**　愛情を示す所作。①千載847 846「このまよりひれふる袖をよそにみていかがはすべきまつらさよ姫」（恋四、藤原基俊）。**○したはし**　八代集にない。徒然草「何事も古き世のみぞ慕しき。」（第二十二段、新大系100頁）。③119教長189「げにやさぞくれ行くはるはしたはしきおなじくもぢに…」（春「暮春帰雁」）。**○まつらの山**　八代集にない。「まつら山」も。③119教長708「つれもなききみまつらやままちわびてひれふるばかりこふとしらずや」（「…恋歌」）、④30久安77「ひれふりし松浦の山の乙女ごもいとわればかり思ひけむかも」（恋二十首、御製）、④31正治初度1173「舟路より行くともしらば年のくれまつらの山に袖もふらまし」（冬、釈阿）。また「まつら」は八代集二例・前述の千載847と新古883（離別、隆信）。

【訳】別れを惜しみかねて、領巾を振るほどまでに思い慕う事よ、松浦の山の（夜通し見ていた）有明の月をば。〈暁時に更けてゆく月〉

▽同じく「月」の歌。抽象概念的に歌っている前歌とは異なって、松浦佐用姫の伝説をふまえ――例えば、②万葉879 875「由久布祢遠《ユクフネヲ》 布利等騰尾加祢《フリトドミ(メ)カネ》 伊加婆加利《イカバカリ》 故保斯古阿利家武《コホシクアリケム》 麻都良佐欲比売《マツラサヨヒメ》」（巻第五「最最後人追和二首」）、同887 883「於登尓吉仗《オトニキキ》 目尓波伊麻太見受《メニハイマダミズ》 佐容比売我《サヨヒメガ》 必礼布理伎等敷《ヒレフリキトフ》 吉民万通良楊満《キミマツラヤマ》」（巻第五「三嶋王後追和松浦佐用嬪面歌一首」）。⑤294奥儀抄342「おとにききめにはまだ見ぬさよひめがひれふるまでぞ君まつらやま」（三島王）――時（在明）、空（松浦の山）のみならず、極めて明確具体的な詠。三句切、倒置法、体言止。

【参考】③100江帥66「ほととぎすまつらさよひめならなくにひれふるばかりをしくもあるかな」（夏「…ほととぎす…」）

③106散木238「郭公まつらさよひめたちゐしてひれふる里にこゑなをしみそ」（夏「待郭公」）

【類歌】②16夫木5245「もろこしの山人いまはをしむらんまつらがおきの在明の月」（秋四「…、海辺月」後鳥羽院御製）

①千載946 943「をしみかねげにいひしらぬ別かな月もいまはのあり明のそら」（恋五、摂政前右大臣）

④31正治初度1007「春がすみ松らの山はよきてたてゆくてにも見んいもがひれふり」（春、経家）

73　あだに見し露は草葉に晨[1]明[2]の／月ぞ[3]中[4]くかげ[5]はきえ[6]ゆく[7]。

【校異】1晨―有（河、東）、あり（書）。2明―あけ（書）。3ぞ―は（書）。4中―なか（書）。5かげ―影（内、榊）。6きえ―消（内）。7ゆく―行（内、河、東）。

【語注】○あだに見し　⑤35宝治百首2856「あだにみし心の中のおもひ草かりにもいかで露のおくらん」（「寄草恋」成実）。　○露は草葉に　④31正治初度847「秋といへば露は草葉にかぎるかは…」（秋、隆房）。　○晨　掛詞。　○三句以下　④38文保百首250「…かひぞなき影は消行く有明の月」（秋二十首、道平）。　○きえゆく　八代集にない。源氏物語一例「まことに消えゆく露のこゝちして限りに見え給へば、」（「御法」、新大系四―171頁）。②万葉4238 4214「置露之《オクツユノ》消去之如《キエユクガゴト》《けぬるがごとく》」。

【訳】はかない存在と見た露は草の葉に消え残って、有明の月こそは却って逆に光が消えてゆく事よ。

▽同じく「暁更月」（題）の歌で、「在明の月」。はかない存在である筈の露は残り、月光は…と歌う。分りやすい。視覚（「かげ」）。

【類歌】⑤188和歌所影供歌合〈建仁元年八月〉8「秋はきぬ露は草葉に置初めてゆふべしらるるしののめの空」（初秋暁露」有家朝臣）

田家暁月

74　[1]新後拾　明[2]《あけ》ぬと[3]はよひ[4]より[5]見つる月なれど[6]　[7]落字有歟イ／今ぞ門田に鳴[8]□（も）なく[9]《たつ》なる[10]。[11]《り》〔朱〕

【校異】1新後拾―ナシ（書、内、東、国）、新後拾秋下（河）。2明―あけ（書）。3と―し（河、東）。4よひより見（以下一六字朱）―よひより見（私Ⅰ）。よひ…れど―「（よひ…れと）」（古典文庫・神）。5より―《より》。（榊）。6ど―ば（和漢）。7落字有歟イ―ナシ（書、河、内、東、榊、国）、「（落字有歟イ）」（古典文庫・神）。8□―そ（榊）、も（書、内、河、東、国、新後拾、玄玉、和漢）、「（一字分空白）」・右端（私Ⅰ）。9なく《たつ》―たつ（書、榊、国、玄玉、和漢）、なく（河、東）、鳴

（内）、鳴く（新後拾）。なく《たつ》なる《り〔朱〕》—なく《たつ〔朱〕》なる《り〔朱〕》（私Ⅰ）。10なる《り〔朱〕》—なる（書、内、河、東、榊、国、新後拾、玄玉、和漢）。11る《り〔朱〕》—り天・群・続。

【語注】**○田家暁月**　守覚Ⅰ74・Ⅱ85のみの珍しい歌題（歌題索引）。**○よひより**　④29為忠家後度326「なにめでてやどごとにみしよひよりものどかにすめるいさよひの月」（「伊佐与非月」）。**○鴫□（も）たつ**　新古362「…鴫立つ沢の秋の夕暮」（秋上、西行）。**○□（も）**　詠嘆の「も」か。「…も（また）」で、鴫の他に「な（鳴）く」なら、鶏＝ゆふつけ鳥か。**○なる**　いわゆる伝聞推定も考えられるが、ここは断定としておく。二、三句の、ずうっと見ていた時間的継続の月と、今まさに飛び立つ、瞬間の鴫との対照。それなら断定「なる」のほうがいい。

【訳】夜が明けてしまったのだとは、宵から見ていた月ではあるが、まさに今、門田に鴫も飛び立つのである（、それで夜明けを知った事よ）。〈田舎の家の暁の月〉

▽「明（け）」「見」「月」。「暁更月」（題）→「田家暁月」へ。【語注】の「なる」参照。時の継続（月）と瞬間（鴫）の対照の妙。全体として視覚詠。「な（鳴）く」なら、下句は聴覚。①20新後拾遺374、秋下「田家暁月といへることを」仁和寺二品法親王守覚。②13玄玉125、巻第三、天地歌下「田家暁月といふ心を読ませ給ける」二品法親王仁和寺。⑥16和漢兼作集748、秋中「田家暁月」二品守覚法親王。

【参考】⑤169右大臣家歌合〈治承三年〉47「旅ねするむろのかり田のかり枕鴫もたつめりあけぬこのよは」（旅、隆信朝臣）

【類歌】⑤175六百番歌合398「あはれさはをぎふくかぜのおとのみか有明の月にしぎもなくなり」（秋中「鴫」中宮権大夫）

⑤175六百番歌合403「あけがたに夜はなりぬとやすがはらやふしみのたゐにしぎもたつなり」（秋中「鴫」季経）

75

ある[1]聖人[2]来[3]り[4]て[5]夜もすがら／[6]法文などいひてやう〱
[7]明[8]方に／[9]に[10]なるほど[11]にさ[12]てしもあらじ／とて人[13]く月の
歌よみしに

[14]なに[15]とこのにし〈西〉へは月のしるべせで／[16]ことぞ[17]ともなく[18]我さそふらん。

【校異】1聖—上（内）。2来—きた（書）。3り—ら（東）。4て—て、（国）。5夜—よ（書、河、東）。6法—の本〔能〕（河）、能（東）。7明—あけ（書）。8方—かた（書、河、東、榊）。9に—ナシ（書、内、河、東、榊、国）。10なるほど—成程（榊）。11に—に、（国）。12て—ナシ（河、東）。13く—ゝ（河、東、榊）。14なに—何（内）。15この—此（内）。16こと—事（榊）。17ぞ—者《そ》（書）、「は《そ》」（私Ⅱ）。18我—われ（書）。

【語注】**○ことぞともなく**　①古今635「…あふといへば事ぞともなくあけぬるものを」（恋三、をののこまち）。**○我**「われ」（新編国歌大観④の索引のヨミ）。**○さそふ**　主語は「月」か。

【訳】何とまあ、この話は格別西方浄土への導きもしないで、特別にこれといった事もなく、私を（聖人は西方浄土へ）誘《いざな》うのであろう。〈ある聖人がやって来て、夜通し法文など言って、次第に明方になっていくうちに、いつまでもそのままではよくあるまい（このままでは不都合だ）と思って人々が月の歌をよんだ時に〉

▽「月」。歌の構造は単純であるが、抽象的な内容で分りにくい。聖人の歌とも思われるが、そうではなかろう。また作者も守覚ではなく、「人く」のうちの一人の歌か。

76　これは[1]さはおきゐのさとか[2]秋[3]の夜の／露[4]まどろ[5]までころもうつ[6]なり[7]。

【校異】1これ—是（内、河、東）。2か—歟（内）、「の」（古典文庫・神）。3秋—秌（内、榊）。4ど（元・と）—ど（東）。5ま—と《ま》（東）。6うつ—打（内）。7なり—也（内）。

【語注】○擣衣　和漢朗詠集に、上、秋、345〜351、詩句6首、歌1首・351「から衣擣つこゑきけば月きよみまだねぬ人をそらにしるかな」（貫之）がある。　○おきゐ　歌枕「起居」と「（夜通し）起きて居る」「置いている」、三つの掛詞。『歌枕索引』は、「おきゐのさと（起居里）」として、この76と郁芳三品集二一一を掲げるが、後者は、⑦78範宗210「郭公すぎゐのさとはすぎぬなり…」とある。が、②16夫木2914「ほととぎすおきゐの里は過ぎぬなりいかなる人の夢むすぶらん」（夏部二、郭公「同〔＝家五十首、里時鳥〕」従三位範宗卿）。播磨、陸奥。④31正治初度154「衣うつきぬたの音をしるべにておきゐの里をたづねつるかな」（秋、三宮惟明親王）、⑤183三百六十番歌合319「おしなべて秋はおきゐのさとなれや月にまどろむやどしなければ」（秋、前関白〔＝兼実〕）、②16夫木14681「よもすがらたもとにつたふ白露のおきゐのさとに月を見るかな」（雑十三、おきゐのさと、陸奥「九月十三夜十首御歌、里月、明玉」第三のみこ）。歌枕「起居」は、八代集にない。　○秋の夜の露　①古今258「秋の夜のつゆをばつゆとおきながらかりの涙やのべをそむらむ」（秋下、壬生忠岑）。②4古今六帖584。③13忠岑180）、③33能宣17「くさのはにおきてぞあかすあきのよのつゆことならぬわが身とおもへば」、④26堀河百首624「秋の夜の露ならねどもをみなへし開くのべごとに心をぞおく」（秋「女郎花」河内）、⑤155右衛門督家歌合〈久安五年〉18「秋の夜の露もくもらぬ月をみておきどころなき我がこころかな」（「秋月」僧隆縁）。　○露　掛詞。「置き」「居る」の縁語。　○露まどろま　③130月清72「…やどかりてつゆまどろまず見つる月かな」（花月百首、月五十首）。　**○ころもうつなり（末句）**　新古483「み吉野の…ふるさと寒く衣うつなり」（秋下「擣衣の心を」雅経。百人一首94）のように終り方の一つの型《パターン》。　**○なり**　いわゆる伝聞推定とも考えられるが、断定ととる。

【訳】これはまさに起居（置居＝起きて居る・置き居る）の里という事か、秋の夜に露が置き、全くまどろむ事なく衣をうつのである。

▽「こ（此）」、夜（夜から明方へかけて）。ようやくに月の歌を抜け、「擣衣」（題）の詠となる。一見平易のようであるが、掛詞、縁語の技巧も用いている。末句、聴覚。同じ守覚に「よ」「つゆまどろまで」の詞の通う168がある。

【参考】③99康資王母65「遠山田もるいほりには秋の夜の露もいねでやおき明すらん」
③125山家452「秋のよにこゑもやすまずなく虫を露まどろまできき明かすかな」（秋）

紅葉

77　[1]そめのこす[2]木〻の[3]もみぢも[4]あらじとて／しぐれは山をめぐる[5]なり[6]けり。

【校異】1そめ—染（内、河、東）。2〻—丶（東、榊）。3もみぢ—赤葉（内）。4もあら—は折（河、東）。5なり—也（内）。6り—る（東）。

【語注】**○そめのこす**　八代集にない。後述の歌および④36弘長百首338「そめ残す木ずゑも見えず立田姫色のちしほのよもの紅葉葉」（秋「紅葉」為氏）参照。　**○木〻のもみぢ**　②4古今六帖2844「…こがのもりきぎのもみぢのまだちらぬまに」（第五「人をよぶ」）、③16是則解題1「我がきつるかたもしられずくらぶやまきぎのもみぢのちるとまがふに」、④27永久百首271「秋ふかみ木木の紅葉のちるままに声よわり行く山おろしのかぜ」（秋「嵐」兼昌）、③131拾玉5075「たつた山木木のもみぢの色をみればこきもうすきも心にぞそむ」。

【訳】染め残している木々の紅葉を決してないようにしようと意図して、時雨は山をめぐりまわっている事であるよ。

▽「なり」。「擣衣」（題）から「紅葉」（題）の歌へ。従って場も「起居の里」→「山（の木末の紅葉）」へと転換する。歌自体としては平明。式子に、159「いくかへりこと《かごとイ》だにつけてむら時雨外山の梢染めぐるらん」（冬）がある。

【参考】③115清輔179「をぐら山木木の紅葉のくれなゐはみねの嵐のおろすなりけり」（秋「紅葉」）。⑤156清輔朝臣家歌合41）

【類歌】③132壬二2536「立田山あま露霜の染めのこす松も紅葉の匂ひとぞなる」（秋「紅葉歌とて」）

⑤229影供歌合〈建長三年九月〉296「そめはてて時雨は山を過ぎぬれど人をばやらぬ峰のもみぢば」（「行路紅葉」前内大臣基）

⑤229同318「かへるさにをりてもゆかん村時雨そめな残しそきぎの紅葉ば」（「行路紅葉」小宰相）

78　もみぢ葉[1]のこがれわたるや秋[2]をやく[3]／けしきのもり[4]の梢[5]なる[6]らん。

【校異】1もみぢ葉—紅葉ゝ（内）。2秋—烁（内、榊）。3やく—へて（榊）。4もり—森（榊）、杜（内、河、東）。5梢—こすゑ（榊）、木末（内）。6なる—成（内）。

【語注】**○もみぢ葉のこがれ**　⑤428住吉物語（真銅本）108「もみぢばのこがれてのみやおもふべき…」（（尼上））。**○こがれ**　「焼く」の縁語。紅葉の紅さを焦がるといったものか。焦《こ》げている状態。**○こがれわたる**　④18後鳥羽556「秋をやく「紅葉ばのこがれぞわたるあまを舟はつせの山はうち時雨れつつ」（冬）。**○秋をやく**　④26堀河百首857「秋をやく心ちこそすれ山ざとに紅葉ちりかふ木がらしの風」（秋「紅葉」師時）。　**○やく**　「春の野焼きではなく、秋を焼くけしき…」か。　**○けしき**　掛詞。　**○けしきのもり**　八代集二例、①千載228 227（秋上、堀河。④30久安1033「秋のくるけしきの森の下風にたちそふ物はあはれなりけり」（秋二十首、堀川））、①新古270「秋ちかきけしきの森になくせみのなみだの露や下葉そむらん」（夏、良経。④31正治初度437）。②4古今六帖1284「わがためにつらきこころはおほすみのけしきのもりのさもしるきかな」（第二「くに」）。大隅（鹿児島県国分市）か。

【訳】紅葉葉が一面に色変りしている事よ、それはさぞ秋を焼いている景色のみえる景色の森の梢だからなのであろう。

▽「もみぢ」「なり」。「染め」→「こがれ」、「めぐる」→「わたる」、「山」→「けしきの森」、「木木」→「梢」。前歌同様、紅葉の歌。上句によって、下句を推量した叙景歌（視覚）。197にも同歌がある。ただし初句「をしなべて」、「杜紅葉」（題）。

【参考】③115清輔176「まだきよりけしきの森の下紅葉なべてならじとみえもするかな」

④28為忠家初度368「秋きぬとひとはつげねどもみぢするけしきのもりにしるきなりけり」（秋「杜間紅葉」）

【類歌】①11続古今517 520「みるままにうつろひにけりしぐれゆくけしきのもりの秋のもみぢば」（秋下、教長）

⑤218内裏百首歌合〈承久元年〉141「紅葉ばのこがれて見ゆる木末かな衛士のたくひのよるはもえつつ」（「庭紅葉」家衡卿）

④35宝治百首1895「うつり行くけしきの杜の下紅葉秋きにけりとみゆる色かな」（秋廿首「杜紅葉」有教。①14玉葉765 766）

79 いつしかは[1]色に出し《いで》[2]と[3]しのぶやま／[4]下葉よりこそ[5]もみぢそめけれ。

【校異】1は—に（河、東）。2出—いて（書、榊）。3しの—忍（内、榊）。4下葉—したは（書）。5もみぢ—紅葉（榊）。

【語注】○紅葉日浅　守覚Ⅰ79・Ⅱ88のみの珍しい歌題（歌題索引）。○出し　「出でじ」とも考えられるが、ここは「出でし」。「出でじ」は、③130月清637「けふまではいろにいでじとしのすすきすゑばに秋のつゆはおけども」（西洞隠士百首、夏廿首）の他、【参考】の①千載646 645参照。「色に出でじと・しのぶ」は、①千載683 682「かくばかり色に出でじとしのべどもみゆらむものをたへぬけしきは」（恋一、賢智法師。②10続詞花482、ただし上句「いつしかと…おもへども」）、④18後鳥羽1538「一すぢに色に出でじと思ふにはしのぶ心に…」（「忍恋」）、⑤187鳥羽殿影供歌合〈建仁元年四月〉56「いかにせん色に出でじと忍ぶれどなげくけしきの…」（「忍恋」越前）。○しのぶやま　「しのぶ」掛詞。○下葉《したば》　「下」は「忍ぶ」の縁語。②4古今六帖3655「あきはぎの下葉よりしももみづるはもとより物ぞ思ふべらなる」（第六「秋はぎ」つらゆき）。○葉よりこそもみぢそめけれ　⑤171歌合〈文治二年〉108「…かしはぎのひと葉よりこそもみぢそめけれ」（「紅葉」公衡朝臣）。○もみぢそめ　⑤3是貞親王家歌合46「みるごとにあきにもあるかたつたひめもみぢそむとや山はきるらん」、④26堀河百首908「いかにして時雨は色もみえなくにから紅にもみぢそむらん」（冬「時雨」永縁）。○そめ　「初め」だが、「染め」をにおわすか。

【訳】いつか必ず色に出る、紅葉するとて忍んで（ひそまって）いる信夫山よ、ゆえに下のほうの葉から紅葉しそめる事よ。〈紅葉して日が浅いという事を〉

▽「葉」「もみぢ」。「気色の森」→「信夫山」。下句「下葉よりこそ紅葉初めけれ」と歌って、題の「紅葉日浅」をあらわす。上句は【参考】【類歌】で分るように恋歌めかしている。叙景歌、視覚（「色」）。また一、二句い、三、四句しの頭韻。同じ守覚に「色に出で」「しのぶ」「やま」「下」「もみぢ」「けれ」の詞の通う316がある。

【参考】①千載646 645「いかにせんおもひを人にそめながら色に出でじとしのぶ心を」（恋一「題しらず」延久三親王輔仁。②10続詞花481、第二句「心を人に」、末句「しのぶころかな」）

⑤171歌合〈文治二年〉105「いはねどもうらこの山はしるきかなまづしたばよりもみぢそむれば」（「紅葉」経家）

【類歌】⑤197千五百番歌合1586「けふまではまだつゆのみやをぐらやましたばよりこそ色づきにけれ」（秋四、具親）

水辺菊

80　白妙のいろをうばひてさき[1]にけり／いつぬき川のきしのむら[2]ぎく。

【校異】1さき—咲（内、河、榊）。2むら—白（内）。

【語注】**〇水辺菊**　わずかに公任126・守覚Ⅰ80・長能Ⅱ66・輔親Ⅰ133・Ⅱ135のみの歌題（歌題索引）。③80公任126「秋ふかきみぎはのきくのうつろへば浪の花さへ色まさりけり」（「又、水のほとりのきく」）。**〇白妙**　「白妙の衣」（百人一首2）、「白妙の袖」（古今22）、後述の「（白）鶴の毛衣」か、月光か。**〇うばひ**　①金葉二98 103「ゆきのいろをうばひてさけるうの花に」より、やはり「白妙」は雪か。八代集ではこの例のみ。②万葉854 850「由《ユ》吉《キ》能《ノ》伊《イ》呂《ロ》遠《ヲ》　有《ウ》波《バ》比《ヒ》弖《テ》佐《サ》家《ケ》流《ル》　有《ウ》米《メ》能《ノ》波《ハ》奈《ナ》　伊《イ》麻《マ》佐《サ》加《カ》利《リ》奈《ナ》利《リ》　弥《ミ》牟《ム》必《ヒ》登《ト》母《モ》我《ガ》聞《モ》」（巻第五「後追二和梅歌一四首」）。源氏物語一例「あこの御懸想人を奪はむとし給ける、おほけなく心をさなきこと。」（「東屋」、新大系五—136頁）。**〇いつぬき川**　八代集一例・万代を寿ぐ歌である①金葉二323 344「きみがよはいくよろづよかかさぬべきいつぬきがはのつるのけごろも」（賀「題不知」藤原道経。金葉三328）。枕草子「河は…五貫《いつぬき》川、沢田川などは、催馬楽などの思はするなるべし。」（新大系、五九段、73頁）。催馬楽47「席田《むしろだ》の　席田の　伊津《いつ》貫川《ぬきがは》に　や　住む鶴の　…」（「席田」、408頁）。美濃（糸貫川）。
○きしのむらぎく　⑦29定頼73「たゆる池のきしのむらぎく中中に…」。**○むらぎく**　八代集にない。③96経信123「…いろをみてむべむらぎくと人はいひけり」（「菊粧如錦東宮にて」）、栄花物語「所ぐの草前栽のうち霜枯れていかにぞやあるに、ひと本菊・村菊《むらぎく》などの、あるは盛に、（又）あるはうつろひたるかなと、」（巻第二十「御賀」、下、大系123頁）。

【訳】まっ白の色を奪いとって咲いてしまった事よ、いつぬき川の岸に群《む》ら群ら咲いている菊は。〈水辺の菊〉
▽「色」「けり」。「紅葉」→「白妙」、「信夫山」→「伊都貫川」。前歌・山の「紅葉」の歌から、川の水辺（「岸」）の菊の歌へと転ずる。三句切、倒置法、体言止。三句以下のきのリズム。叙景歌。視覚（「色」）。
【類歌】⑤236摂政家月十首歌合32「しろたへの色もひとつに月さえてまがきのきくよえこそわかれね」（「十三夜晴」則雅）

野外秋尽[1]

81　つね[2]よりもあはれ[3]はふかし秋[4]くれて／人もこすの[5]ゝくず[6]のうらかぜ。

【校異】1、4秋―秌（内）。2つね―常（内、河、東）。3あはれ―哀（内、河、東、榊）。5の、―野、（内）。6くず―葛（内、河、東、榊）。

【語注】○野外秋尽　81のみの珍しい歌題（歌題索引）。　○つねよりもあはれ・ふかし　⑤197千五百番歌合1272「つねよりもあはれぞふかき霧の中に…」（秋二、宮内卿）。　○あはれはふかし　④30久安826「夏も猶あはれはふかし橘の…」（夏十首、顕広）。　○秋くれて　⑤279未来記50「裏枯の庭のむら萩秋くれて人の心の跡のやまかぜ」（恋）。　○こすの　八代集にない。④2守覚81「こすの」（本文）。『歌枕索引』は「こずの」として、この一首のみを記す。掛詞「来ず」。⑤150南宮歌合21「みをつめば哀とぞみるをみなへし人もこす野の露にしをるる」（「女郎花恋」兵衛君）。○くずのうらかぜ　八代集三例、初出は後拾遺236「あさぢはらたままくくずのうら風のうらがなしかるあきはきにけり」（秋上、恵慶）。

【訳】いつもよりもしみじみと情趣深い事よ、秋が果てて人もやって来ない「こすの」の葛の葉を裏返して吹く風は。

〈野原に秋の終わり果てた事〉

▽「いつぬき川」（歌枕）、「菊」→「葛」、「水辺菊」（題）→「野外秋尽」（題）へ。抒情と叙景の一体となった、平明な詠。二句切、倒置法、体言止（前歌と同じ）。第二、三句あの頭韻。

【参考】④30久安143「華すすき人もこず野の名をしらでたれまねくらん秋の夕暮」（秋二十首、公能）

【類歌】②16夫木5848「あれはてていとどふかくさ秋の野に人やはかへるくずのうらかぜ」（秋五、信実朝臣）

④15明日香井281「ものおもふこころひとつにあきふけて人をも身をもくずのうら風」（千五百番歌合百首、恋）

九月尽[1]

82　おしみかね[2]はかなく[3]暮《くれ》[4]てゆく[5]秋の[6]／なごり[7]にとまる袖の露かな[8]。

【校異】1尽（元・盡）―尽（内）。2お―を（河、東、国）。3か―ゝ（河）。4暮―ゝれ（書）、くれ（河、東）。5ゆく―行（内、河、東、榊）。6秋（元・秌）―秋（書、河、東、榊）。7なごり―餘波（内）。8かな―哉（内、河、東）。

【語注】○はかなく暮てゆく　④14金槐399「とりもあへずはかなく暮れて行く年のしばしとどむる関守もがな」（冬「歳暮」）。　○ゆく　掛詞（「暮れて行く、行く秋」）か。　○ゆく秋のなごり　④15明日香井1040「ゆく秋のなごりをのみやゆふまぐれ…」（「暮見紅葉」）。

【訳】別れを惜しみかね、はかなくも暮れてゆく秋の名残としてとどまっている袖の露・涙である事よ。〈九月の終り〉

▽「暮て」「秋」。82に歌枕はなく、「九月尽」・秋の終りを詠嘆する。

【参考】①千載473「をしめどもはかなくくれてゆく年のしのぶむかしにかへらましかば」（冬「歳暮述懐のこころをよめる」源光行）

【類歌】④15明日香井898「そでのうへにたれしのべとてゆく秋のなごりがほなるのべのゆふつゆ」（院老若歌合、秋十）
⑤197千五百番歌合1641「あすよりはあきをしのぶのくさ枕なごりなるべき袖のつゆかな」（秋四、通光卿）
①21新続古603「野も山も霜おきかへて行く秋の名残に残る袖のしら露」（秋下、中納言為藤）

83

九月尽日会[1]あるべかり[2]し[3]にはゞ／かる事[4]出[5]来てとまり
[6]にしか[7]ば／顕[8]昭が[9]もとへ

[10]もろともに[11]おしむも[12]秋はとまらねど／さてはなぐさむ[13]かたやあらまし。

【校異】1ある―有（河、東）。2しに―ナシ（書）。3に―に、（国）。4出来―いてき（書、内）。5来―き（榊）。6に―ナシ続。7ば―ば、（国）。8昭―照（書）。9もと―本（内）、許（榊）。10もろとも―諸共（内）。11お―を（書、河、東、国）。12秋（元・烋）―あき（書）、秋（河、東、榊）。13かた―方（榊）。

【語注】**○会**　歌会か。　**○とまり**　「泊る」ではなく、「中止（で、行けなくなって）」ととった。　**○もろともにおしむ**　③14兼輔94「もろともにをしむ別もから衣…」。　**○なぐさむかたやあらまし**　⑤230百首歌合〈建長八年〉1404「なぐさむるかたやあらまし人しれぬ…」（帥）。

【訳】共に惜しんでみても、秋は止まるものではないが、それでは共に心を慰める人があなた以外にいようか、イヤ誰もいはしないのだ。〈九月の終わりの日、会がある予定だったのだが、支障《さしさわり》が出来て中止になってしまったので、顕昭のもとへ〉

▽「をしむ」「秋」「とまら」。同じく「九月尽」（詞書）の、行く秋を惜しむ歌、顕昭の許へ送った詠。式子13「花ならで又なぐさむかたもがなつれなくちるをつれなくてみん」（春）が連想される。

返[1]し[2]

84 行《ゆく》[3]秋[4]もお[5]しむ人ゆへ[6]とまるかと[7]《やい》／君ばかりにぞけふはまかする。

【校異】1返—かへ（内）。2し—ナシ（書）。3行—ゆく（書、榊）。4秋（元・烋）—あき（書）、秋（河、東）、穐（榊）。5お—を（河、東、国）。6へ—ゑ（河、東、国）。7かと—かと《ヤイ》（書、東、国）、かと《や》（河）。

【語注】**○行秋も**　⑤138雲居寺結縁経後宴歌合29「からにしきぬさにたちもてゆくあきもけふやたむけの山ぢこゆらむ」（「九月尽」上人）、⑤155右衛門督家歌合〈久安五年〉36判「あふさかの関もみえねば行く秋もたがとめんにかとほらざるべき」（「九月尽」）。　**○君**　守覚の事。

【訳】行く秋もまた他のものと同様、惜しむ人ゆえにとどまるかと、ただあなたに今日はたよりとする事です。

▽顕昭の歌（「返し」）。「秋」「をしむ」「とまる」。〃返し〃の常として相手の詞を用いるので重なる語が多くなる。
83・前歌同様、これも平明な詠。

【参考】④30久安860「行く年をしめば身にはとまるかとおもひいれてやけふを過ぎまし」（冬十首、顕広）

冬[1]

初冬

85　ふゆき[2]ぬと水[3]に《のイ》[4]こゝろやしりぬらん／谷風さむみ[5]つらら[6]ゐにけり。

【校異】1冬（位置—書）。2き—来（内、河、東）。3水に《のイ》—みつゝ（書）、水の（河、東）、水に（国）。4に《のイ》—の（玄玉）、天・群・続。5み—し《く》（東）。6ら—ゝ（書、河、東、榊）。

【語注】〇谷風　①古今12「谷風にとくる氷のひまごとに打いづる波や春のはつ花」（春上、源当純）。〇谷風さむみ　④28為忠家初度百首633「…かへるらんたに風さむみこまいばゆなり」（雑「谷風」）。〇つららゐにけり　③117頼政403「…思ひねの枕のしたにつららゐにけり」（下「寒夜増恋」）、⑤183三百六十番歌合〈正治二年〉562「おほはらやおぼろのしみづ冬くればおもがはりせずつららゐにけり」（冬、内大臣）。

【訳】冬がやってきたのだと水にその意味するものが分るのであろう、谷の風が寒いので、水につららが置かれている事よ。

▽「行く・秋」→「冬・来ぬ」。冬がやってきて水に「つらら」が張っているという「初冬」（題）の詠で、冬歌を歌い出す。場・舞台は、谷の庵ではなく、氷がはっている谷の岸、崖（っぷち）など。②13玄玉集444、巻五、時節歌下「同じ心（＝初冬の心）をよませ給ける」二品親王仁和寺。

【参考】⑤134内大臣家歌合〈永久三年十月〉4「さえわたるつきのひかりやみがくらむつららゐにけりたまがはのみづ」（「氷」重基）

⑤295袋草紙520「池水やよはにさゆらむうきねするかものはがひにつららゐにけり」（橘敦隆）
【類歌】③130月清760「かぜをいたみただよふいけのうきくさもさそふ水なくつららゐにけり」（院初度百首、冬十五首）

山中落葉

86　さそひ行《ゆく》[1]あらしを路[2]のしるべにて／○峯[3]うつりする木[4]ゝ[5]のもみぢ[6]ば[7]。

【校異】1行—ゆく（書）。2路—道（国）。3○峯—みね（書）、峯（河、東）、峰（国）、嶺（内、榊）。4木ゝ—き、（書）。5ゝ—、（榊）。6もみぢば—紅葉、（河、東）。7ば—葉（書、内）。

【語注】**○山中落葉**　守覚Ⅰ86・Ⅱ98のみの珍しい歌題（歌題索引）。**○さそひ行く**　八代集にない。【類歌】参照、⑤244南朝五百番歌合539「さそひゆく風の音さへかはりけり日数ふりぬる庭の紅葉ば」（冬二、女房）、⑧10草根5237「さそひ行くあらしのひまに又落つる木の葉や庭の友したふらん」（「落葉」）。**○峯うつり**　八代集にない。新編国歌大観①～⑩の索引では、「みねうつり—」は守覚歌（他173）以外にない。**○木ゝのもみぢば**　②4古今六帖4079「風にちる木木のもみぢは後つひに…」（第六「紅葉」みつね）、⑤335井蛙抄529「ちりぬべき秋の嵐の山の名にかねてもをしき木木の紅葉ば」（小倉（公雄））。**○もみぢば**　「もみぢは」か。そうなると、下句「峰移りする（事よ）、木々の紅葉は」と倒置表現となる。

【訳】誘いちらしてゆく嵐をちりゆく方向のしるべとして（嵐の進む方向にちっていって）、峰を移ってゆく木々の紅葉葉である事よ。〈山中の落葉〉

▽「きぬ」→「行く」、「風」→「嵐」、「谷」→「峯」。水から葉、谷から山へと舞台を移し、嵐によって散る「木ゝ

の紅葉葉」＝「山中落葉」（題）を歌う、平明な叙景歌。下句視覚。

【参考】③115清輔179「をぐら山木木の紅葉のくれなゐはみねの嵐のおろすなりけり」（秋「紅葉」）

【類歌】⑤230百首歌合〈建長八年〉822「さそひゆくかたをいづちと紅葉葉を吹きただよはす嶺の木がらし」（入道大納言）

水上落葉

87　竜田川瀬[1]おちの波もいろ[2]づきて／木[3]の葉のしたに。《声》[4]むせぶ[5]なり。

【校異】1おち—落（河、東）。2づ—付（内）。3の—ナシ（内、河、東）。4。《声》—声（榊、国）、聲（内、河、東）。5なり—也（内）。

【語注】○竜田川　④1式子257「神無月みむろの山の山颪にくれなゐくくる竜田川かな」（冬）、⑤261最勝四天王院和歌34「たつた川せぜにみだるる秋のいろに山かぜふかき袖ぞ馴行く」（「竜田山」俊成卿女）。○瀬おち　八代集にない。そして「せおち（のなみ）」は、新編国歌大観①〜⑩の索引に用例がない。○木の葉　今ちっているのか、木にあるのか、川中か。○木の葉のした　⑤258文治六年女御入内和歌225「ちりつもる木葉のしたをみぬ程はまだひをよらぬ瀬瀬の網代木」（「網代」殿—）。○なり　いわゆる伝聞推定ともとれるが、断定のほうが情趣深い。

【訳】竜田川の瀬を落ちゆく波も紅葉によって色付いて、ちりゆく木葉の下に波の音が咽ぶようにきこえる事よ。〈水上の落葉〉

▽「葉」。再び場を水にもってきて、「山中落葉」（題）から「水上落葉」（題）の世界を、上句視覚、下句聴覚で描く。

下句この頭韻。定家詠に、新古今532「時わかぬ浪さへ色にいづみ河は、そのもりに嵐ふくらし」（秋下）がある。

【類歌】③132壬二2293「みな月の空にも夏や竜田河せによる浪の急雨のこゑ」（夏「…、竜田川夏を」）

④31正治初度1461「此ほどはこまうちわたす山川も木のはのそこに声むせぶなり」（冬、家隆）

時雨

88　し[1]ぐれつゝ過《すぎ》ぬるかたは雲[2]きえて／ひとつけしきに[3]見えぬ空[4]かな。

【校異】1ぐ―か《ぐ》（東）。2きえ―消（内）。3見え―こら《見》（東）、こら《み》（河）。4かな―哉（内、河、東）。

【語注】**〇ひとつけしき**　八代集にない。さらに新編国歌大観①〜⑩の索引にも他に用例はなかった。

【訳】時雨が降りながら、それが去っていってしまった空は、雲がすっかり消えてしまって、とうてい全体として一つの景色とは見られない空である事よ。

▽87と上句ので止め。「水上落葉」（題）↓「時雨」（題）へ。「（竜田）川」↓「空」。変化の激しい空を明快に歌う。全体としては視覚詠（「景色、見」）、叙景歌。

【類歌】①新古1246「かすむらんほどをもしらずしぐれつつすぎにし秋の紅葉をぞ見る」（恋四、女御徽子女王）

行路時雨

89　はる〴〵とい[1]くの丶みちのむらしぐれ／駒とめつべき木のしたもがな[2]。

【校異】１いくの丶―生野の（内）。２がな―哉（内、河、東）。

【語注】○行路時雨　為忠151～153・実家183・守覚Ⅰ89・俊恵582・頼政Ⅰ257の歌題がある（歌題索引）。③117頼政257「晴れくもり時雨する日はときは木の陰にいくたび駒とどむらん」（冬「行路時雨」）。○いくの　掛詞「行く・生く・幾」。丹波（福知山市生野）。①金葉二550 586「おほえやまいくののみちのとほければふみもまだみずあまのはしだて」（雑上、小式部内侍。金葉三543。百人一首60）。③119教長355「あさぼらけいくののみちのをみなへし…」（秋「朝見女郎花」）、⑤197千五百番歌合1882「はるばるとなほゆくすゑやおほえやまいくののみちのゆきのあけぼの」（冬二、保季）。○むらしぐれ　八代集一例・千載539（羇旅、資忠）。やや激しく降りしきる時雨。④1式子159「いくかへりことだに《かごとイ》つけて村時雨と山の木ずゑそめめぐるらん」（冬）、他③130月清758（院初度百首、冬十五首）。この「村時雨」なる詞も、定家より式子への何らかの影響とみるのが、穏当といえるのではないか。詳しくは拙論「「横雲」「村時雨」「夕露」「咽ぶ」という詞」（『研究会誌』（京都府立高等学校国語科研究会）昭和63年度版）。

【訳】はるかに、どれくらいの野を生きて行く生野への道にふる村時雨であるよ、駒を止めてその難を避けて雨宿りする事のできる木の下でもあればよいのになあ。〈旅路の時雨〉

▽「時雨」（題）→「行路時雨」（題）。「しぐれ」。再び歌枕（「生野」）が登場。「過ぎ」→「止め」。下句の抒情（「木の下もがな」）がにじむ、平易な西行を思わせる詠。定家に、新古今671「駒とめて袖うちはらふかげもなしさののわたりの雪の夕暮」（冬）がある。下句この頭韻。

【参考】④30久安393「はるばるといくの道に旅ねしてたもとつゆけき草枕かな」（羇旅、顕輔）
【類歌】④11隆信366「はるばるといくののみちのすゑとほみ入日さすまに駒はなづみぬ」（旅）
④34洞院摂政家百首解題90「駒とめていく野のみちの末遠み遙にかすむ春の色かな」（眺望）

雪

90　はらふともそのかひあらじくれ竹の／よ[1]のまの雪にお[2]れふ[3]しにけり。

【校異】1よ—夜（内、榊）。2お—を（河、東、国）。おれ—折（榊）、打（内）。3ふし—臥（内）。
【語注】**○くれ竹のよ**　「呉竹の節（よ）」で「夜」を導く。　**○くれ竹のよのまの**　④37嘉元百首57「つもりける程もしられてくれ竹のよのまにみゆる雪のしたをれ」（冬「雪」法皇）、④40永享百首652「ふりつみてえだもたわわにくれ竹のよのまにいかに雪の下折」（冬「深雪」義教）。
【訳】雪を払っても、そのかいがなかったよ、呉竹は夜の間に降り積もった雪によってすっかり折れて伏してしまった事よ。
▽「時雨」（題「行路時雨」）→「雪」（題「雪」）。呉竹の雪を払っても、夜の雪に折れ伏して、その甲斐がなかったと歌う。二句切。
【参考】④29為忠家後度百首468「かつつもるうはばのゆきやおもからんをれふしにけりそののわかたけ」（冬、雪十五首「竹園雪」）
【類歌】①新古673「夢かよふみちさへたえぬ呉竹のふしみの里の雪の下をれ」（冬「…、伏見里雪を」有家朝臣）

④31正治初度1765「ね覚してきけばをれふすくれ竹によのまの雪の程ぞしらるる」（冬、生蓮）

⑤258文治六年女御入内和歌279「くれ竹も松のすゑばもをれふして千代をこめたるゆきのうちかな」（「雪」定）

91　めもはる[1]に見るぞ[2]さびしき菅原や／ふし見の田ゐの雪のあけぼの。

【校異】1はるに―わかす（河、東）。2ぞ―も（内）。

【語注】○見るぞさびしき　①千載445「朝戸あけてみるぞさびしきかた岡のならのひろはにふれるしらゆき」（冬、「山家雪朝と…」経信。②10続詞花318。③96経信160）。○菅原やふし見　大和（奈良市）。○田ゐ　八代集にない。田舎、人里の意か。②万葉4284 4260「皇者《オホキミハ》　神尓之座者《カミニシマセバ》　赤駒之《アカゴマノ》　腹婆布田為乎《ハラバフタキヲ》　京師跡奈之都《ミヤコトナシツ》」（巻第十九「壬申年之乱平定以後歌二首」、大伴御行）。今昔物語集「秋比田居ニ放タリケルニ、…牛追入レムトテ田居ニ行タリケルガ、」（巻第二十九の第三十八。新大系五―383、384頁）。方丈記「或ハスソワノ田居ニイタリテ、落穂ヲヒロヒテ、穂組ヲツクル。」（新大系22頁）。○雪のあけぼの　勅撰集初出は、①9新勅421「さびしきはいつもながめのものなれどくもまのみねのゆきのあけぼの」（冬「冬歌とてよみ侍りける」後京極摂政前太政大臣）。珍しく新奇な詞。秀句。守覚愛好の句（他99、165）。「雪の夕暮」（定家）は、『詠歌一体』の「主あることば」に挙がっているが、この語はない。あるいは上記の詞にひかれたか。89の⑤197千五百番歌合1882、①15続千載683 685「深草や竹の下道分過ぎてふしみにかかる雪の明ぼの」（冬、前関白太政大臣）。

【訳】見る目もはるかに見て淋しい思いがするよ、菅原の伏見の田の雪の曙の様は。

▽同じく「雪」の詠。前歌・90の【類歌】新古673「呉竹のふしみの里の雪の下をれ」→「ふし見の田ゐの雪のあけぼの」（体言止）。二句切。下句のののリズム。また全体のリズムは、左記の①千載260 259に似る。歌としては、「淋し」は

あるが、明快な叙景歌（視覚（「見る」））。
【参考】①千載260 259「なにとなく物ぞかなしきすがはらやふしみのさとの秋の夕ぐれ」（秋上「題しらず」俊頼）
③116林葉604「あさ風のさむけきなへにすが原や伏見のたゐにはだれ雪ふる」（冬）
【類歌】⑤175六百番歌合403「あけがたに夜はなりぬとやすがはらやふしみのたゐにしぎもたつなり」（秋中「鴫」季経）

92　葉がへせぬ[1]はま松[2]がえも[3]花さきて／えも[4]いはしろにふれる雪[5]かな。

【校異】1はま松—濱杢（内、河、東）。2え—枝（河、東、榊）。3さき—咲（内、河、東）。4いはしろ—岩代（内）。5かな—哉（内）。
【語注】**○はま松がえ**　②4古今六帖2900「いはしろのはままつがえをひきむすびまとさちあらば又かへりみん」（第五「むかしをこふ」ありまのみこ。②万葉141、第四句「真幸有者《マサキクアラバ》」）。　**○花さきて**　②16夫木15017「あらてくむしづの松がき花さきてあな面白の雪のあしたや」（雑十三「…雪」顕方）。　**○えもいはしろ**　「え…ず（ぬ）」は不可能の表現。①拾遺526「わが事はえもいはしろの結松ちとせをふともたれかとくべき」（雑下、そねのよしただ。拾遺抄513。③58好忠586）。　**○いはしろ**　「言は」を掛ける。20前出。　**○ふれる雪**　今、降り続いている雪ではなく、古今332・百人一首31「よしのの里にふれる白雪」（冬、是則）の如く、降り積った雪。
【訳】葉の生え替わりもない浜松の枝にも（雪の）花がさいて、口ではいい表わせない美しさで、岩代にふり積っている雪であるよ。
▽同じく「雪」の歌。歌枕を「菅原や伏見」（大和）から「岩代」（紀伊）へ。松も雪によって花が咲いたと歌う、こ

れも叙景歌（視覚）。分りやすい。上句はの頭韻。

【参考】④26堀河百首86「めづらしき寺井がうへに葉がへせぬときはが下の苔のふるゆき」（春「残雪」顕仲）⑤162広田社歌合〈承安二年〔1172〕〉48「神がきのはままつがえもいろかへてうらめづらしきけさのはつゆき」（「社頭雪」安心）

【類歌】⑤435言はで忍ぶ47「てならしのまつもこだかくはなさきてかしらのゆきぞふりてうれしき」（院（白河法皇））

93　雪の[1]うちにさゝめの衣[2]うち[3]はら《払》ひ／野[4]ばら[5]しの[6]は[7]わけゆく《行》[8]やたれ《誰》。

【校異】1うち—中（内）。2うち—打（内）。3ひ—い《ひ》（東）。4ばら—原（内、河、東、榊）。5しの—篠（内）。6はら—原（内、河、東）。7わけゆく—分行（内、河、榊）、を《分》行（東）。8や—は（内）。

【語注】**○雪のうち**　漢語「雪中・雪裏」に当る。**○初句**　字余り（「う」）。**○さゝめ**　茅（チガヤ）の類で、しなやかな野草。葉を編んで蓑（ミノ）や莚（ムシロ）を作る。『歌ことば大辞典』では、「茅・萱・菅の類あるいはその総称と思われるが未詳。」とする。八代集二例・千載718（恋二、右のおほいまうち君）、同956（恋五、俊頼）。「ささめのころも」（④29為忠家後度百首455）、「ささめのみのの」（④30久安1366、小大進）、「ささめのこみのきぬにきん」（③125山家1316）。**○野ばらしのはら**　③121忠度44「月かげのいるをかぎりにわけゆけばいづこかとまり野原しのはら」（秋「野径月」）、①13新後撰300「あさまだき野原しのはらわけきつるわが衣手のはぎが花ずり」（秋上、冷泉太政大臣）。**○しのはら**　笹、篠、すすき、かやなどの自生する野原。

【訳】雪の中でささめの衣を払いながら、野原や篠原を分け行く人は一体誰なのであろうか。

▽同じく「雪」の歌。「岩代」（歌枕）→「野原篠原」（普通名詞）。これも平明な叙景歌（視覚）。同音のくり返し

（「うち」「は《こ》ら」）のリズムがある。式子に④1式子146「露はさぞ野原しのはら分入ば虫のねさへぞ袖にくだくる」（秋）がある。

【参考】④26堀河百首1399「月清みあけのの原の夕露にささめ分けくるころもさぬれぬ」（雑廿首「野」仲実）③100江帥364「あさまだきのばらしのはらゆきふかみたびゆく人のみちやいづれぞ」（己帖十一二月）

【類歌】②12月詣439「五月雨にささめのみのも朽ちはててぬれぬれぞゆくのばらしの原」（五月、源宗光女）②13玄玉642「日数ゆくのばらしの原夏ふかし分けゆく袖の露の草ずり」（草樹歌上、（摂政前太政大臣））

94　なに事を月に見わかんかざごし[1]の／雲[2]はれわたるみねのしらゆき。

【校異】1かざごし—風越（内、河、東）。2雲—嶺《雪》（内）、雪《雲》（河）、雪続。

【語注】**〇かざごし**　八代集二例・金葉三521（雑上、家経）＝詞花389、千載158（夏、清輔）。信濃（風越山）。③116林葉435「かざごしの雲吹きはらふ嶺にてぞ月をばひるの物としりぬる」（秋）、③125山家83（上、春）。田中裕『水郷春望——新古今私抄——』112頁参照。**〇はれわたる**　八代集にない。⑤155右衛門督家歌合〈久安五年〉9「はれわたるみどりの空のきよければくもりなくみゆ秋の夜の月」（「秋月」少将家明朝臣）。

【訳】一体何を月光の光で見分けたらいいのでしょうか、風越の雲がすっかり晴れ上った峯の白雪（の光によってすべてが見分けられるから）であるよ。

▽同じく「雪」の歌。「わけ」→「わか」、「野原篠原」→「かざごし」（歌枕）。二句切。倒置法か。これも明快な叙景歌（視覚（「見」））。

【参考】④30久安959「しろ妙の雪吹きおろす風こしの嶺より出づる冬の夜の月」（冬十首、清輔）

【類歌】①15続千載655 657「晴れぬれば残る山なくつもりけり雲まにみつる嶺のしら雪」（冬、平時有）
④39延文百首3265「かざこしのみねのふぶきもさえくれてきそのみかさをうづむ白雪」（冬十五首「雪」）

野雪

95　まね[1]かねど[2]猶[3]過〈すぎ〉まうき[4]けしき[5]かな／[6]野[7]辺の[8]尾花の雪の[9]したをれ。

【校異】1かねど―か□と（書）、かこと（ママ）（私Ⅱ）。2猶―なを（書、榊）。3過―すき（書）。4け―こ（東）。5かな―哉（内、河、東）。6野―の（書）。7辺―へ（書、内）。8尾花―をはな（書）。9したをれ―下折（内）。

【語注】**○野雪**　守覚Ⅰ95・Ⅱ108のみの珍しい歌題（歌題索引）。**○野辺の尾花**　⑤158太皇太后宮亮平経盛朝臣家歌合7「行人を野べの尾花にまねかせて色めきたてる女郎花かな」（「草花」季経）、⑤180院当座歌合〈正治二年十月〉35「今朝みれば野べの尾花は霜がれて露のしたをれかくれはもなし」（「枯野朝」保季）、⑤250風葉1102「まねくかとみるほどだにもなぐさめんのべのを花に風はふかなん」（うつほの中納言雅明）。**○雪のしたをれ**　八代集二例は、新古667（冬、範兼）・三句切・下句「まがきの竹の雪のしたおれ」と新古673〔90参照〕。

【訳】薄がまねいた（――だから来たのだ――）のではないが、やはりそれでも行き過ぎがたいこの景色であるよ、野辺の尾花（薄）の雪による下へ折れてしまった景は。

▽「雪」。「かざこし」→「野辺」（普通名詞）。〝野辺の尾花の雪の下折〟の景は過ぎ難いと歌った、明快な叙景歌（視覚（「景色」））。三句切、体言止の新古今的表現。倒置法。下句ののリズム。②12月詣936、十月附哀傷「野径雪を」仁和寺二品法親王。

遍昭[1]寺にて池辺[2]雪とい[3]ふ事[4]を

96 波かけば千[5]みぎは（汀）の雪もき[6]えなまし／[7]こゝろあり[8]てもこほる池[9]かな。

【校異】1昭—照（書、内）。2辺—辺の（書）。3いふ—云（榊）。4事—かと《こ》（東）。5千—ナシ（書、内、東、国）。6きえ—消（内、河、東、榊）。7千（書）。8あり—有（内）。9池—いそ（月詣）。

【語注】**○遍昭寺**　『古代地名索引』49頁参照。京都市嵯峨。近くに広沢池がある。千載456（詞書）、新古1552（詞書）。**○池辺雪**　千載456（守覚）／月詣941（守覚）／守覚Ⅰ96・Ⅱ109のみの珍しい歌題（歌題索引）。**○みぎはの雪**　⑤246内裏九十番歌合110「ふりつもるみぎはの雪を吹きたてて浪もたかしの浦の夕風」（「浦雪」国清）。**○も**　詠嘆。

【訳】波が懸かったのなら、水際の雪もきっととけて消えはててしまうであろう、ああなんと雪を愛でる風雅の心があって氷っている（広沢の）池であるよ。〈遍照寺で「池辺の雪」という事を（詠んだ歌）〉

▽同じ「雪」の歌。「野雪」（題）→「池辺雪」（題）。波によって雪が消えるから、池にものの情趣を解する心があって氷っていると歌う。三句切。下句こ・の頭韻。①千載456、冬「遍照寺にて、池辺雪といへる心をよみ侍りける」、仁和寺法親王守覚。②12月詣941、十月附哀傷「遍照寺にて池辺雪を」二品法親王。⑤376宝物集10。『新大系・千載456』は、「参考」として、「「誰か謂つし水心なしと、濃艶（ぢようえん）臨んで波色を変ず」（和漢朗詠・花・菅原文時）。」を掲げる。また『和泉・千載456』は、「擬人的表現。池の気配りを通して汀の雪の趣きを讃える作意。」と記す。

【類歌】④21兼好186「すむ月のかげこそよどめあすか川心ありてもこほるなみかな」（「こほり」）

山路雪

97　[1]ふみ[2]わけん[3]かたこそしらね[4]深山木の／雪のした[5]ゆ[6]くまれの[7]通路。

【校異】1ふ—ほ《ふ》（東）。2わけ—分（河、東）。3かた—方（内）。4深—み（書、内、榊）。5ゆく—行（内）、折（河、東）。6く—き《く》（書）。7通路—かよひち（書）、通ひ路（河、東）。

【語注】**〇山路雪**　わずかに経信Ⅲ177・守覚Ⅰ97・Ⅱ110・重家455・俊頼Ⅰ675のみの歌題（歌題索引）。③106散木675「冬きなば思ひもかけじあらち山雪をれしつつみちまどひけり」（冬）。**〇ふみわけん**　⑤184老若五十首歌合487「ふみわけんものともみえず朝ぼらけたけのは山の霧の下露」（雑、家隆）。**〇深山木の**　④26堀河百首139「深山木のかげの下のしたわらびもえいづれどもしる人もなし」（春「早蕨」基俊）。**〇まれ**　『歌枕索引』は、「まれかのうら」として、③106散木1033「あふことはまれかのうらにあさりする…」を記すが、この如く地名か。が、やはり新古869「まれのみゆき」（離別、一条右大臣恒佐）の如く普通名詞であろう。**〇まれの通路**　新編国歌大観①〜⑩の索引に用例はない。

【訳】どこをどう踏み分けていったらいいのか、その道が分らない事よ、深山木の雪に埋もれたその下を行く、まれの通路である事よ。〈山路の雪〉

▽同じく「雪」の歌。「池辺雪」（題）→「山路雪」（題）。場を深山へもっていって、雪に埋もれた人跡稀な山路はどこをどう行っていいか分らないと明快に歌う。二句切。

98　しら[1]ゆふを空よりたれ[2]かたむく[3]らん／今朝[4]は露[5]け[6]きふる[7]の神杉。

【校異】1しらゆふ―白木綿（内）。2たれ―誰（内、河、東）。3く―ナシ（榊）。4今朝は露けき―けは露けに天。5は露けき―はつ雪の群・続。6露―露本（河）。7ふる―布留（内）。

【語注】○雪埋社樹　守覚Ⅰ98・Ⅱ111のみの珍しい歌題（歌題索引）。○しらゆふ　①詞花157 155「くれなゐにみえしこずゑも雪ふればしらゆふかくる神なびのもり」（冬、関白前太政大臣）、⑤160住吉社歌合〈嘉応二年〉35「てる月もおのがひかりやたむくらむしらゆふかくるすみよしのまつ」（「社頭月」伊綱）、①10続後撰508 500「たむけ山もみぢのぬさはちりにけりゆきのしらゆふかけぬ日ぞなき」（冬、入道前摂政左大臣）。○ふる　「初雪の」であれば掛詞となる。○ふるの神杉　有名。「神杉」は、神の霊が宿る杉の意。「…かみすき」（新編国歌大観④索引のヨミ）。②4古今六帖4279、②万葉1931 1927、2421 2417。八代集では「神杉」の用例はすべて「布留の神杉」であり、新古今の三例がそれである。新古660「初雪のふるの神杉うづもれてしめゆふ野辺は冬ごもりせり」（冬、長方）。

【訳】白木綿を空から一体誰が手向けたのであろうか、今朝は雪のせいでしめっぽい［今朝初雪のふる］布留の神社の杉であるよ。〈雪が神社の樹を埋めているという事を〉

▽同「雪?」の歌。同じく体言止。「木」→「杉」。「山路雪」（題）→「雪埋社樹」（題）。題からいっても、第四句「今朝初雪の」（けさはつゆきの）が正しいか。「神杉」ゆえ「白木綿」「手向く」。三句切。「布留の神杉」に舞台をもってきて、今朝の初雪の布留の神杉を見て、白木綿を誰が手向けたのかと推量したもの。雪を白木綿に見立てる叙景歌（視覚）。

【参考】⑤162広田社歌合〈承安二年〉26「ふるゆきをあまつをとめやたむくらんしらゆふかくとみゆるさかきば」
（「社頭雪」寂念）

99　暁[1]天[2]雪

は[3]れやらぬ横雲まよひ風さえ[4]て／山の端しろきゆきのあけぼの。

【校異】1暁天雪（位置…内、底本の位置と重複）。2天—大（東）。3はれ—晴（内）。4え—し（河）、し《え》（東）。

【語注】○暁天雪　わずかに匡房Ⅰ132・守覚Ⅰ99・Ⅱ112のみの歌題（歌題索引）。③100匡房132「あさひにはうしろめたなしあはゆきのそらかきくもりあすみざらなん」。○横雲　八代集では、新古今37（春上、家隆）を初出として、新古今の四例のみ。②万葉2655 2647「東細布《ヨコグモノ》《てつくりを》」（巻第十一）。明け方の横にたなびく雲。④27永久百首26「山のはのよこ雲ばかりわたりつつみどりにみゆるあけぼのの空」（春「春曙」兼昌）。後述の式子226（『式子注釈』参照）。参考、石川泰水「新古今集の修辞——「横雲」と「身にしむ色」——」（『新古今集とその時代』172～181頁。平安中末期より次第に歌の世界に浸透し広がりつつあった詞であったのだろう。詳しくは拙論「「横雲」「村時雨」「夕露」「咽ぶ」という詞」（『研究会誌』（京都府立高等学校国語科研究会）、昭和63年度版）。○風さえて　①新古23「空はなをかすみもやらず風さえて雪げにくもる春の夜の月」（春上、摂政太政大臣）。○しろき　①新古18「鶯のなけどもいまだふる雪に杉の葉しろき逢坂の山」（春上、太上天皇）。

【訳】空には晴れきらない横雲がさ迷い、風が冷え冷えとして、山の端が白々と見える雪の曙である事よ。〈暁の天の雪〈をよんだ歌〉〉

▽同「雪」の歌。「白」。同じく体言止。「空」「露」→「雲」「風」。漢詩を思わせる（構成の）客観叙景歌（視覚）。④1式子377「なにとなく心ぼそきはやまのはによこ雲わたる春のあけぼの」（春）の第三句以下の明確具体的な詠に通う。句調は新古今調。他、式子には④1式子226「時鳥横雲かすむ山のはの在明の月に猶ぞかたらふ」（夏）がある。

【類歌】③130月清1281「ゆきて見ばけふもくれなむあしびきのやまのはしろきゆきのあけぼの」（冬「遠山雪」）

①11続古639 643「さえくらすみやこはゆきもまじらねど山のはしろき夕ぐれのあめ」（冬、定家）

④18後鳥羽892「ふりつもる雪吹きおろす山おろしに山のはしろくさゆる月かげ」（冬五十首）

千鳥

100 [1]はしだてやよさのうら〈浦〉松[2]ふく風に／こゑをた[3]ぐ[4]へ[5]て千鳥とわたる。

【校異】1はしだて―橋立（内）。2ふく―吹（内）。3たぐへて―た《本》るへく（河）。4ぐ―る《く》（東）。5て―く《て》（東）。

【語注】○はしだて　天の橋立。丹後（宮津市）。③79輔親17「はしだてのまつのみどりはいくそしほそむとかかたるよさのあま人」、①11続古今612 615「はしだてやよさのふけひのさよちどりとをよるおきにさゆる月かげ」（冬、衣笠前内大臣）。　○よさ　八代集二例、が、金葉三515（雑上、馬内侍）＝千載504（羇旅、赤染衛門）。枕草子「海は　水海。よさの海。かはぐちの海。いせの海。」（新大系一五段、20頁）。　○うら松　八代集にない。【参考】の③116林葉659、③130月清61「しほかぜによさのうらまつおとふけて月かげよするおきつしらなみ」（花月百首、月五十首）など参照。

【訳】天の橋立よ、与謝の海の浦の松に吹く風に声を伴って、千鳥が海峡を渡っていく。

▽「風」。「山（の端）」→「浦」。「雪」から「千鳥」の歌となる。「橋立」「与謝（の浦）」と歌枕が並ぶ。これも前歌

同様、構成の明確で具体的な叙景歌。聴覚（「声」）。

【参考】④26堀河百首983「はしだてやよさのうら浪よせてくる暁かけて千鳥なくなり」（冬「千鳥」仲実）
③116林葉659「しほかぜによさのうらまつおとさえて千鳥とわたるあけぬこのよは」（冬「…、千鳥」）
【類歌】③131拾玉3960「あはぢ鳥千どりとわたる暁にまつ風きかむすみよしのうら」（緇素歌合十題「海辺千鳥、勝」）
①14玉葉667 668「はしだてや松ふきわたる浦風にいり海とほくすめる月影」（秋下、大江茂重）
④33建保名所百首1016「あけ渡るよさのうら松吹く風に霞みて過ぐるあまのはしだて」（「海橋立丹後国」）

101　むれてゐるを[1]のが羽風に波たてゝ／こゝろとさ[2]は[3]ぐう[4]ら《はまイ》[5]千鳥か[6]な。

【校異】1を―お（河、東、国）。2さ―き（河）。3は―わ（河、東、国）。4うら―浦《はまイ》（内、東、月詣）、うら（国）、浦《濱イ》（河）。5千鳥―千どり（月詣）、鵆（内）。6かな―哉（内）。
【語注】○むれてゐる　④26堀河百首1513「むれてゐる田中のやどのむら雀わがひくひたにさわぐなるかな」（雑「田家」師時）。　○をのが羽風　八代集初出は、有名な古今109「木伝へばをのが羽風にちる花を…」（春下、素性）。⑤388沙石集82「なるこをばおのが羽風にまかせつつ心とさわぐむらすずめかな」（鎌倉大臣殿）。「羽風」は、鶯・時鳥などが羽を動かす事によって起こる風。　○うら千鳥　海辺の千鳥。中世以後の歌語に多い。一例として③133拾遺愚草1144（冬「寒夜千鳥」）。八代集一例・新古1331（恋四、公経）。
【訳】群れ集まっている千鳥の自《み》らの羽風によって波を立てて、自分自《み》らワイワイ騒いでいる浦の〔浜のイ〕千鳥である事よ。
▽同じく「千鳥」の歌。「風」、「浦」。「浦」→「波」。丹後の歌枕「橋立、与謝の浦（松）」から一般的な浦へ。千鳥

が羽風で波を立てて騒いでいる（下句、聴覚）と歌う平明な叙景詠。②12月詣1004、十一月附神祇「千鳥」仁和寺二品法親王。

【参考】④30久安55「夜をさむみ心づからやなく千鳥おのが羽風にむすぶこほりを」（冬十首、御製）

【類歌】④39延文百首2962「うつむれて友よびかはしたつ声の波にまぎれぬ浦千鳥かな」（冬「千鳥」行輔）

④45藤川五百首287「風さむみ奥つさざ波さく花に友まどはせる浦ちどりかな」（「湖上千鳥」為家）

河上千鳥

102 [1]夜を[2]寒み[3]さほ風[4]をくるたよりには／ちどりの声も瀬ゝわた[5]り《る》[6]なり。

【校異】1夜—よ（書）。2寒み—さむ《み落歟》（書）。3さ—ま（河）。さほ—佐保（内）。4を—お（河、東、国）。5り《る》—る（書、内、河、東、榊、国、「他の諸本」（古典文庫））。6なり—也（内、河、東）。

【語注】**〇河上千鳥** 守覚Ⅰ102・Ⅱ115のみの珍しい歌題（歌題索引）。「上」は「ほとり」の意か。 **〇さほ風** 八代集にない。②万葉984 979「吾背子《ワガセコ》我《ガ》 著衣薄《キタルキヌウスシ》 佐保風者《サホカゼハ》《さほかぜは》 疾莫吹《イタクナフキソ》 及宅左右《イヘニイタルマデ》」（巻第六「大伴坂上郎女与下姪家持従二佐保一還中帰西宅上歌一首」）、古典大系・好忠集267「我家はゆくほど遠し佐保風はしばしもを止め妹も待つらん」（下＝九月下旬。③58好忠267は「さほがは」）。「明日香風《アスカカゼ》」（万葉51、志貴皇子）の類か。八代集では他に「佐保の河風」（新古1896、神祇、入道前関白太政大臣）がある。 **〇たより** ついで。ここも「風のたより」（便りの役をするという風・古今13）か。「音信」「縁・ゆかり」か。 **〇ちどりの声** ②12月詣998「月かげのすみだがはらによもすがら千鳥の声もさえわたりけり」（十一月附神祇「月前千鳥…」経家）、④41御室五十首136「吹おくる奥のしほ風さえけらし千鳥の声を波のよせくる」（冬七首、隆房）。　**○なり**　断定よりも、やはりいわゆる伝聞推定であろう。
【訳】夜が寒いので、佐保（川）を吹く風を送るのに伴って、千鳥の声も佐保川の瀬々を渡っていくようだ。〈河の上の千鳥〉
▽同じく「千鳥」の詠。「風」。「波」「浦」→「瀬々」。「浦」→「河」（題）。千鳥の名所「佐保（川）」（歌枕）へ舞台を移す。腰句「たよりには」は、さまざまな解が考えられるが、おそらくは**【訳】**の如くであろう。これも分りやすい構造の単純《シンプル》な叙景歌。式子65「またれつるひましらむ覧ほのぐとさほの河原に千鳥なく也」（冬）がある。同様に「さほ」と「千鳥」を歌ったものに、拾遺238「ゆふさればさほのかはらの河ぎりに友まどはせる千鳥なくなり」（冬、紀とものり）、拾遺484「暁のねざめの千鳥たがためかさほのかはらにをちかへりなく」（雑上、よしのぶ）がある。

水鳥

103　はね〈羽〉かはす[1]ともねのをしは[2]打〈うち〉とけて／こほりぞむすぶこやの池水。

【校異】1とも―友（内、榊）。2打―うち（書）。
【語注】○ともねのをし　①千載429（冬、源親房）、②16夫木6936「こやのいけのあしのかれ葉の草ぶきやともねのをしのすみかなるらん」（文治六年五社百首、俊成）。八代集「ともね」二例・上記と後拾681。　**○とけ**　「氷」の縁語。
○こほりぞむすぶ　斬新な新風表現か。「むすぶ」は、上の「とけ」と対照。①千載440「こほりぞむすぶ山の井の水」（冬、成家）、③130月清865、③133拾遺愚草1661「雪うづみこほりぞむすぶをしがものかげをたのめる池のま菅を」（韻歌百廿八首、冬)、⑤197千五百番歌合1952など。「氷ぞつなぐ」(式子269、冬)。**○こやの池水** 八代集では①後拾遺420「かもめこそよがれにけらしゐなのなるこやのいけ水うはごほりせり」(冬、僧都長算)を初出として三例。①金葉二273 292「しながどりゐなのふしはらかぜさえてこやのいけみづこほりしにけり」(冬、藤原仲実。金葉三276。④26堀河百首999)、③114田多民治83、③116林葉269など、昆陽の池は平安後期から多く詠まれる。

【訳】羽を交わして共に寝る鴛鴦はすっかりうちとけ、むつまじくなっているが、氷が生じ固めている昆陽の池水である事よ。

▽「をし」の歌。「河上千鳥」(題)↓「水鳥」(題)、「千鳥」↓「鴛」。「夜」↓「とも寝」、「寒」↓「氷」、歌枕の「佐保」(大和)↓同「昆陽」(摂津)、「河」(題)、「瀬々」↓「池(水)」。佐保川の千鳥から昆陽の池の鴛に歌材を移す。全体としては平明な叙景詠(視覚)。下句この頭韻。式子も「冬」に鳥の歌が多い。その式子に164「とけてねぬ夜半の枕をゝのづから氷に結ぶをしぞことゝふ」(冬)がある。

【参考】①千載434「をし鳥のうきねのとこやあれぬらんつららゐにけりこやの池水」(冬、経房)
③125山家560「さゆる夜はよそのそらにぞをしもなくこほりにけりなこやの池みづ」(冬歌十首)

【類歌】②12月詣3「けさみればこやの池水うちとけて氷ぞ春のへだてなりける」(正月附賀「…、立春…」俊恵)
④39延文百首1363「むれてたつともねのをしの跡ばかりこほりぞのこす庭の池水」(冬十五首「水鳥」)
④39延文百首2663「芦がきのこやの池水こほるよにうきねへだつるをしのひとりね」(冬「水鳥」)

朝見水鳥

104 新続[1]
あさごほりとけなん後《のち》[2]と契《ちぎり》[3]を[4]きて／そらにわかる丶池のみづとり。

【校異】1新続―ナシ（書、河、国）。2後―のち（書、榊）。3契―ちきり（書、河、東）、契り（榊）。4を―お（河、東、国）。をき―置（内）。

【語注】○朝見水鳥　わずかに守覚Ⅰ104・Ⅱ119・俊恵650のみの歌題（歌題索引）。③116林葉650「あさなぎにのじまがおきをこぎゆけばさをになれたるあぢの村鳥」（冬）。　○あさごほりとけ　②4古今六帖696「霜のうへにふる初雪のあさ氷とけずも見ゆる君がこころか」、③33能宣181「あさごほりとくとくけふはくれななむそらにものおもふ身をばまかせて」、②16夫木7063「あさごほりとけにけらしないけのおもにたたまくをしき紅葉ちるなり」（冬二、元輔）。　○契り　千載集では用例が恋部に圧倒的に多いのに対して、新古今においてはそうでなくなっている（歌枕辞典）。守覚は四例、104（冬）、271（恋）、276（恋）、289（恋）と3/4が恋であり、やはり千載的歌人といえようか。ちなみに式子は恋がほとんどを占める（『式子注釈』85参照）。　○池の…とり　①14玉葉942 943「朝あけのこほる波まにたちゐする羽おともさむき池の村鳥」（冬「池水鳥…」広義門院）。

【訳】（再び会うのは、）朝の氷がすっかりとけはててしまった後だと約束しておいて（おきながら）、空に別れて行く池の水鳥である事よ。〈朝に水鳥を見る（歌）〉

▽同「（朝見）水鳥」（題、歌語）の歌。同じく腰句て止め、体言止。「氷」「とけ」「池（の）水」。以上、このように多くが共通するが、前歌は「鴛」「昆陽の池」と具体的であるが、この歌は「水鳥」「池」と一般的。また「契る」という語で分るように恋歌めかしている。しかし歌としては、前歌同様、分りやすい叙景歌（視覚）。この歌で、一連

の、100よりの鳥の歌を終える。①21新続古今1786、雑上「朝見水鳥といふ事を」二品法親王守覚。

【参考】③29順212「あさ氷とけにけらしな水の面にやどるにほ鳥ゆききなくなり」（「いけに、みづとりあり」）
③100江帥441「ひくるればそらにわかるるみづとりはいけのあしまやすみゆきぬらん」
③116林葉656「あさごほりとけやしぬるとこやの池の蘆まをのぞくかものむら鳥」（冬）

歳暮

105 ゆく[1]としのわかればかりを歎き[2]にて／身にはつもら[3]ぬならひなりせば。

【校異】1ゆく—行（内、河、東）。2歎き—歎（河、東）。3ら—り（古典文庫・宮）。
【語注】○歎き 「き（木）」の縁語「つもら（積る）」。○身にはつもら ⑤159実国家歌合76「何となくよそにやけふをしましまし身には積らで年のくれせば」（「歳暮」権祢宜）。
【訳】過ぎゆく年の別れだけを嘆きにして、我身には積らぬならわしであったなら、どれだけよかったろうに…（イヤ実際には我身に歳は年々積っていく事であるよ）。
▽「わかれ」。同じく腰句て止め。105より冬の終り「歳暮」の歌となる。反実仮想表現。言いさしの形で、素直に心情を吐露した詠。平易。第二、末句なの頭韻。
【参考】①千載472「かずならぬ身にはつもらぬとしならばけふのくれをもなげかざらまし」（冬、惟宗広言。④7広言70）

106 続千[1][2][3]ひとかたにおもひぞ[4]はてぬ春をまつ[5]／こゝろにおし[6]きとしのくれかな[7]。

【校異】1続千—ナシ（書、東、国）。2續千一（書）。3ひとかた—一方（内）。4は—た《は》（河）、く（東）。5まつ—待っ（内）。6お—を（書、河、東、国）。7かな—哉（内）。

【語注】○ひとかたにおもひ　③131拾玉1885「ひとかたに思ひとりにし心には猶そむかるる身をいかにせん」（右、述懐。①新古1825）、⑤197千五百番歌合1036「みそぎ河なづるあさぢのひとかたにおもふこころをしられぬるかな」（夏三、小侍従）。　○下句　④30久安百首1260「となせ川こすげかたしくつなでなは心ぼそきは年の暮かな」（冬十首、安芸）。

○おしき　愛・惜。　○としのくれ　八代集初出は①金葉二301 322「かぞふるにのこりすくなき身にしあればせめてもをしきとしのくれかな」（冬、永実）。

【訳】ただ一途に断念はできかねる事よ、春を待ち望んでいる心に何かひかれるものがある年の暮であるよ。

▽同じく「歳暮」の歌。「とし」。平明な抒情歌。二句切。①15続千載704 708、冬「（題しらず）」仁和寺二品親王守覚。

【類歌】①20新後拾840「うき身までまつとはいはぬ春ながら心にいそぐ年の暮かな」（雑秋、実直母）

107
歳暮に雪のふる朝[1]敦経朝臣が／もと[2]より

雪のうち[3]にくれ[4]ぬる年ぞ[5]お[6]しまるゝ／わが[7]身もいたく[8]ふりぬとおもへば。

【校異】1朝—あした（書、内、河、東）、朝、（国）。2もと—許（榊）。3うち—中（内）。4くれ—暮（内）。5ぞ—

も（東）。6お―を（河、東、国）。7わ―つ（東）。わか―我（内）。8く―こ（東）。

【語注】○敦経　生没年未詳。文章博士藤原茂明男。母中原広俊女。従四位下式部少輔。文章博士。千載初出（144）。○雪のうちにくれ　③111顕輔87「はかなくてくれぬる年をかぞふればわが身も末になりにけるかな」。○おしま　愛・惜。○くれぬる年　①18新千載728「雪の内にくれ行く年をかぞふればこれぞつもりて老と成る物」（冬、公蔭）。○ふり　掛詞。「旧る」に「降る」の意を掛けて詠む事が多い。「降る」は「雪」の縁語。○ふりぬとおもへば　①後撰469 470「ちはやぶる神な月こそかなしけれわが身時雨にふりぬと思へば」（冬「題しらず」）、①14玉葉1903 1895「みるままにかはる梢ぞあはれなる我が身も花もふりぬとおもへば」（雑一、西園寺入道前太政大臣）。

【訳】雪が降っている中で、すっかり暮れはてた年が自然と惜しまれる事よ、我身もこの（ふる）雪同様、すっかり古びてしまったと思うから。〈歳の暮に雪のふる朝、敦経朝臣のもとから〉

▽「くれ」「年」「おもへ《ひ》」。詞書の如く、敦経のもとより送られた歌で、全体として平明な抒情歌。敦経の詠。三句切、倒置法。「…をしまるる…と思へば」は、一つの表現型《パターン》である。式子にも④1式子4「春くれば心もとけてあは雪のあはれふり行身をしらぬ哉」（春）があり、さらに有名な百人一首96の①9新勅1052 1054「花さそふあらしの庭のゆきならでふりゆく物はわが身なりけり」（雑一「落花をよみ侍りける」入道前太政大臣）がある。

【参考】②4古今六帖977「雪のみやふりぬとおもふ山里はわれもおほくの年ぞへにける」（第二、山「山ざと」）
③97国基42「くるはるにあはまくことはおもへどもくれぬるとしのをしくやはあらぬ《もあるかな》」（「歳暮」）

【類歌】④31正治初度1303「いまはわれをしからぬ身ぞをしまるる君が八千世にあはんとおもへば」（祝、隆信）

返[1]し[2]

108 年くる、雪のうち[3]にはふりぬとも／あけ[4]なば春にあはじもの[5]かは。

【校異】1返—かへ（河、東）。2し—ナシ（書）、事・し（内）。3うち—内（榊）。4あけ—明（内）。5もの—物（書、内）。

【語注】○108 冬の最後の歌で、歳末にちなんで、煩悩の数か、「百八煩悩」。○年くる、 ①10続後撰526 518「としくるるかがみのかげも白雪のつもれば人の身さへふりつつ」（冬、知家）。○雪のうちに ③132壬二1641「あら玉の年もかはらぬ故郷の雪のうちにも春は来にけり」（守覚法親王家五十首、春十二首）。○ふり 掛詞。

【訳】年が暮れてゆく雪の中でふる雪の如く古びてしまっても、年が明けたとしたら春に会わない事があろうか、必ず春に会う。〈返し（の歌）〉

▽「返し」の歌であるので、送られた歌の詞を用い、「年」「くる」「雪のうちに」「ふりぬと」と上句に集約する。前歌同様、全体として平明な抒情歌で、古びた我身（前歌）に対して、必ず春に会うと慰め、励ましている。下句あの頭韻。

【類歌】⑤184老若五十首歌合391「年暮るる雪げの空のうす雲や明けなば春の霞なるべき」（冬、権大納言）

雑

述懐

109 [1]おもひ出〈いで〉[2][3]のあらばこゝろもと[4]まん《り》[5]なん／いとひやすきはう[6]き世[7]な[8]りけり。

【校異】1千（書）、千雑中（河）。2出―いて（書）。3の―れ（東）。4も―の（内）。5ん《り》―り（書、内、河、東、榊、国、「他の諸本」（古典文庫））。6う―さ《う》（東）。うき―浮（内）。7世―よ（書）。8なり―也（内）。

【語注】〇おもひ出の　③35重之29「おもひでのかなしきものは人しれぬ心のうちのわかれなりけり」（②10続詞花424）。　〇いとひやすき　八代集一例・この109・千載1108。

【訳】思い出ずる事があるとしたら、心もさぞこの世に止まった事であろう、が、そんなものは何もない、だから厭いやすいものはこの憂世・つらい人生である事よ。

▽「述懐」歌ゆえに、一読して分るように、心情を素直に吐露している。「大意―憂き世には思い出もないから厭離しやすい。」（文庫・千載1108）。三句切。①千載1108 1105、雑中「述懐のこころをよみ侍りける」仁和寺法親王守覚。『新大系・千載1108』は、「思い出すらなかった人生への詠歎。少年時に仁和寺に入り出家した実人生の感懐があるか。」とする。また『和泉・千載1107』は、「自身の心と対話する前歌［私注―守覚126］と同歌境の歌。」と記す。

【参考】③13忠岑86「おもひいでのうきせはいつかわたりがはこころやすくはわたりはつべき」

110 続後[1]何事を[2]まつと[3]もなしにながらへて／[4]おしからぬ[5]身のとし〈年〉をふる[6]かな。

【校異】1続後―ナシ（内、東、国）。2まつ―待（内）。3も―は（続後撰）。4お―を（河、東、国）。5身―幾〔身歟〕（河）。6かな―哉（内、河、東）。

【語注】**○一、二句**　③106散木22「なに事をまつ身ともなきあやしさにはつねはくれどひく人もなし」（春）、⑤230百首歌合〈建長八年〉1377「ゆくすゑも今はたおなじなにごとをまつとなき身にさてやはてなん」（具氏朝臣）。**○ながらへて**　①千載1113 1110「おのづからあればあるよにながらへてをしむと人にみえぬべきかな」（雑中、定家。③133拾遺愚草172）、⑤250風葉825「すててばやをしからぬ身のながらへてつらさにたへぬおなじ命を」（女のすくせしらずの右大臣）。

【訳】何ら（現世に）何事をも期待するという事もないのに生き永らえて、惜しくもない身は歳を重ねてゆく事よ。

▽同じく「述懐」歌。前歌とは詞は重ならないが、歌いぶりは、心情を素直に吐露したもので通う。初、三句なの頭韻、及び全体としてのなのリズム。①10続後撰1190 1187「（述懐心を）」、雑中、仁和寺二品親王守覚。②15万代3683、六「五十首歌の中に」仁和寺入道二品親王守覚。「この歌は現存の御室五十首中には見えない。但し、五十首中には「長らへて…〔私注―守覚222〕」の類似した発想の歌が見える。」（和歌文学大系14『万代和歌集㊦』3683）。

【参考】④26堀河百首1107「なに事を待つとはなしに明けくれてことしもけふになりにけるかな」（冬「除夜」国信。①金葉二304）

⑤160住吉社歌合〈嘉応二年〉150「なにごとをまつとはなしにながらへていつすみよしとおもふべきみぞ」（「述懐」佐）

111　われからや神[1]のめぐみもへだつらん／うき身のほどをみつの玉がき[2]。

【校異】1神―秋（河、東）。2がき―垣（内）。

【語注】○社頭述懐　歌題としては、家隆2700・慈円4284・4288〜4289・守覚Ⅰ111・Ⅱ134・定家2712・2892がある（歌題索引）。③133拾遺愚草2713「あはれしれ霜よりしもにくちはてて四代にふりぬる山あゐの袖」（「賀茂社歌、社頭述懐」）。○われから　他の誰のせいでもなく、すべて我からの事、私だけが悪いのです。○めぐみ　八代集にない。古今・仮名序「広き御恵みの陰、筑波山の麓よりも繁くおはしまして、」（新大系15頁）。土佐日記「今日、海に波に似たるものなし。神仏の恵み蒙れるに似たり。」（一月卅日。新大系22頁）。が、「めぐむ」は新古734（賀、式子）、同1946（釈教、崇徳院）にある。○うき身のほど　八代集では後拾771（恋四、公円法師母）以下二例。⑤163三井寺新羅社歌合68「君にわれ人のつらさをかたるまにうき身の程をしられぬるかな」（「談合友恋」泰覚）、③131拾玉158「わが身にてみのなげきをぞなぐさむるうき身の程を思ひしりつつ」（百首述懐）。○みつ　「見つ」との掛詞。「社頭」（詞書）、「神」「玉垣」とあるので、坂本の御津の事か。だが『歌枕索引』には、「御津の玉垣」（の項目）はなかった。勅撰集初出は古今649（恋三、よみ人しらず）。ただしこれは「難波」。また「三つ」もかけるか。○玉がき　八代集は初出の①後拾1166 1168「いなりやまみづのたまがきうちたたきわがねぎごとを神もこたへよ」（雑六、恵慶。③56恵慶58「いなりのやみつの…」）以下二例。後拾1166は「みづの玉垣」、ここもこれか。さらに②16夫木16101「住吉の神代の松のあきのしもふりてもひさしみつの玉がき」（雑十六、有家）がある。

【訳】自分のせいで神の恩恵も縁のない事となっているのだろう、わが憂身の具合をまじまじと知らされたみつの玉垣である事よ。

▽同じく「社頭述懐」(題)歌。「身」。我身の不遇を慨嘆。三句切。

112

あかつき。[1]まくらに[2]なにとなく過《〈すぎ〉》[3]に/しかたのはかなき[4]など[5]おもひ[6]/つゞけて[7]

なにごとも夢になりゆく[8]いにしへの/おもかげ[9]のこる[10]あけぐれ[11]のそら。

【校異】 1。—ナシ(内)、の(書、河、東、榊、国、「他の諸本」(古典文庫))。2に—に、(国)。3過—すき(書)。4き—さ(書、内、河、東、榊、国、「他の諸本」(古典文庫))。5ど(元・と)—ど(東)。6おもひ—思(書)。7ゞ(元・ゝ)—ゞ(東)。8ゆく—行(内、榊)。9おもかげのこ—俤残(内)。10る—る(書、内、河、東、榊、国)。11あけ—明(河、東、榊)。

【語注】 ○詞書　新古1809「あか月とつげの枕をそばたてて聞くもかなしき鐘のをと哉」(雑下「暁の心をよめる」俊成)、新古1810「あか月のゆふつけ鳥ぞ哀なるながきねぶりを思ふ枕に」(雑下「百首歌に」式子内親王)、梁塵秘抄238「暁静かに寝覚めして、思へば涙ぞ抑へ敢へぬ、儚く此の世を過ぐしては、何時かは浄土へ参るべき」。　○なにごとも　④30久安989「何事もむなしき夢ときくものを覚めぬ心になげきつるかな」(尺教、大品経、清輔)。　○夢になりゆく　③131拾玉5438「おどろくやうつつと思ひしなげきさへ夢になり行くあか月の空」。　○いにしへのおもかげ　①11続古今1739 1748「いにしへのおもかげをさへさしそへてしのびがたくもすめる月かな」(雑下、俊頼)。　○あけぐれ　「あけくれ」(新古1674)という詞もあるが、ここは詞書の詞から思い合せて「あけぐれ」であろう。源氏物語「霜氷うたてむすべる明け暮《ぐ》れの空かきくらしふる涙かな」（「少女」、新大系二―308頁）。 **○あけぐれのそら** 八代集二例・拾遺736（恋二、順）、①千載884 882（恋四、忠良）。

【訳】 何事もすべてが夢幻となってゆく昔の面影がうすく残っている、明け方の暗い空である事よ。〈暁方目覚めた枕もとにおいて、ただ何となく昔がはかなかった事などを思い続けて〉

▽体言止は同じ。これも平淡に詠じたもの。

閑居

113 うらさびて蔦[1]はひかゝるまき[2]のやま[3]、に歟〔朱〕／窓[4]うち[5]すさぶむ[6]らさめの声。

【校異】 1蔦―くす（書、天・群・続）、葛（榊）。2まき―槇（内、河、東）。3やま―やま、に歟〔朱〕（書）、山（内、河、東、榊）、やに（国）。4うち―より（内）。5ち―き（河）、き《さ》（東）。6ぶむ―む、（書）。

【語注】 **○閑居** 和漢朗詠集623（良）など。 **○まきのや** 槙の板で屋根を葺いた家。山家のさまを表わしたもの。まき（真木）は杉また檜をいうが、ここでは松などで屋根を葺いた、粗末な家の義。千載1174を初出として八代集三例。ただし「真木の伏屋」は①金葉二170 180「おのづから秋はきにけりやまざとのくずはひかかるまきのふせやに」（秋「あきのはじめの心をよめる」大納言経信）にある。「真木の屋」は式子58（冬）、357（冬）にも。 **○窓** 漢詩などにみられる新しい素材。詳しくは拙論「式子内親王歌の漢語的側面――「窓」「静（〜）」――」（『古今和歌集連環』（和泉書院））。 **○窓うち** 和漢朗詠集233「秋夜長 〻〻無眠天不明 耿〻残燈背壁影 蕭〻暗雨打窓声」（秋「秋夜」上陽人 白）、⑤175六百番歌合368「のきちかきまつのかぜだにあるものをまどうちそふるあきのむらさめ」（秋「秋雨」家隆。

③132壬二331)、⑤175六百番歌合944「ふかき夜のねざめになにをおもひけむまどうちすさむあかつきのあめ」(恋「寄雨恋」寂蓮)、②14新撰和歌六帖411「吹きまよふかぜさだまらぬあきのよにまどうちすさむあめのおとかな」(「あきの雨」)、⑤190和歌所影供歌合〈建仁元年九月〉16「秋の野の荻のはつたひそよぎてしばの窓うつむら雨の声」(「近野秋雨」家長)。　**○うちすさぶ**　八代集にない。「うち」は接頭語と「打ち」の掛詞。夜の寝覚「ねたう、かしこき筋といひながら、内の御事の、あさましううちすさびて、ゆくてのことにて、」(大系292頁)。　**○むらさめ**　驟雨。断続的に激しく降り過ぎる、秋頃の雨。詳しくは拙論「式子内親王二、三例の詞(下)」(『滋賀大国文』第32号)。

【訳】心淋しくも蔦がはいかかっている槙の屋に、窓をさかんにうちつける村雨の音がきこえる事よ。

▽「閑居」の詠。同じく体言止。「空」→「村雨」。上句視覚、下句聴覚(「声」)。上陽人の世界をほのめかす。平明な詠。第三、四句まの頭韻。

【類歌】⑤175六百番歌合429「あしの屋のつたはふのきのむら時雨おとこそたてね色はかくれず」(秋「蔦」定家)

閑居水声

114　岩そゝく[1]水よりほか[2]にを[3]とせねば／[4]こゝろひとつをすま[5]してぞきく。

【校異】1千(榊)。2ほか—外(内、河、東)。3をと—音(内)、おと(河、東、国)。4千(書)。5すま—澄(内)。

【語注】○閑居水声　「千載1134(守覚)守覚《ママ》Ⅰ114・Ⅱ139」のみの珍しい歌題(歌題索引)。「閑居」は「閑静な住居」の意であり、漢詩から来た歌題でもある。　**○岩そゝく**　八代集二例・千載1134、新古32(春上、志貴皇子)。③119教長306「いはそそくたにのみづのみおとづれてなつにしられぬみやまべのさと」(夏「納涼のこころを」)、③133拾遺愚草

409「岩そゝくし水も春のこゑたててうちや出でぬる谷のさわらび」（春、早率百首）、④31正治初度百首1904「いはそそくたるみのおとにしるきかな氷とけ行く春の初風」（春、讃岐）。「注く」は和詩で広範囲に用いられた語（『式子注釈』2参照）。詳しくは拙論「式子内親王歌の「注く」——その漢語的側面——」（『滋賀大国文』第26号）。**○をとせ**　掛詞。「音がする」と「訪れる」。**○こゝろひとつ**　漢語「一心」に当る。専心の意。**○すまし**　「水」の縁語。

【訳】岩に注ぎかかる水以外は訪れず、またそれ以外の音は全くきこえないので、それを心だけに澄ませてきく事よ。

〈閑居の水の声〉

▽同じく「閑居（水声）」（題）の詠。「（村）雨」→「水」、「声」→「音」。全体として聴覚（「おと」「きく」）。「岩注く水」の音だけで、それ以外は何も訪れないから、「心一つを澄まして」聞く、つまり訪れる者に煩されず水の声に心を澄ますと歌う。7千載1134 1131、雑中「閑居水声といへるこころをよみ侍りける」仁和寺法親王守覚。「月詣和歌集、九。」（古典文庫231頁）とあるが、見当らなかった。また同じ守覚に「いはそそく」「（こゑ）」「より」「みづ」の詞の通う230があり、式子に、2「鶯はまだ声せねど岩そゝくたるみの音に春ぞ聞ゆる」（春）、86「苔むしろ岩ねの枕なれ行て心をあらふ山水の声」（雑）がある。

『新大系・千載1134』は、「「水よりほかに音せねば」と「澄む」の照応で題意をこなした点が作意。」とする。また『和泉・千載1133』は、「誰も訪れない（第三句掛詞）脱俗閑居の生活と心境を詠む歌。」と記す。

山家晩[1]思[2]

115 [3]むぐらはふしづ[4]のふせ[5]やの夕け[6]ぶり／はれぬおもひによそへてぞみ〈見〉る。

【校異】1晩—晩（古典文庫・神）。2思—秋（河、東）。3◆（書）。4しづ—賎（内、河、東）。5せ—を《せ》（東）。6けぶり—烟（内）。

【語注】○山家晩思　守覚Ⅰ115・Ⅱ145のみの珍しい歌題（歌題索引）。また「山家晩秋」（河、東）は『歌題索引』にない。そして、いうまでもなく、「夕けぶり」とあるので「晩思」。○むぐら　荒廃した家屋に生える蔓草の雑草。○しづのふせや　④26堀河百首484「かやり火のけぶりうるさき夏のよはしづのふせやに旅ねをばせし」（夏「蚊遣火」師頼）、③133拾遺愚草777「草ふかきしづのふせやのかばしらにいとふ煙をたてそふるかな」（十題百首、虫十）。○ふせや　軒丈の低い粗末なみすぼらしい家。○夕けぶり　万葉になく、八代集五例、すべて新古今で初出は801「思ひいづるおりたく柴の夕煙むせぶもうれし忘がたみに」（哀傷、太上天皇…1参照）。この当時の流行表現か。③115清輔364「すみよしのはま松が枝の夕煙はれぬおもひは神ぞしるらん」（「住吉社」）。○はれぬおもひ　②16夫木8613「世間をなげ木にくゆるけぶり山はれぬおもひを何にそめけむ」（雑二、読人不知）。○おもひ　「けぶり」の縁語「火《ひ》」。

【訳】葎がはいからまっている、身分の卑しい（山賤の）陋屋より立つ夕方の煙（を）わが晴れない思いにことよせて見る事よ。〈山家の暮れの思い〉

▽「閑居水声」（題）↓「山家晩思」（題）、「こころ」↓「おもひ」、「きく」↓「みる」、末句「すましてぞきく」↓「よそへてぞみる」。粗末な荒廃した住まいに立つ夕煙を我がうっ屈した思いに事寄せて見ると、寄物陳思、上句の叙景と下句の抒情の一体となった平明な詠。②12月詣802、雑下、仁和寺二品法親王。⑤183三百六十番歌合707、雑、六

十六番左、仁和寺宮。

【参考】①千載144「うの花のかきねとのみやおもはましづのふせやに煙たたずは」（夏、藤原敦経）

【類歌】⑤175六百番歌合275「むぐらはふしづがかきねも色はえて光ことなる夕がほのはな」（夏「夕顔」有家）

④15明日香井1532「たび人のおもひはふじのゆふけぶりはれぬみそらをながめてぞ行く」（「富士山を」）

旅

116　ふるさと[1]をいとゞよそにぞ[2]へだ[3]て[4]つる／こえこし山のやへのしら雲。

【校異】1ふるさと—古郷（内、河、東）、故郷（榊）。2ぞ（元・そ）—や（内）、ら《ぞ》（東）。3へだてつる—隔らん《つる》（内）。4だ（元・た）—だ（東）。

【語注】○よそに　遠く離れて。

【訳】ふるさとをますますはるか彼方の存在として隔てた事よ、越えてきた山の八重に重なる白雲は。

▽「山家」（題）→「山の八重の白雲」、「葎はふ賤の伏屋」→「ふるさと」、「煙」→「白雲」。「旅」（題）の詠となる。故里は越えてきた山の八重の白雲の果てだと歌う。三句切、倒置法、体言止。

【参考・類歌】⑤428住吉物語（真銅本）72「けふよりはよそにみやこのふるさとをいとどへだつるきりのあけぼの」（下、（姫君））

【類歌】①13新後撰450「へだてつるをのへの雲はかつはれて入日のよそにゆく時雨かな」（冬、式部卿久明親王）

117　いなしきやひなのかりねはめ[1]もあはで／みやこを夢のうち[2]にだにみぬ。

【校異】1め―の《め》（東）。2うち―中（内）。

【語注】**○いなしき**　八代集にない。辞書には「㈠藁《わら》を敷いて座とすること。㈡いなか。」と記す。次に「ひな」とあるところから、㈠の意と思われる。堀河百首493、1518、永久百首285、406に例がある。また歌枕とも考えられるが、「さむしろや待つ夜の…」（新古420、秋上、定家）と同様、普通名詞と考えられる。『歌枕辞典』の「歌語索引」に「いなしき（…）」はない。なお232に「いなしきのさと」があり、『歌枕索引』には、「稲敷里《いなしきのさと》」の項目で、この歌のみが挙がっている。が、この例も普通名詞とも考えられる。**○ひな**　八代集二例・古今961、新古899。**○かりね**　仮寝。八代集は千載以降五例。源氏物語一例「秋の野の草のしげみは分けしかどかり寝の枕むすびやはせし」（「夕霧」、新大系四―116頁）。「いなしき」で、「刈根」、「刈稲」をにおわす。『式子注釈』23参照。**○みやこを夢**　④31正治初度百首1085「草枕みやこを夢にみつるよは明行く空もいそがれぬかな」（羇旅、経家）。

【訳】稲敷よ、田舎での仮の泊りは眠れなくて、だから都の事を（現実はおろか）夢の中でさえも見はしない事よ。

▽同じく「旅」の詠。「ふるさと」→「都」。式子の263「霰ふる野路のさゝ原ふし侘てさらに都を夢にだに見ず」（冬）がすぐ浮び、伊勢物語九段の東下り「見し人なりけり。京に、…駿河なる宇津の山べのうつゝにも夢にも人にあはぬなりけり」も想起される歌である。稲を敷く、鄙の仮寝は…と旅のわびしさを平明に歌う。同じ守覚に「かりね」「いなしき」の詞の通う232がある。

【参考】④30久安998「松がねに霜うちはらひめもあはで思ひやる心やいもが夢にみゆらん」（羇旅、清輔）
⑤171歌合〈文治二年〉163「めもあはでこひはよをこそかさねけれゆめにも人の見えじとおもふか」（恋、行頼）

【類歌】②14新撰和歌六帖1700「しきたへのまくらをさむみめもあはでぬればや人をゆめにだに見め」（第五「まくら」）

118　ふみなれぬ岩根をつた[1]ふか[2]よち《ひ》[3]ぢに／しばした[4]ちのけ峯[5]のしら雲。

【校異】1つた—傳（内）。2かよち《ひ》ぢ—通路（河、東、榊）。3ち《ひ》—ひ（書、内、国、「他の諸本」（古典文庫））。4たち—立（内、榊）。5峯—みね（書）、峰（国）、嶺（内）。

【語注】**○ふみなれぬ**　⑤204卿相侍臣歌合〈建永元年七月〉43「ふみなれぬ山の岩ねの夕まよひおとやしるべの谷川の水」（「羇中暮」内大臣）。**○岩根**　大きな岩。万葉集以来の歌語。**○岩根をつたふ**　⑤247前摂政家歌合〈嘉吉三年〉316「嶺高きいはねをつたふ滝つせのせきとめがたき年の暮かな」（「後冬」中納言）。**○たちのけ**　八代集にない。源氏物語「御格子を御手づから引き上げ給へば、け近きかたはらいたさに、立ち退きてさぶらひ給ふ。」（「野分」、新大系三—42頁）、⑤420落窪物語68「はるばると峰の白雲立ちのきてまたかへりあはむほどのはるけさ」（落窪の君）。

【訳】未だ踏み慣れた事のない岩根を伝い行く道に存在する雲よ、しばらくの間退去せよ、峰の白雲よ（、なぜなら道をしっかりと踏みしめて歩きたいから）。

▽同じく「旅」の歌。前の117より、その前の116のほうが、これ・118に近い。「峰の白雲」へ「しばし立ち退け」と呼びかけた詠。

山路旅行

119 [1]余所《よそ》にては[2]かよひ[3]ぢなしと見し[4]峯[5]を／雲ふみ[6]わけて[7]いまぞ[8]こえ[9]ゆく。

【校異】1◆（書）。2か—お《か》（東）。かよひぢ—通路（榊）。3ぢ—路（東）。4峯—みね（書）、峰（国）、嶺（内、榊）。5を—の（榊）。6わけ—分（河、東）。7いまぞ—里そ天、山そ群・続。8こえ—越（内）、ふみ《本》（書）、ふみ（古典文庫・宮）。9ゆく—行（内、河、東）。

【語注】○山路旅行　守覚Ⅰ119・Ⅱ155のみの珍しい歌題（歌題索引）。　○雲ふみわけて　④15明日香井736「さくらがりくもふみわけてあしびきのやまどりのをのいくをこゆらん」（春）。

【訳】他から見た目では行く道がないと見えた峰を、雲を踏み分けて今越え行く事よ。〈山路の旅行〉

▽「かよひぢ」「峰」「雲」「ふみ」と、前歌と多くの詞が重なる。「旅」（題）↓「山路旅行」（題）の詠となる。よそ目では道もないと見えた峰を雲踏み分けて越える事だと、これも平明な詠。

【類歌】②15万代269「よそにては花とも見えじたづねきてわかばぞわかむ峰の白雲」（春下「…、花を」忠良）

旅宿松風

120 [1]ふ[2]み[3]ゆけば浜[4]松がえに[5]風こえて／なさけ[6]ありその[7]いそ[8]まくら[9]かな。

【校異】1◆（書）。2み—け（書）、ら《ケ歟》（河）。3ゆけ—行（河、東）。4松—枩（内、榊）。5こえ—越（河、東）。6

ありそ―有磯（内）。7いそ―磯（内、河、東）。8まくら―枕（内、榊）。9かな―哉（内）。

【語注】○**旅宿松風**　守覚Ⅰ120・Ⅱ156のみの珍しい歌題（歌題索引）。○**ふみゆけ**　八代集にない。⑤419宇津保物語480「ふたつともふみゆくかたはなきものをあとにつきつつまどふ心か」（兵部卿宮）。○**浜松がえに風**　②10続詞花371「すみよしのはま松がえに風ふけば浪のしらゆふかけぬまぞなき」（賀、道経）。○**風こえて**　⑤177慈鎮和尚自歌合165「夏ふかき峰の松がえ風こえて月かげすずし有明の山」（「夏歌中に」）。○**ありそ**　岩石のある荒れた海べの意。万葉集以来の景物。「有り」との掛詞。○**いそまくら**　八代集にない。②万葉2007 2003「天漢原《アマノカハラニ》《あまのかはらに》　石枕巻《イソマクラマク》《いしまくらまかむ》」、堀河百首586（秋「七夕」顕仲）、③130月清1382「きのくにやふきあげのまつによるなみのよるはすずしきいそまくらかな」（祝、夏「納涼」）、③131拾玉371（百首、雑十六首）、2902など。

【訳】踏み〔更け〕行くと、浜松の枝に風が吹き越えて、情趣のある荒磯での旅寝である事よ。〈旅宿の松風〉

▽「山路旅行」（題）→「旅宿松風」（題）歌へ。「ふみ」「ゆけ」「こえ」。「雲」→「風」、「峰」（山）→「浜」「荒磯」「磯（枕）」（海）へ。これも平易な詠嘆である。初句「ふけゆけば」が正しい形か。同じ守覚に「いそ枕」「風」「まつが」の詞の通う235がある。

旅宿言志[1]

121　よ[2]し[3]さらば磯の篷[4]屋にた[5]びねせん／[6]波かけず[7]と[8]も《て ゝ》[9]ぬれぬそでか[10]は。

【校異】1志―思（河、東）。2◆（書）。3千（榊）。4篷―苫（国）、とま（千載、月詣）。篷屋―とまや（書）、苫や（内）。5たびね―旅ね《ね覚》（榊）。6千（書）。7ず―そ《す歟》（書）、そ《を》宮、そ《を歟》（古典文庫・宮）。8と―し（河、東）。9も《て ゝ》―て

（書、内、河、東、榊、国、天・群・続、千載、月詣）。10かは―〔不明〕（内）。

【語注】○旅宿言志　「守覚Ⅱ157（ママ）」のみの珍しい歌題（歌題索引）。「言志」は漢詩題の用語で、和歌の「述懐」にあたるとされる。また「旅宿言思」（河、東）は『歌題索引』にない。　○磯の苫屋　①千載515 514「うらづたふいそのとまやのかぢ枕きもならはぬ浪のおとかな」（羇旅、俊成。③129長秋詠藻91。④30久安894）、③132壬二1130「せきかぬる磯の苫屋の哀かな窓うつ浪の暁のこゑ」（旅建久歌）、①11続古今926 934「あまのすむいそのとまやのたびねにはかるもぞくさのまくらなりける」（羇旅「旅のこころを」後法性寺入道前関白太政大臣）。　○下句　④1式子25「雨過る花橘に郭公をとづれずとてぬれぬ袖哉」（夏）に似る。

【訳】よしそれなら磯辺にある粗末な漁師の小屋に旅寝をする事にしよう、波がかけないからといって濡れはしない袖であろうか、イヤそんなのではなく、旅のわびしさ淋しさで涙によって袖がぬれる事よ。〈旅の宿において思いを述べる（歌）〉

▽「旅宿松風」（題）→「旅宿言志」（題）、「磯」。「（いそ）まくら」→「旅寝」、「浜」→「波」と、同じく海辺での旅の詠を平明に歌う。前述の俊成、式子の詠に似る。三句切。7千載532 531、羇旅「旅宿のこころをよみ侍りける」仁和寺法親王守覚。②12月詣288、三月附羇旅「羇旅述懐」仁和寺二品法親王。また③131拾玉55「浪のよるいそのとまやにたびねしてさもあらぬ袖をぬらしつるかな」（百首和歌十題、旅）が121と酷似する。『新大系・千載532』は、「磯の苫屋に旅寝を決意した人の述懐。」とする。さらに『和泉・千載531』は、「どうせ涙で濡れるのだからと、余意としての旅愁を詠むのが作意。」と記す。

【参考】⑤160住吉社歌合〈嘉応二年〉89「たびねするいそのとまやのむらしぐれあはれをなみのうちそへてける」（「旅宿時雨」実家卿）

【類歌】④10寂蓮55「よしさらばつらき人ゆゑくたしてん身を恨みてもぬれぬ袖かな」（恋、恋歌）

④15明日香井915「なみよするいそやがしたのかぢまくらなれたるあまもぬれぬ袖かは」（雑十）

122

[1]和泉国新家といふ所にて[2]しほゆ／あみし[3]に源中納言雅頼卿のもとより

[4]かぎりあれば身こそ数にもいらざらめ／こゝろの[5]ゆくをいと[6]はざらなん

【校異】1和泉…納言―ナシ（河、東）、また、ここ（「雅頼…」）より133「はかなくて」の歌まで、「雑／述懐」の後、109の位置に（河、東）。2しほゆ―塩湯（榊）。3に―に、（国）。4かぎ―限（内、榊）。5ゆく―行（内、河、東）。6は―ま（東）。

【語注】**○新家**　『古代地名索引』（「にひや」、73頁）によれば、この歌の例のみ。平凡社『大阪府の地名Ⅱ』をみると、歌枕「高師の浜」のある高石市に「新家《しんけ》村《むら》」（1363頁）はあるが、それよりも「平安時代末期以降京都仁和寺領新家庄の地。」（1528頁）であった、泉南市の「新家《しんげ》村《むら》」の「新家」ではないか。上述の「新家庄《しんげのしょう》」は、「「御室御所高野山御参籠日記」久安三年（一一四七）五月三日…仁和寺門跡覚法法親王一行は当庄に宿泊したことが知られる。同日記によるとその後度々行われる覚法の高野山参籠には、当庄で宿泊するのが常となっている。」（1528頁）と記されている。詳しくは上述の著によられたい。　**○しほゆあみ**　後拾遺523「潮湯《しほゆ》浴《あ》み」（詞書）。守124（詞書）にもある。さらに①新古今1597 1595「おきつかぜ夜半にふくらし難波がたあか月かけて浪ぞよすなる」（雑中「題しらず」権中納言定頼。③84定頼92「しほゆにおはして、あか月がたに浪のたてば」）もそうである。津の国、難波津は、塩湯浴みなどで親しまれ、風雅の地、心の解放される空間である一方、不遇者の海浜流離の旅先、また旅泊の第一夜の地とも意識された。

さらに現地を材にした和歌は常に都との関係を意識し、大袈裟に沈淪流謫の心境を詠み、同じ境遇の友人同志で慰め合う形をとるとされる。詳しくは、松野陽一『鳥帚　千載集時代和歌の研究』「歌林苑の原型――難波塩湯浴み逍遙歌群注解――」参照。　**○雅頼**　源中納言雅頼（尊卑分脈③538頁）「父雅兼 母〔源〕能俊卿女」。村上源氏。猪隈中納言と号す。本名雅仲。大治2年（1127）―建久元年（1190）、64歳。正二位中納言。文治3年（1187）出家。千載初出。「又前源中納言雅頼為二仁和寺宮使一来、高野山濫行之間事也、」（『玉葉』文治二年四月七日。183頁上）。　**○かぎり**　身分の事か。が、雅頼は中納言。　**○第一句**　字余り（「あ」）。③124殷富門院大輔266「かぎりあればみにもわかれてゆくみちになほそひはつるちかひかなしな」。

【訳】（人数の）限度があるので、我身は共に行く人数にも入らなかったのであろう、がしかし、我が心がそちらへ行く事をば拒まないでほしい。〈和泉国の新家という所で潮湯治をしていた時に、源中納言雅頼卿のもとより〉

▽「旅宿言志」（詞書）から贈答歌となる。何ら前歌と詞のつながりはないが、これも一種の旅の詠か。「身」と「心」の対照。三句切。第三、末句のいの頭韻。作者は雅頼。

【類歌】③131拾玉4906「君がやどにいとへば身こそうとけれど心の行くにまかせてぞみる」

かへし[1]

123　ことの[2]はのたより[3]の風にちる[4]ときぞ[5]／かよふこゝろもいろに見えける

【校異】1かへ―返（榊）。2の―れの（東）。3たより―便（河、東）。4ちる―散（内）。5ぞ―は（榊）。

【語注】**○ことのは**　「葉《は》」は「風」の縁語。　**○たよりの風**　八代集二例・後拾50（春上、平兼盛。③32兼盛142）、新古998（恋一、高光）。③46安法法師80「身はとめつこゝろはおくに山桜たよりのかぜににほひおこせよ」。「風のたより」と同じ。便宜の風。古今13「風のたより」（春上、紀友則）。式子232「風のたより」（夏）。漢語「風便・風信」に当る。　**○かよふこゝろ**　③117頼政341「人しれず通ふ心の目に見えばはや我が恋はあらはれなまし」（下）。**○いろに見えける**　③133拾遺愚草1886「諸人の心にかをる花ざかりのどけき御代も色にみえけり」（女御入内御屏風歌、三月「山野…」）。

【訳】言葉という葉が、あなたの所からの心のおとずれの風にちるその時、あなたの我方へ通っている心も目に見える事よ。

▽「こころ」のみ。「かへし」の歌にしては珍しく詞の重なりが少ない。122の下句「心の行くを厭はざらなん」を、123の下句「通ふ心も色に見えける」とうける。上句は、「言の葉」の「たより」が「風にちる…」か。歌全体としては、言葉と心を歌う。第一、二句ののリズム。

【類歌】④11隆信684「つてにても今はちらさじ言の葉の色にみえけむうしろめたさに」（恋五「かへし」）

[1]しほ[2]ゆあみ[3]はて[4]、[5]都へ帰るとて／よめる

124　日数へしひなの[6]すまゐを[7]思ひ[8]いでば／こひしかるべきたびのそら[9]かな。

【校異】1しほ—塩（河、東）。2ゆ—湯（河、東、榊）。3はて、—して（河、東）。4、—て、（国）。5都—宮こ（榊）。6すまゐ—住居（内、河）、住居《ひ》（東）。7思ひ—思（榊）。8いで—出（内）。9かな—哉（内）。

【語注】○思ひいで　昔、昔の人、亡き人、古里などを思い出す。**○下句**　百人一首68「心にもあらでうき世にな

がらへば恋しかるべき夜半の月かな」（三条院。①後拾860、雑一）を思い起こさせる。　**〇たびのそら**　土地、空どちらか。

【訳】　日数をすごした田舎の住まいを思い出しては、きっと恋しい事であろう旅先での土地である事よ。〈潮湯治が終って都へ帰る時によんだ（歌）〉

▽日々を過ごした田舎での住居を思い出しては…と実に平明に歌う。第一、二句ひの頭韻。

【参考】　④30久安1095「故郷におなじ雲井の月をみばたびの空をやおもひいづらん」（羇旅、堀川）

【類歌】　④41御室五十首395「都にて思ひも出でばなかなかに恋しかるべきひなのすまひを」（雑十二首、旅三首、賢清）

住吉に[1]て月を見てよめる

125　月のみぞもり[2]あかしつる[3]もしほ草／[4]しきつ〈津〉のうら〈浦〉の[5]松の[6]した[7]ぶし。

【校異】　1て—て、（国）。2あか—明（内、榊）。3もしほ—藻塩（内）。4しきつ—敷津（内）。5松（元・厺）—松（書、河、東、榊）。6した—下（内、河、東）。7ぶし—臥（内）。

【語注】　**〇もりあかし**　「漏り」と「守り」、明るくする意の「明かす」と朝を迎える意の「明かす」とを掛ける。　**〇もしほ草**　②16夫木12023「都路はいくかもなきをもしほぐさしきつの浪は袖にかけけり」（雑八、俊成）。　**〇しきつのうら**　摂津（大阪市）。「敷津」は八代集二例・後述の千載526、新古916（羇旅、実方）。②万葉3090 3076「住吉之《スミヨシノ》　敷津之《シキツノ》浦乃《ウラノ》　名告藻之《ナノリソノ》　…」（巻第十二）、⑤160住吉社歌合〈嘉応二年〉93「いなむしろしきつのうらのまつかぜはもりくるをりぞしぐれともしる」（「旅宿時雨」清輔朝臣）、③133拾遺愚草1134「久かたの月の光を白妙にしきつのうらの浪のあきかぜ」（秋十五首、「浦月」）、①13新後撰598「住よしの松のいはねを枕にてしきつのうらの月をみるかな」（羇旅、後徳大寺左大臣）、①13同365「月の影しきつのうらの松風にむすぶ氷をよするなみかな」（秋下、俊成。⑤189撰歌合〈建仁元年八月十五日〉15）。「敷く」を掛ける。 **○松のしたぶし** 八代集にない。「したぶし」も。⑤160住吉社歌合〈嘉応二年〉90「もりもあへずまだきにぬるるたもとかなこずゑしぐるるまつのしたぶし」（「旅宿時雨」敦頼）、③131拾玉4910「昔おもふ月にすずみてほのぼのとあかしのうらのまつの下ぶし」。

【訳】月だけが漏れ、守り、明るくし、夜を明かしたよ、藻塩草を敷いて寝るようなしきつの浦の松の下に臥した事であるよ。〈住吉で、月を見てよんだ（歌）〉

▽前歌の抽象概念的な抒情歌に比べ、その歌と一字の詞の重なりもなく、125は極めて明確具体的な旅（叙景）歌。「月、藻塩草、敷津、浦、松、下伏」と名詞を連ねていく。第二、三句もの頭韻。下句ののリズム。

【参考】①千載526 525「もしほ草しきつのうらのねざめには時雨にのみや袖はぬれける」（羇旅、俊恵。⑤160住吉社歌合〈嘉応二年〉95。③116林葉579）

【類歌】③131拾玉792「もしほ草しきつのうらにふねとめてしばしはきかむ磯のまつ風」（雑「海路」）
③131拾玉4192「もしほ草しきつのうらに入る月の有明の空はあはぢしま山」（羇中眺望）

高野へまいる[1]路[2]にて

126 千[3] あ[4]とたえて世[5]をのがるべき路[6]なれや／岩さ[7]へ[8]こけのころもきてけり。

【校異】1い―ゐ（河、東、国）。2路―道（書、内、国）。3千―ナシ（書、内、河、東、国）。4あと―跡（内、榊）。

5世―よ（書）。6路―道（書、国）。7さ―ま（東）。8こけ―苺（内）。

【語注】**○高野**　仁和寺と同派の真言宗古義派。**○あとたえて**　「世俗の人が入ってこない。」（新大系・千載1107）。**○こけのころも**　僧侶・隠者などの粗末な衣服＝苔の袂。**○第二、三句**　「挿入句。」（和泉・千載1106）。**○けり**　認識の確認。

【訳】姿を消して世を逃れ去る事のできるその道なのか、岩までも苔の衣に身を覆われている事よ。

▽「しき」→「ころも」。三句切。実感のあふれた詠。7千載1107 1104、雑中「高野にまうで侍りける時、山路にてよみ侍りける」仁和寺法親王守覚。②12月詣863、九月附雑下「高野へまゐらせ給ひし道にて」仁和寺二品法親王。「仁和寺御伝」（群書類従、巻第六十七）をみると、安元三年五月一日と寿永三年三月八日に「高野御参籠。」（425、426頁）、治承三年五月十四日と養和二年四月十日に「高野御参詣。」（425、425頁）とみえる。安元三年〈1177〉は守覚28歳。さらに『史料綜覧』（巻三）には、安元二年五月一日「仁和寺守覚法親王、高野山ニ御参詣アラセラル、仁和寺御伝」（562頁）とある。

『新大系・千載1107』は、「遁世の覚悟の再確認。」の歌とする。

【類歌】④37嘉元百首2285「すみすてて年へし庵の道なれや苔に跡なき谷の岩橋」（雑「橋」覚助）

127

香隆[1]寺の辺なる所へ行《ゆき》[2]たりし／に[3]あるじいづみにから[4]ふね[5]をう／けて[6]さまぐ\のもの[7]ど[8]もつみたる／をみ《見》て
よめる

唐[9]船[10]につめる[11]たからやあまるらん／今[12]はの身をも[13]玉ぞ[14]ちりける。

【校異】1隆—隆（書、内）。2行—ゆき（書）。3に—に、（国）。4から—唐（内）。5ふね—舩（内、河、東）。6て—て、（国）。7もの—物（書、内、河、東、榊）。8ど—に東《本》。9唐—から（書）。10船（元、舩）—ふね（書）、舟（河、東）。11る—ら（東）。12今—いま（書）。13も玉—も玉（河）。14ぞ—も（東）。

【語注】**○香隆寺**　『古代地名索引』畿内、山城国33頁。今昔物語集「今昔、仁和寺ノ東ニ香隆寺ト云フ寺有リ。」（13—37、新大系三—262頁）、平家物語「やがて其夜香隆寺《カウリウジ》のうしとら、」（新大系、上、34頁）、古今著聞集「香隆寺《の》僧正寛空は、」（大系80頁）とあり、諸注等をみると、仁和寺の一院で、所在は京都市北区衣笠紫野、太秦・仁和寺内に分かれる。さらに『源氏物語の地理』（思文閣出版）の「源氏物語の地理Ⅱ」（加納重文）をみると、「平安中期まで所在する社寺」（118頁）の地図には、平野神社のほぼま北に香隆寺が存在する。今の金閣寺のあたりである。**○からふね**　外国船。中国船の総称とも。八代集にない。⑤295袋草紙214「唐船に乗りまもりにとこしかひは…」（新羅明神御歌）、他、④28為忠家初度百首11、⑤293和歌童蒙抄525、④15明日香井1113、⑦76露色218など。『銀杏鳥歌』第14号、川村晃生「「唐船」考」参照。**○玉ぞちり**　「魂散る」を掛けるか。「玉」は「宝」の縁語。「玉ぞちりける」は、百人一首37「白露に風の吹きしく秋の野は貫き止めぬ玉ぞ散りける」（文屋朝康。①後撰308、秋）。

【訳】唐船につんだ宝が余っているのであろうか、臨終の身であるにもかかわらず、宝玉（涙）が散り乱れる事よ。

〈香隆寺のあたりにある所へ行った時に、そこの主人が泉の所に唐船を浮かべて、色々な物などをつんでいたのを見てよんだ（歌）〉

▽詞書の世界を歌い込む。三句切。下句「今はの身（をも玉ぞちりける）」から、次の無常歌へ続いていく。

【付記】この127から134までは、覚性法親王（1129～1169）41歳——守覚（1150～1202）53歳——の事を述べたものではないか。覚性は「泉殿御室」（二十一代集才子伝、30頁）とも呼ばれ、泉殿はその御所である。「香隆寺の辺なる所」は、泉殿の事であろう。また香隆寺は、当時、永万元年〈1165〉、二条天皇を「八月七日、葬㆓香隆寺艮野㆒」（「一代要記」・『史籍集覧』245頁）、仁安元年〈1166〉七月二十六日には、香隆寺にて堂供養を行い、二条天皇の御冥福を祈り、嘉応二年〈1170〉「五月十七日。二条院御骨。自㆓香隆寺本堂㆒。渡㆓三昧堂㆒。」（「百練抄」・『国史大系』85頁）寺であった。故に「あるじ」は覚性であり、「今はの身」とは覚性を、そして128～130の「無常」歌は、覚性の死をさしたのであろう。

無常

128　はかなしやいかなる野辺[1]の蓬生[2]につゐ[3]にはたれもまくらさだ[4]めん。

【校異】1辺—へ（書、内）。2蓬生—よもきふ（書）。3つゐ—終（河、東）。4だ（元・た）—だ（東）。

【語注】**○はかなしや**　初句切の「はかなしや」については、石川常彦氏に『新古今的世界』所収「「はかなしや」稿——新古今的初句切れの論のために——」の論考がある。　**○まくらさだめ**　③5小町93「はかなくも枕さだめずあかすかな夢がたりせし人を待つとて」。

【訳】むなしい事よ、一体どのような野辺の荒れはてた所で、とうとう最後には皆すべてが永眠する事であろうよ。

▽とどのつまり結局は人皆すべて野辺の蓬生に永眠する身となるという「無常」を歌った詠。初句切。①20新後拾遺1466、雑下「（無常のうたに）」二品法親王守覚。

129　常[1]ならぬ[2]この世のはてぞ[3]あはれなる／おもへばたれもよもぎふ《蓬生》のちり《塵》。

【校異】1常―つね（榊）。2この―此（内、河、東）。3あはれ―哀（内、榊）。

【語注】〇常ならぬ…世　八代集五例・初出は拾遺1300（哀傷、公任）、次は新古800。③80公任375「つねならぬこの世の花をみざりせば露の心はつらくやあらまし」（「返し」）、④27永久百首196「つねならぬかりのこの世はせこがいるなつのの刈の心ちこそすれ」（夏「夏猟」大進）、④30久安1198「つねならぬおなじうき世はかりそめの草の枕も旅とおもはじ」（羈旅、兵衛）、④17明恵上人36「つねならぬ世のためしだになかりせばなにによそへてあはれしらまし」。〇**あはれなる**　③81赤染衛門338「とどまらぬなみだばかりぞあはれなる思ひたえなん人はひとにて」、③130月清890「みな人のよにふるみちぞあはれなるおもひいるるもおもひいれぬも」（雑十首。⑤197千五百番歌合2703）。

【訳】無常のこの世に生きる人間の最後は悲哀にみちた事よ、しみじみと思いみると、すべての人間が結局は荒れはてた所の塵のような存在だ。

▽同じく「無常」の歌。「たれも」（下句の同位置）、「蓬生」。「はかなしや」（初句）→「常ならぬ」（初句）、「あはれなる」、「つひ」→「はて」。この世＝蓬生、人間＝塵と歌ったもので、前歌同様、結局、皆蓬生の塵という事で、無常なこの世の果てが〝あはれ〟だと歌ったもの。三句切。

【類歌】①14玉葉2351 2338「道のべのよもぎがもとぞあはれなるこの世のはてのすみかと思へば」（雑四、八条院六条）

130 新続[1] なき[2]あとに影をだにやはとゞむべき／か[3]へらぬ水の[4]あはと[5]きえなば。

【校異】1新続—ナシ（書、河、東、国）。2あと—跡（榊）。3へ—つ（河）。4あは—淡（内）。5きえ—消（内）。

【語注】○水のあは　「水泡《みなわ》」（古今573）、漢語「水沫泡（に帰す）」に相当するか。他、古今431、論語、人麻呂（歌）、方丈記等でおなじみである。「水のあは」（①21新続古1582・この130）、「水のあわ」（国）。

【訳】人の死んだ後に影をさえとどめる事ができようか、イヤできない、行き過ぎて再び帰っては来ない水の泡と消えはててしまったならば。

▽同「無常」の歌。前歌、すべての人間が「蓬生の塵」といったものなら、130は水沫と消えてしまったなら、後に何も残りはしないと歌う。三句切、倒置法。①21新続古今1582、哀傷「（無常の心を）」二品法親王守覚。

【類歌】⑤400海道記63「流れゆきて帰らぬ水のあはれとも消えにし人の跡と見ゆらん」（（作者））

131 暁[1]はかなき事ども思ひつゞけて

あけがたのねざめのとこはうつゝにて／[2]うき[3]よをゆめと思ひし[4]りぬる。

【校異】1暁—暁、（国）。2うき—浮（内、河、東）。3よ—世（内、河、東、榊）。4しり—知（河、東）。

【語注】○ねざめのとこ　恋情を底に置く事が多い。○うつゝにて　③131拾玉4374「うちかへしあふと見つるをうつつにてさむる思ひを夢になさばや」（「見夢増恋」）、④31正治初度百首2176「つらかりしこころは今もうつつにて逢ふと見えしは夢かとぞ思ふ」（恋、丹後）。

【訳】明方に寝覚めている床というものは現実であって、この憂世というものは夢幻だと思い知った事であるよ。〈暁に、無常の事々（覚性の死）を思い続けて〉

▽明方寝覚めの床は今現実であって、このつらい浮世は所詮夢幻のものだと思い到ったと歌ったもので、これも「無常」の歌。歌の構造は単純明快。第三、四句うの頭韻。

【参考】③66為頼73「ねざめとはまどろむほどのあらばこそうきよをゆめとみるばかりなり」（「かへし」）

③73和泉式部417「うつつにて思へばいはむかたもなし今宵のことを夢になさばや」

【類歌】③131拾玉2638「あふ夢もかなはぬ夢もうつつにて思ひとくかたもなき世なりけり」（雑十首。131拾玉5008）

[1]秋の[2]彼岸に故宮の[3]ために[4]仏事／せんとて泉殿へまい[5]り[6]し[7]に長尾／の松原のまへを[8]すぐとて

132　[9]あ[10]りし[11]世の[12]松のみ[13]どりのけしきにて／うき[14]身は[15]たのむ陰《かげ》なかりけり。

【校異】1「秋」の右横に「哀傷」（書）。秋—秌（内）。2に—に、（国）。3ため—御ため（河、東）。4仏（元・佛）—仏（書、榊）。5い—ゐ（河、東、国）。6し—たりし（内）。7に—に、（国）。8すぐ—過（内）。9あり—有（内、榊）。10り—か《り》（東）。11世—よ（書）。12松—枩（榊）。13どり—もと（書）。14身—み（書）、氏《身歟》（河）。15たのむ—頼（河、東）。

【語注】**〇泉殿**　『古代地名索引』によれば、「山城国」で、この歌と清輔26359（＝402）「あさぎりのたえだえかかる外面田はむらほにでたる心ちこそすれ」（「五宮にまゐれりけるに、いづみ殿の御所の御まへなる田に、きりのところどころ立ちたるを見て」）が挙げられている。　**○長尾**　西村加代子氏は、「長尾は守覚法親王の御所と泉殿の間にあり、仁和寺の四至内であったことが明らかである。……「長尾」は、顕昭が住していた地でもあった。」（『平安後期歌学の研究』280、298頁）と述べられ、さらに土谷恵氏は、「長尾とは、仁和寺の南、双が岡北西の長尾の地をさすとみられ、」（『明月記研究』1号、「定家と仁和寺御室――『明月記』の世界から」96頁上）と言われているが、下醍醐という考えもある。（井上宗雄『平安後期歌人伝の研究（増補版）』補注625頁）。　**○長尾の松原**　『古代地名索引』によれば、同じく「山城国」で、この歌と古来風体抄㊤319が挙がっている。が、古来風体抄にはなく、あるいは「長屋原」の誤りか。この「長屋原」は大和国（『古代地名索引』64頁）にあるが、『古代地名索引』に古来風体抄記載の記述はない。　**○松のみどりの**　⑤250風葉474「しるしありとたのむ心は住よしの松のみどりのいつかかはらん」（…かいばみの右大将）。　**○たのむ陰なかり**　古今292「わび人の分きてたちよる木のもとはたのむかげなくもみぢちりけり」（秋下、遍昭）。

【訳】今も故宮が在世中の時と変らない松の緑の景色であって、（常磐の松の陰はあるが、）この憂き我が身は、（宮が亡くなられて）頼みとする陰がなくなってしまった事よ。〈秋の彼岸の時に、故宮のために仏事を営もうとして泉殿へ参上しました時に、長尾の松原の前をすぎるというので〉

▽「世」「にて」（同位置）、「うき」。松の常緑は変らないが、我身は頼りとする人（故宮）がないと歌う、「哀傷」の詠。すなおに心情を吐露している。「故宮」は覚性の事、「泉殿」は覚性の御所、「長尾」は、嘉応元年12月11日覚性が薨じた次の13日「今夜仁和寺宮御葬送、其所長尾山林中、彼御所東北方云々、」（「兵範記」・『史料大成』136頁）とある。

【参考】④26堀河百首1308「住よしの松のみどりは神さびて千世のかげこそここにみえけれ」（雑廿首「松」永縁）

133 御[1]前[2]にまい[3]りつ[4]きて

はかなくて消《きえ》にしあと[5]をきて[6]見れば／露[8]ところせき庭のむ[7]ら草。

【校異】1御前—おまへ（内）。2前に—所邊（書）。3い—ゐ（河、東、国）。4つき—ナシ（内）。5あと—跡（内）。6き—来（河、東）。7むら—村（内）。8 109「おもひ…」の歌（河、東）。

【語注】〇はかなくて　③71高遠140「はかなくてきゆとこそみれ色ふかくおきにほはせる萩のうへの露」（「はぎの露」）。〇消にしあとを　③132壬二3148「いつまでか誰も生田の杜の露きえにし跡を恋ひつつもへん」。〇露　「消え」の縁語。〇庭のむら草　③73和泉式部704「たれわけんたれかてなれぬこまならんやへしげりゆくにはのむらくさ」、③115清輔95「山ざとは庭のむら草うら枯れてせみの鳴く音も秋めきにけり」（秋「早秋」）。④30久安933など。〇むら草　八代集にない。④27永久百首106「あはれしや野焼にもれしみねのわのむら草かくれ雉鳴くなり」（春「雉」顕仲）。

【訳】むなしくも、故宮の亡くなられたその跡を来て見ると、（我涙を思わせる）露が一杯おいている庭の多くの草である事よ。〈（亡き宮の）御前に参上し着いて〉

▽前歌「憂身は頼む陰なかりけり」（下句）をうけて、亡くなられたその跡を来て見ると露（涙）が一杯置いてあると、上句から下句へかけてすなおに歌ったもの。第二、三句きの頭韻。「…ば…体言止」は一つの表現型《パターン》である。なお「御前」は、132の【語注】の「泉殿」の清輔歌の詞書にある。

【本歌】?・②4古今六帖546「はかなくてきゆるものから露の身の草葉におくと見えにけるかな」（第一「つゆ」伊勢）

【参考】③66為頼69「はかなくてきえにしつゆをはちす葉に君しむすばばうたがひもなし」（「かへし」）

③73和泉式部集475「おくとみしつゆもありけりはかなくてきえにし人をなににたとへむ」＝①新古今775

【類歌】④21兼好21「はかなくてふるにつけてもあは雪のきえにしあとをさぞしのぶらむ」

④22草庵1349「はかなくて消えにしをのの朝露にけふまで袖を何しぼるらん」（「…、懐旧」）

⑤369曽我物語（仮名）39「露とのみきえにし跡をきて見れば尾花が末に秋風ぞふく」（虎）

134

嵯峨の辺[1]にとき〴〵[2]あそびなど[3]／せしところにあるじ[4]うせてのちこ[5][6]／とど[7]もひきかへてあらぬさまなりしか[8]ば

むかし見しすみか[9]ともなくあれはて[10][11]ゝ／おもひしよりもさび[12]しかりけり（ママ）

【校異】1和泉国新家といふ所にて塩湯あみしに源中納言（河、東）。2とき〴〵—時ゞ（河、東）。3あそびなどせし—ゆきかよふ（書）。4に—に、（国）。5のちこと—後《何歟》こ（内）。6ち—ち、（国）。7ども—〳〵（書）。8なり—成（榊）。9すみか—栖（内）。10く—し（河、東）。11あれはてゝ—荒果て（内）。12さび—淋（河、東）。

【語注】**○嵯峨の辺**　「嵯峨野辺」か。王朝貴族の行楽、遊興の地。また隠遁の地でもある。

【訳】以前に見た住まい（泉殿）とも思われないぐらいに荒れ果ててしまって、予想していた以上に淋しかった事よ。〈嵯峨のあたりで時々行楽散策逍遙などした所で、その地の主人（覚性）が亡くなった後、ものすべてがすっかり変りはててしまって昔とは異なる様となってしまったので〉

▽「見」。前歌・亡くなられたその跡は露が一杯ある、この歌・以前とはうって変って荒廃し、予想以上に淋しいと、

共に、上句と下句とがよく似た構造となっており、「哀傷」の世界をすなおに歌っている。

【類歌】④37嘉元百首1287「あらましに思ひしよりもさびしきは山のおくなるすまひなりけり」（「山家」）

【付記】山家集1043（集成。下、雑＝③125山家1043）に、「すむ人の心汲まるる泉かな昔をいかに思ひ出づらん」（「泉の主隠れて、あと伝へたりける人の許にまかりて、泉にむかひて旧きを思ふといふことを、人々詠みけるに」）があり、「泉の主」、「あと…人」を各々、仁和寺覚性法親王、守覚法親王（か）との説を頭注に提示している。なお132の詞書にも「故宮…泉（殿）」とある。

天王[1]寺宮六[2]条の御八講に[3]参らん／と[4]てちかきわたりをかりてやどり／給《たまひ》ける[5]に[6]やまひを[7]もく[8]なりて[9]も[10]／とのすみか[11]へもかへ[12]らでかくれ給《たまひ》にし／[13]後門[14]この[15]。《柳の〔朱〕》あまた[16]ある[17]前を[18]すぐ／とてよめる

135 一すぢに[19]ものぞかなしきかりに[20]すむ[21]／あるじ[22]たえにし[23]青柳のいと。

【校異】1寺宮—寺の宮宮。2条—条殿（書）。3参—まい（書、内、榊）、来（古典文庫・神）。4て—て、（国）。5に—に、（国）。6やまひ—病（河、東）。7を—お（書、内、河、東、榊、国）。8なり—成（内、河、東）。9て—て、（国）。10もとの—ナシ（内）。11すみか—住家（河、東）。12ら—し《ら》（東）。13後—後、（国）。14この。—この《柳の〔朱〕》（東）、この東《如本》、この《如本》（河）。この…また—に柳のあまた（書、国）、ゝのあまた（内）、々の柳のあまた天、この柳のあまた群・続。15。—《柳の〔朱〕》柳の（榊）。16ある—有（河、東）。17前—まへ（書）、所（内）。18すぐ—過（内）。19もの—物

（内、榊）。20すむ—住（河、東）。21む—ん（古典文庫・宮）。22たえ—絶（内、河、東、榊）。23青柳—あをやき（書）。

【語注】**○天王寺宮**　円恵（慧）法親王。後白河院の御子で、坊門局（兵衛尉信業女）を母とする。寺門。八条宮。守覚とは異母兄弟。「天王寺別当次第」には「円慧親王仁安三年任職即八条宮」（続群書類従、巻第百一、690頁）、「吉記（一）」は承安四年三月七日「無品法親王円慧院皇子、為前大僧正覚忠門弟令向給、」（『史料大成』40頁）、「玉葉」をみると、治承四年六月「又無品円恵法親王、宜レ令停二止所帯天王寺検校職一云々、」（中、418頁）、寿永二年十一月廿二日「又八条円恵法親王、於二華山寺辺一被二伐取一了、」（中、658頁）とある。**○六条（殿）**　女房丹波（六条殿）ではなく、六条殿などと呼ばれた（尊卑分脈「号六条殿」第一編、67頁）、忠通の男・藤原基実——1143～1166、24歳——の事か。さらに「吉記（二）」には、基実死後の文治元年〈1185〉七月九日「院依有穢気、自新熊野出御六条殿云々、」（『史料大成』150頁）、「仁和寺御伝」には、元暦二年〈1185〉七月十日「於二六条院一一字金輪御修法御勤仕。」（426頁）、文治三年〈1187〉二月「於二六条殿一尊勝陀羅尼供養。」（426頁）とある。**○ものぞかなしき**　①千載260 259「なにとなく物ぞかなしきすがはらや…」（俊頼、秋上）。**○青柳のいと**　漢語「柳糸」に当る。⑤185通親亭影供歌合〈建仁元年三月〉32「春くればたちよるばかりありしかどあるじもしらぬ青柳のいと」（「翠柳誰家」有家）。

【訳】ひたすらにもの悲しい事よ、仮に住んだ主人が亡くなってしまった青柳の枝をみると。〈天王寺の宮が六条（殿）の法華御八講会に参ろうと思って、（その人が）近くを借りて宿泊なさった時に、病状が進んで、もとの住まいへも帰らないでその地で亡くなりなさった後、その門の所に柳が沢山ある前を通り過ぎるというのでよんだ（歌）〉

▽「さびし」→「かなし」、「すみか」→「すむ」。全体として、西行を思わせる詠。詞書によってよく中身が分る歌である。二句切、倒置法。第四、五句あの頭韻。

おさなくより[1]おふ[2]したて[3]たる童の[4]／日来を[5]もくわづら[6]ひしがいまは[7][8]／かぎりと見なしてしかばさて[9]し。《も〔朱〕》[10]／あ[11]るべきにもあらでなるたき[12]と／いふ[13]所にうつりわたりにき[14]なぐ／さめがたき[15]やどのさび[16]しさに常に[17]聞《きき》[18]／な[19]れたる岩根[20]にそゝく滝のを[21]とまで／もおり[22]からにや身にしむ心[23]ちすれば

136
せきあへぬなみだはたぐひあり[24]けりと／おり[25]しもむせぶたき《滝》つせ《瀬》の声[26]。

【校異】1お—を（河、東、国）。2ふ—ほ（書、東、国、続）、ほ《ふか》（河）。3たて—立（内）。4の—の、（国）。5を—お（書、内、榊、国）、を《お》（河、東）。6わづら—煩（河、東）。7が—が、（国）。8いま—今（内、榊）。いまは…てしか—ナシ（河、東）。9ば—ば、（国）。10。《も〔朱〕》—も（書、内、河、東、榊、国、「他の諸本」（古典文庫））。11ある—有（内、河、東、榊）。12なるたき—鳴瀧（内、河、東）。13いふ—言（榊）。14き—き、（国）。15がたき—てき東。16さび—淋（河、東）。17に—に、（国）。18聞—きゝ（書、榊）。19なれ—馴（河、東）。20岩根—いは（書）。21を—お（河、東、国）。をと—音（内）。22おり—折（河、東、榊）。23心—こゝ（書、内）。24あり—有（内、河、東）。25おり—折（河、東）。26の声—□〔不明〕（内）。

【語注】**○なるたき**　王朝の物語などに頻出。蜻蛉日記「鳴滝といふぞ、このまへより行水なりける。」（㊥、大系234頁。新大系151頁）、能因歌枕「なるたき」（山城国）・（歌学大系①91頁）、今昔物語集「此ノ童仁和寺ノ西ニ鳴滝ト云フ所ニ行テ、河ニ水ヲ浴《あみ》テ、」（15—54、新大系三—463頁）など。　**○せきあへぬなみだ**　④35宝治百首2643「せきあへぬ

涙の末やなる滝のたぎつおもひはよどむまもなし」（「寄滝恋」基良）。

【訳】ようとどめる事のできない涙は、その類はあったのだと、ちょうどその折咽び泣くように聞こえる滝の瀬の音である事よ。〈幼少の頃より養育してきた子供が、この数日間重病に陥っていたのだが、とうとうもうこれで最後だと見なされたので、いつまでもこのままではよくないという事で、鳴滝という所に移り行ってしまった、（童がいなくなって）慰めがたい我が家の淋しさに、いつも聞きなれている筈の岩の根もとに注いでいる庭の滝水の音までも、そんな折だったからか、身にしみわたる心ちがするので〉

▽「堰きあへぬ涙」と「滝つ瀬（の声）」の一致をみる詠。

はかなくなり[1]て後[2]雪の降《〈ふる〉》[3]あした

137　を[4]くれゐてひとり[5]ながむる庭の雪に／こゝろまでこそうづもれに[6]けれ[7]。

【校異】1なり—成（河、東）。2後—後、（国）。3降—ふる（書、内、河、東、榊）。4を—お（書、河、東、国）。5ひと—獨（内）。6に—ヽ東。7れ—り（書、群）。

【語注】○第三句　字余り（ただし母音がない）。

【訳】一人残されて、しみじみと見る庭の雪に、心までも深々と埋もれ果ててしまった事よ。〈人（「童」）が亡くなって後、雪の降る朝（によんだ歌）〉

▽平懐な心情を漏らすしみじみとした詠。136と続く。

【類歌】⑤197千五百番歌合1896「この葉をばかぜもはらひきゆきにこそうづもれにけれ冬の山ざと」（冬二、公継）

ありし世[1]にかき[2]をきた[3]りし[4]文ども[5]／などこそはかなき[6]かたみ[7]ともなるべ／けれと[8]思ひて[9]とり[10]よせてみれば[11]横笛／の譜神楽催馬楽風俗の譜ども[12]／又[13]声明法則まで[14]も[15]いたらぬくまなく[16]／くらからずしたゝめをき[17]たる[18]さ／ま[19]末の世[20]のたから此[21]道[22]の鏡かな[23]／とためしなくみゆるにつき《け〔朱〕》[24]て[25]／お[26]しさも[27]ひ[28]とか[29]たなら[30]で

138

苔[31]のしたに笛の音[32]までもうづ[33]もれて／たゞ[34]名ばかりぞ[35]世[36]にとまりける。

【校異】 1あり—有（内、河、東）。2世—を（書）。「を」の下、半字分アキ（書）、「（一字分空白）」（私Ⅱ）、アケズ（古典文庫・宮）。3かき—書（河、東）。4をき—置（内）。5りし—る天。6かな—なか（書）。7かたみ—形見（内、河、東）。8れ—れ、（国）。9ひ—ナシ（書、榊）。10とり—取（榊）。11ば—ば、（国）。12も—も、（国）。13又—また（書）、ナシ（河、東）。14まで—迄（河、東）。15も—も、（国）。16ま—も《ま歟》（書）、し《ま歟》宮。17をき—置（内、河、東）。18る—え《る》（東）。19ま—ま、（国）。20世—よ（書）。21此—この（書）。22道—路（内、河、東）。23かな—哉（内、河、東）。24き—き《け〔朱〕》（内）、け（書、河、東、榊、国、「他の諸本」（古典文庫））。25て—て、（国）。26お—を（河、東、国）。27も—もかなしさも（書）。28ひとかた—一方（内）。29かた—方（榊）。30ら—そ《ら歟》（河）、く《ら》（東）。31苔—こけ（書）、莓（内）。32音—ね（書、内）。33うづも—埋（内、榊）。34たゞ—只（内）。35り—ら《り》（書）。36世—よ（書）。

【語注】 **○法則** 守らなければならないきまり。おきて。 **○末の世** 所謂「末世」ではなかろう。 **○苔のした** 墓の下。③122林下265「おもひきやくものはやしのこけのしたになのみくちせぬあとをみむとは」、更級日記16「うづもれぬかばねをなににたづねけむ苔のしたには身こそなりけれ」（新大系392頁）、③130月清695「こけのしたにくちざらむなをおもふにもみをかへてだにうきよなりけり」（西洞隠士百首、雑廿首）、③133拾遺愚草1683「苔の下にうづまぬ名をば残すともはかなの道やしきしまの歌」（韻歌百廿八首和歌「述懐」）、④44正徹千首881「苔の下に名をうづまんとうれしきは道しらぬ身の行末の空」（路苔）。**○第一句**　字余り（母音なし）。**○名ばかり**　③125山家800「くちもせぬそのなばかりをとどめ置きてかれののすすき形見にぞみる」（雑「みちのくにに…」）。

【訳】苔の下に、墓の中に演奏者と共に横笛の音までも埋もれてしまって、ただ奏者の名だけがこの世にとまる事よ。〈生きている間に書いておいた文書などが、（私の）ちょっとした〔長きにわたっての（書）〕形見の品ともなるのであろう、と思って取り寄せて見ると、横笛の譜面、神楽、催馬楽、風俗歌の譜など、又声明の法則（きまり）までも、完璧にはっきりと書き記しておいた様は、将来の宝、この道の手本である事よと無二の物と判断されるにつけて、愛惜の念も並々でなく〉

▽「うづもれ」。身とその笛の音は死とともに朽ちはて、名だけが残るとの無常歌。第三、四句は、和漢朗詠集471「…龍門原上の土　骨を埋んで名を埋《うづ》まず」（下「文詞付遺文」故元少尹後集に題す　白）による。

【参考】金葉620「もろともに苔の下にも朽ちもせで埋まれぬ名を見るぞ悲しき」（雑下、和泉式部）

【類歌】①10続後撰1236 1233「うづもれぬ名をだにきかぬ苔の下《うへ（拾玉）》にいくたびくさのおひかはるらん」（雑下、慈鎮。③131拾玉2001）

①13新後撰1565 1564「苔のしたにうづもれぬ名をのこしつつあととふ袖に露ぞこぼるる」（雑下、よみ人しらず）

139　袖の上[1]になにのしづく[2]の[3]のこるらん／たえ[4]にしものをさゞなみの声。

【校異】1上―うへ（書、河）、か《う》へ（東）。2しづく―雫（内、河、東）。3の―、（書）。4たえ―絶（内）。

【語注】○第一句　字余り（「う」）。⑤435言はで忍ぶ5「いつとてもうきねたえせぬ袖のうへに何のあやめもわかれざりけり」（一品のみや（女院））。○なにのしづく　③50一条摂政御集159「かしはぎのもりははるかになりぬるをなにのしづくにぬるるそでなり」。○のこるらん　④38文保百首1886「たちかへるなさけのなにに残るらんたえしも誰か心ならぬに」（恋二十首、実任）。○さゞなみ　「しづく」ゆえ「さざなみ」。これも涙か。

【訳】袖の上に一体何の涙が残るのであろうか、何も残らず、絶え果て消え果ててしまったものであるのに、さざ波の音は。

▽「とまり」→「のこる」、「苔のしたに」（初句）→「袖の上に」（同）。これも無常を歌った詠。袖の上に何の涙の跡も残らず、その涙の音も絶えはててしまったと歌ったものか。三句切、体言止（の典型）。下句倒置法。全体としてののリズム。「のこる」と「たえ」が対語。

140　わが[1]駒をなにか[2]はやめんまつちやま[3]／まつと逢《〈あふ〉》[4]べき路[5]も[6]か[7]よはじ[8]。

【校異】1わが―吾（内）。2か―、（河、東）。3まつちやま―松浦路や（内）。4逢―あふ（書、内）。5路―道（国）。6も―も《本》（河）。7か―り《か》（東）。8じ―、（書）。

【語注】○わが駒　八代集二例・拾遺584、千載1173。【本歌】により「わか（若）駒」ではなかろう。○はやめ　「は止《や》め」とも考えられるが、「早め(む)」であろう。だが、八代集にない。源氏物語一例「むつかしげなる笹の隈を、駒ひきとゞむるほどもなくうち早めて、片時にまいり着きぬ。」(「椎本」、新大系四―358頁)。落窪物語「牛かけて、はやめて、おひ惑ひて帰れば、」(巻之二、大系165頁。新大系は「牛かけて打ちはやして追ひ…」(179頁))。〇まつちやま 大和（紀伊）国。駿河という説もある。「待つ」を導く枕詞でもある。②万葉3168 3154「乞吾駒《イデアガコマ》 早去欲《ハヤクユキコ(マ)セ》 亦打山《マツチヤマ》 将《マツ》待妹乎《ラムイモヲ》 去而《ユキテ》速見牟《ハヤミム》」（巻十二、羇旅発レ思）。④30久安1292「わぎもこが衣かたしきまつち山すそ野をはやくあゆめ黒駒」（羇旅、安芸）。〇まつ 「松」を懸けるか。

【訳】わが乗っている馬をどうして早める必要があろうか、その必要はない、真土山よ、待っていると逢う筈の道も通うまい、つまりあの人が待っているわけではないのだから。

【本歌】②4古今六帖2987「いであがこまはやくゆきこせまつち山まつらんいもをゆきてはやみん」（第五、雑思「いへとじをおもふ」）

▽「なに」。恋歌的（本歌による）な哀傷・無常歌。有名な本歌に基づくが、本歌とは対照的に、待っているあの人がいるわけではないと歌う。三、四句「まつ」の頭韻。二句切。

141　おほとりのは〈羽〉がひの霜[1]はきえはて[2]ゝ／なごり[3]の[4]露もとまらざりけり[5]。

【校異】1霜―しも（書）、箱（東）、箱〻霜（河）。2きえはてゝ―消果て（内）。3なごり―名残（内、河、東）。4の―そ（書）。5り―る（書）。

【語注】〇おほとり　鸛などの大鳥か鳳か。八代集にない。②万葉210「…大鳥《オホトリノ》 羽易《ハガヘノ》乃山尓《ヤマニ》 …」（人麻呂）、⑤419宇津保物語625「おほとりのはねやかたはになりぬらんいまはおとやにしものふるらん」（兵部卿）、⑤393和泉式部日記

97「わがうへはちどりもつげじおほとりのはねにもしもはさやはおきける」（女（和泉式部）。③73和泉式部399）。○**はがひ**　八代集にない。万葉一例・64「葦辺行《アシヘユク》　鴨之羽我比尓《カモノハガヒニ》　霜零而《シモフリテ》　…」（志貴皇子）。**○はがひの霜**　③114田多民治97「みしま江や蘆のかれ葉の下ごとに羽がひの霜をはらふをしどり」（冬「水鳥」）。**○なごりの露**　「露」は露霜か。①新古780「わかれけむなごりの露もかわかぬにおきやそふらむ秋の夕露」（哀傷「秋の比、をさなきこにおくれたる人に」大弐三位）、④31正治初度百首444「こ萩さく山の夕かげ雨過ぎて名ごりの露にひぐらしぞなく」（秋、良経）。

【訳】大きな鳥の羽交いの所の霜はすっかり消えはててしまって、名残りの露もとまらない事よ、忘れ形見（の人）も死んでしまった。

▽「駒」→「おほとり」。「…て」（腰句末）、「…けり」で結ぶ、よくみられる表現形式。霜は消え果て、名残の露も止まらないと歌う。その事によって無常をあらわす。

【参考】⑤419宇津保物語626「夜をさむみはねもかくさぬおほとりのふりにししものきえずもあるかな」（弾正の宮（忠康））

③115清輔201「おほとりの羽がひの山の霜のうへにかさねてみゆるけさの初雪」（「雪」）

【類歌】④31正治初度百首1795「おほ鳥のはがひの山にふる霜を誰につげよといそぐみとさぎ」（鳥、生蓮＝師光）

④6師光87「くまもなき月と雪とに大鳥の羽がひのしもをいつかわすれむ」

142　もろとも[1]にとなへなれ[2]にし法《のり》のこゑ《声》／そのふし〴〵をいつか[3]わすれむ。

【校異】1とも―友（榊）。2なれ―馴（河、東）。3つか―かて（内）。

【語注】〇となへ　「僧、友、人々と」か。八代集二例・金葉630「阿弥陀仏ととなふる声に夢さめて」（雑下、選子内親王）と同647（雑下、俊頼）。徒然草「阿字〳〵と唱ふるぞや。いかなる人の御馬ぞ。」（第百四十四段、新大系226頁）。〇法のこゑ　八代集にない。ただし千載192の末句「〇のりのすえかは　一本「のりの声かは」。」（新大系・千載192）。永久百首561「法の声の《ナシ諸》入逢のかねにひゝきあひて　哀つきせぬふるき山寺」（雑「寺」大進）、③117頼政654「思ひやれ秋のきりじの法のこゑ立ゐにつけて忘れやはする」、③131拾玉3422「思入りて常にとなふる法のこゑいでぬ棲をとはざらめやは」（略秘贈答和歌百首）、梁塵秘抄304「況《ま》して講座に登りては、法の声こそ尊けれ」。勅撰集初出は①14玉葉2713（釈教、高弁上人）。〇ふしぶし　八代集にない。源氏物語「さるべき御遊びのおり〳〵、何ごとにもゆへあることのふし〴〵には、まづ参うのぼらせ賜ふ、」（「桐壺」、新大系一―5頁）。

【訳】（人と）一緒になって唱え慣れ親しんだ読経の声（の）、その一節一節をいつ忘れる事があろうか、イヤそんな時は決してありえはしない。

▽一連の歌（五首）の最後の詠。歌は平易で、抒情にみちあふれている。

詩歌[1]の藻[2]の残[3]たるをみるにつけても

143　なきを[4]ま[5]でかたみ〈形見〉にと[6]まるも[7]しほ草／う[8]らさびてこそなみはかけけれ[9]。

【校異】1歌―哥（書、河、東、榊）。2藻―蒋《本》（書）、藻《本》（古典文庫・宮）。3残―ゝこり（書）、残り（内、河、東、榊、国）。4を―世（内）。5ま―さ（河、東、榊、天、群、続）。6と―こ《と》（東）。7もしほ―藻塩（河、東）。8うら―浦（榊）。9け―ゝ（書、内）。

【語注】**○詩歌の藻** 詩・詞藻か。平家物語「桃李…／ふるさとの…／この古き詩歌《シイカ》を口ずさみ給へば、」（新大系、上—158頁）。本朝文粋52「答下同（貞信）公辞二関白一表上勅」菅三品（菅原文時）「雖レ筯二詞藻一、豈動二心根一。縦養二性花月一」（巻第二、新大系141頁下）。「梅苑芳席　群英摛レ藻　松浦玉潭」（塙本、万葉864右詞文。「梅苑の芳席に、群英藻《ぐんえいあや》を摛《の》べ、松浦の玉潭に、」）。「サウ《（ソ）》」＝「藻」（詩・歌・文章のことば）。**○たる** 存（在・継）続。**○かたみ** 形見（亡き人をしのぶよすがとなるもの）。**○もしほ草** 125参照。金葉372「あさましやなどかきたゆる藻塩草さこそは…」（恋上、読人不知）。筆跡。詞書（この歌・143）「詩歌の藻…」。源氏物語一例「かきつめて見るもかひなき藻塩草おなじ雲居の煙とをなれ」（「幻」、新大系四—205頁）、③96経信236「もしほぐさちぎりたがへずかきやれど見るかひなしのくちをしきかな」（恋十首「恨」匡房）、⑤409十六夜日記4「つひによもあだにはならじ藻塩草かたみをみよのあとにのこせば」（侍従）。○**うらさび**「うら（浦）」は、「もしほ（草）」の縁語。同じく末句の「なみ（波）」も。**○なみはかけ** ①千載536 535「たびねするすまのうらぢのさよ千どりこゑこそ袖の浪はかけけれ」（羈旅、藤原家隆）、⑤409十六夜日記81「もろともにめかりしほやく浦ならばなかなか袖に浪はかけじを」（そのおとうとのきみ（あまうへ））。

【訳】亡くなった後まで形見として、この世にとどまる詩歌の類（をみると）、心淋しく涙が流れる事よ。〈漢詩・和歌の書いたものが、残っているのを見るにつけても〉

▽今度は、詞書の如く、詩歌の遺稿を見ての詠で、その人の死後まで、それを見れば心萎れて涙するとの抒情的な詠。

【参考】③76大斎院前の御集36「おもほえぬあまのかづけはもしほぐさうらみむかたぞなき□なりける」

経[1]かくとて人の[2]もとへ[3]つかはした／る[4]文どもを[5]とり[6]あつめし[7]中[8]にいつ[9]ぞ／や病のをやみたりしたえま〈絶間〉[10]を[11]や／みはてたるとや[12]おもひけ[13]んそのよし／人につげたる文のありしをみる／[14]にも常ならぬ[15]世の[16]さだめな[17]さも[18]今／さらにおもひ[19]し[20]られしかば

144 [21]ま[22]よふべきやみ[23]を[24]ばしら[25]ではかなくも／[26]霧のた[27]えまとおもひけるか[28]な。

【校異】1かく—書（書、河、東）。2もと—本（内）。3つかは—遣（河、東）。4文—ふみ（書）。5とり—取（河、東、榊）。6あつめ—集（河、東）。7中—なか（書）。8に—に、（国）。9ぞ—ま《そ》（東）。10を—を、（国）。11やみ—病（河、東）。12おもひ—思（書）。13ん—ん、（国）。14も—も、（国）。15世—よ（書）。16さだめ—定（内）。17さ—き（内、河、東）。18今さらに—いま更の《に》（内）。19し—と（東）。しら—と《本》（河）。20ら—ナシ（書）。21續後拾（榊）、續後拾雑下（河）。22よ—ま（内）、か（河、東）。23をば—をも天《は》。24の位置…こと書今の心とたかひてあやまれりわきまふかし（河）。「東は、詞書と歌との間に「み書今の心とたかひてあやまれりわきまふへし」〔私注—お手紙は今の私の心と異なって間違っている。その旨を知っておいてもらいたい〕とあり。」（古典文庫233頁）。25ら—え《ら》（東）。26續後拾（書）。27たえ—はれ（書）。28かな—［　］〔不明〕（内）。

【訳】死後迷妄する筈の闇夜をば知らないで、むなしくも霧の絶え間、即ち一時回復したのだとも思った事よ。〈お経を書こうとして、人のもとへ送った手紙等を寄せ集めた中に、いつか病気が小康状態を保った切れ目を、全快となったと思ったのであろうか、その旨をその人に告げた手紙があったのを見るにつけても、（その人が亡くなって）無常の

浮世の変転きわまりなき事をも今さらに思い知らされたので〉
▽詞書に分るように、死ぬとは思い至らないで、回復したと思っていたと歌う。ほぼ同意の、この歌所収の勅撰集の詞書がある。①16続後拾遺1213 1206、雑下「病にわづらひけるがすこしおこたりて侍りければ、そのよし人につげたる文を後に見いでて、つねならぬ世のさだめなさもいまさらに思ひしられてよめる」仁和寺二品法親王守覚。式子に④1式子78「つかのまのやみのうつつもまだしらぬ夢より夢にまよひぬるかな」（恋）がある。また有名な後撰1102「人の親の心は闇にあらねども子を思道にまどひぬる哉」（雑一、兼輔朝臣）の歌もある。

法事の日[1]むかしふきし笛を／誦経[2]にすとて

145 ふ[3]きなれし玉のよこぶ[4]えぬしなく[5]て／さもあらぬかね〈音〉のをとぞかなし〈悲〉き。[6]

【校異】1日―日、（国）。2に―⬚〔不明〕（内）。3ふき―吹（内、河、東）。4え―㐫（書）。5く―ら（榊）。6その頁末…以下の二行ナシ（書、内、河、東、榊）。＝「天明二年〔私注―1782〕弥生下旬一校了〔朱〕／勤思堂村井敬義〔朱〕・〔私注―「10334村井　敬義称新兵衛号古巌・勤思堂屋号菱屋　山城天明6 5・晦〈没年〉、46〈享年〉、『仙台人名大辞書』（1010）〈備考（参考文献）〉」（『和学者総覧』（汲古書院）704頁）、『国史大辞典　8』626頁最下段にも記述がある。〕」。また次頁「書」＝「二品親王守覚／後白河院第二皇子　母従三位藤成子号高倉三位式部卿季成女／久壽六〔私注―「久安六」・1150年の誤り〕三四誕生　保元〻十一廾七入御南院七歳／永暦元二十七於北院御出家十一歳法名守覚　同年十月五受戒／仁安三四十二於観音院灌頂〔私注―の儀式〕　嘉應二閏四廾八无品親王廾一歳／安元二三六叙二品御賀賞廾七　文治二三六牛車宣下卅七／建仁二八十〔私注―「二」（私Ⅱ）、「二二」（私家集大成・解題）〕五〔私注―「六」という説もある〕日入滅五十三号北院御室

〔私注—「╱（三行分空白）」╱（半葉白紙）」二七」（私Ⅱ）」」。同じく次頁「榊」＝

「入撰集不見當集歌

題不知

千 むしの音もまれになりゆくあたしのに〔以下同じ〕⬚ひとり⿰火朱なる月のかけかな〔千334 333、秋下、仁和寺道性法親王〕

五十首哥よみ侍けるに

新古 身にかへていさゝは⿰火朱をおしみみむ　さらてはもろき露のいのちを〔309〕

冬哥とてよみ侍ける

新古 昔おもふさよのねさめの床さえて　なみたもこほる袖のうへかな〔215〕

五十首哥人々によませ侍けるに述懐の心をよみ侍ける

新古 風そよくしのゝをさゝのかりのよを　おもふねさめに露そこほるゝ〔223〕

五十首哥よみ侍けるに述懐のこゝろを

新古 なからへて世にすむかひはなけれとも　うきにかへたる命なりけり〔222〕

五十首哥よみ侍ける時

新勅 むかしおもふ涙の底にやとしてそ　月をは袖のものとしりぬる〔195〕

家五十首哥に

新勅 ふしのねはとはても空にしられけり　雲よりうへにみゆるしら雪〔206〕

正治二年百首に

續古 かくれぬとみれはたえまに影もりて《さしイ》　月もしくるゝ村雲のそら〔203〕

正治百首に

續古 なには人あしひたくやにふる雪の　うつみ残すはけふりなりけり〔208〕

題不知

續拾 かよひこし野中の清水かき絶て　くまぬにしもそ袖はぬれける〔280〕

家に五十首哥讀せけるに鶯を

玉 花はなを枝にこもりてうくひすの　木つたふ聲そ色はありける〔150〕

秌哥中に

玉 心をは色と聲とに分とめつ　萩に鹿なく宮城野の原〔182〕

家に五十首哥よませ侍りけるに千鳥を

玉 浦松の葉こしにおつる月かけに　ちとり妻とふすまのあけほの〔212〕

正治百首哥たてまつりける時

玉 草かくれ庭になれたる鹿の音に　人めまれなるほとをしるかな〔198〕

寳治百首哥たてまつりける時

續後拾 恋しなはまたもこの世にめくり来て　二たひ君をよそにたにみむ〔278〕

題不知

新千 ほとゝきす卯の花山にやすらひて　空にしられぬ月になくなり〔167〕

旅のこゝろを

新拾 ふしなれぬ床の浦風身にしみて　心うきたつ浪のをとかな〔237〕

正治二年百首哥たてまつりけるに

新續古 霞しくひかたにあさるなにはめも　こゝろあてにやいそなつむらん〔152〕

正治二年百首哥に

同 しはつ山風ふきすさむならの葉に　たえ〳〵のこるひくらしの聲〔256〕

印「吏部大卿忠次」印「文庫」〔私注―共に次頁、左最末下。「忠次」につき詳しくは、『榊原本私家集㊂』599〜602頁参照の事」〕

【語注】○法事　源氏物語「御法事など過ぎぬれど、正日までは猶籠もりおはす。」（「葵」、新大系一―317頁）。○誦経　源氏物語「かゝるとみの事には誦経などをこそはすなれとて、」（「夕顔」、新大系一―127頁）。○ふきなれ　八代集にない。源氏物語一例「いとわざとも吹きなる音かな」（「篝火」、新大系三―31頁）。○よこぶえ　八代集にない。源氏物語「横笛の調べはことにかはらぬをむなしくなりし音こそつきせね」（「横笛」、新大系四―57頁）。○ぬしなく　漢語「無主」に当る。○下句　③129長秋182「あかつきとつげの枕をそばだてて聞くもかなしき鐘の音かな」（雑歌「暁」。新古今1809）、③131拾玉2635「いつよりもとしの暮行く夕ぐれのをのへのかねはおとぞかなしき」（冬）、③131拾玉2674「身のうさを思ひもしらではつせ山つきせぬかねのおとぞかなしき」（春日百首草「長谷寺」）、④11隆信407「いまはただよなよなひとりねざめしてさもあらぬかねのおとのみぞきく」（「かへし」）、⑤223時代不同歌合202「けふくれぬいのちもしかとおどろかす入あひのかねの音ぞかなしき」（寂然）。

【訳】吹き慣れていた玉の如き横笛は、主人《あるじ》がいなくなって、決してそう（主人のいないの）ではない鐘の音がしみじみと悲しい事よ。〈法事の日に、昔吹いていた笛を供え読経しようとして〉

▽これも詞書で分るように、かつて吹き馴れた横笛には主《あるじ》がなく、そうでない（主のいる）鐘が悲哀の響きをひびかせると、この当時よく歌われた「…鐘の音ぞ悲しき」を下句に据えて、一連の歌の最後を平淡に詠ずる。

書陵部本拾遺（『守覚法親王集』図書寮、2969、1冊、501―314）

北院御室集

春

（立春）

146　あまのとのあくればやがてくるはる[本1]〔は〕／とりのねま[よ2]りぞきゝはじ〔めける〕

【校異】一、（書陵部本、二　神宮文庫本、一の次）―『新編国歌大観　第四巻』「2守覚法親王集」の「解題」（680～682頁）の番号。以下、同じ―。1本―ナシ（国）。2ま―よ（国）。

【語注】○あまのとのあくれ　②4古今六帖1372「あまのとのさもあけがたくみえしかな…」（第二「と」）、④26堀河百首10「いつしかと明行く空のかすめるは天の戸よりや春はたつらん」（春廿首「立春」顕仲）、⑤65六条斎院歌合〈永承四年〉7「あまのとのあくるそらかとみえつるは…」（「雪」ちくご弁）、③32兼盛37「天の戸の明くるやをしき鶏のなかぬあしたもなくぞ成りぬる」、③132壬二401「天の戸のあくる気色もしるきかなはこやの山の千代の初春」（院百首正治二年、春。④31正治初度百首1404）、⑤197千五百番歌合26「きのふかもとしはくれにしあまのとのあくるまちけるはるがすみかな」（春一、藤原朝臣雅経）。「あまのとの」は「あく」の序詞。　○あくれ　掛詞（開く・明く）。古事記の天の岩戸神話に基づくとも考えられるが、そうではなかろう。　○あくればやがて　④7広言1「けふぞとはよのまにたれかつげつらんあくればやがてはるめきにけり」（春「元日のこころを」）。　○下句　「斬新な表現。」（『私家集論㈡』目加田さくを、178頁)。　**○き丶はじめ**　八代集にない。源氏物語一例「おぼえぬ所にて聞きはじめたりしに、めづらしき物の声かなとなむおぼえしかど、」(「若菜下」、新大系三—343頁)。

【訳】天の戸が開かれた、つまり夜が明けた時には、(そのまま)すぐにやって来る春は、夜明けを告げる鶏の声から最初にききはじめる事よ。

▽夜が明けたら来る春というものは、鶏によって聞き始めると、「立春」を歌う。下句聴覚。一、二句あの頭韻。史記所載の孟嘗君の故事をふまえているとも考えられるが、そうではなかろう。④41御室五十首1(詠五十首和歌、御詠「春十二首」の1首目—以下、「春12の1」などとする—)、②16夫木64、春一、立春「同(=喜多院入道二品親王家五十首)」喜多院入道二品みこ。

目加田さくを氏は、「天照大神、天の岩戸がくれの故事を援引する。…日本肇国の神々の世界を、新年、初日の出にダブらせて寿ぐ、たけ高き想念。それをぢかに聴覚で、春を鳥の音にき丶はじめける、と歌う。この格調の高さ、清らかさを、王風と筆者はみるのである。この歌は、俊成の…〔私注—後述の③129長秋481〕の影響を受けたと想われる。」(『私家集論㈡』177頁)と言われる。

【参考】①後撰621 622「あまのとをあけぬあけぬといひなしてそらなきしつる鳥のこゑかな」(恋二「女につかはしける」よみ人しらず)

③129長秋481「あまの戸のあくる気しきも長閑にて雲ゐよりこそ春は立ちけれ」(右大臣家百首「立春」)

【類歌】④39延文百首2301「立ちかへるとしのしるしはあまの戸のあくればやがて霞たなびく」(春二十首「立春」空静)

①19新拾遺1527「天の戸のあくる程なくくる春に立ちもおくれぬ朝霞かな」(雑上「早春霞を」後一条前関白左大臣)

⑤244南朝五百番歌合5「あまの戸のあくればやがてかすむなりけふ立ちかへる春のしるしに」(春一、弁内侍)

147 [1]とし[2]くれし[3]な[4]ごりのゆき[5]〔や[6]をし[7]から[8]ん〕／[9]あとだにつけ[10]で〔春は[11]きにけり〕

【校異】二、（同、三）。1とし—年（神百、内百、林百）、歳（森百）。2くれ—暮（神百、林百、森百）。3なごり—名残（内百、林百）。4こ—ら（書百）。5〔—「（六字分空白）」（私Ⅱ）。6を—お（神百、内百、林百、森百）。7か—む（内百）。8ん—以下ナシ（書百）。9あと—跡（神百、内百、林百、森百）。10で—て（国。正治は「で」）。11き—来（神百、内百、林百、森百）。

【語注】○としくれし ③129長秋485「としくれし涙のつららとけにけり苔の袖にも春や立つらん」（右大臣家百首「立春」）、④41御室五十首806「年暮れし雪げの空の雲消えてかすみにうつる春の明ぼの」（春十二首、寂蓮）。○なごりのゆき 新編国歌大観・索引①～⑩では、この歌のみ。○つけで「つ（告）げて」「つげで」とも考えられるが、無理であろう。やはり上句の内容から「つけで」が正しいか。【類歌】の宮内卿歌参照。

【訳】年の暮れた名残の雪が惜しくもあるのだろう、その雪に足跡をさえつけないで春はやって来た事よ。

▽「春」「来」。来春は夜明け鶏の音からという前歌をうけて、名残の雪（冬）が惜しく解けないで、跡を付けず（付けて?）、こっそりと春が来たと、来春を歌う。三句切。④31正治初度百首304（詠百首和歌、御室守覚法親王、「春」20首の1首目——以下、春20の1などとする——）。

【類歌】①新古今4「かきくらし猶ふるさとの雪の中にあとこそ見えね春はきにけり」（春上「五十首歌〔私注—老若五十首歌合・1201年〕たてまつりし時」宮内卿）

早春

148　たにかげははるめきやら〔ず風さえて〕[1]／きゆればこほるゆきのしたみづ

【校異】三、(同、四)。1〔―「(六字分空白)」〕(私Ⅱ)。

【語注】○早春　和朗15(志貴皇子)・16(当純)・17(兼盛)・新朗11(好忠)・12(紫式部)・13(俊綱)／久安16～22などままみられる(歌題索引)。　○たにかげ　八代集にない。①14玉葉41「谷かげの氷も雪も消えなくにまづうちとくるうぐひすの声」(春上「おなじ心を〔＝早春鶯〕」従一位教良)。　○ゆきのしたみづ　雪の下から融け出した水。八代集二例・後述の千載2、同5。③88範永129「山ざとはゆきのした水こほりつつはるともしらぬけしきなるかな」、④31正治初度百首2207「うへは猶まだ消えなくに谷川のふかくもなるや雪の下水」(春、信広)。

【訳】谷の陰となった所は充分春めかないで、風が冷え冷えとし、(雪が)消えると(すぐに)氷ってしまう雪の下を流れる水である事よ。

▽「早春」の谷蔭のまだ冬の残る、つまりなかなか春になりきらない様を描く叙景歌。「こぼる」は、末句へのつながり、及び歌の内容からとらない。④41御室五十首2(春12の2)。⑩57御室撰歌合1、御作、一番、春、左勝。目加田さくを氏は、「触覚を用いた。守覚の観察の入念さ、芸のこまやかさ、きびしく清々しい景、それは即、想念である。この歌のたけ高い清しさは法親王の位相からくるものではあるまいか。…因みに「消れば氷る雪の下水」の表現は守覚の創始と思われる。」(『私家集論(二)』181頁)と述べられる。

【参考】①千載2「みむろ山たにや春のたちぬらむ雪のした水いはたたくなり」(春上、中納言国信。②10続詞花4。④26堀河百首3)

①千載5「春たてば雪のした水うちとけて谷のうぐひすいまぞ鳴くなる」（春上「…鶯をよめる」藤原顕綱朝臣。⑤109内裏後番歌合〈承暦二年〉6、初句「はる風に」）

【類歌】⑤183三百六十番歌合〈正治二年〉13「はるもなほやまかげさゆるたに風にとけてはこほるゆきのしたみづ」（春、権大納言）

149 いしまよりはるをもらしてゆく水の／なみにたゞよふうすごほりかな

【校異】四、（同、五）。1いしま―岩間続群。2ゆく―行（神百、内百、林百、森百、古百）。3く―以下ナシ（書百）。4の―に（森百）。5なみ―浪（神百、林百）、波（内百、森百）。6うす―薄（森百）。7かな―哉（神百）。

【語注】○いしまより　②4古今六帖1704「いしまよりおちくる滝のなみまにも…」（第三「たき」（つらゆき））、②16夫木6633「いしまよりたまゐし水もゆきなやみひとりながるる峰の松風」（冬一、後鳥羽院御製）。○うすごほりかな　③89相模428「はるの日のさしてつららとなけれどもなほとけはてぬうすごほりかな」（「正月」）、③132壬二201「春風の吹きくるままにしがのうらの浪にもかへるうす氷かな」（殷富門院大輔百首、春十五首）。

【訳】石の間から〝春〟というものを漏れ出でさせて行く水の波に漂い流れている薄氷である事よ。

▽「春」「水」「氷」。同じく「早春」、「谷陰」→「石間」、同じく景を述べるが、ややこの149のほうが春めく。中身は、春＝水であり、石間よりそれを「漏らして行く水の波」の上に漂っている薄氷を描く叙景歌。④31正治初度百首305（春20の2）。

【類歌】③130月清543「きえかえりいはまにまよふ水のあわのしばしやどかるうすごほりかな」（南海漁父百首、冬十首）

③132壬二303「春風にしたゆく浪のかずみえて残るともなきうす氷かな」（後京極摂政家百首、春「春氷」）

鶯

150　はなはなをえだにこ[1]もりてうぐひすの[玉葉2]／こづたふこゑぞ色はありける

【校異】五、（同、六）。1も―ほ（御室）。2玉葉―ナシ（国）。

【語注】○はな　「桜」とも考えられるが、位置からいってやはり梅。　○一、二句　①後撰12「吹く風や春たちきぬとつげつらん枝にこもれる花さきにけり」（春上、よみ人しらず。②2新撰万葉15（春歌廿一首）。4古今六帖391（第一「はるのかぜ」））による。ただしこの後撰12の「花」は、桜に限らず、種々の花とされるが、150は「鶯」により、梅であろう。　○うぐひすのこづたふ　③109雅兼1「うぐひすのこづたふさまもゆかしきにいまひとこゑはあけはてなけ」（「暁鶯」）。①金葉二15）、③54西宮左大臣31「うぐひすのこづたふ花にふみつけし…」。　○こづたふ　古今109「木伝へばをのが羽風にちる花をたれに負ほせてこゝらなくらん」（春下「鶯の鳴くを、よめる」素性）。　○こゑぞ色　③106散木59「くれなゐの梅がえになく鶯は声の色さへことにぞありける」（春「紅梅をよめる」）。　○色　「風情。花よりも声の方に色があると興じた技巧。」（『玉葉和歌集全注釈』）。また川村晃生氏は、この「色」について、「新古今時代歌人たちの〈色〉という語への旺盛な関心があり、それを京極派が再評価したような側面があることを否定できない。たとえば／…花はなほ…（同上〔私注―玉葉集、春上〕、五八、二品法親王守覚）…などの〈色〉を詠んだ新古今歌人たちの作品を、好んで『玉葉集』に撰入せしめている点などは考慮に入れるべきであろうが、」（『国学院雑誌』95巻11号、H6・11、「詩語と歌語のあいだ――〈霞の色〉をめぐって――」23頁）と述べられる。

【訳】梅花はやはりまだ枝の中にこもっていて（姿は見せないが）、鶯の木伝って鳴く声は、（春・梅の）色を見せている事だよ。

▽「鶯」の歌となり、場も変る。前歌同様、春以前も含むが、季節は確実に春に移り変ってゆく様を歌う。（梅）花は姿を見せないが、鶯の鳴く音は色を見せると、下句における聴覚と視覚との（感覚の）錯綜が見られる。①14玉葉58、春上「家に五十首歌よませ侍りけるに」二品法親王守覚。41御室五十首3（春12の3）。⑤183三百六十番歌合〈正治二年〉42、春、廿一番、右、仁和寺宮。なお『玉葉和歌集全注釈』は、「参考」として後撰12、古今109を記す。

【参考】②万葉1858 1854「鶯之《ウグヒスノ》 木伝梅乃《コヅタフウメノ》 移者《ウツロヘバ》 桜花之《サクラノハナノ》 時片設奴《トキカタマケヌ》」（巻十、春雑歌「詠ㇾ花」）

③2赤人150「うぐひすのこづたふえだのうつりがはさくらのはなのときのまつき（ママ）ぬ」（「はなをえいず」）

③42元良親王126「うぐひすのこづたふえだをたづぬともはなのすみかをゆきてみしはや」（「みくしげどのに、みや」）

⑤421源氏物語335「うぐひすの昔を恋ひてさへづるは木伝ふ花の色やあせたる」（「少女」今の上（冷泉院））

【類歌】④23続草庵75「花ははや咲くものこらで鶯の木づたふ声ぞ枝にこもれる」（春「…、花間鶯」）

④37嘉元百首1399「はなはまだ枝にこもりて鶯のなくねばかりぞ春の色なる」（春二十首「鶯」俊光）

151 やへふかきかすみのそこのうぐひすは[一1]／こゑばかりこそたにをいでけれ

【校異】六、（同、七）。1一—ナシ（国）。

【語注】**○やへふかきかすみ** 「八重霞」。「ふかき」は「たに」もか。⑤167別雷社歌合6「やへふかく野もせの霞立ちにけり…」（「霞」登蓮）。**○かすみのそこ** 漢語「霞底」による。「課詩難繫片霞底 伴客豈拘遅日前（本朝無題詩四「惜残春」惟宗孝言）」（『中世文学研究』No.4、中四国中世文学研究会「新古今的表現成立の一様相（続）——「露のそこなる」をめぐって——」佐藤恒雄、43頁下、による）。③115清輔11「なにごとを春の日くらしおもふらん霞の底にむせぶうぐひす」（春「鶯」）。**○たにをいで** ③129長秋617「谷を出でてたかきにうつる鶯は花さく宿のあかずなりけり」（二月「花の中に鶯ある所、人の家あり」）。

【訳】幾重にも深く敷いている霞の底にいる鶯は、谷の底にいるが、声だけは谷を出てしまった事よ。

【本歌】古今14「うぐひすの谷よりいづる声なくははるくることを誰かしらまし」（春上「寛平御時后宮歌合の歌」大江千里）

▽同じく「鶯」（詞書も、腰句）の歌。「声」「けれる」（末）。151も梅・「色」はない。場を「谷」「八重深き霞の底」へ移す。これもまた春以前が残存している詠。また本歌を三句以下にふまえ、鶯の声だけが谷を出て春を告げるが、当の鶯はまだ谷底奥深くいると歌う。「霞の底」と「（谷を）出づ」が対照をなす。下句聴覚（「声」）。41御室五十首4（春12の4）。

「視覚聴覚による華麗静寂な景の造型である。」（『私家集論㈡』目加田さくを、182頁）。

【参考】①後拾遺23「たづねつるやどはかすみにうづもれてたにの鶯一声ぞする」（春上、藤原範永朝臣）

③129長秋492「山ふかみ霞のそこの鶯に春をあさしと聞くぞあやしき」（右大臣家百首「鶯」）

【類歌】⑤174若宮社歌合〈建久二年三月〉24「八重うづむ霞のそこのしばの庵にたにの鶯こゑかよふなり」（「山居聞鶯」沙弥安性）

霞

152　かすみし[1]て[2]ひがたにあさる[3]〔難[4]波め[5]は[6]〕／こゝろあてにや[7]いそな[8]つむ[9]〔らん〕

【校異】七、（同、九　神宮文庫本、三の次）。1て―く（神百、内百、森百、古百、正治、新続古）、て・く（書百）。2

ひがた—干潟（内百）。3〔—「（五字分空白）」（私Ⅱ）。4難—以下ナシ（書百）。難波—なには（神百、林百、古百）。5め—女（内百、森百）。6は—も（新続古）。7いそな—磯菜（内百、森百）。8つむ〔らん〕—摘覧（森百）。9らん—覧（古百）。

【語注】○かすみし　八代集にない。○干潟　八代集にない。①11続古今45「しほがまのうらのひがたのあけぼのにかすみにのこるうきしまの松」（春上「題不知」後鳥羽院御歌）。徒然草「沖の干潟の遥かなれども、磯より潮の満つがごとし。」（第百五十五段、新大系234、235頁）。○難波め　八代集三例・初出後撰887「難波女に見つとはなしに葦の根のよの短くて…」（恋四、道風）。難波の浜辺の賤の女。○こゝろあてにや　④6師光3「かすみしくしきつの浦のうけのをはこころあてにやたづねゆくらむ」（「霞のこころを」）、④37嘉元百首1207「かりがねの心あてにやかへるらんかすむくもぢはそことしらねど」（春「帰雁」実覚）。○下句　古今277「心あてにおらばやおらむ初霜の…」（秋下、凡河内躬恒。百人一首29）。○いそな　八代集三例・初出古今1094「こよろぎの磯たちならし磯菜つむめざし濡らすな沖にをれ浪」（東歌「相模歌」）。

【訳】霞が棚引いていて、干潟にあさりさぐる難波女は、霞が覆っているので、当て推量で磯菜を摘む事であろうか。

▽おなじみの、霞により分らなくなって難波女はこの辺のがそれであろうと、若菜ではなく磯菜を摘むのかと慮った理知的機知的詠。④31正治初度百首306（春20の3）。①21新続古60、春上「正治二年百首歌たてまつりけるに」二品法親王守覚。

梅

153 [1]はるの[2]いろ[3]もさかずはいかゞ[4]しり[5]〔そめん〕／[6]むめより[7]さきに[8]はな[9]ゝかり[10]け[11]り

【校異】八、（同、一一 同、七の次）。1はる―香《春イ》（内百）。2の―も（内百）。3も―を《も》〃（神百）。4しり―知（森百）。5〔―「（三字分空白）」（私Ⅱ）。6むめ―梅（神百、内百、林百、森百）。7さき―先（内百、森百）。8はな―藤続群。9ゝ―な（国、内百、書百、森百）。10けり―せは《けりイ》（書百）。11り―⬚（内百）。

【語注】○はるのいろ　「春意（春の情趣）」に対する漢語「春色」に当る。　○初句　字余り（「い」）。　○さかずはいか　⑤230百首歌合〈建長八年〉205「梅が枝のさかずはいかにさくら花まだしきほどのさびしからまし」（具氏朝臣）。　○そめ　「染む」は「色」の縁語。

【訳】春の色模様も（花・梅が）咲かなかったら、どうして知り初めようか、知り初められない、なぜなら梅より以前に咲く花はないのだから。

【本歌】①古今93「春の色のいたりいたらぬさとはあらじさけるさかざる花の見ゆらむ」（春下「題しらず」よみ人しらず）

▽本歌が、「春の色」（の方）はすべての里にやってくるのに、咲いているのやそうでない花がどうしてあるのかと素朴に疑問を呈した歌であるのに対して、153はそれを一、二句でうけて、その「春の色」も梅の花が咲くから分る、なぜなら梅以前の花は存在しないから…と変えて歌っている。春（四季）の本歌を春でうける。三句切。視覚（「春の色」）。31正治初度百首312（春20の9）。

【参考】③80公任12「春のよのやみにしあれば匂ひくる梅より外の花なかりけり」（「やみはあやなしといふだいを」）

154 こさめふる[1]はやまがすそにしたもえて／まだくさた、ぬおぎのやけはら

【校異】九、(同、一四 同、一三の次)。1は—み(古典文庫・宮)。

【語注】○こさめ 八代集にない。万葉2460 2456「烏玉《ヌバタマノ》 黒髪山《クロカミヤマノ》 山草《ヤマスゲニ(クサニ)》 小雨零敷《コサメフリシキ》 益益所念《マスマスゾオモフ》」(巻第十一、寄レ物陳レ思)、⑤175六百番歌合371「こさめふるかつしかわせをかるままに…」(秋「秋雨」顕昭)。○はやまがすそ 八代集二例・金葉147、千載702。②16夫木14102「春きてもは山がすそのくぬぎはらまだ冬がれの色ぞのこれる」(第二十九「くぬぎはら」光俊朝臣)。「端山」は、奥山・深山に対し人里近い浅い山、外山に同じ。○したもえ 「下萌」は八代集一例・新古今10(春上、国信)。表面に見えないで下で草が萌え出ている事。○おぎのやけはら 八代集二例・後撰3「けふよりは荻のやけ原かきわけて若菜つみにと誰をさそはん」(春上「はる立つ日よめる」兼盛王)、拾遺1020(雑春、中宮内侍)。⑤175六百番歌合48「春雨はこぞ見し野べのしるべかはみどりにかへるをぎのやけはら」(春「若草」寂蓮)。

【訳】小雨が降っている外山の裾野のほうに草の芽が下に生え出しているが、まだ十分に草が生い立つほどにはいっていない荻の焼原である事よ。
▽「春雨」が降ってはいるが、まだ本格的な春とはなっていない「荻の焼原」の叙景歌。41御室五十首6(春12の6)。16夫木614、春二「家五十首」喜多院入道二品のみこ。
【類歌】④38文保百首703「あは雪のふるのの草葉下もえてまだ春あさき鶯のこゑ」(春二十首、公顕)

（桜）

155

さらぬだに[1]おしき[2]〔[3]なごりをいかに[4]又〕／花よりも[5]ろき〔雪とみゆ[6]らん〕

【校異】一〇、（同、一七　同、一六の次）。1お—惜（森百）。2〔—「（九字分空白）」（私Ⅱ）。3なごり—名残（神百、内百、書百、林百、森百）。4又—また（神百、書百、林百、古百）。5ろ—う（古典文庫・神百、古典文庫・宮）。6らん—覧（森百、古百）。

【語注】〇名残　雪とも考えられるが、桜の愛惜ととる。〇もろき　八代集は新古今のみ四例。守覚は二例。源氏物語「山おろしにたえぬ木の葉の露よりもあやなくもろき我涙かな」（「橋姫」、新大系四—312頁）。「もう（憂）き」なら、桜よりも辛く悲しい雪と…となって、もう一つ歌意が分明でない。〇末句　⑤144内蔵頭長実白河家歌合〈保安二年閏五月十三日〉4「みよし野はいかなるやまのかひなればちりつむはなの雪とみゆらん」（「桜」師頼卿）。

【訳】そうでなくてさえ、桜は春における惜しい名残であるのに、どうしてまた桜よりもはかない雪などと桜を見立てるのであろうか。

▽そうでなくても惜しい名残なのに、何故桜をそれよりもはかない雪と見るのかと、桜の愛惜を吐露した詠。庭上の降り積った桜か。31正治初度百首316（春20の13）。また、ことばの【類歌】として⑤410中務内侍日記143「いかにまたみるにあはれの色そひてさきのこりける花のこころよ」（中つかさ（作者））がある。

156
いはがねに[1]まし[2]そ[3]〔[4]をりしき[5]明けにけり〕／[6]よしの[7]ゝおくのはな〔の[8]したぶし〕

【校異】一一、(同、一八)。1ましそ—真柴(内百)。2そ—は(神百、林百、森百、古百)、ば(国)、柴《(ママ)》(書百)。3〔—「(九字分空白)」(私Ⅱ)。4を—お(神百、書百、林百、森百、古百)。をりしき—折敷(内百)。5明け—明(内百、森百)。6よし—谷《吉》(書百)。7の、—野、(林百)、野の(神百、内百、森百)。8したぶし—下藤(森百)、下藤《ふし》(神百)、下臥(内百、続群)、下ふし(林百)。

【語注】**○いはがね** 八代集一例・新古962(羇旅、有家)。 **○ましば** 山野に自生する丈の低い雑木。「ま」は接頭語。八代集三例・千載465、1014、新古688。ただし「真柴川」が金葉277にある。 **○ましばをり** ⑤163三井寺新羅社歌合52「あはづ野に真柴をりかけ庵して我がふす床に雪ぞ降りしく」(「野宿雪」泰覚)。 **○よしのゝおく** 八代集三例・千載1073、新古1476、1620。③125山家1034「やま人よ吉野のおくのしるべせよはなもたづねんまたおもひあり」。 **○はなのしたぶし** ③131拾玉1915「春の山に霞の袖をかたしきていくかに成りぬ花の下ぶし」(詠百首和歌、春十五首「花下忘帰因美景」)。 **○したぶし** 「しもぶし・したぶし・下藤・下臥」すべて八代集にない。

【訳】岩の根もとに真柴を折り敷いて、それを床として夜通し花を賞《め》で夜が明けてしまった、それは吉野の奥の花の下臥である事よ。

▽「花」。場を「岩が根」「吉野の奥(の花の下臥)」へもってきて、夜通し、桜の下に臥し、夜が明けたと歌う。とどのつまり吉野の桜を賞《め》でた歌。それを事実を淡々と述べた体で歌う。三句切、体言止。倒置法か。下句ののリズム。

31正治初度百首317(春20の14)。

【類歌】⑤197千五百番歌合1408「いはがねにたかはかりしきながむればよし野のたけに月かたぶきぬ」(秋三、顕昭)

⑤207内裏詩歌合〈建保元年二月〉4「よしの山苔のさむしろしきしのび今夜はここに花のしたぶし」（「山中花夕」）

157
けふもまた〈又〉あかぬ[1]な[2]ごりに[3][4]《くれぬなり歟》／[5]あはれたちうきはなの[6]かげ[7]かな

【校異】一二一（同、一九）。1なごり—詠め（森百）。2ごり—かめ（神百、内百、書百、林百、古百）、がめ（正治）。3くれ（国、神百、書百、林百、古百、正治）、暮（内百、森百）。4ぬなり（国）、はてぬ（神百、内百、書百、林百、古百、正治）、果ぬ（森百）。5あはれたち—哀立（内百）。あはれたちうき—哀たち《本ノマヽ》（森百）。6かげ—影（神百、森百）、陰（内百）。7かな—哉（神百、林百、森百）。

【語注】○あかぬなごりに　③71高遠256「朝日さすたまのうてなもくれにけり人とぬるよのあかぬなごりに」（「春宵苦短日高起」）。　○はなのかげ　「影」よりもやはり「陰」であろう。①後拾遺139「花のかげたたまくをしきこよひかなにしきをさらすにはとみえつつ」（春下、清原元輔）、①新古今177「ちりはてて花のかげなきこのもとにたつことやすき夏衣かな」（夏「更衣をよみ侍りける」前大僧正慈円）、①新古今1455 1454「春をへてみゆきになるる花のかげふり行く身をもあはれとや思ふ」（雑上、藤原定家）。

【訳】今日もまた桜に飽きる事なく名残を〈「ながめ」して〉もったまま一日が暮れてしまった〈果ててしまった〉事よ、ああ何とも立ち去りがたい花の陰である事よ。

【本歌】①古今95「いざけふは春の山辺にまじりなむくれなばなげの花のかげかは」（春下、そせい）

▽「花」、三句切。「あけ」↓「くれ」、「しき」↓「たち」、「下」↓「陰」。156「花の下臥」で夜を明かした↓157暮れたのに立ち去り難い「花の陰」。本歌が、さあ今日は春の山辺に「まじ」ろう、暮れ果ててしまったら「花の陰」があるさと歌ったものなら、157はそれをうけて、今日も飽きる事なく暮れた、がしかし「花の陰」は立ち去り難い

（「ながめ」「くれはてぬ」でもさして歌の中身に変りはない）と変化させている。「あかぬなごりに」に分るように恋歌的でもある。31正治初度百首318（春20の15）。

【参考】①古今134「けふのみと春をおもはぬ時だにも立つことやすき花のかげかは」（春下、みつね）
①後撰145「くれて又あすとだになきはるの日を花の影にてけふはくらさむ」（春下「（やよひのつごもり）」みつね）
⑤167別雷社歌合62「ちりぬとていかが帰らん山桜あかぬ名残の花の木かげは」（「花」観蓮）

158　一[1]い[2]ゑ[3]づ[4]とに花をつ[5]ゝみてかへるさは／に[6]ほひぞゝで[7]にもれてち[8]りける[9]

【校異】一三、（同、二〇）。1一―ナシ（国、神百、内百、書百、林百、森百、古百）。2いゑ―家（森百）。いゑづと―家産（内百）。3ゑ―へ（国、神百、書百、林百、古百）。4づ―つ（正治）。5つゝみ―包（森百）。6にほ―匂（林百）。7ゝで―袖（神百、内百、書百、林百、森百）。8ちり―散（神百、書百、林百、森百）。ちりけ―散ぬ続群。9る―る《りイ》（書百）。

【語注】**○いゑづと**　八代集では三代集にのみ三例。①拾遺1101「家づとにあまたの花もをるべきに…」（雑秋、平兼盛）、③108基俊121「家づとにさのみなをりそ桜花やまの思はんこともやさしく」。**○にほひ**　香も考えられるが、150の如く感覚の錯綜をねらったものとして、美であろう。

【訳】家への手土産として桜の枝を袖に包んで帰っていく時は、桜の花びらの美しさが袖に漏れて散ってしまった事よ。

【本歌】古今55「見てのみや人に語らむさくら花手ごとにおりて家づとにせん」（春上「山の桜を見て、よめる」素性法師）

▽「花」。「たち（発）」→「かへる」。「たちうき花の陰」（下句）から「家づとに花をつつみて帰るさは」（上句）とうける。歌全体としては、本歌――見ただけでその美しさを人に語れないから、桜を「手ごとに」折って土産としよう――を〝実行〟して、その土産として桜を包んで帰る時は、桜の美しさが袖に漏れて「散る」（「花」の縁語）と歌う。優雅で綺麗な詠。31正治初度百首319（春20の16）。

159　ひとえだもおりやつさじとよそに見ば／うときけしきを花やうらみむ

【校異】一四、（同、二二）。

【語注】**○ひとえだも**　後拾100「みやこ人いかがととはばみせもせむこの山ざくらひとえだもがな」（春上「…山の桜をみやりてよめる」いづみしきぶ）。　**○やつさ**　八代集一例・新古1268（恋四、西行）。伊勢物語「尼になれる人有けり。かたちをやつしたれど、物やゆかしかりけむ、」（百四段、新大系180頁）。　**○花やうらみむ**　⑤167別雷社歌合110「をしみつつをらで帰らばあぢきなく風にまかすと花や恨みん」（「花」智将）、①13新後撰93「山桜又ことかたにたづね見ばわくるこころを花やうらみむ」（春下、従二位行家）、①14玉葉1896 1888「山桜をらでかへらば中中にながめすてつと花やうらみん」（雑一、法印長舜）。

【訳】一枝でさえも折って痛めまいと傍観したとしたら、私が桜を疎んじないがしろにしている様子を花がさぞ恨む事であろうか。

▽「花」。前歌・158の本歌「見てのみや（人に語らむ）さくら花…おりて（家づとにせん）」をうけて、見るだけで人に語ろうとして、一枝も折らないで「よそに」見たとし、たら…と歌う。その点で158とからまる。158が折った後、159が仮想であり、折らないとしたら、さぞ花が怨むであろうと歌ったもの。41御室五十首9（春12の9）。

【類歌】①20新後拾87「一枝もをらでかへらばふるさとに花みぬものと人やおもはん」（春下、前大納言為世）

落花

160　おしみかねなみだにそらもかき[1]〔くれて〕／はなはさながらゆきとふりぬる

【校異】一五、（同、二二四　神宮文庫本、二二一の次）。1〔―「（三字分空白）」〕（私Ⅱ）。

【語注】**○おしみかね**　八代集一例・千載946（恋五、摂政前右大臣）。**○上句**　恋歌的（恋歌仕立て）。**○かきくれ**　八代集にない。源氏物語「にはかに風吹き出でて、空もかきくれぬ。」（「須磨」、新大系二―45頁）。③115清輔200「きのふけふふじの高ねはかきくれてきよ見が関にふれる初雪」（「雪」）。**○さながら**　八代集三例・千載346、718、新古1790。**○ゆきとふりぬる**　③117頼政59「桜さく梢は空かしら雲にまがひし花の雪と降りぬる」（「花、播州歌合」）。

【訳】惜しみかねて、流す涙によって空もかき昏れて見え、散る花びらはそのまま雪と降ってしまった事よ。

▽「落花」、桜を愛惜する情をそのまま歌い込む。涙によって「雪と降りぬる」と見えるのであろう。41御室五十首10（春12の10）。同じ守覚に「花」「（ふぶき）」「かきくれて」「空」の詞の通う249がある。

【類歌】④33建保名所百首677「ふりまがふ涙に空もかきくらす雪げの雲の浮島の原」（冬十首「浮島原駿河国」）…詞

藤

161　[1]いはしろの[2]はま[3]ゝつが[4]えのふぢ〈藤〉[5]〔のはな〈花〉〕／[6]これさへ[7]たれか[8]むすび[9]かけ[10]ゝん

【校異】一六、（同、二二六　同、二二六の次）。1いはしろ—岩代（内百、森百）、君か代続群。2はまゝつ—濱杢（内百）、濱松（森百）。3ゝ—ま（国、神百、林百）。4え—枝（内百、森百）。5〔—「（三字分空白）」（私Ⅱ）。6これ—是（神百、林百、森百）。7たれ—誰（内百）。8むす—結（内百、森百）。9かけ—懸（森百）。10ゝ—け（国、神百、林百、森百）。

【語注】○いはしろの…まつ　20参照。拾遺526「我が事はえもいはしろの結松千とせをふとも誰か解くべき」（雑下、好忠）。　○いはしろのはまゝつがえ　⑤197千五百番歌合1378「むすびおくしもとはいさやいはしろのはままつがえにすめる月かげ」（秋三、顕昭）。　○ふぢのはな　後撰124「水底の色さへ深き松が枝に千歳をかねて咲ける藤波」（春下、よみ人しらず）、拾遺85「紫の藤咲く松の梢にはもとの緑も見えずぞありける」（夏、順）、和漢朗詠集136「ときはなる松の名だてにあやなくもかゝれる藤のさきてちるかな」（春「藤」貫之）、新古今166「みどりなる松にかゝれる藤なれどをのがころとぞ花はさきける」（春下「藤の松にかゝれるをよめる」貫之）というように一般的な類型《パターン》。他、②10続詞花337など。　○むすびかけ　八代集にない。栄花物語・根あはせ「三日月のかたに鏡をして、緑のうすものうはぎ、浪のかたを結びかけたり。」（大系、下—462頁）。

【訳】岩代の浜松の枝にからまりかかっている藤の花（がある）、これまで一体誰が結びかけたのであろうか。

【本歌】②万葉141「磐白乃《イハシロノ》　浜松之枝乎《ハママツガエヲ》　引結《ヒキムスビ》　真幸有者《マサキクアラバ》　亦還見武《マタカヘリミム》」（巻二、挽歌「有間皇子自傷結二松枝一歌二首」）＝②4古今六帖2900「いはしろのはままつがえをひきむすびまとさちあらば又かへりみん」（第五「むかしをこふ」ありまのみこ）

▽「松にかかれる藤」（古歌）の花と、「岩代の浜松が枝の結び（松）」（本歌）とを合せて一首を構成する。松にかかる藤に、これまでも松の枝（同士）のみならず、誰が（藤を）結びかけたのかと歌う。上句情景。31正治初度百首322（春20の19）。16夫木2156、春六、藤花「正治二年百首」喜多院入道二品みこ。

【類歌】④43為尹千首190「いはしろの松のたぐひに見えぬべし結びかけたる藤の花ぶさ」（春二百首「松藤」）

三月尽

162 ちりぬれどはなはくもにもなぐさみて／たぐひも見えずつくるはるかな

【校異】一七、（同、二八　同、二九の次）。

【語注】**○ちりぬれど**　②6和漢朗詠集665「ちりぬれどまたくるはるはさきにけり…」（下「帝王」小松天皇御製）、④32正治後度百首913「ちりぬれどあかぬ匂ひに桜花木のもとながら春はくらしつ」（春「はな」女房越前）。**○たぐひもみえず**　上からの歌の流れよりして、「比類なく美しく」ではなかろう。**○つくる**　「告ぐる」ではない。

【訳】桜はちり果ててしまったけれども、桜はそのあとに立つ雲を桜かと見て心慰められるが、尽き果ててしまう春はそのようなものもなく、何ら心は慰められない。

▽散っても桜は雲に慰められるのに、そんな「類」は何もなく終ってしまう春よと、「三月尽」（詞書）を歌って春の歌を終える。41御室五十首12「…なぐさみき…くるる春かな」（春12の12）。

【参考】②10続詞花46「霞にも雲にも誰かまがふらんたぐひも見えぬみねの桜を」（春下「題しらず」右大弁雅頼）

【類歌】②15万代258「かばかりやむかしのはるもにほひけむたぐひも見えぬはなざくらかな」（春下、大蔵卿為房）

⑤182石清水若宮歌合〈正治二年〉7「たづね行くよ所めは雲もまがひけりたぐひも見えぬ花の下陰」（「桜」宗隆卿）

夏

首夏

163　なつこだちみどりのいろ〔に染めかけて〕[1][2]／うらめづらしきころもで〔のもり〕

【校異】一八、（同、二九）。1〔―「（六字分空白）」（私Ⅱ）。2け―へ（御室）。

【語注】**○首夏**　和漢朗詠集149（順）・新撰140（好忠）／久安281～292等の歌題がある（歌題索引）。和漢朗詠集149「わがやどのかきねやはるをへだつらんなつきにけりとみゆるうのはな」（順、夏）。　**○夏木立**　八代集にない。勅撰集初出は玉葉306（夏「…、卯花を」経親）。平家物語「春すでに暮《く》れなんとす。夏木立にも成《なり》にけり。」（巻第四「厳島御幸」、新大系上―203頁）。　**○みどりのいろ**　③117頼政108「夏衣緑の色もかはりせば…」（夏「六位にて…」）。　**○うら**「末《うら》」「心《うら》」掛詞。　**○うらめづらしき**　八代集一例・古今171「わがせこが衣のすそを吹返しうらめづらしき秋の初風」（秋上「題しらず」よみ人しらず。③3家持226。12躬恒458）。他、③108基俊126＝196。　**○ころもでのもり**「衣」の縁語、「染め」「掛け」「裏《うら》」。37既出。④30久安1150「紅に秋のけしきは成りにけりみどりにみえしころも手のもり」（秋二十首、上西門院兵衛）、⑤171歌合〈文治二年〉122「山ひめのもみぢのいろをそめかけてにしきとみする衣手のもり」（「紅葉」相模）。

【訳】夏木立は（あたかも春の色から夏衣を）新緑の色に染めかけ（たように、緑一色に染まり、秋の紅葉とは様変りし）

て、木末が心珍しい衣手の森である事よ。

▽「て」（第三句末）。春の終り「三月尽」から、夏「首夏」（更衣）の詠となる。夏木立が緑色に染め掛けて（「染め替へて」のほうが意は通りやすいが）、珍しく見える衣手の森との叙景歌。視覚（「緑の色」）。④41御室五十首13（「夏七首」の1首目）。⑤183三百六十番歌合〈正治二年〉152、夏、四番、右、定家朝臣。定家の『藤原定家全歌集 下』3988（頭注には何の指摘もない）、『藤原定家全歌集』（冷泉為臣編）3988、『藤原定家全歌集』（赤羽淑編著）3988にもこの歌が挙げられている。また『藤原定家全歌集 下』3988は、「そめかけて―…「浅緑 濃い縹 染めかけたりとも 見るまでに …」（催馬楽・浅緑）」と記す。

【参考】③124殷富門院大輔47「おしなべてふかみどりなるなつこだちそれも心にそますやはなき」

【類歌】⑤175六百番歌合183「はなはみなちりはてにける夏木だちみどりもはるの色ならぬかは」（夏「新樹」有家）

⑤175六百番歌合185「色かへぬよはひはしらず夏こだちみどりは松にかはらざりけり」（夏「新樹」季経）

②16夫木3313「雨そそくもりのみどりの夏木だちそめんもみぢの色はまたれず」（夏二、藤原為顕）

164 けさ〈今朝〉も[1]なを[2]あを[3]ばがくれ[4]〔に[5]ちりやらで〕／はる〈春〉の[6]なごり[7]ぞはな〈花〉に[8]見えけ〔る〕

【校異】一九、（同、三〇）。1なを―猶（神百、内百、書百、林百、森百）。2あをば―青葉（内百、森百）。3ば―葉（書百）。4〔―「（六字分空白）」（私Ⅱ）。5ちり―散（神百、内百、林百、森百）。6なごり―名残（神百、内百、林百、森百）。7ぞ―に（林百）。8見え―みえ《なり》（書百）、なり（正治）、成続群。

【語注】〇**けさも** きのうもそうだったし、今朝もまたなんと…の気持ちをあらわす。〇**あをばがくれ** 八代集にない。②15万代463「やまふかみなほたづねゆけおのづからあを葉がくれにはなやのこると」（春下「…、尋残花といふことを」権大納言実国)。　**○ちりやら**　八代集にない。③131拾玉3299「あはづののをばなが風にちりやらでにほてる露はほたるなりけり」(百首句題、夏十五首「湖辺蛍多」)、④22草庵221「散りやらぬこの一もとに花なくはただいたづらに春やのこらん」(春下「…、残花」)。　**○はるのなごり**　八代集にない。⑤31宰相中将君達春秋歌合80「つゆにうつるもみぢはなにぞふぢのみの春のなごりはあきもかはらず」(「おなじ(=秋)」)、⑤421源氏物語439「わが宿の藤の色こきたそかれに尋ねやはこぬ春のなごりを」(「藤裏葉」かの大臣(頭中将))、④28為忠家初度百首163「こけのうへにちりつむ花をかきためてはるのなごりをしむやまざと」(夏「山家初夏」)。勅撰集初出は、①9新勅撰1304 1306「からさきのはまのまさごのつくるまではるのなごりはひさしからなむ」(雑四、清原元輔)。　**○はな**　古今135「わが宿の池の藤波さきにけり山郭公いつか来なかむ」(夏(巻頭歌)「題しらず」読人しらず)から、藤か。しかし、桜は通常夏の初めまで歌わないのであるが、「ちりやらで」とあるので、やはり桜であろう。

【訳】今朝もやはり青葉隠れにすっかり散りきらないで、春の名残は(まだ)花に見える事よ。

▽第三句「(に)…て(で)」。「みどり」→「あを」、「なつ」→「はる」、「木(立)」→「花」。新緑の夏木立の衣手の森を描いた前歌から、立夏の今朝、青葉隠れに散らないで、春の名残が「花」に見えると歌う。夏だが、春がまだ名残をとどめる。視覚(「青、見え」)。第四、五句はの頭韻。④31正治初度百首324(「夏」15首の1首目)。

【参考】②10続詞花84「ちりぬとて尋ねざりせば山桜あをばがくれの花を見ましや」(春下「尋残花心をよめる」静厳法師)

165　さ[1]月やみ〈闇〉[2]うのはなかげ[3]のしらむ[4]よ[5]り／お[6]りたが[7]へたるゆきのあけぼの

【校異】二〇、（同、三一）。1さ—五（内百、書百）、皐（森百）。2うのはな—卯花（内百、森百）、卯葉《はな》を（神百）。3かげ—影（森百）。4む—へ（林百）。5より—まて《よりイ》（書百）。6おり—折（林百、森百）。7へ—え（書百）。

【語注】〇さ月やみ　夜の闇の深さをいった語。〝暗さ〟を前提としているので、「卯花陰の白むより」となる。〇さ月やみうのはな　⑤292綺語抄712「さつきやみうの花月よほととぎすきけどもあかずまたなかんかも」。〇うのはなかげ　八代集にない。「闇」、「陰」と続く。式子223「まつ里をわきてやもらす郭公卯花かげの忍ねの声」（夏）。〇しらむ　八代集二例・後拾392、新古259。蜻蛉日記「片岸に草のなかにそよ〳〵白みたるもの、あやしき声するを、」（中、新大系122頁）。詳しくは『研究会誌』（京都府立高等学校国語科研究会）、平成四年度版「冬の歌人・式子内親王——「よな〳〵」「槙」「木葉」——付、「白む」「芽ぐむ」」参照。〇おりたがへ　八代集三例・金葉705、千載219、新古1489。④30久安1156「さくら山木末の雪のきえぬまは折たがへたる華かとぞ見る」（冬十首、上西門院兵衛）、⑤170三井寺山家歌合52「わきかねつをりたがへたる時だにも霜か雪かとみえし月影」（「冬月」長慶）。

【訳】五月闇の中、卯の花蔭がほのぼのと白んでから、それは時期外れの雪の曙（の景色）と見える事よ。

▽「花」。「青」→「白」、「今朝」→「曙」、前歌、夏の中に春が残り見える、165夏に冬（雪…見立てではあるが）。五月闇、卯花陰が白々と夜明けて、季節外れの雪の曙と見えるとの、見立ての叙景歌。視覚（「白む」）。31正治初度百首325（夏15の2）。

【参考】③89相模14「やどちかきうのはなかげはなみなれや思ひやらるるゆきのしらはま」（夏）

【類歌】⑤197千五百番歌合628「卯花ををりたがへてもおもふかなゆきふるさとにわれやきぬらむ」（夏一、顕昭）

郭公

166　おもふこと[1]いはでのもり〈森〉のほと[2]ゝぎす／つ[3]ゐ[4]にはこゑ〈声〉もいろ〈色〉にで[5]にけり

【校異】二一、（同、三三　神宮文庫本、三二の次）。1こと—事（神百、内百、林百）。2ほと、ぎす—郭公（神百、林百、森百）、時鳥（内百）。3つゐ—終（林百）。4ゐ—ひ（国、神百、正治）、い（書百）。5で—出（内百、森百）、出で（正治）。

【語注】**○おもふこと**　八代集にない。竹取物語「かの都の人は、いとけうらに、老いをせずなん。思ふ事もなく侍る也。」（新大系68頁）。源氏物語「次々の人も、心のうちには思ふこともやあらむ、」（「薄雲」、新大系二—224頁）。平家物語「秋の初風吹ぬれば、星合の空をながめつゝ、あまのとわたるかぢの葉に、思ふ事かく比なれや。」（巻第一「祇王」、新大系上—26頁）。**○一、二句**　③79輔親56「おもふ事いはでつもれるくちなしのいろことならぬやまぶきのはな」。**○いはでのもり**　「いはで」掛詞。八代集にない。が、「岩手《いはで》（の山）」は、千載651、663、667、新古1786などにあり、千載651、667は陸奥国の磐手とされている。②4古今六帖876「いはで山いはでながらの身のはてはおもひしこととたれかつげまし」（第二「山」）。が、「磐手の森」は山城とされている。紀伊、伊勢、摂津説もある。**○末句**　②4古今六帖2685「こころみにおもひしものをあきやまのはつもみぢばのいろにいでにけり」（第五「人にしらるる」人まろ）。

【訳】物思いをいわない、いわでの森の郭公（は）、とうとう声も様としてあらわした、鳴き出した事よ。

▽待ちに待っていた「いはでのもり」の郭公が、我慢しきれず、堰を切ったように鳴いたと歌うのを、思いを言わずに声も色に出た、あらわれたと、百人一首40の著名な①拾遺622「忍ぶれど色に出でにけり我が恋はものや思ふと人の問ふまで」（恋一、平兼盛。①拾遺抄229。③32兼盛102）でも分るように、恋歌仕立ての詠とする。聴覚（「声」、視覚「色」）。31正治初度百首328（夏15の5）、16夫木2827、夏二「郭公」喜多院入道二品のみこ。

【類歌】③131拾玉5177「おもへどもいはでの森の時鳥むかしににたる声になれては」（「郭公の…」）

④31正治初度百首1581「我が恋はいはでの杜の下紅葉いつの人まに色にいださん」（恋、範光）

167 [1]ほとゝぎす[2]うの花やま〈山〉[3]のあ[4]り[5]す[6]して／そら〈空〉にしられぬ月に[7]なく[8]なり

【校異】二三一、（同、三四）。1ほとゝぎす—杜鵑（神百、林百）、郭公（内百）、蜀魂（森百）。2う—卯（神百、林百）。うの花—卯花（内百、古百）。3のありすして—にやすらひて（新千載）。4り—り《か》（書百）、か（国、内百、続群、正治）。5す—ず（国）、つ（神百、林百、森百）。6して—らく（森百）。7なく—啼（内百）。8なり—也（神百、内百、林百、森百）。

【語注】**〇一、二句** ④1式子223「まつ里をわきてやもらす時鳥卯の花かげの忍びねのこゑ」（夏。31正治初度百首225）。**〇うの花やま** ④37嘉元百首618「ほととぎすうの花山はあかずとも猶わがやどのかきねたづねよ」（夏十首「郭公」内実）。 **〇ありす** 【訳】は「あかず」（国）としたが、「ありす」なら「在巣」（38）か。が、意やや不明。 **〇そらにしられぬ** 有名な①拾遺64「さくらちるこのした風はさむからでそらにしられぬゆきぞふりける」（春「亭子院歌合に」つらゆき。①拾遺抄42）をふまえ、③118重家345「ゆふまぐれうのはなさけるかきねこそそらにしられぬ月よなりけれ」（「卯花」）による。①14玉葉305「時やいつ空にしられぬ月雪の色をうつしてさける卯の花」（夏、覚助）。

「空」掛詞（空、暗に）か。　**〇なり**　断定か、いわゆる伝聞推定か。後者については1参照。

【訳】郭公は、卯の花山に対して飽きる事なく、卯の花山という、空に見られない月（光）に鳴くのである。

▽「郭公」。「森」→「山」。郭公が卯花山に飽きずに、月ならぬ月＝卯花に鳴くと、見立て（貫之、重家）を用いて、本格的に郭公が鳴くのを詠ず。数多の【類歌】がある。聴覚（「鳴く」）。18新千載196、夏「題しらず」仁和寺二品法親王守覚。④31正治初度百首329（夏15の6）。②16夫木2798、夏二、郭公、喜多院入道二品のみこ。「百首・本文考」3、4頁参照。

【参考】②万葉1967 1963「如是許《カクバカリ》　雨之零尓《アメノフラクニ》　霍公鳥《ホトトギス》　宇之花山尓《ウノハナヤマニ》　猶香将鳴《ナホカナクラム》」（巻十、夏雑歌）

②万葉4032 4008「…見和多勢婆《ミワタセバ》　宇能婆奈夜麻乃《ウノハナヤマノ》　保等登芸須《ホトトギス》　祢能未之奈可由《ネノミシナカユ》　安佐疑理能《アサギリノ》…」（十七）

【類歌】⑤182石清水若宮歌合〈正治二年〉98「時鳥うの花かげにすみなれて月に鳴くなりよはのしのびね」（「郭公」家衡朝臣）

⑤187鳥羽殿影供歌合〈建仁元年四月〉13「郭公月になごりをしのべとやうの花やまのありあけの声」（「暁山郭公」内大臣）

②16夫木2466「うの花のさくみねのうへの月みればそらにまたるる山ほととぎす」（夏一、卯花「同（…、郭公）」常盤井入道太政大臣）

②16夫木2467「うの花のさくみねのうへのほととぎすゆふやみまたぬ月になくなり」（夏一、卯花「…、嶺郭公」従二位家隆卿）

④34洞院摂政家百首399「おのれのみさやかに名のる郭公卯花山のおぼろ月夜に」夏、郭公五首、但馬）

168　[1]ま[2]つ[3]よ[4]だに[5]つゆまどろまで[6]ならひにき／[7]かたらひ[8]あか[9]せ〈山〉やま[10]ほと、ぎす

【校異】一二三、（同、三五）。1まつよ—待夜続群。2つ—す《つ》（神百）。3よ—夜（内百、書百）。4だに—まて《たにイ》（書百）。5つゆ—露（神百、内百、林百、森百）。6なら—習（森百）。7かた—語（内百）。かたら—語（森百）。8あか—明（内百）。9せ—せ《すイ》（書百）、す（続群、正治）。10ほと、ぎす—郭公（内百、林百）、杜鵑（森百）。

【語注】○**かたらひあかせ**　八代集にない。源氏物語「夜一夜、よろづに契かたらひ明かし給ふ。」（「松風」、新大系二—200頁）、「君にまかする我身とならば／泣きみ笑いみ語らい明かす。」（「竹河」、新大系四—272頁）。③129長秋227「あはれにもともに伏見の里にきてかたらひあかす時鳥かな」（夏「…、近聞郭公といふ心を読みける」）。歌の世界において、「語らふ」が、時鳥の鳴く事に、時代が下るにつれてほぼ収斂されていったのであり、式子の場合〈4例〉ともすべて「時鳥が鳴く」用例である。詳しくは拙論『国文学研究ノート』24号「式子内親王の「語らふ」「一声」——歌語、歌詞《ことば》としての側面——」。○**やまほと、ぎす**　④43為尹千首718「おもひ出でよともにねぬよの手枕に山ほととぎすかたらひて行く」（恋二百首「寄郭公恋」）。

【訳】郭公（よ）、おまえの声を待っている夜でさえも全くまどろむ事もなく徹夜するのに慣れていた、だから夜通し鳴き続けてくれ、山郭公よ。

▽「山」「時鳥」。「月」→「夜」、「なく」→「かたらひ」。見立ての叙景歌から、一転して山時鳥へ、私はこうだった、だから山時鳥よ…と強く呼びかける詠へ。——上句——ゆえに「語らひ明せ山郭公」と、〝山郭公〟に訴えかけた（「語らひ明す」なら、山時鳥の声を私はきいている、となる）、一筋な詠。また初句「まつよだに」から「かたらひあかせ」まで、待つ女の立場で歌った恋歌仕立て。末句「山時鳥」で四季歌となる。三句切、体言止の新古今的表現の

典型。聴覚（「語らひ」）。31正治初度百首331（夏15の8）。式子にも④1式子24「あはれとや空にかたらふ時鳥ねぬ夜つもれば夜半の一声」（夏）がある。

【参考】③93弁乳母108「旅寝する独ふせやにさよ更けてかたらひ明すほととぎすかな」（「五月…」。③96経信84）

③102祐子内親王家紀伊28「みやこにはいかばかりかはまちわぶる山ほととぎすかたらひしねを」（「御返し」）

④28為忠家初度百首681「…山ほととぎす　かたらへば　くもまのこゑを　まちかねて…」（「山寺短歌」為忠）

【類歌】④9長方54「郭公かたらひあかす名残にはまつよひよりも物をこそ思へ」（夏「郭公」）

169　なきすてゝとやまがすそをすぎぬれば／こゑもおくあるほとゝぎすかな

【校異】二四、（同、三七　神宮文庫本、三五の次）。

【語注】**○なきすて**　八代集にない。③131拾玉2983「時鳥なきすてて行くこゑの跡に心をさそふ松の風かな」（詠百首和歌、夏二十首）、③133拾遺愚草1025「なほざりに山郭公なきすてて我しもとまる杜の下かげ」（千五百番百首、夏十五首）、②16夫木2958「なきすてて行へもしらず郭公ゆらのとわたるあけぼののこゑ」（夏二、郭公、前関白太政大臣）、②16夫木14660「なきすてていそぎなすぎそほととぎすなが井のさとのなをもたのまん」（雑十三「…、里時鳥」なが井のさと、未国、法印覚寛）、⑤218内裏百番歌合〈承久元年〉67「時鳥ただ一こゑを鳴きすてて月につれなきあり明の空」（「暁郭公」伊平朝臣）。**○とやまがすそ**　八代集にない。「とやま」は、深山・奥山に対する語。なお「とやまのすそ」は、後述の新古218にある。**○おくある**　八代集にない。

【訳】（郭公が）鳴き捨てるようにその場から去り、外山の裾（野）を過ぎ（奥山へ行っ）てしまった時には、声もまた奥がある郭公である事よ。

▽鳴き捨て、外山の裾を過ぎた時には、声もまた奥がある郭公と、郭公の歌によく用いられる詞を使って、郭公の世界を歌う。「声も奥ある」が秀句。聴覚（「鳴き」「声」）。41御室五十首15（夏7の3）。

【類歌】新古218「ほととぎすふかきみねよりいでにけり外山のすそに声のおちくる」（夏「題しらず」西行法師）
①11続古今210「ひとこゑをあかずも月になきすててあまのとわたる郭公かな」（夏「…、郭公」中務卿親王）

170　いとかくはなのらでもな[1]〔け時鳥〕／またまぎるべきとりのこゑ〔かは?〕〔ねもなし〕

【校異】二五、（同、三八）。1〔―「（六字分空白）」〕（私Ⅱ）。

【語注】○とりのこゑ　八代集三例。普通鶏声を指すが、この場合は一般の鳥の声であろう。

【訳】はげしくそんなに鳴かなくてもいいから（とにかく）鳴け、時鳥よ、またそれとまちがえるような鳥の声であろうか、イヤ決して聞きちがえはしないから。

▽「なき・け」「声」「時鳥」（↓「鳥」）。他の鳥とは決してまちがえはしないのだから、そんなにけたたましく――自分一人だけで時鳥の情趣を味わいたいともとれる――鳴くなと、時鳥に呼びかけ命令した詠。前歌が具体的であったのに対して、170は抽象的。聴覚（「鳴け」「声」）。第二句は、「一声ではなく、多く鳴け」ともとれる。41御室五十首16（夏7の4）、末句「鳥のねもなし」。上部の〔け時鳥〕は御室16に拠ったが、末句はやや異なるので、御室16と同意で音数も合う「かは」と一応した。

171
ほと[1]ゝぎすさそへとく〔う〕[2][3]〔ゑしたち[4]花に〕／おりえて[5]き[6]ゐ[7]る〔こゑ〈声〉[8]にほふな[9]り〕

【校異】二六、（同、三九）。1ほとゝぎす―杜鵑（神百、林百）、時鳥（内百、森百）。2く―う（国、古百）。くゑ―う へ（神百、内百、書百、林百）、植（森百）。3〔―「（八字分空白）」（私Ⅱ）。4たち花―橘（内百、森百）。5え―へ（神百、林百）、得（内百）。6き―来（内百）。7ゐ―ぬ（神百、林百、森百）。ゐる―ゐる《なくイ》（書百）、なく（続群、正治）。8にほ―香（森百）。9なり―也（内百、書百、森百）。

【語注】○こゑにほふなり　秀句。聴覚と（橘の）嗅覚の錯綜、感覚の融合。「こゑにほふ《ひ》―」（「こゑさへにほふ」等は省く）は、新編国歌大観①～⑤において、他③130月清407と131拾玉4772のみ。11「こゑさへにほふ」。

【訳】時鳥をいざなえと植えた橘に、ちょうど今来ていて鳴く（時鳥の）声が香っているのである。

【本歌】古今141「けさ来鳴きいまだ旅なる郭公花たちばなに宿はから南」（夏「題しらず」よみ人しらず）

▽「時鳥」「こゑ」。本歌の、「今朝来鳴き」まだ旅の途次の郭公へ、花橘に宿を借ってほしいと訴え願望した歌をうけて、それが〝実現〟し叶って、郭公を誘えと植えた橘（香）に、時を得て来て鳴く声が橘の事とて匂うと歌う。末句は例の如く感覚の錯綜。が、歌全体としては分りやすい。聴覚（「声」）、嗅覚（「匂ふ」）。④31正治初度百首332（夏15の9）。式子に式子22「郭公いまだ旅なる雲路より宿かれとてぞうへし卯花」（夏）、式子126「むかし思ふ花橘にをとづれて物忘せぬほとゝぎすかな」（夏）がある。

【類歌】③131拾玉4772「きく空に雨ぞさきだつ時鳥さ月の雲にこゑにほふなり」（「郭公」）

蛍

172
[1]あけゆけばもゆるほたる〈蛍〉も[2]かげ[3]きえて／けぶり〈煙〉をみづ〈水〉に[4]のこす[5]なりけり

【校異】二七、（同、四三　神宮文庫本、四〇の次）。1あけゆけ―明行（内百、森百）。2かげ―影（内百）、景（森百）。3きえ―消（林百、森百）。4のこす―残（林百）。5なり―成（神百、書百、林百、森百）、也（内百）。

【語注】○もゆる　縁語「けぶり」。　○もゆるほたる　「螢」は和漢朗詠集187「蒹葭水暗うして螢夜を知る　…」（夏「螢」許渾）。③80公任331「水の上にもゆる蛍にこととはむ深き心のうちはもえずや」（「水のほとりのほたる」）、①拾遺1078「終夜もゆるほたるをけさ見れば草のはごとにつゆぞおきける」（雑春（ママ）「ほたるをよみ侍りける」健守法師）、④11隆信125「音羽川せぜのいはなみたまちりてもゆる蛍もかげぞ涼しき」（夏）。　○かげきえて　⑤175六百番歌合334「すだきこしさはのほたるはかげきえてたえだえてらすよひのいなづま」（秋「稲妻」寂蓮）。　○けぶり　水面のもや、霞。

【訳】夜が明けてゆくと、燃えている螢もその姿（光）が消えて、煙（面影・幻）を水面に残す事であるよ。

▽夜が明けると、燃えていた蛍もはかなく姿・光を消して、後の名残の煙に残すだけだと歌う。つまり、水面から煙の立つ朝の情景を、火が消え煙が上がるととらえる。煙が、火葬の煙、亡くなった人をしのぶ最後の形見を思わせるものであり、無常（の煙）の詠ともみられる。それを具体的に情景描写的に平明に歌う。視覚（「かげ（きえて）」）。

④31正治初度百首336（夏15の13）。②16夫木3214、夏二、螢「同（＝正治二年百首）」喜多院入道二品のみこ。式子に、227「水くらき岩まにまよふ夏虫（＝螢）のともしけちても夜を明す哉」（夏）がある。

蛍照海浜

173
[1]いつのま《〈間〉》にみね[2]〔うつ《〈移〉》り[3]して過[4]ぎぬらん[5]／一む《〈ひと村〉》ら雨の夕立《〈ゆふだち〉》のくも《〈雲〉》〕

【校異】二八、（同、四五　同、四一の次）。この歌・173の左横は一行も空いていない。1いつ—未覧（森百）。2みね—嶺（内百）、峯（林百）。3り—り《り》（書百）。4過ぎ—過（神百、内百、林百、森百）。5らん—覧（森百）。173・174は、172より前の位置に（神百、内百、書百、林百、森百）。

【語注】**〇蛍照海浜**　守覚Ⅰ42・Ⅱ45〜46のみの珍しい歌題（歌題索引）。が、題（詞書）と歌の中身とが異なる。42「伊勢のうみの…」の詞書であり、「いつのまに…」、「伊勢のうみの…」と並んでいる（書陵部本）。**〇一むら雨**　八代集にない。平家物語「月の前《マヘ》の一夜《いちヤ》の友、旅人《リヨジン》が一村雨の過行《スギユク》に、一樹《いちジュ》の陰《カゲ》に立よッて、わかるゝ余波《ナゴリ》もお《(を)》しきぞかし。」（巻第三「少将都帰」、新大系上—159頁）。「村雨」は113前出。⑤198影供歌合〈建仁三年六月〉90「日ぐらしのなく夕ぐれに成りにけり一むら雨ぞ過ぎぬとおもふに」（「雨後聞蟬」女房丹後）。**〇夕立の**　①新古今263「よられつる野もせの草のかげろひてすゞしくくもる夕立の空」（夏「題しらず」西行）。**〇夕立のくも**　八代集二例・後述の新古265と同268「夕立の雲もとまらぬ夏の日のかたぶく山にひぐらしの声」（夏「百首歌の中に」式子内親王。④1式子314）。③133拾遺愚草1797「山めぐりそれかとぞ思ふしたもみぢうちちる暮の夕立の雲」（院五十首、夏）。「夕立」は万葉（二例）にあるが、勅撰集では金葉初出。和歌の世界において、夕立が夏部の歌材として新古今時代からとり入れられ、夕立の歌題——『歌題索引』参照「六帖509〜511／…」——が本格的に提示されたのは、六百番歌合〔私注—永久百首、夏「晩立」218〜224がある〕であり、夕立の歌が夏の部の主要な歌題となったのは、新古今集からである（『国語国文』（昭和57年6月）、「夕立の歌——中世和歌における歌材の拡大——」（稲田利徳）、『新古今時代』「八代集四季部の題に於ける一事実」の表（65頁）参照）。なお源氏物語一例「かなはぬ物うさにいと久しくなりにけるを、夕立ちして、なごり涼しきよひの紛れに、」（「紅葉賀」、新大系一―261頁）。

【訳】一体いつの間に峰を移りめぐって過ぎてしまったのであろうか、一村雨の夕立の雲は。〈螢が海辺、浜辺を照らしている（歌）〉

▽一村雨の夕立の雲は、いつ峰移りして過ぎたのかと、一気によみ下した「夕立」の叙景歌。詞、素材は新しい。三句切、体言止の新古今的表現の典型。倒置法。④31正治初度百首334〔確かに守覚の歌〕（夏15の11）。②16夫木3555、夏三・夕立「正治二年百首御歌」後鳥羽院御製〔新編国歌大観④18後鳥羽院御集に、この歌はない〕。

【参考】③116林葉295「いまぞしる一村雨のゆふだちは月ゆゐ雲のちりあらひけり」（夏「雨後《明イ》夏月」）

【類歌】①新古今265「露すがる庭の玉笹うちなびきひとむらすぎぬ夕立の雲」（夏「千五百番歌合に」公経）
④40永享百首313「夏の日の入ののすすきうちなびき一村すぎぬ夕だちの雲」（夏十五首「夕立」兼良）

夕立

174 いつのまにみねうつりして[1]〔過ぎぬらん〕／ひとむらさめのゆふだちのくも

【校異】二九、（同、四七　同、四二の次）。1〔―「（五字分空白）」〕（私Ⅱ）。

▽前歌と全く同じ。が、詞書のみ「夕立」と正しい。

175
ゆふだちのすぎぬるくもは〔跡消えて〕[1]／しづくをのこすみやま〔木のかげ〕

【校異】三〇、（同、四八）。1〔―「（五字分空白）」（私Ⅱ）。

【語注】〇ゆふだちの　千載217 216「夕だちのまだはれやらぬ雲まよりおなじ空ともみえぬ月かな」（夏「雨後月明といへる心をよめる」俊恵）、新古263「よられつる野もせの草のかげろひてすゞしくくもる夕立の空」（夏「題しらず」西行）、新古268「夕立の雲もとまらぬ夏の日のかたぶく山にひぐらしの声」（夏「百首歌の中に」式子内親王）。〇ゆふだちのすぎ　新古今265「露すがる庭の玉笹うちなびきひとむらすぎぬ夕立の雲」（夏「千五百番歌合に」公経）。〇跡消え　八代集にない。〇跡消えて　勅撰集初出は①21新続古469（秋上、順徳院）。③116林葉644「むかしきししのぶもぢずりあときえて庭のあさぢぞみだれたりける」（冬）。〇みやま木のかげ　後述の⑤175六百番歌合282など。また句またがりも多い。

【訳】夕立の過ぎ去っていってしまった雲は、その跡がすっかり消えて、その後に（夕立の）雫を残している深山木の陰である事よ。

▽前歌と「（みね）」「過ぎぬ」「ゆふだちの・くも」の詞が通い、（よく）似た歌。夕立の過ぎた雲は跡形もなくなってしまったが、深山木の蔭は雫を残すと、意識（上句）と現実（下句）の景の構造。41御室五十首17（夏7の5）。目加田さくを氏は、この歌について、「守覚は治承元年五月一日、仝三年五月十四日、寿永元年四月十日、仝三年三月八日と、しば〳〵高野山に参詣した。幽邃な高野山での体験をもとに、実景を詠じたものか。ここにも法親王、御室としての厳しい修行から到達した清澄の境地、宇宙そのもの、大自然そのものに迫る透徹がみられる。」（『私家集論㈡』182頁）と述べられる。

【類歌】⑤175六百番歌合282「夕立のほどこそしばしとまりつれ名ごりもすずしみやま木のかげ」（夏「晩立」隆信）③133拾遺愚草1745「ゆふだちのすぎのしたかげ風そよぎ夏をばよそにみわの山本」（仁和寺宮五十首、夏七首）

（納涼）

176　いしばしるをとさへすゞ[1]しみなせがは／なみにやなつのたち[2]はなるらん

【校異】三二、（同、五〇　神宮文庫本、四四の次）。1ゞ―ら（御室）。2はな―かは（閑月）。

【語注】○いしばしる　①金葉419 447「いしばしるたきのみなかみはやくよりおとにききつつこひわたるかな」（恋上、前中宮上総）、④26堀河百首739「石ばしる音はかくれず夕霧の衣の滝をたちこむれども」（秋廿首「霧」国信）、①千載284 283「石ばしるみづのしら玉かずみえてきよたき川にすめる月影」（秋上、俊成）。　○みなせがは　本来は普通名詞であるが、後には摂津の歌枕をさす。新古今36「見わたせば山もとかすむ水無瀬河ゆふべは秋となに思ひけん」（春上「…、水郷春望…」太上天皇）。　○なみ…たち　①新古今284「みそぎする河のせ見ればから衣日もゆふぐれに浪ぞ立ちける」（夏、貫之）。

【訳】石を激しくたぎり走り流れる音までもが涼しい、水無瀬川であるよ、波にはもう夏が立ち離れたのであろうか。

【本歌】古今170「河風のすゞしくもあるかうち寄する浪とともにや秋はたつらむ」（秋上、貫之）

▽「（深）山」→「（水無瀬）川」、「しづく」→「波」。本歌が、川風が涼しい、岸に（風によって）寄せる波と共に秋は立つのであろうと推量したものであるのに対して、176は、「水無瀬川」に限定し、また晩夏として「いしばしる」音まで涼しい（のは）、波に夏が「立離」れたのかと変えているのである。二句切。聴覚（「おと」）、触感（「すずし」）。

183三百六十番歌合〈正治二年〉278、夏、六十七番、右、仁和寺宮。41御室五十首18（夏7の6）。⑥17閑月集159、夏「家に五十首歌よみはべりける時」喜多院入道二品親王。⑩57御室撰歌合25、御作、夏、十三番、左持。

177　おくまで[1]もいざ[2]わけ[3]いらんとやま《外山》だに／はがくれ《葉隠》すゞし《涼》[4]まつの[5]した[6]み[7]ち

【校異】三二一、（同、五一）。1も―は（内百）。2わけ―分（神百、内百、森百）、ほと（林百）。3いら―分（林百）。4まつ―枩（神百、内百）。5したみち―下路（内百、森百）、下道（林百）。6みち―道（神百）。7ち―つ《ちィ》（書百）。

【語注】**○とやまだに**　⑤176民部卿家歌合〈建久六年〉176「信楽のおくいかならんと山だに道まよふまでふれるしら雪」（「深雪」静縁）。**○はがくれ**　八代集一例・金葉577（雑上、読人不知）、ただし動詞。名詞は八代集にない。式子17「葉がくれの花」（春）。②4古今六帖283「春くればはがくれおほきゆふづくよ…」（第一「はるの月」）。**○したみち**　八代集一例・新古982（羇旅、定家）、ただし「つたのした道」。「まつのしたみち」の勅撰集初出は、①14玉葉1197 1198（旅、俊兼）、他、⑤182石清水若宮歌合〈正治二年〉241（「雪」家隆）など。

【訳】さらにその奥までもさあ分け入ろう、外山でさえも、葉隠れの場所が涼しい松の下のほうの道であるよ。

▽「すずし」。「水無瀬川」→「外山」。舞台を「川」から「外山」へもってきて、同じく「納涼」を歌う。外山でさえ葉隠れが涼しい松の下道なので、もっと奥まで入って〝涼〟を求めようとなる。二、四句切。倒置法。「外山だに松の下道（は）葉隠れ（が）涼し。（だから）奥までもいざ分け入らん」。が、二、三句「…入らん外山…」と続いているか。31正治初度百首337（夏15の14）。

178
て〈手〉にむすぶ〈結〉[1]井[2]での[3]たまみづ〈水〉[4]そこすみて／見〈み〉えける[5]もの[6]を[7]あ[8]きの[9]おもかげ

【校異】三二二、（同、五二二）。1井—い（書百）。2で—手（内百、森百）。3たまみづ—玉水（神百、森百）。4そこすみ—底清（内百）、底澄（森百）。5もの—物（内百、林百、森百）。6を—そ（古典文庫・宮）、ぞ（国）。7あき—秋（書百、林百、森百）、烁（内百）。8き—ま《き》（神百）。9おも—面（神百、書百、林百、森百）。おもかげ—面影（内百）。

【語注】**○てにむすぶ**　古今404「むすぶ手の滴ににごる山の井の…」（離別「滋賀の…」貫之）、①拾遺1322「手に結ぶ水にやどれる月影のあるかなきかの世にこそありけれ」（哀傷、紀貫之。拾遺抄575。②4古今六帖2458。6和漢朗詠集797）。

○井でのたまみづ　八代集一例・新古1368（恋五、読人しらず）。式子における「玉水」の用例の多さ（3例）は、また漢詩・文が何らかの形で影響を与えたのではないか。詳しくは拙論、『研究会誌』（京都府立高等学校国語科研究会平成二年度版「式子内親王いろいろ」、『国語フォーラム』38号「式子内親王の歌一首——「山深み春とも知らぬ…」——」。②4古今六帖3125「山しろのゐでのたまみづてにくみてたのめしかひもなきよなりけり」（第五「いまはかひなし」。⑤415伊勢物語205）、⑤175六百番歌合864「むすばんとちぎりし人をわすれずやまだかげあさき井での玉みづ」（恋上「幼恋」家隆）。

○そこ　掛詞（底・其処）か。

○あきのおもかげ　前述の①拾遺1322により「月」の事か、また「秋の涼しさ」か。⑤230百首歌合〈建長八年〉1125「月のすむいた井のし水せきとめて心にうかぶ秋のおも影」（入道大納言）。

【訳】手に結び飲もうとする井手の珠水のような水は、どこまでも底のほうが澄んで、そこの所に見えている事よ、秋の面影は。

▽「外山」→「井手の玉水」（歌枕）、「涼し」→「秋」。舞台を山から水辺へ移し、前歌が空間的に涼を求めるのに対し、これは水に「秋の面影」を見い出す詠。水の中の月に「秋の面影」を見たととってもいいが、そうでなければ、

不可視のものを見るという眼がある。そうして次歌は「秋」の歌となる。四、五句の倒置法、体言止（177と同じ）。視覚（「見え」）。31正治初度百首338（夏15の15）。

【参考】③129長秋347「いかにしてかき〈げ〉たえぬらんもろともに井手の玉水むすびしものを」（恋「会後恋」）

【類歌】③132壬二2473「みふねこぐ堀江の水も底すみて玉敷く月のかげぞさえける」（秋「…、江上月」）

①11続古今262「手にむすぶいは井のし水そこ見えてかげもにごらぬ夏のよの月」（夏「夏月を」入道前太政大臣）

秋

初秋

179　かぜわたるをとかはるなりもみぢせぬ[一1]／まつにしもこそあきはしらるれ

【校異】三四、（同、五三）。1一―ナシ（国）。

【語注】**〇なり**　断定か、いわゆる伝聞推定か。一応「風・音」につき後者とする。

【訳】（松）風の渡っていく音が変ったようだ、だから紅葉しない松にこそ秋は自然と知られる事よ。

▽「あき」（末句）。「水」→「風」、「見え」→「おと」。水辺の詠から、179は松によって「初秋」を歌う。有名な古今169「あききぬとめにはさやかに見えねども風のおとにぞおどろかれぬる」（秋上、敏行）をふまえて、松――これは後述の式子138にある――に渡る風の音が変る事によって、紅葉しない松に秋が知られると…。二句切。聴覚（「おと」）。41御室五十首20（「秋十二首」の1）。183三百六十番歌合〈正治二年〉290、秋、一番、右、仁和寺宮。式子に138

「秋くればときはの山に年をふる松しもふかくかはる声哉」（秋）がある。

目加田さくを氏は、この歌につき、古今251「もみぢせぬときはの山は吹風のをとにや秋をききわたる覧」（秋下、紀淑望）「を本歌として、…風わたる音かはるなり という具象的な表現が秀抜である。…開口一番、大胆かつ高朗な断定である。これを王風と筆者はみる。」（『私家集論(二)』178頁）と言われる。

【類歌】④39延文百首2036「秋きぬとけさはしられて色かへぬ松にしも吹く風の音かな」（秋二十首「早秋」）

七夕

180　[1]おほかたのつゆ《露》[2]ばかりにや[3]〔ぬれぬ[4]らん〕／[5]こよひはかはくあま《天》のはごろも《羽衣》

【校異】三五、（同、五六　神宮文庫本、四七の次）。1おほかた―大方（内百）。2ばかり―斗（神百、林百）。3〔―「（八字分空白）」（私Ⅱ）。4らん―覧（森百）。5こよひ―今宵（林百、森百）、今夜（正治）。
【語注】**○つゆばかりにやぬれ**　③15伊勢343「草まくら露ばかりにやぬれにけむとまれるそではしぼりしものを」（「かへし」）、⑤165治承三十六人歌合107「草枕君とむすべる旅ならば露ばかりにや袖はぬれまし」（「旅恋」季経）。
○ぬれぬ　語法の上から、「濡れる事はない（打消）」ではなかろう。
【訳】（その前には、）世間一般の露ばかりに濡れた事であろうよ、（だが）後朝の別れの涙でぐっしょり濡れるから、今夜は乾いた状態の天の羽衣であるよ。
▽上句を、翌朝の事（「おおよその露ばかりに濡れたのであろうか」）とも考えられるが、時間的な流れ、今夜会う前として解釈した。露に濡れ、それが夜に乾き、また翌朝は濡れる織姫の「羽衣」に焦点を絞り、思いやった「七夕」の

詠。三句切、体言止。④31正治初度百首340（「秋」20首の2）。

181　たなばたにこゝろをかしてあぢきなく／あかぬわかれのよそにくるしき

【校異】三六、（同、五七）。

【語注】○たなばた　織女、詞花86 84による。二星ともとれる。①詞花86 84「たなばたにこころはかすとおもはねどくれゆくそらはうれしかりけり」（秋、顕綱。⑤108内裏歌合〈承暦二年〉18。③98顕綱101）。　○かし　手向け、供える。古今180「たなばたにかしつる糸のうちはへて…」。　○あぢきなく　一、二句、及び下句にかかる。　○あかぬわかれ　七夕後朝。他、有名な①新古1191「まつよひのふけ行くかねのこゑきけばあかぬわかれの鳥はものかは」（恋三、小侍従）がある。

【訳】織姫に心をゆだねてしまったので、（八日の朝は）どうにもしようがなく、飽きる事なく決して満たされない織姫の別れが、他人事のはずであるのに、私も心苦しい事よ。

▽同じく「七夕」の歌であるが、180が…今夜は乾く天の羽衣と歌い、181はその織女に心をやり、他人事とはいえ、別れが苦しいともらす。③89相模253「たなばたに心をかして思ふにもあかぬわかれはあらせざらなむ」（「早秋」）が18字共通と共通性が高い。第三、四句あの頭韻。183三百六十番歌合〈正治二年〉297、秋、五番、左、仁和寺宮。15万代824、秋上「五十首歌のなかに」仁和寺入道二品親王守覚。16夫木4083、秋一、七夕「家五十首」喜多院入道二品親王。41御室五十首21（秋12の2）。⑩57御室撰歌合45、秋、廿三番、左勝、御作。和歌文学大系13『万代和歌集(上)』は、後述の「朝戸明けて…」を「参考歌」とする。

【参考】②4古今六帖164「あさとあけてながめやすらん七夕はあかぬ別の空を恋ひつつ」（第一「あした」つらゆき。

①後撰249。①拾遺1084）

③33能宣139「たなばたにこころをかしてあまのがはうきたるそらにこひやわたらむ」（二巻「七月、…」）

【類歌】①17風雅472 462「たなばたにこころをかしてなげくかな明がたちかきあまの川かぜ」（秋上「七夕の心を」後嵯峨院御歌）

④38文保百首436「七夕に心をかして天河わが中ならぬあふせをぞまつ」（秋二十首、実重）

④40永享百首362「七夕に心をかしてわが中の契りがほにもいそぐくれかな」（秋二十首「七夕」持基）

萩

182 こゝろ〈心〉をばいろ〈色〉とこゑ〈声〉とにわけ1と2めつ3／4玉葉はぎ〈萩〉にしか〈鹿〉なく5みやぎ〈宮城〉のゝ6はら〈原〉

【校異】三七、（同、五八）。1わけ—分（内百、森百）。2と—留（森百）。3つ—て《っ》（書百）、す（森百）。4玉葉—ナシ（国、神百、内百、書百、森百、古百）。5なく—鳴（森百）。6のゝ—野の（内百）。

【語注】○いろとこゑと　対句的表現。これにつき詳しくは『式子注釈』40参照。○わけとめ　八代集にない。⑤175六百番歌合493「さまざまのはなをばきくにわけとめてまがきにしらぬ霜がれのころ」（冬「残菊」女房）。○はぎにしか　「に」は、「…に対しても」とも、「…の所で」ともとれる。④32正治後度百首1068「萩に鹿かやに鳴く虫心せよ野寺の鐘の秋のゆふぐれ」（「暮」慈鎮）。○みやぎの　①後拾遺289「みやぎのにつまよぶしかぞさ…けぶなるもとあらのはぎにつゆやさむけき」（秋上「題不知」長能）。○みやぎのゝはら　八代集一例・新古300（秋上、西行）、④11隆信152「風ふけばこはぎが枝にたまちりてうづらなくなり宮城のゝはら」（秋上「…、草花の心を」）。

陸奥。

【訳】わが心を（萩の）色と（鹿の）声との二つに分けてとめておいたよ、萩に鹿が鳴く宮城野の原においては。

▽「心」。181「七夕」の自己詠嘆的、抒情、感情的詠から、上句でそれをうけて、下句で分るように「萩」（詞書）の「宮城野の原」の叙景歌とする。萩に鹿が鳴く宮城野の原では、心を萩色、鹿声に分け留めると歌う。三句切、体言止の新古今表現の典型。倒置法。視覚（「色」）、聴覚（「声」「なく」）。14玉葉498、秋上「秋歌の中に」二品法親王守覚。31正治初度百首342（秋20の4）。16夫木9950、雑四、みやぎののはら、陸奥「正治二年百首」喜多院入道二品のみこ。『玉葉和歌集全注釈』では、【語注】の⑤175六百番歌合493（月清集341、良経）を「参考」として記す。

【参考】①千載218 217「小萩はらまだ花さかぬみやぎのしかやこよひの月になくらん」（夏「…、夏月如秋と…」敦仲）

①千載249 248「宮城ののはぎやをしかのつまならん花さきしより声の色なる」（秋上「題しらず」基俊）

③125山家430「はぎがえのつゆためずふく秋風にをしかなくなりみやぎののはら」（秋「鹿」）

【類歌】④31正治初度百首1551「しかのねにこはぎが色を吹きそへて風わたるなり宮木のの原」（秋、範光）

④31正治初度百首1453「秋はぎのした葉の露も色づきてうづらなくなり宮城のの原」（秋、家隆）

露

183　ち[1]く[2]さまではな《〈花〉》にう[3]つろふう[4]はつゆ《〈露〉》は／ち[5]るにぞも[6]とのいろ《〈色〉》は見《〈み〉》えける

【校異】三八、（同、六一　神宮文庫本、五三の次）。1ち—千（古百、正治）。ちくさ—千種（内百、森百）、千草（林百）。2くさ—草（神百）。3うつろ—移（内百）。4うは—上（内百、森百）。5ちる—散（神百、林百、森百）。6もと—元（森百）、物《もと》（内百）。

【語注】○うはつゆ　②14新撰和歌六帖679「あきのの花の下ひもうは露の色にみるまでとけにけるかな」（第二帖「あきの野」）。　○もとの　前の通りの、本来のの意。

【訳】いろいろ様々にまで花の色を反映する、上のほうに置く、目に見える露は、ちってもともとの色が分る事よ。

▽千変万化、花の色によって変わる上露は、ちって本来の色が見えるのだと歌う、やや説明的詠。54参照。一、四句ちの頭韻。下句「（…は）…にぞ…の…みえ…」のパターン。視覚（「色」「見え」）。31正治初度百首343（秋20の5）。

183三百六十番歌合〈正治二年〉389、秋、五十一番、左、仁和寺宮。

【参考】④30久安142「色色にうつろふ菊の上露はむらごにそめる玉かとぞ見る」（秋二十首、公能）

184　あさゆけばくずのはわけに袖ぬれて／つゆところせきふかくさのさと

【校異】三九、（同、六二）。

【語注】○はわけ　一葉一葉の葉ごとに分けること。八代集一例・千載400（冬、定家）。源氏物語一例「朝日さす光を見ても玉笹の葉分けの霜を消たずもあらなむ」（「藤袴」、新大系三―103頁）。　○ふかくさのさと　千載以降、八代集四例。③131拾玉3212「いまは又わが袖いとふ涙かな露はいづくぞふかくさのさと」（厭離欣求百首）。「ふか」掛詞。「はわけ」「つゆ」は「くさ」の縁語。

【訳】朝に行く時、葛の葉を分けるにつれて袖がぬれはて、露が所狭しと深くおいている深草の里である事よ。

▽「つゆ」「くさ」。183がやや説明的詠であったのに対して、184は、朝行くと、葛の葉を分けるごとに袖がぬれ、露が一杯の深草の里を歌ったもので、下句に分るように叙景的である。また「露ところせき」「草」の詞の通う守覚133が

ある。41御室五十首22（秋12の3）。16夫木5847、秋五、葛「家五十首御歌」喜多院入道二品のみこ。⑩57御室撰歌合47、秋、廿四番、左勝、御作。

【参考】③100江帥91「あきの野のくずのはわけはふかけれどあさゆくしかのおとはかくれず」（あき「しか」）

霧

185　あきといへばいかなるそらと[1][2]〔成りぬらむ〕／あさたつきりに[3]あかでく〔れぬる〕

【校異】四〇、（同、六四　神宮文庫本、五四の次）。1と—に（御室）。2〔—「（五字分空白）」（私Ⅱ）。3あかで—やがて（御室）。

【語注】**○いかなるそら**　①詞花399 396「けふよりはあまのかはぎりたちわかれいかなるそらにあはむとすらん」（雑下、清原元輔）。　**○あさたつきり**　③16是則29「秋山にあさたつきりのみねこめてはれずものをおもふべらなる」（恋「しられたり」）。　**○きりに**　「に」は、「〜の中に」とも「〜に対して」ともとれる。

【訳】秋といった時には、どのような空となったのであろうか、朝に立ち込める霧を見飽きる事なく日々をすごしてしまう事よ。

▽秋というと、どんな空になったのか、朝立つ霧に全く飽きる事もなく暮れると、秋の「霧」を賞美する、やや説明的詠。上句は、①…どのような空と変化したのであろうか、②…空となったのであろうか、全く分らない、①＋②の三つが考えられる。三句切。初、四、五句あの頭韻。41御室五十首26（秋12の7）。

【類歌】⑤252蔵玉77「秋といへばいかなる夜半もね覚草風や夢路の関と成るらん」（秋、荻「ね覚草」家隆歌）

186　たえ〴〵のうすぎりがくれかずきえて／いつかは花の千くさなりける

【校異】四一、（同、六五）。

【語注】**〇うすぎりがくれ**　八代集にない。新編国歌大観①～⑤においても、守覚歌の他、⑤197千五百番歌合1241判、229影供歌合〈建長三年九月〉176のみである。が、「…がくれ」は多い。**〇花の千くさ**　「千くさ」（国）。古今583「あきの野にみだれて咲ける花の色のちぐさに物を思ころ哉」（恋二「題しらず」貫之）、古今101「さく花は千種ながらにあだなれど誰かは春を怨はてたる」（春下「寛平御時后宮歌合の歌」藤原興風）、式子57「いかにせん千草の色はむかしにて又さらになき花の一本」（冬）。

【訳】絶え〴〵の薄霧隠れに次々と消えていって、一体いつ花の百花繚乱だったのであろうか。

▽「露」。185が霧を賞美した詠なら、186は霧が次々と消していって…と眼前の景を描き（上句）、その叙景に対して思いをいたしている（下句）。春の「花の千くさ」とも考えられるが、やはり古今583の如く、今の秋のそれであろう。41御室五十首25（秋12の6）。式子に15「花咲しおのへはしらず春霞千種の色のきゆる比哉」（春）がある。

虫

187　こ〈木〉が[1]らしに[2]あさぢ〈浅茅〉かたよる[3]け[4]しきより／むし〈虫〉のね〈音〉きかんく[5]れ[6]ぞまたるゝ

【校異】四二、（同、六九　神宮文庫本、五八の次）。1がらし—嵐（森百）。2に—の（内百）。3る—り（林百）。4けしき—気色（書百）。5くれ—暮（神百、内百、林百、森百）。6また—待（森百）。

【語注】○あさぢ　丈の低いちがやの事。荒廃した邸宅を象徴。○むしのねきか　③70嘉言80「我が宿はあさぢがはらにあれたれどむしの音きくぞとりどころなる」（「あれたるやど」）。

【訳】木枯のせいで浅茅が片一方に吹き寄せられてしまった（なびいた）景色をみてから、虫の音を聞きたい夕暮が自然と待たれる事よ。

▽日中の木枯で浅茅が偏る情景〔上句、叙景〕を見てから、夕暮の虫の音が自《お》ずと待たれると歌ったもの。視覚（「景色」）、聴覚（「音《ね》」「聞か」）。31正治初度百首344（秋20の6）。

（月）

188　[1]おもかげに[2]すまもあかし〈明石〉もさそひき[3]〔て〕／こゝろ〈心〉ぞ月にうら〈浦〉[4]づた[5]ひ[6]ける

【校異】四三、（同、七二　同、六三の次）。1おもかげ—俤（内百）、面影（林百、森百）。2すま—須广（神百、林百）、須磨（内百、森百）。3〔—「（一字分空白）」（私Ⅱ）。4づた—傳（内百、森百）。5ひ—へ《ひ》〃（神百）。6け—す（内百、三百六十番）。

【語注】○すま　万葉以来のもの。寂しさのイメージで詠まれる。源氏物語「須磨にはいとゞ心づくしの秋風に、海はすこしとをけれど、行平の中納言の、関吹き越ゆると言ひけん浦波、よる〳〵はげにいと近く聞こえて、…月のいとはなやかにさし出でたるに、こよひは十五夜なりけり、とおぼし出でて、」（「須磨」、新大系二—31、33頁）。これは古今184「木の間よりもりくる月の影みれば心づくしの秋はきにけり」（秋上「題しらず」よみ人しらず）による。○

すまもあかしも　①拾遺477「白波はたてど衣にかさならずあかしもすまもおのがうらうら」（雑上「題しらず」人まろ）など用例が多い。「すまもあかしも」対句的表現（182参照）。**○あかし**　源氏物語「道の程も四方の浦く見わたし給て、思ふどち見まほしき入江の月影にも、」（「明石」、新大系二―76頁）。③125山家376「月さゆるあかしのせとに風ふけばこほりのうへにたたむしらなみ」（秋「月歌あまたよみけるに」）。**○さそひき**　八代集二例・千載1153、新古940。③123唯心房98「すぎきにしむかしをさらにさそひきて心にやどすあきのよの月」（「月の歌」）。**○うらづたひ**　①千載361 360「山おろしにうらづたひする紅葉かないかがはすべきすまのせきもり」（秋下、右大臣）、⑤162広田社歌合〈承安二年〉112「わたのはらすまのなみぢをみわたせばうらづたひして月もやどとる」（「海上眺望」経尹）。源氏物語「はるかにも思ひやるかな知らざりし浦よりをちに浦づたひして」（「明石」、新大系二―62頁）。

【訳】面影として須磨も明石もいざなって、わが心は月によって須磨、明石の浦を伝っていった事よ。

▽面影として、須磨明石を誘って来て、心は月によって浦伝うと、ロマンの横溢した、西行を思わせる詠。思い描いて想像したのである。31正治初度百首348（秋20の10）。183三百六十番歌合〈正治二年〉314、秋、十三番、右、仁和寺宮。

【参考】中古Ⅱ、67為忠126「漕はなれゆく月かけはあかしかた　こゝろをすまのうらまてもみゆ」（秋「…、舟によする月を」）

中古Ⅱ、97経正1「けさみれはすまもあかしもかすめるは　うらつたひしてはるやきぬらん」（春「立春の心を」）

【類歌】③130月清762「あかしがたすまもひとつにそらさえて月にちどりもうらづたふなり」（院初度百首、冬十五首）

④10寂蓮2「へだてつるあかしのとまでこぎつれど霞はすまに浦づたひけり」（春「…霞隔浦といふ事を」）

189
また《〈又〉》こん[1]もみぢ《〈紅葉〉》のやま《〈山〉》のこの[2][3]〔まより〕／[4]いろに[5]あきある月も[6]ゝりけり

【校異】四四、(同、七三)。1こ―来(内百)。こん―みむ(夫木)2このま―木間(内百)。3〔―「(三字分空白)」(私Ⅱ)。4いろにあき―烁も烁(内百)。5あきあ―秋な《あイ》(書百)。あきある―秋有(神百、林百)、烁有(森百)。6ゝ―も(国、神百)。ゝり―あり(夫木)、あり《いてイ》(書百)、いで(正治)、出続群。

【語注】**○またもこん**　初句切としたが、下にそのまま続いていくか。新古114「またや見ん交野のみ野の桜がり…」(春下、俊成)。　**○もみぢのやま**　八代集にない。③115清輔224「かみなづきもみぢの山にたづねきて秋より外の秋を見るかな」(冬「十月十日比に、東山のもみぢを見て」)。

【訳】再びやって来よう、紅葉の山の木の間から、色に秋(らしい様)を見せている月の光も漏り出でている事よ。

【本歌】古今184「木の間よりもりくる月の影みれば心づくしの秋はきにけり」(秋上「題しらず」よみ人しらず)

▽「月」、末句「け《る》り」。「来《き》」→「来《こ》」、「浦」→「山」。須磨、明石、浦から紅葉の山の木間へ。心が浦伝う詠から、二句以下の、美しい景にまたやって来ようという意志の歌とする。本歌が、月光に「心尽しの秋」の到来を感じとるのに対して、189は、紅葉の山の月(光)の景に「又も来ん」となるのである。初句切。二、三句ののリズム。視覚(「いろ」)。②16夫木8961、雑二、山、もみぢの山、常陸「正治二年百首」喜多院入道二品のみ子。31正治初度百首349(秋20の11)。式子に、3「色つぼむ梅の木間の夕月夜春の光をみせそむる哉」(春)がある。「百首・本文考」5頁参照。

190　よ[1]はにさへうら〈浦〉の[2]しほがひゝ[3]ろへとや／[4]くもりもな[5]みに月はす[6]むらん

【校異】四五、（同、七四）。1よ—夜（書百）。よは—夜半（内百、森百、正治）。2しほ—塩（森百）。しほがひ—塩貝（内百）。3ゝ—こ（神百、林百、森百）、ひ（国、内百）。4くもり—曇（神百、林百、森百）。5なみ—波（神百、内百、森百）、浪（林百）。6すむ—澄（内百、森百）。

【語注】○うらのしほがひ　「しほがひ」は、八代集一例・古今1002「…巻くの　中につくすと　伊勢の海の　浦の潮貝　拾ひあつめ　採れりとすれど　玉の緒の　短き心　…」（雑体「…、その長歌」貫之。4古今六帖2505）、「海中の貝」（角川古語大辞典）。④33建保名所百首96「伊勢のうみかすめる方にひろふてふ浦の塩貝手にもたまらず」（春二十首「伊勢海伊勢国」）。　○なみ　掛詞（無・波）。

【訳】夜半にまでも、浦の塩貝を拾えという事なのか、空に曇りもなく、波の上に月は澄んでいるのであろう。

▽「月」（末句冒頭）。「（紅葉の）山」→「浦（の塩貝）」。またまた浦の「月」の詠となり、夜半、塩貝を拾えと雲もなく月は澄む清澄美の世界を描く。31正治初度百首350（秋20の12）。

191　ふ[1]けゆけばしか〈鹿〉に[2]ひとよのやど〈宿〉かりて／月をかたしくを[3]のゝく[4]さぶし

【校異】四六、（同、七五）。1ふけゆけ—更行（内百、森百）。2ひとよ—一夜（神百、内百、林百、森百）。3を—お（神百、林百）。をの—小野（森百）。4くさ—草（書百、林百）。くさぶし—草臥（内百）、下伏（森百）。

【語注】○やどかりて　③130月清484「みやぎののこのしたくさにやどかりてしかなくとこに秋風ぞふく」（旅、治承題百首）、①11続古今424 426「くさのはらのもせのつゆにやどかりてそらにいそがぬつきのかげかな」（秋上「野月を…」為家）。　○かたしく　物思いのために眠れぬさびしいひとり寝。①17風雅570 560「…月をかたしく床のひとりね」（秋中、前内大臣）。　○をの　歌枕（固有名詞・地名）か、普通名詞か。　○月をかたしく　①新古今420「さむしろや待つよの秋の風ふけて月をかたしく宇治の橋姫」（秋上、定家）。　○をのゝくさぶし　②4古今六帖2683「さをしかのをののくさぶしいちしろくわれはとはぬに人のしるらん」（第五「人にしらるる」。②万葉2272）、①後拾遺291「しかのねぞねざめのとこにかよふなるをののくさぶしつゆやおくらん」（秋上、家経。⑤69祐子内親王家歌合〈永承五年〉30）、③96経信107「さをしかのこゑのさやけみきこゆるはひとりやぬらむをののくさぶし」（「…、鹿」）、⑤165治承三十六人歌合243「鹿の音の聞捨てがたき夜半なれば我さへぞするをのの草伏」（「鹿」盛方）、③131拾玉355「夜をかさね妻よぶ鹿はいかばかりをのの草ぶし露けかるらむ」（百首、秋二十三首）。　○くさぶし　草の上に臥す事。万葉語。

【訳】夜が更けていった時には、鹿の所に一夜の宿を借りて、月の光を片敷き、一人寝をする小野の草臥である事よ。

▽「夜（半）」、「月」。「貝」→「鹿」。海辺、「浦」から「小野（の草臥）」へ。夜更けたので、主《あるじ》の（いつも草臥をしている）鹿に宿を借りて月光を片敷き、独寝の草臥をすると歌う。秋の「月」夜の情趣の材料がそろっている。16夫木4706、秋三、鹿「正治二年百首」喜多院入道二品のみこ。31正治初度百首351（秋20の13）。

【類歌】③130月清985「さをしかもをののくさぶしふしわびて月よよしとやつまをこふらむ」（院句題五十首「月前聞鹿」）

⑤208内裏歌合〈建保元年七月〉19「さを鹿もをの草ぶしふしわびてみ山の月に声たてつなり」（「山鹿」範基）

⑤224遠島御歌合73「むば玉のよやふけぬらんさをしかの声すみのぼるをのの草ぶし」（「夜鹿」隆祐）

192 なをざりにあるかなきかのかげ見《〈み〉》えて／みくさにくもるやまの井の月

【校異】四七、（同、七六）。1なをざり―等閑（内百、森百）。2ある―有（神百、林百、森百）。3なき―無（森百）。4かげ―影（神百、内百、林百、森百）。5え―へ（林百）。6みくさ―水草（内百）。7に―す（林百）。8くもる―曇（神百、林百、森百）。9やまの―山（書百）。10月―水《月》（内百）。

【語注】**○なをざりに** ②4古今六帖3588「なほざりにいぶきのやまのさしもぐささしも思はぬことにやはあらぬ」（第六「さしもぐさ」）。**○かげ見えて** ④39延文百首2947「庭の池の底まで月のかげみえてみくさかたより秋風ぞふく」（月五首、行輔）。**○みくさ** 万葉以来の景物。**○やまの井の月** 八代集にない。「山の井」は、自然の湧き水をせき止めた所。歌枕・地名として山城国、陸奥の安積山にあるそれをいう場合も多かった。また「やまの井の月」の用例は珍しく、新編国歌大観①～⑤の索引をみると、守覚歌の他では、④15明日香井795、句またがりで②16夫木13013（後徳大寺左大臣）のみである。他で多いのは「山の井の水」。

【訳】ぼんやりと、あるのかないのか分らない姿が写り、水草によって曇ってみえる山の井の月である事よ。

【本歌】②4古今六帖2458「てにむすぶ水にうつれる月かげのあるかなきかのよにこそありけれ」（第四「かなしび」つらゆき。②6和漢朗詠集797。①拾遺1322）

▽「月」（体言止）。「小野」→「山の井」へ舞台を移す。本歌は、上句が第四句の序詞であり、…月の影の如く、あるかなきか分らぬ世だと歌ったものであるのに対して、192は、「手に結ぶ水に映れる月」ではなく、「山の井の月」として、何となくあるかないか分らない影が見えて、水草に曇っているそれ（の情景）を描く。視覚（「（かげ）見え」）。

31正治初度百首353（秋20の15）。

【類歌】⑤250風葉1275「思ひきや身をうぢ河にすむ月のあるかなきかの影をみんとは」（雑二、今とりかへばやの中将。⑤426とりかへばや物語46）
④38文保百首1307「出でぬれどあるかなきかの影ならし雲間に霞むはるのみかづき」（春二十首、経継）

193　あれま[1]もる[2]のきばの月はつゆしげみ[3]／しのぶよりこそやどりそめけれ

【校異】四八、（同、七七）。1あれま―荒間（御室）。2も―さ（閑月）。3み―き（新後拾遺、御室、閑月）。

【語注】○あれまもる　「荒れ増る」、「荒れ果つ」（後拾270）などはあるが、「荒《あ》れ守《まも》る」、「荒れ間」共、八代集にない。③106散木662「柴の庵のねやのあれまにもる雪は…」（冬）、③133拾遺愚草2466「…光りあひて軒のあれまにつもる白雪」（下、冬「古寺雪」）、⑤197千五百番歌合1850「むら雲のすぎのいほりのあれまより…」（冬二、有家）の用例や⑤194水無瀬恋十五首歌合133「あれまもる雨も涙もふるままに…」（「寄雨恋」有家）の内実から「荒れ間漏る」とする。「荒れ間」は、荒れた、破れた間、すきま。②16夫木5181「あれまもる月にまかせて住む宿はねやのうちより明くるしののめ」（秋四、隆房）。　○のきば　「しのぶ」「宿り」縁語。　○のきばの月　④15明日香井1365「ふるさとはいく夜の秋にあれぬらんのきばの月のねやにもるまで」（秋「月照亡屋」）。　○つゆしげみ　①千載524 523「たび衣あさたつをのの露しげみしぼりもあへずしのぶもぢずり」（羈旅「客衣露重と…」覚忠）。　○しのぶ　荒れた家の景物。○やどりそめ　八代集にない。④18後鳥羽院1727「物思ふ秋の夕のつゆよりや袖には月のやどりそめけむ」（同八月撰歌合「秋十首」）。

【訳】荒れ間を漏れる軒端の月は露が多いので、その露の置いた忍ぶ草から月光は宿り（照らし）初める事よ。

▽「月」。「水草」→「忍ぶ（草）」、「山の井」→「軒端」へ。荒れたすき間を漏れる、軒端から見える月は、露が多

くて、軒の忍ぶ草の露から置き始めると、廃屋の月を描く。20新後拾遺398、秋下「題しらず」仁和寺二品法親王守覚。41御室五十首27（秋12の8）。⑥17閑月集207、秋上「家の五十首歌に」喜多院二品法親王。式子に137「庭の苔軒の忍ぶはふかけれど秋のやどりに成にける哉」（秋）がある。

194　ふけゆけばしほかぜさむみくもきえて／まつがうらなみ月あらふなり

【校異】四九、（同、七八）。

【語注】〇**しほかぜ**　八代集五例、すべて千載以降の用例。〇**まつがうら**　歌枕か。『歌枕索引』では、「八雲―讃岐」として③131拾玉4058「四方のうみや霞のどけき松が浦の春のみなとに春風ぞふく」（水郷春望）、「まつがうらなみ」として①後拾遺487「たゝぬよりしぼりもあへぬ衣手にまだきなかけそ松が浦波」（別「返し」源光成。③84定頼76）とあと二首・守覚の歌（もう一首は235）が挙がっているのみである。「まつがうらなみ」は、八代集はこの一例。さらに「松が浦波」は④41御室五十首749（旅三首、覚延）にもある。〇**なみ…あらふ**　①後撰322「あきの海にうつれる月を立ちかへり浪はあらへど色もかはらず」（秋中「秋歌とてよめる」ふかやぶ）、①新古今35「なごの海の霞のまよりながむれば入る日をあらふ沖つ白浪」（春上「晩霞と…」後徳大寺左大臣）。

【訳】夜が更けてゆくと、その時には潮風が寒いので、雲が消えはててしまって、松の生える浦の波が沈みかけている月を洗っているようだ。

▽「月」。「忍（草）」→「松」。190と同じくまた海岸（「浦」）へ〝場〟を移す。更けると潮風が寒く雲が消え松が浦波が月を洗うと、全体として歌の材料が揃っており、花月の歌人西行の詠（山家集、上、秋）を思わせる。194の下句の詞は後撰322、想は新古今35によろう。「ふけゆく」で時間的経過。「寒（み）」で触感・体感。41御室五十首28（秋12

の9)。同じ守覚に「しほかぜ」「月」「まつがうらなみ」の詞の通う235がある。

【類歌】⑤175六百番歌合418「月よよみみやこのそらもくもきえて松風はらふひろさはのいけ」（秋「広沢池眺望」寂蓮）
③131拾玉1064「月影によさのうら浪ふけ行けば松のかぜさえ千鳥なくなり」（宇治山百首、冬「千鳥」）

195 勅1 むかしおもふなみだのそこにやどしてぞ／月をばそでのものとしりぬる

【校異】五〇、（同、七九）。1勅―ナシ（国）。

【語注】**○むかしおもふ**　字余り（「お」）。④31正治初度百首750「むかしおもふ袖のしづくは古郷の軒ばの月にながめせずとも」（秋、権大納言忠良）、④31正治初度百首2229「昔おもふ花橘に風すぎておつる涙もかをるそでかな」（夏、信広）。　**○そこ**　土佐日記「57　ひさかたの月に生ひたる桂川底なる影も変はらざりけり」（二月十六日、新大系31頁）の如く掛詞か。　**○そでのもの**　八代集にない。

【訳】懐旧の涙の底に月を宿し写してから、月を袖の所有物だと知った事よ。

▽「月」。前歌、海岸風景、叙景歌から、懐旧の涙に写る月に、それを空ではなく、「袖のもの」と知ったと歌う身辺詠へと転ずる。「昔思ふ涙」によって抒情性、感傷性もある。俊成の新古今201「昔おもふ（草のいほりの夜の雨に）なみだ（なそへそ）…」（夏、俊成）を思わせる。同じ守覚に「むかしおもふ」「涙」「袖の」の詞の通う215がある。①9新勅撰1075 1077、雑一「五十首歌よみ侍りける時」仁和寺二品法親王守覚。④41御室五十首29（秋12の10）。

196 かくとだにま[1]たよ[2]に[3]ち[4]らじおくやま〈奥山〉[5]〔の[6]〕／いは〈岩〉かげま[7]ゆ[8]みいろ〈色〉づ[9]きにけり

【校異】五一、（同、八七　神宮文庫本、七五の次）。1また—又（内百、森百）。2よ—世（内百、書百）。3に—に《もイ》（書百）、も（続群、正治）。4ち—散（森百）、ち《しイ》（書百）、し（続群、正治）。5〔—「（一字分空白）」（私Ⅱ）。6の—に《の》（書百）。7まゆみ—真弓（内百）。8ゆみ—弓（森百）。9づき—付（内百、森百）。

【語注】**○かくとだに**　④1式子273「かくとだにいはかき沼のみをつくししる人なみにくつる袖かな」（恋）。**○よにちらじ**　やはり解釈上「よもしらじ」が正しいか。**○おくやまのいはかげ**　②4古今六帖273「おく山のいはかげもみぢ散りもみぢちりぬべく〔し〕てるひの光見るときなくて〔しに〕」（第一「てるひ」せきを）、②9後葉219「おく山のいはかげもみぢ散りはててくち葉がうへに雪ぞつもれる」（冬、大蔵卿匡房）。**○いはかげまゆみ**　八代集にない。また、「いはかげ」も八代集にない。③111顕輔76「こけのむすいはかげまゆみいろふかくこれをあらしにしらせずもがな」（「紅葉」）、②16夫木6078「風わたるいはかげまゆみいまはとや…」。②万葉794 791「奥山之《オクヤマノ》　磐影尓《イハカゲニ》生流《オフル》　菅根乃《スガノネノ》　…」（巻第四）、源氏物語一例「中島の入江の岩陰にさし寄せて見れば、はかなき石のたゝずまひも、」（「胡蝶」、新大系二—401頁）。

【訳】このようにさえ、紅葉してまた全く散るまい〔このように紅葉しているとさえ、また世の中の人はまさか知るまい〕、奥山の岩の陰にある檀は紅葉した事よ。

▽奥山の岩蔭檀が色付いた事を世の人は知るまいと、深山の「紅葉」を歌う。「よも」は、「世も・まさか」。「まだ…しらじ」とも考えられるが、「ちらしおく」はやはり無理であろう。二句切。第四、五句いの頭韻。31正治初度百首354（秋20の16）。

杜紅葉[1]

197 をしなべてこがれわたるやあきをやく／けしきのもりのこずゑなるらん

【校異】五二、（同、八九　同、七九の次）。1杜—秋（古典文庫・宮）。

【語注】**○杜紅葉**　守覚Ⅱ89のみの珍しい歌題（歌題索引）。　**○をしなべて**　①千載1266 1263「おしなべて雪のしらゆふかけてけりいづれさか木のこずゑなるらん」（神祇、実国）。

【訳】すべて一面にわたって紅く紅葉して焦げわたっているのは、秋を焼いた景色であるけしきの杜の梢だからなのであろう。

▽78と初句「もみぢばの」が違うのみ。

鹿

198 くさ《草》[1]がくれ[2]には《庭》になれ[3]くるしか《鹿》の[4]ね[5]に／人め[6]まれなる[7]ほどを[8]しる[9]かな

【校異】五三、（同、九〇）。1がくれ—隠（森百）。2なれ—馴（森百）。3く—た（玉葉）。4ね—音（書百、森百）。5に—や《に〃》（内百）。6まれ—稀（内百、林百、森百）。7ほど—程（森百）。8しる—知（林百）。9かな—哉（神百、内百、森百）。198の歌の前、55「をとしるし…」の歌（神百、内百、書百）。

【語注】**○くさがくれ**　名詞は、八代集一例・拾遺760（恋二、元輔）。源氏物語一例「かゝる草隠れに過ぐし給ひける年月のあはれもをろかならず、」（「蓬生」、新大系二―150頁）。⑤158太皇太后宮亮平経盛朝臣家歌合37「草がくれ見えぬをしかも妻こふる声をばえこそ忍ばざりけれ」（「鹿」頼政朝臣。③117頼政190）。**○なれくる** 八代集一例は詞花110（秋、好忠）「磯馴来《そなれく》」。源氏物語一例「いまはとて宿かれぬとも馴れきつる真木の柱はわれを忘るな」（「真木柱」、新大系三―127頁）。 **○末句** ①千載331 330「夜をかさねこゑよわりゆくむしのねに秋のくれぬるほどをしるかな」（秋下、大炊御門右大臣）。

【訳】 草に隠れて、わが家の庭に慣れ親しんでやって来る鹿の声に、我家は人の出入りの程が稀だという事を知るよ。

▽「梢」→「草」、舞台を「けしきのもり」から「庭」に移して、庭に慣れ来る鹿の鳴く音に「人目まれなる程を知る」と歌う〝鹿〟の詠。聴覚（「鹿の音」）。14玉葉1969 1961、雑一「正治百首歌たてまつりける時」二品法親王守覚。16夫木4861、秋三、鹿「正治二年百首」喜多院入道二品のみこ。31正治初度百首357（秋20の19）。⑥10秋風集1176、雑中「だいしらず」北院入道二品親王守。

『玉葉和歌集全注釈』は、「参考」として「をちこちの人目まれなる山里に家居せんとは思ひきや君」（後撰一一七二、読人しらず）を記す。

雑秋

199 あきやまのこのはふきまくゆふかぜに／しかさへなきぬなれもかなしや

【校異】 五四、（同、九一）。

【語注】 **○雑秋** わずかに守覚Ⅱ91～92・西行Ⅱ171・271～272のみの歌題（歌題索引）。2西行Ⅱ271「同（＝新古）誰すみてあはれしるらん山郷の　雨降すさむ夕暮の空」。　**○あきやま**　人麻呂の歌など万葉に多い。　**○このはふきまく**　③115清輔192「おのづからおとする物は庭の面に木葉ふきまく谷の夕風」（冬「山家落葉」）。なお「ふきまく」は八代集二例・古今394、新古506。　**○しかさへ**　③122林下251「山郷の秋のわかれのかなしさはしかさへこゑもをしまざりけり」（哀傷）。　**○なき**　「鳴・泣く」の掛詞。　**○や**　詠嘆的疑問。

【訳】秋山の木葉を激しくからみ合わせて吹く夕風によって鹿までが鳴く事よ、私のみかおまえも悲しいのか。

▽「しか」。「音《ね》」→「鳴き」、「庭」→「秋山」、「草」→「木葉」、「人」→「汝《な》れ」。「秋山の木葉吹きまく夕風に」という上句の叙景に、私のみか鹿も悲しく鳴・泣くと歌って抒情をにじませる。歌全体としては分りやすい詠嘆歌。四句切。聴覚（「鳴き」）。41御室五十首30（秋12の11）。

【参考】③1人丸138「秋山のこのはも〔は〕いまだもみぢ〔ちつ〕ねば今朝ふく〔に〕風はしもきえぬべく〔おきにけり〕」（下。②万葉2236 2232）

200　たえ[1]ぐ[2]にうすくも〈雲〉[3]のこるかたやま〈片山〉の／[4]す[5]〔そ〕[6]のゝくれ〈暮〉にうづら〈鶉〉[7]なく[8]な[9]り

【校異】五五、（同、九二）。1え—へ（神百、林百、森百）。2うす—薄（森百）。3のこる—残（神百）。4すその、—枯野の（森百）。5〔—「（一字分空白）」（私Ⅱ）。〔そ〕—ナシ（古典文庫・宮）。6のゝ—野の（神百、内百）。7なく—鳴（神百、林百、森百）、啼（内百）。8なり—也（神百、内百、森百）。9り—る（古典文庫・宮）。200は、187の次（神百、内百、書百、林百、森百）。

【語注】○うすくも　「うすくも」（国）。八代集一例・「薄雲《うすぐも》」（新大系・千載450、冬、覚性）。源氏物語一例「入日さす峰にたなびく薄雲はもの思ふ袖に色やまがへる」（「薄雲」、新大系二—232頁）。　**○かたやま**　八代集二例・拾遺1052、新古274。　**○うずら**　荒廃した土地で秋にわびしげに鳴くというイメージ。守覚はこの一首のみ。　**○なり**　断定又はいわゆる伝聞推定。聴覚ゆえ後者か。

【訳】 とぎれとぎれに薄雲が残っている片山の裾野の夕暮の中に鶉が鳴いているようだ。

▽「なき・く」、「山（秋→片）」、「夕・暮」。「夕風」→「薄雲」、「鹿」→「鶉」。前歌は末句に抒情（「かなし」）が入っていたのに対して、200は全体に、「絶絶に薄雲残る片山の裾野の暮に鶉」が鳴くと、漢詩（の表現）を思わせる叙景詠である。が、詞をみても分るように、前歌との共通性が多い。聴覚（「なく」）。31正治初度百首345（秋20の7）。

【類歌】 ④38文保百首44「秋の日は山のをのへにかたぶきてすその風にうずら鳴くなり」（秋、忠房）

（九月尽）

201　[1]あきは[2]いぬ[3]おりしもそら《空》に[4]月[5]〔はなし〕／なに《何》のなごり《名残》をいかに[6]ながめん

【校異】 五六、（同、九四　神宮文庫本、八二の次）。1あき―秌（内百、森百）、秋（書百）。2い―ゐ（森百）。3お―を（国、古百、正治）。おり―折（林百、森百）。4月―風（内百）。5〔―「（三字分空白）」（私Ⅱ）。6なが―詠（林百）。ながめ―詠（神百、森百）。

【語注】 **〇初句、腰句**　①古今287「あきはきぬ（紅葉はやどにふりしきぬ道ふみわけて）とふ人はなし」（秋下、よみ人しらず）。　**〇いかにながめん**　④1式子120「帰る雁すぎぬる空に雲きえていかに詠めん春のゆくかた」（春）。

【訳】 秋は去ってしまった、ちょうどその時、空に月は存在しない、（だから）秋のこれといった名残をどのようにながめたらいいのだろうか。

▽秋は往き、空に秋の象徴たる月はない、一体何をどう〝ながめ〟、心を慰めたらいいのかと途方に暮れはてている

「九月尽」の歌。全体としてやや抽象詠。式子のそういった類の歌（120、281「まちいでてもいかにながめん忘るなといひしばかりの有明《月イ》の空」（恋））に通ずる。初句、腰句切れの構造は、右記の古今287と同じ。第三句以下、なのリズム。31正治初度百首358（秋20の20）。

【類歌】③130月清1208「みやはうきそらやはつらき秋の月いかにながめてそでぬらすらむ」（「月くまなかりけるよ、ながめあかして」）

冬

時雨

202　とき〈時〉のま〈間〉に[1]くもるかと[2]こそ[3]ながめ[4]〔つれ〕／[5]おもひもあへぬはつしぐれ〈初時雨〉[6]かな

【校異】五七、（同、九九　同、八六の次）。1くもる—曇（神百、林百）。2こそ—社（神百、森百）。3ながめ—詠（森百）。4〔—「（二字分空白）」（私Ⅱ）。5おもひ—思（森百）。6かな—哉（森百）。

【語注】○ときのまに　①14玉葉2032 2024「時のまにただひとしぐれふり過ぎてあらしのみねは雲も残らず」（雑一、藤原宗秀）。　○はつしぐれ　古今1005「ちはやぶる　神無月とや　今朝よりは　曇りもあへず　うちしぐれ《（はつ）新国》　もみぢとともに　古る里の　…」（雑体「冬の長歌」凡河内躬恒）。

【訳】一瞬の間に曇ったのかと眺め見た事よ、思いがけなく降る初時雨である事よ。

▽束の間に曇ったかとながめた、そうしたらすぐに初時雨が降ってきたと、初冬の「時雨」の様を歌う。視覚（「な

がめ」)。三句切。31正治初度百首361（「冬」15首の3）。

203　かくれぬと見《〈み〉》ればた[1]か[2]まにかげ[3]も〔[4]れて[5]〕／月も[6]し[7]ぐるゝむらくも《〈村雲〉》のそら《〈空〉》

【校異】五八、（同、一〇〇）。1たか—絶（森百）。たかま—絶間（内百）。2か—え（書百、古百、続古今、正治、秋風、和漢）、へ（神百、林百）、に（古典文庫・宮）。3かげ—影（内百）。4〔—「（二字分空白）」（私Ⅱ）。5れ—り（書百、続群、続古今、正治、和漢）。れて—いで（秋風）。6も—に（内百）。7しぐ—時雨（内百、書百）。

【語注】**○たかま**　「高間」。が、「絶間」のほうが合理的。大和。　**○月もしぐるゝ**　③117頼政260「つもりける雪ばかりかは木のまより月も時雨るるさやの中山」（冬「月照山雪、右大臣家会」）。月そのもののみか、月光か、あるいは両方か。また「その後で月（光）にも時雨がかかっている」、「月もまた光で時雨れている」か。「月光が時時雲の切れ間から漏れるように射すのを、時雨れると見立てた。」（『続古今和歌集全注釈』615）。やはり「月が照ったり、曇ったりする」が穏当か。　**○むらくも**　八代集初出は金葉206「むらくもや月のくまをば…」（秋、俊頼）。　**○むらくものそら**　①10続後撰187 178「…ありあけの月のむら雲のそら」（夏「題しらず」順徳院御製）。

【訳】（月が）隠れてしまったとみると、高間〔絶間〕に光が漏れ出て、月も時雨れている村雲の空である事よ。

▽「しぐれ《る》」「ま」「くも」。「くもる」→「かくれ」、「ながめ」→「みれ」。月が隠れたと見ると、たちまち雲の絶間に月光が漏れて、月も時雨れている状態の中での群雲の空だと歌って、前歌と同じく「時雨」の叙景歌とする。視覚（「みれ」「かげ」）。①11続古今615 618、冬「正治二年百首歌」二品守覚法親王。31正治初度百首362（冬15の4）。⑥10秋風集483、冬上「正治二年の百首の歌」喜多院入道二品親王守覚。⑥16和漢兼作集928、冬上「正治百首」二品守覚法親王。「百首・本文考」3頁参照。

【類歌】②16夫木6647「風をいたみこほれる雲に影もりて月も雪気の空ぞさむけき」（冬一「…、冬月」参議為相卿。④37嘉元百首1854）
④22草庵679「うき物と思ひもいでぬ有明の月にしぐるるむらくものそら」（冬「金蓮寺にて、暁時雨」）

霜

204　うらが[1]れてのち《〈後〉》さへいろ《〈色〉》ぞか[2]はりぬる／はつしもしろし《〈初霜白〉》[3]に[4]のか[5]げくさ《〈草〉》

【校異】五九、（同、一〇一）。1がれ—枯（森百）。2かはり—替（森百）。3し—き（森百）。4に—ゝ《に》（書百）。5かげ—陰（内百）、影（森百）。

【語注】○たにのかげくさ　勅撰集初出は①新古今1946 1947「朝日さすみねのつづきはめぐめどもまだしもふかし谷のかげ草」（釈教「先照高山」崇徳院御歌。②10続詞花464）。「かげくさ」（国）は、金葉以降八代集四例。

【訳】先が枯れはてて、（その）後《あと》までも色が変ってしまう事よ、初霜が白くおいている、谷の（物）蔭に生えている草であるよ。

▽末枯れた後も、初霜で白く変化する谷の蔭草を描いたもので、谷の蔭草の「霜」を歌う、前歌と同じ叙景歌。視覚（「色」「白し」）。三句切、四句切。倒置法、末句が冒頭にくる。第四句しのリズム。31正治初度百首363（冬15の5）。

【類歌】③131拾玉5657「山すげは人の霜ともかれぬものをいかにうゑけむ谷のかげぐさ」
③131拾玉5661「飽きはつときそめしより霜がれて春もめぐまぬ谷のかげ草」

205　ふるゆきをいとふとよそに見《み》えじ[1]とて／やまわけごろもはらはでぞゆく

【校異】六〇、(同、一〇二)。1じ―し(御室五十首・御室撰歌合)。

【訳】降っている雪を嫌っていると他《ほか》の人からは見られまいと思って、山を分けて行く衣を払わないで行く事よ。

【語注】○やまわけごろも　八代集一例・古今925(雑上、神退法師)。

▽「霜」↓「雪」、「谷」↓「山」。降る雪をいとおしんでいる――「風流に見られたい」ともとれる――から、山分衣の雪を払わないで(山道を)行くと平明に詠ず。「みえし」なら、「見られたかと思って」となる。視覚(「見え」)。

41御室五十首35(「冬七首」の4)。⑩57御室撰歌合79、冬、四十番、左、御作。

目加田さくを氏は、205を「たくまぬおおらかさ」の歌とされる(『私家集論(二)』178頁)。

206　ふじのねは本[1]とけ[2]てもそらにしられけり／くもよりうへに見《み》ゆるしらゆき

【校異】六一、(同、一〇三)。1本―ナシ(国、新勅撰、御室、三百六十番)。2けて―はで(新勅撰、御室、三百六十番)。

【訳】富士の嶺は(地上の)雪がとけても、空にその存在が知られる事よ、雲よりも上に見える(富士の)白雪である事よ。

▽同じく「雪」の歌。「見ゆ(る)」(視覚)。「山」↓「嶺」「空」。前歌の身辺詠から、歌枕「富士の嶺」の雄大なス

ケールの、平明な叙景歌へと移る。第二句「とけでも…」か。また「空に」掛詞か。三句切、体言止の新古今表現の典型。倒置法（白雪によって知られる）か。9新勅撰1296 1298「家五十首歌」雑四、仁和寺二品法親王守覚。41御室五十首36（冬7の5）。183三百六十番歌合〈正治二年〉513、冬、四十一番、左、仁和寺宮。

目加田さくを氏は、「雲より上にみゆる白雪は素朴さが巧い。雲をつきぬいて輝く白雪の霊峯富士、発見した感嘆の念が高く清くうたいあげられた。」（『私家集論(二)』178、179頁）とされる。

【類歌】②13玄玉285「かづらきのたかまの山やこれならん雲よりうへにみゆるしら雪」（天地歌下「遠山の雪といふ心をよめる」宴信法師）

④33建保名所百首671「さえくらす風もあらちの山たかみ雲よりうへにみゆる白雪」（「有乳山越前国」冬十首）

⑤406最上の河路16「いづこより雪はふるらんあまの原雲よりうへにみゆるふじのね」（作者）

207　一[1]さえ[2]わたる《渡》こずゑ[3]ばかりやふゆ《冬》ならん／ゆき《雪》にはる《春》めくしが《志賀》のはなぞの《花園》

【校異】六二一、（同、一〇四）。1一―ナシ（国、神百、内百、書百、林百、森百、古百）。2え―へ（神百、林百）。3ゑばかり―へ斗（神百、林百）。

【語注】**○ふゆならん**　③126西行法師705「はこね山梢も又《まだ》や冬ならんふた見は松の雪の村ぎえ」（雑「松上残雪」）。127聞書48）。**○しがのはなぞの**　八代集二例・千載67（春上、成仲）、新古今174（春下、摂政太政大臣）。なお『歌枕索引』に「しがのはなぞの」の項目はあるが、この守覚の歌は載っていない。

【訳】あたり一面に冷えこむ木末だけが冬なのであろう、雪が枝に積り、花が咲いたように見えて春めいている志賀の花園である事よ。

▽これも前歌と同じく三句切、体言止。「ゆき」。「とけ」→「春めく」、「富士の嶺」→「志賀の花園」。歌枕を今度は「志賀の花園」にもってきて、梢だけが冬で、「雪に春めく志賀の花園」と、雪を花に見立てた、おなじみの詠法。上句と下句とが対照をなす、全体としては平明な詠。「や」を詠嘆としたが、疑問か。触・感覚（「さえ」）。31正治初度百首365（冬15の7）。

【類歌】④32正治後度百首899「霞たつ木ずゑばかりや春ならんまだ雪さゆるみよしののさと」（春「かすみ」女房越前）

208 なには〈難波〉人あしび〈蘆火〉[1]たくや〈屋〉[2]にふるゆき〈雪〉の／[3]うづみ続古〈埋〉[4]のこす[5]はけぶり[6]なりけり

【校異】六三、（同、一〇五）。1たく―焼？（内百）。2ふる―降（神百、林百、森百）。3続古―ナシ（国、神百、内百、書百、林百、森百）。4のこす―残（森百）。5けぶり―烟（内百）、煙（森百）。6なり―成（神百、林百、森百）。

【語注】〇第一、二句　①拾遺887「なには《〔めの〕》人あし火たくやはすすたれど《〔のすしてあれど〕》…」（恋四「題しらず」人まろ。③1人丸17。②万葉2659 2651。②4古今六帖2946）。①新古今973「難波人あし火たくやにやどかりて…」（羇旅「…、旅の心を」俊成。③129長秋詠藻550）。　〇あしびたく　賤の生活のさま。「あしび」は、干した葦の殻をたく火。　〇あしびたくや　④32正治後度百首441「さらになほ蘆火たくやもさむけしやなにはわたりの雪のよなよな」（冬「雪」散位隆実）。　〇うづみのこす　八代集にない。④35宝治百首2190「白雪の日ごろふりぬるときは山うづみのこせる青葉だになし」（冬十首「積雪」禅信）。

【訳】難波人が葦火を焚いている小屋に降っている雪が、埋もれ残しているものは煙である事よ。

▽同じく「雪」の歌。歌枕「志賀（の花園）」→「難波（人）」、「花」→「芦」、「園」→「屋」。舞台を志賀から難波へ移し、第一、二句に有名な古歌をふまえ、降り積った雪が埋もれ残すのは煙だと平懐に詠嘆する。①11続古今650 654、

冬「正治の百首に」二品守覚法親王。31正治初度百首367（冬15の9）。183三百六十番歌合〈正治二年〉508、冬、卅八番、右、仁和寺宮。⑤246内裏九十番歌合88「なには人たくやあしびのけぶりさへうづもれぬべくふれるしら雪」（「浦雪」権中納言兼宣）が、208に酷似する。

【類歌】③130月清880「したもえのなにやはたてむなにはなるあしびたくやにくゆるけぶりを」（千五百番百首、恋十五首）

③130月清1094「すずろなるなにはわたりのけぶりかなあしびたくやにかひたつるころ」（上、夏「蚊遣火」）

④38文保百首1002「けぶりさへかすみそへけり難波人あし火たくやの春の明ぼの」（春二十首、為世上）

209　いは《〈岩〉》ねよりしか《〈鹿〉》のみ[1]つたふ峯[2]（の）雪は／あと《〈跡〉》[3]ありとても[4]かよふべきかは

【校異】六四、（同、一〇六）。1つた—かよ《つた》（内百）。2峯—みねの（書百、古百）、峯の（神百、林百、森百）、峰の（国）、嶺の（内百）。3あり—有（森百）。4かよふ—通（森百）。

【語注】○峯の雪　八代集にない。勅撰集初出は①13新後撰40（春上、光俊）。他、⑤421源氏物語743「峰の雪みぎはのこほり踏みわけて…」（匂宮）、④30久安201「嶺の雪谷の氷と春風に…」（春、教長）、式子1（春）、202（春）。○第三句　字余り。

【訳】巌から鹿だけが伝っていく峰の雪は、そこに鹿の足跡があったとしても行き通う事ができようか、イヤできない。

▽「雪」。海辺の「難波」から「峰」・山岳へ場面を移し、岩根から鹿だけが行く峰の雪は、たとえ跡があっても通えないと、険しい山の雪の様を平明に歌い込む。視覚（「あと」）。31正治初度百首368（冬15の10）。

【参考】③125山家1365「中中にたにのほそみちうづめゆきありとて人のかよふべきかは」（「ゆきのふりけるに」）。126西行法師508）

210　きさ[1]がた〈象潟〉やい[2]そや[3]ま[4]つ[5]もるゆきみ〈雪見〉れば／な[6]みのした〈下〉にぞあ[7]ま[8]はす[9]みける

【校異】六五、（同、一〇七）。1が—か（正治）。2いそや—磯屋（森百）、磯辺（内百）。3や—屋（正治）。4ま—に（神百、内百、書百、林百、森百、古百、正治）。5つもる—積（神百）、ふれる（内百）。6なみ—波（神百）、浪（内百、林百、森百）。7あま—海士（神百、内百、林百、森百）。8すみ—住（林百、森百）。9け—と（書百）。

【語注】**○きさがた**　「きさがた」（国）。八代集二例・①後拾遺519「よのなかはかくてもへけりきさかたのあまのとまやをわがやどにして」（羇旅、能因法師）、①新古今972＝④26堀河百首1466「さすらふる我が身にしあればきさがたや海人の苫やにあまたたびねぬ」（雑廿首「旅」顕仲）。他、③116林葉22「此さともさこそみゆらめきさがたやあまの苫やも霞こめつつ」（春「遠村霞同」）、⑦35匡房105。出羽。**○いそやま**　八代集にない。③117頼政82「桜さく磯山近くこぐ舟の…」（「於船中見花」）。あるいは「磯屋に」が正しいか。「磯屋」は、千載527、新古今1116にある。

【訳】象潟よ、磯山に積っている雪をみると、波を思わせる磯山の雪の下に海士は住んでいる事よ。

▽「雪」。「峰」→「山」「波」、「岩根」→「磯山」、「鹿」→「海士」、「通ふ」→「住み」。険しい山岳よりまたまた海辺へ。歌枕「象潟」へ舞台をもってきて、磯山（屋か）に積る雪をみると、波の下に漁師は住むと、雪を波に見立てた分りやすい叙景歌としている。が、単なる見立てではなく、①8新古今1704 1702「舟のうち波のしたにぞ老いにける海人のしわざもいとまなのよや」（雑下「千五百番歌合に」摂政太政大臣）の歌の如く、海士は実際、波の下に住むのが分ると歌ったものか。視覚（「みれ」）。31正治初度百首369（冬15の11）。

千鳥

211 [1]あ[2]なし[3]ふくと[4]しまがさき〈崎〉の[5]いり[6]しほ[7]に／とも〈友〉なし千鳥月に[8]なく[9]なり

【校異】六六、（同、一一三 神宮文庫本、九九の次）。1あなし―穴師（内百）。2な―な《らイ》（書百）、ら（林百、続群、正治）。3ふく―吹（内百、森百）。4しま―嶋（森百）。5いり―入（内百、林百、森百）。6しほ―塩（神百、森百）、汐（内百）。7に―の（古典文庫・神百）。8なく―鳴（神百、林百、森百）、啼（内百）。9なり―也（内百、森百）。

【語注】○あなし 北西風。「あらし」か。③116林葉651「あらしふくとしまがいそやさむからんなごのいりえにきゆるあぢむら」（冬「…、水鳥」）。八代集一例・後拾532「あなしふく（新国）せとのしほあひにふなでして…」（羇旅、通俊。新大系・後拾532「あなじ」）。「穴師（の山）」ではない。③119教長599「かもめどりあなしふけゐのうらなれて…」（冬「氷の歌どものなかに」）。 ○としま ③105六条修理大夫67「としまよりとわたるふねのともやかた…」。 ○としまがさき 「豊《と》島《しま》（敏馬）《が》磯《いそ》」「豊島崎《としまがさき》」は、各金葉426、684にある。八代集において「豊島…」はこの二例のみ。摂津（神戸市）であるが、淡路という説もある。④11隆信189「きりふかきとしまがさきの夕しほにともうらむなるたづの一声」（秋上「西行上人伊せ百首に」）。 ○いりしほ 八代集にない。 ○に 「時に」であろう。「によって」「に対して」の意も考えられる。が、「の所に」ではなかろう。 ○ともなし千鳥 八代集にない。③116林葉662「ひさぎおふるきよきかはらに月さえてともなし千鳥ひとり鳴くなり」（冬）。「千鳥」については守100参照。 ○に 「の光の中に」であろう。「に対して」も考えられる。 ○なり 例によって、断定か、いわゆる伝聞推定か。

【訳】北西風が吹いている、としまが崎の満潮に、潮が満ちてきて仲間のいない千鳥が月に鳴いているようだ。

▽北西風の「豊島崎」の入潮に、友無千鳥が月に鳴くと、歌枕の地で冬の浜千鳥の様を描く、漢詩を思わせる叙景歌。

第四句までの詞が目新しい。聴覚（「なく」）。16夫木6888、冬二、千鳥「正治二年百首」喜多院入道二品のみこ。31正治初度百首371（冬15の13）。「百首・本文考」5頁参照。

【参考】①金葉二684 289「風はやみとしまがさきをこぎゆけば夕なみ千鳥立ちゐなくなり」（異本歌「（関路千鳥…）」神祇伯顕仲）

③100江帥165「よをさむみなにはのうらのいりしほにゆきまをわけてちどりなくなり」（慶賀「於難波津、暁聞千鳥」）

③106散木622「あなし吹くをじまがいそのはま千鳥いはうつ波にたちさわぐなり」（冬「…千鳥を」。④26堀河百首984

【類歌】⑤197千五百番歌合1949「なみかくるとしまがさきのともちどりたつかとすれば又きなくなり」（冬二、兼宗卿）

④40永享百首623「明がたも近くなるみの浦千鳥いりしほ遠き月に鳴くなり」（冬十五首「千鳥」義教）

212　うらまつのはごしにおつる月かげに/玉葉[1]千どりつまよぶ[2]すまのあけぼの

【校異】六七、（同、一一四）。1玉葉—ナシ（国）。2よぶ—どふ（玉葉）。

【語注】○うらまつ　浦松。守100前出。歌枕（地名）か。○はごし　八代集一例・①新古1603 1601「和歌の浦を松のはごしにながむれば杪によするあまのつり舟」（雑中「眺望のこころをよめる」寂蓮法師）。③119教長285「かがり火のほのめくかげやかはたけのはごしにまよふほたるなるらん」（夏「隔竹望蛍」）、④30久安29「あぢさゐのよひらの山にみえつるは葉ごしの月の影にや有るらん」（夏十首、御製）。○に　「（月光）の中に」も考えられるが、【訳】の如くでよいであろう。ちなみに『玉葉和歌集全注釈』の二、三句の「通釈」は、「葉越しにさして来る月光をたよりに、」。○つまよぶ　八代集にない。④27永久百首123「谷川の…つまよぶかはづ声きこゆなり」（春「蛙」忠房）、②万葉925 920「…千鳥数鳴《チドリシバナキ》　下辺者《シモヘニハ》　河津都麻喚《カハヅツマヨブ》　百礒城乃《モモシキノ》　…」（巻第六、雑歌、笠朝臣金村）。○あけぼの　冬の「曙」は珍しい。

【訳】海岸の松の葉のむこう側に落ちて行く月の姿によって、夜明け近く千鳥が我が妻を呼んでいる声がきこえる須磨の曙である事よ。

▽「月・に」「千鳥」。「崎」「潮」→「浦」、「友」→「妻」、「としま」→「須磨」、「なく」→「よぶ」。歌枕を今度は著名な「須磨」へもってきて、浦松の葉越に落ちる「月影」に千鳥が妻呼ぶ須磨の曙と、漢詩的な、冬の夜明け方の叙景歌を一気に歌う。視覚（「月かげ」）、聴覚（「つまよぶ」）。①14玉葉915 916、冬「家に五十首歌よませ侍りけるとき」二品法親王守覚。41御室五十首37（冬7の6）。183三百六十番歌合〈正治二年〉532、冬、五十番、右、仁和寺宮。「一見平凡なようだが、「月かげに」以外は各句すべて、勅撰集中他に類例のない言葉続きの歌。」（『玉葉和歌集全注釈』の「補説」）と言われる。

【参考】③122林下162「ありあけの月さえわたるむこのうらのしほひのかたに千鳥つまよぶ」（冬「千鳥を」）

【類歌】④31正治初度百首169「月影に千どり妻よぶ明がたはあはれたちそふなみのうへかな」（冬、三宮惟明親王）

④31正治初度百首1466「うらづたひけふも汀の友千鳥いたくなれそ須磨の明ぼの」（冬、家隆上）

垂氷

213 [1]たち[2]ぬるゝ山のしづく《雫》もを[3]とた[4]え[5]て[新古6]／[7]まきの[8]したば[9]にたるひしにけり

【校異】六八、（同、一一六　神宮文庫本、一〇二の次）。1たち—立（内百、森百）。2ぬ—浸（森百）。3を—お（国、神百、書百、林百）。をと—音（内百、森百、正治）。4た—絶（内百）。たえ—絶（森百）。5え—へ（神百）。6新古—

ナシ（国、神百、内百、書百、林百、森百、古百）。7まき―真木（内百）、槙（神百、林百、森百）。8したば―下葉（神百、内百、林百、森百）。9ば―え《はイ》（書百）。この歌は、204と207の歌の間（内百、書百、林百、森百）。

【語注】○垂氷　守覚Ⅱ116のみの珍しい歌題（歌題索引）。　○たちぬるゝ　八代集二例・新古191（夏、紫式部）、630（この歌）。源氏物語一例「立ち濡るゝ人しもあらじ東屋にうたてもかゝる雨そゝきかな」（「紅葉賀」、新大系一―261頁）。　○まきのしたば　八代集では、この歌と他二例・①新古577（冬、能因。③85能因法師173）、1029「…まきのしたばにもる時雨ぬるとも袖の…」（恋一「…、忍恋の心を」太上天皇）。　○たるひ　八代集二例・金葉277、新古630。源氏物語「朝日さす軒のたるひはとけながらなどかつらゝのむすぼほるらむ」（「末摘花」、新大系一―226頁）。③105六条修理大夫243「…たるひしてこほりとぢたるやまがはのみづ」（百首和歌、冬「氷」）。

【訳】私が立ったまま濡れた山の雫もすっかり音が絶え、落ちなくなってしまって、槙の枝の本のほうの葉のところで氷柱が垂れ下ってしまった事よ。

【本歌】②4古今六帖589「あしひきの山のしづくにいもまつとわれたちぬれぬ山のしづくに」（第一「しづく」おほともの王子。万葉107）

▽垂氷（つらら）の下った真木を見て、雫していた季節を思い起し、本歌の恋（相聞）歌を冬歌に替え、冬の「垂氷」の叙景詠とする。聴覚（「音」）。①新古630、冬「百首歌たてまつりし時」守覚法親王。④31正治初度百首364（冬15の6）。⑤235新時代不同歌合178、右、守覚法親王。

【類歌】③131拾玉368「雪どけのしづくのおとのたえぬるはよはの嵐にたるひしぬらむ」（百首、冬八首）

⑤272中古六歌仙200「いはのうへにおつるたまみづおとたえてやまかげさむみたるひしにけり」（「冬歌とて」俊恵）

（水鳥）

214　たつた河もみぢをわけてゐるかもの／いろにあをばゝのこるなりけり

【校異】六九、（同、一一八　同、一〇三の次）。

【語注】○わけてゐる　「分けている」と「分けて進む」二説が考えられる。○ゐるかもの　②7玄玄106「むれゐたる鴨の青羽も見えぬまで庭しろたへに雪ふりにけり」（佐忠弁三首）。○あをば　万葉語。「葉」に「羽」をほのめかす。②4古今六帖1468「もみぢするあきはきにけり水鳥のあをばのやまの色づくみれば」（第三「みづとり」）、①金葉二251 267「ははそちるいはまをかづくかもどりはおのがあをばももみぢしにけり」（秋「大井河逍遥に水上紅葉といへる事をよめる」藤原伊家）。

【訳】立田川において、名物の紅葉を分けて進んでいる鴨の色に青葉（緑色）は残っているのであった事よ。

▽紅葉の名所、歌枕の「立田川」を舞台にして、紅葉を分ける鴨の色に青葉は残ると、直截的に、古歌の伝統（見立て）をふまえて詠嘆し歌い出す。「紅葉」と「青葉」の色彩対照。視覚（「いろ」「あを」）。②16夫木6992、冬二、水鳥「家五十首」喜多院入道二品のみこ。④41御室五十首34（冬7の3）。

【参考】①千載435「かものゐる入江のあしは霜がれてをのれのみこそあをば成けれ」（冬「水鳥歌とてよめる」道因法師）

215 むかし《昔》おもふ[1]さよ《夜》のねざめ《寝覚》のとこ《床》[2]さ[3]え[4]て／[5]なみだ[6]も[7]こほる[8]そでのうへ《上》[9]かな

【校異】七〇、（同、一二〇　同、一〇四の次）。1さよ—よる続群。2さえ—冴（内百）。3え—へ（神百、林百、森百）。4新古—ナシ（国、神百、内百、書百、林百、森百、古百）。5なみだ—涙（神百、内百、森百）、泪（林百）。6も—もに（書百）、に（続群、正治）。7こほる—氷（森百）。8そで—床（内百）。9かな—哉（神百、内百、林百、森百）。

【語注】**○雑冬**　守覚Ⅱ120のみの珍しい歌題（歌題索引）。**○むかしおもふ**　守195参照。俊成・①新古今201「むかしおもふくさのいほりのよるの雨に涙なそへそ山時雨」（夏「…郭公の歌」皇太后宮大夫俊成）、④31正治初度百首2229「昔おもふ花橘に風すぎておつる涙もかをるそでかな」（夏、信広）。**○とこさえて**　④14金槐597「夜をさむみひとりね覚の床さえてわが衣手に霜ぞ置きける」（雑）。**○こほる**　「こぼる」とも考えられるが、歌の中身、下へのかかり具合から考えて「氷る」。**○なみだも**　「もまた」か。

【訳】懐旧の夜の寝覚の床は冷え冷えとして、（落ちる）涙までも氷り果ててしまう袖の上である事よ。

▽冬の述懐歌。懐旧の寝覚の床は冷え、涙も氷る袖の上と、抒情と〝冬夜〟の融合した感傷的詠。①新古今629、冬「冬歌とてよみ侍りける」守覚法親王。31正治初度百首372（冬15の14）。同じ守覚に「むかしおもふ」「なみだ」「そでの」の詞の通う195がある。「百首・本文考」2、3頁参照。

【類歌】②12月詣271「かたしけば涙もこほる袖のうへに月をやどして旅ねをぞする」（羇旅「旅宿冬月と…」敦経）

歳暮

216　[1]すぎぬるか[2]としのかよひぢ〈通路〉いかならん／[3]ひま[4]ゆくこま〈駒〉はあと〈跡〉だにもなし

【校異】七一、（同、一二一）。1すぎ―過（内百）。2とし―年（内百）、歳（森百）。3ひま―隙（内百、森百）、い《ひ》（書百）。4ゆく―行（神百、内百、林百、森百）。

【語注】○としのかよひぢ　③115清輔1「いかばかりとしのかよひ路近ければ一夜の程にゆき帰るらん」（春「立春」。④30久安903）。　○ひまゆくこま　①千載1160 1157「…すぎにしばかり　すぐすとも　夢にゆめみる　心ちして　ひまゆく駒に　ことならじ　さらにもいはじ　…」（雑下「…、述懐」源俊頼朝臣。③106散木1518。④26堀河百首1576）、①新古今694「あたらしき年や我が身をとめくらむひま行く駒にみちをまかせて」（「（としのくれに…）」大納言隆季、冬）。八代集は千載1087以下三例。荘子・知北遊篇による。

【訳】行き過ぎてしまったのか、歳々の通路は一体どのようになっているのであろう、早く過ぎ去って行く歳月はその跡すらもとどめない。

▽すばやく年が過ぎ去って年末となるさまを、馬が跡をつけずに過ぎる様にたとえた「歳暮」の詠。一、三句切で、やや屈折をみせる。④31正治初度百首373（冬15の15）。⑤183三百六十番歌合〈正治二年〉574、冬、七十一番、右、仁和寺宮。⑥11雲葉和歌集881、冬「百首歌たてまつりし時」入道二品親王守光（ママ）。

217 はかなさはうつゝともなきこ[1]ゝろ心[2]にして[本3]／夢のそこよりとしぞくれぬる

【校異】七二、（同、一二一四 神宮文庫本、一〇六の次）。1こゝろ心にして[本]—心ちして（夫木、御室、六華）。2心に—心に《（マヽ）》（国）。3本—ナシ（国）。

【語注】○はかなさは ③115清輔348「夢とのみみゆる此世のはかなさはおどろきがほにとはれやはする」、①10続後撰1219 1216「はかなさはおなじゆめなる世中にねぬをうつゝとなに思ふらん」（雑下「（夢を）」祝部忠成）。○うつゝ ①古今449「うばたまの夢に何かはなぐさまむ現にだにも飽かぬ心を」（物名「川菜草」深養父）。○うつゝともなき ③132壬二197「夢とみし人は夢路にまよへどもうつゝはなほぞうつゝともなき」（後度百首、雑）。○第三句 「心にして」なら、字余りであるが、母音を含まないものとなる。○夢のそこ 八代集にない。「ゆめのそこ—」は、新編国歌大観①～⑩にも、守覚の用例以外はない。「底」「其処」掛詞か。「底」（御室）。○より 起点（場所）。

【訳】はかない事は、それが現実とも思われない心であって、夢幻の底のような状態から年が暮れてしまう事よ。

▽同じく「歳暮」詠。この世（わが身）のはかなさは、現実と思われないここちがして、夢幻の淵の底のような様・様子を起点として年が暮れて行くと歌う抽象詠。あるいは、「月日の早く過ぎ行く「はかなさ」は、うつつでないここちがして、この世の夢の底…」と歌ったものか。夫木の前の歌は、7649「月日のみながるる水とはやけれど老のそこよりとしはかへらず」（「文治六年五社百首」俊成）、後の歌は、7651「まどのうちに暁ふかきともし火のことしのかげはのこるともなし」（「西洞隠士百首」後京極摂政）。16夫木7650、第十八、冬三「百首御歌」喜多院入道二品のみこ。41御室五十首38（冬7の7）。⑥27六華和歌集1421、巻第四、冬歌、が、作者は「俊頼」。

【類歌】①14玉葉2721 2708「さめぬまのまよひのうちの心にて夢うつつともなにかわくべき」（釈教、院御製）

雑

祝

218　[1]あまくだ[2]る神は[3]きみをぞ[4]てらす[5]らん／たま〈玉〉ぐしのは〈葉〉の[6]ときはかきはに

【校異】七三、(同、一二七　同、一〇八の次)。1あまくだ—天降(内百)、天下(森百)。2る—り(正治)。3きみ—君(内百、書百、林百)、公(森百)。4てら—照(内百)。てらす—照(森百)。5らん—覧(林百)。6ときは—常盤(内百)。

【語注】○あまくだる　八代集では、初出拾遺589「天くだるあら人神のあひをひを思へば久し住吉の松」(神楽歌「住吉に詣でて」安法ゝ師)の他二例。⑤182石清水若宮歌合〈正治二年〉133「あまくだる神ぞちかひしさか木葉に月もかごとの影やどしけり」(「月」小侍従)、①11続古今746 751「あまくだる神のかごやまいましもぞきみがためにとみるもかしこき」(神祇、前大納言為家)、①11続古今1898 1908「きみがよはつもりのうらにあまくだる神もちとせをまつとこそみれ」(賀、俊恵法師)。218は「天下りなさった」ではなかろう。○たまぐしのは　「玉串」「玉串の葉」は、八代集二例・新古737、1883。③116林葉952「神かぜや玉ぐしのはをとりかざしうちとの宮に君をこそ祈れ」(雑、祝)。○ときはかきはに　「ときは」掛詞。⑤390蜻蛉日記106「さかきばのときはかきはにゆふしでやかたくるしなるめなみせそ神」((作者))。

【訳】天下りなされる神は、わが君をきっと照らしたまう事であろう、榊の葉が常緑のように永久不変に。

▽玉串・榊の葉の永遠の如く、降臨の神はわが君を光り照らし栄光を与えるという、例によってのわが君の長寿を寿

ぐ、おなじみの型《パターン》の「祝」の歌。三句切、倒置法。31正治初度百首401（「祝」5首の3首目）。

【類歌】③130月清870「ぬれてほすたまぐしのはのつゆじもにあまてるひかりいくよへぬらむ」（千五百番百首、祝五首。①新古今737）

219　としふれどおいせぬ[1]ほどをいくちよか[2]／月日のかげのさ[3]らんとすらん

【校異】七四、（同、一二八）。1ほど—かど（夫木）、門（御室）。2か—の（古典文庫・宮、御室）。3ら—さ（夫木、御室）。

【語注】○としふれどおいせぬ　③97国基153「としふれどおいもせずしてわかのうらにいくよになりぬたまつしまひめ」。○ほど　「あたり」としたが、「程（度）」か。○月日のかげ　③133拾遺愚草600「天つ空月日の影もしづかにて千代は雲井に君ぞかぞへん」（重早率百首、雑）。○さらん　「去る」＝「来る」（照らすカ）・「夕されば」。「さあらん」（そうであろう、永遠に照らし続ける）か。「ささん」とするほうが意は解しやすい。

【訳】長の年月がたっても、決して老いはしないわが君のあたりを幾万代か、太陽や月の光が照らそうとするのだろうか。

▽「らん」。これも前歌にひき続いて、歳月をへても不老のわが君の「ほど」を幾万代、月日の光が射すと、これも例の、わが君の千代を寿ぐ。視覚（「かげ」）。16夫木14972、第三十一、雑十三、老いせぬ門「家五十首、祝」喜多院入道二品のみこ。41御室五十首39、雑十二首「祝二首」の一首目。

220　たれもみなうれしきしほにあひにけり／なみもをとせぬよものうみかな

【校異】七五、（同、一二九）。

【語注】○しほ　「潮」で「時・折」。「うみ」の縁語。　○よものうみ　八代集三例、311（賀・俊頼）を初出としてすべて金葉。定家1 続千巻頭「出づる日のおなじ光に四方の海の浪にもけふや春は立つらむ」（初学百首、春二十首）、④18後鳥羽院100「ちはやぶる日よしの影ものどかにて浪をさまれるよもの海かな」（正治二年八月御百首…、祝五首。④31正治初度百首103）。続日本紀―養老五年三月癸丑「朕君二臨四海一、撫二育百姓一」（新大系二―90頁）。和漢朗詠集655「四海《しかい》の安危は掌の内に照し　…」（下「帝王」百錬鏡 白）。本朝文粋「尽感二四海之静謐一」（巻第十三―402、新大系353頁）。源氏物語「おぼえぬ山がつになりて、四方《よも》の海《うみ》の深き心を見しに、さらに思よらぬ隈なく」（「絵合」、新大系二―182頁）。「四《よつ》の海波《うみなみ》の声聞こえず、」（後拾遺集、序）。新撰朗詠集337「…暁硯初諳四海寒《あかつきのすずりははじめてそらにすしかいのかん》」（冬「冬夜」在列）、同433「…撫四海於一瞬《しかいをいつしゅんになづ》」（下、雑「文詞」文賦、陸士衡）。③129長秋詠藻100「…四の海にも　なみたたず　わかの浦人　かずそひて　…」（久安百首、雑歌廿首、短歌一首）。「まことに白玉つばき八千代に千代をそふる春秋まで、四方《よも》の海のなみのおと静かに、見えたり。」（讃岐典侍日記、古典全集450頁）。四海波静は中国の慣用句で、四海静謐波静か。

【訳】すべての人々がこの上もなくうれしい頃合に会った事よ、波も音はしない、平穏静謐なまわりの海である事よ。

▽万民すべてうれしい、四海・天下泰平の時節に出会うと、天下静謐の君の聖代を寿ぐ、これも前歌群に引き続いての「祝」歌。三句切。聴覚（「おと」）。16夫木17272、第三十六、雑部十八「家五十首、祝」喜多院入道二品のみこ。41御室五十首40（祝2の2）。

【参考】③111顕輔112「よものうみなみもおとせぬ君が世とよろこびわたるさののふなばし」（風俗和歌十首「…、佐野船橋」）

（述懐）

221　なげきかねおもひもはれ[1]ですぐす身を／あはれとよそになにかとふらん

【校異】七六、（同、一三一　神宮文庫本、一〇九の次）。1はれで―いはて（古典文庫・宮）、いれで（御室）。

【語注】○なげき　「なげ木」に対する「おも火」が下にある。○一、二句　並列。○すぐす身を　⑤421源氏物語781「うきものと思ひも知らですぐす身をもの思ふ人と人は知りけり」（（浮舟））。

【訳】嘆きをこらえる事ができず、わが胸の物思いもはれる事なく日々を送る我身を「あはれ（かわいそうだ）」と、傍観者の態度でどうしてきくのだろうか。

▽嘆きに堪えかね、鬱々とした思いで日をすごすわが身を「あはれ」と、我身に関係のないものとして、他人は何故きくのかと歌う、ほのかな怒りの感じられる「述懐」の抽象詠。「身」を相手・他人ととって、〔下句〕――自分はどうして「あはれ」と他人事として（人に）聞くのだろうか、自分もそれと変らないのだともとれる。41御室五十首41（「述懐三首」の一首目）。

222　ながらへてよにすむか[1]ひはなけれども[新古2]／うきにかへたるいのちなりけり

【校異】七七、（同、一三二）。1かひ―べく（釈教）。2新古―ナシ（国）。

【語注】○ながらへて　①22新葉1230 1227「黒髪の霜となるまでながらへて世にありつつも有るかひぞなき」（雑下、従三位行儀）。　○よに　「決して」をかけるか。　○うきに　千載818 817「おもひわびさても命はあるものをうきにたへぬは涙なりけり」（恋三「題しらず」道因法師）。　○うきにかへたるいのち　「喜びと命とは両立しないという想念で、八代集抄は「中頃亡きになりて沈みたりし憂へに代りて今までも長らふるなり」（源氏物語・絵合）という源氏の言葉を引いて、同様の述懐という。▽御室撰歌合の俊成判は下句を「わりなくやさしき」と評する。」（新大系・新古1768）。　○いのちなりけり　西行の有名な新古987「年たけて…命なりけり佐夜の中山」（羇旅）がある。④38文保百首3385「おなじ世にいまはあらじとおもふ身のうきをしらぬは命なりけり」（少将内侍）。「命と気がついて、いとおしく思うのだ。」（新大系・新古1768）。

【訳】我身は生きながらえてこの世の中に住むねうちもないけれども、つらく苦しい事とひきかえにした命である事よ。

▽「すぐす」→「ながらへ」、「身」→「命」。生きてこの世に生きる価値のない我身だが、「憂き」事とひきかえにした命であったと、これも「述懐」の抽象詠。一、三句なの頭韻。①新古今1768 1766、雑下「五十首歌よみ侍りけるに、述懐の心を」守覚法親王。④41御室五十首42（述懐3の2）。⑤235新時代不同歌合180、三十番、右、守覚法親王。⑩57御室撰歌合101、五十一番、祝言、左勝、御作。⑩125釈教三十六人歌合30、二品法親王守覚。

『古典集成・新古1766』は、「『恋しきに命をかふる物ならばしにはやすくぞあるべかりける』（『古今集』恋一、読人しらず）の本歌取り。『源氏物語』若菜下で光源氏が「あやしく物思はしく、心にあかずおぼゆること添ひたる身にて過ぎぬれば、それにかへてや、思ひしほどよりは、今までもながらふるならむ」と述懐していることが思い合される。」と述べる。

【類歌】①13新後撰1421 1420「世の中になほもつれなくながらへてうきをしらぬは命なりけり」（雑中、法印円勇）

⑤367太平記16「長かれと何思ひけん世中の憂を見するは命なりけり」（万里小路宣房）

223　かぜそよぐしの丶小篠《〈をざさ〉》のかりのよを／同1 おもふねざめにつゆぞこぼる丶

【校異】七八、（同、一三二）。1同―ナシ（国）。

【語注】**○かぜそよぐ**　③81赤染衛門220「風そよぐをぎの上葉の露よりもたのもしげなきよを頼むかな」（「又、をぎにさして、同じ人に」）。　**○しの丶小篠**　八代集二例・新古961（羇旅、有家）、同1563（この歌）。篠竹。細く小さい竹。新編国歌大観④索引「しののをささ」。「しの」は「しきり」の意を掛ける。　**○かり**　「篠の小笹」の縁語「刈り」（風が刈る、も含むか）に「仮り」を掛ける。　**○かりのよ**　八代集一例・新古1563。「よ」は「小笹の「節（よ）」に掛ける。」（新大系・新古1563）。　**○つゆ**　「篠《しの》」「小篠《ざさ》・笹」の縁語。「露の命」も含むか。　**○つゆぞこぼる丶**　③130月清1535「よのなかになほたちめぐるそでだにもおもひいるればつゆぞこぼるる」（雑部「返事」）。「こぼる丶」は「風」の縁語。

【訳】風にしきりにそよいでいる篠の小笹を刈る、仮りの世をしみじみと思っている寝覚（時）に、（小笹に露がこぼれるように）涙がこぼれ落ちる事よ。

▽「よ」。「いのち」↓「つゆ」。この世が仮だと思う寝覚に涙するを、具体的な景物、情景によって述べていく、いわゆる象徴の手法。一、二句は、「かり」を導く有心の序。歌全体としては分りやすい。「小篠」に寄せる歌。①新古今1563 1561、雑上「五十首歌人人によませ侍りけるに、述懐の心をよみ侍りける」守覚法親王。41御室五十首43（述懐3の3）。183三百六十番歌合〈正治二年〉676、雑、五十番、右、仁和寺宮。

「この世は風にそよぐ小笹、この身は小笹に置く露と観じたもの。作者は当時四十九歳。」（新大系・新古1563）。「無常なこの世を思って涙している人の心。」（古典集成・新古今1561）。

【類歌】①新古961「ふしわびぬしののをざさのかり枕はかなの露や一夜ばかりに」（羈旅「旅の心を」有家朝臣）
③131拾玉531「夕まぐれ秋とおぼゆる風のおとに思ひもあへず露ぞこぼるる」（御裳濯百首、秋二十首）
④35宝治百首3444「岡の辺のしののをざさに風過ぎて〔　〕みえてぞ露はこぼるる」（雑二十首「岡篠」隆親）

閑居

224　いはねふみ[1]やまぢはこち[2]にうづもれて／くもこそかよへ人はとひこず

【校異】七九、（同、一三六　神宮文庫本、一一二の次）。1み—む（夫木、御室、三百六十番）。2こち—こち《（ママ）》（国）、こけ（古典文庫・宮、三百六十番）、苔（夫木、御室）。

【語注】**○いはねふみ**　主語は「雲」ではなく、「人」であろうから、末句にかかる。③1人丸207「いはねふみかさなる山はなけれどもあはぬ日かずをこひわたるかな」、①新古今93「いはねふみかさなる山をわけすてて花もいくへのあとのしら雲」（春上「…、羈旅花といふことを」藤原雅経）、④31正治初度百首785「はるばるといくへこえきぬ岩ねふみかさなる山のみねのしら雲」（羈旅、忠良）。**○うづもれて**　④15明日香井14「ながめやるたかねははなにうづもれてくものみふかきみよしのの山」（鳥羽百首、花）。**○人はとひこ**　①20新後拾遺1328「山ふかき苔の下道ふみ分けてげにはとひくる人ぞまれなる」（雑上「題しらず」読人しらず）。

【訳】巌を踏み、山路は苔に埋もれてしまい、雲はやってくるが、人は全くといっていいほど訪れてやっては来ない。
▽山路は苔に埋もれ、雲は通うが、岩根を踏んで人は訪問しない、との「閑居」詠。最末・「ず」の断定的否定表現。

内容は、式子289「しばの戸を人こそとはね…月はまづみつ」（山家）、385「…このはかきわけたれかとふべき」（冬）や百人一首21の、あの人は来ず月は出た「ありあけの月を待ち出でつるかな」（素性）の歌の類である。16夫木14301、第三十、雑「家五十首、閑居」喜多院入道二品のみこ。41御室五十首44（「閑居二首」の一首目）。183三百六十番歌合〈正治二年〉286、夏（?）、七十一番、右、仁和寺宮。

225　すみわびぬやどを[1]やしかにゆづらまし／[2]くさにやつるゝ庭のおもかな[3]

【校異】八〇、（同、一三七）。1を—も（古典文庫・宮）。2くさ—峰（御室）。3な—け（古典文庫・宮）。

【語注】**○すみわびぬ**　①後撰1083 1084「すみわびぬ今は限と山ざとにつまぎこるべきやどもとめてむ」（雑一「世中を思ひうじて侍りけるころ」業平朝臣。③6業平78。②4古今六帖984）。

【訳】もうすっかり住み侘びてしまった、わが家を鹿に譲ろうか、雑草が盛んに生い茂って見苦しくなった庭の土の表面である事よ。

▽「人」→「鹿」、「苔」→「草」、山（「岩根、山路」）→「庭の面」「宿」。場・舞台を山岳から平地へ移し、前歌をうけて、人も来ず、すっかり草にやつれた庭の面に、住み侘びて、いっそのこと家を鹿に譲ってしまおうかと漏らす、これも「閑居」の詠。初、三句切。41御室五十首45（閑居2の2）。

山家

226
[1]のがれ[2]こし やまぢ《山路》[3]は[4]るかに[5]ながむ[6]れば／いとふ[7]みや[8]こは ふもと《麓》[9]なりけり

【校異】八一、（同、一四〇　神宮文庫本、一一四の次）。1のがれ―遁（森百）。2こ―来（内百）。3はるか―ばかり（正治）。4る―な《る》（神百）。るか―かり続群。5ながむれ―詠（森百）。6れば―。《れは》（神百）。7みや―宮（書百）。みやこ―都（内百、林百、森百）。8こ―。《こ》（神百）。9なり―也（内）、成（林百、森百）。

【語注】**〇いとふみやこ**　③88範永44「をぐら山ちるもみぢ葉を見もはてでいとふみやこにまたぞきにける」。226の「いとふ」に嫌い拒む意もあるか。

【訳】逃れてやってきた山路をはるかにながめてみると、出家した都は山の麓にある事だよ。

▽逃れた山路の彼方を眺望すれば、出家した都は麓ではるか下だと、「…ば（三句末）…けり（最末）」のよくある表現の「山家」詠。④31正治初度百首389（「山家」5首の1首目）。

【類歌】③130月清1154「あしびきのやまのたかねはひさかたの月のみやこのふもとなりけり」（秋「…、山月」）…詞

③132壬二1690「ながめつつゆふこえくればはつせやまふしみのさともふもとなりけれ」（守覚法親王家五十首、雑十二首「眺望二首」）

④11隆信203「くもりなく月すむ嶺にきてみればちさとは山のふもとなりけり」（秋下「西行上人伊勢百首中に」）

227
おり〳〵[1]のあはれ[2]しる[3]べきやまざと《〈山〉》[4]に／こゝろ《〈心〉》なき身《〈み〉》ぞすみ[5]うかりける

【校異】八二、（同、一四一）。1おり―折（森百）。2あはれ―哀（神百、林百、森百）、あらん《し歟》（内百）。3しる―知（森百）。4ざと―里（神百、内百、林百）、郷（森百）。5すみ―住（内百、森百）。

【語注】〇こゝろなき身　情趣を解さない身。①新古今362の上句「こころなき身にもあはれはしられけり（しぎたつ沢の秋の夕暮）」（秋上「題しらず」西行法師）、③131拾玉1434「山里にさをしかの音のなかりせば心なき身と成りはてなまし」（詠百首和歌当座、秋「鹿」）。〇すみうかりけり　②4古今六帖973「山里もおなじうき世のなかなれば所かへてもすみうかりけり」（第二「山ざと」）。

【訳】四季折々の情趣を知る事のできる山里に対して、「心なき身」という事になっている我身は、情趣を感じてしまい住み憂い事よ。

▽「やま」（路→里）、「けり」。「山路」「都」→「山里」。前歌・226山路遥かに眺めると都は麓だというそれをうけて、逃れた山里での「住み憂き」様を、表現上は平明に歌うが、中身は【訳】の如く屈折している。「山家」人の心情として解したが、下句は、単純に、風流を解さない我身は住みづらいと歌ったものか。226と同じく「山家」の（抽象）詠。④31正治初度百首390（山家5の2）。

【参考】③25信明103「我がごとや人もいふらん山ざとは心ぼそさぞすみうかりける」（「山ざとに…」）
③35重之104「いづくにか心もやりてやどさましはなきさとはすみうかりけり」（「やどりにはなし」）
③126西行法師558「あはれ行くしばのふたては山里に心すむべきすまひなりけり」（雑「述懐の心を」）

228　[1]たに[2]かげの[3]しばのけぶりに[4]し[5]られけり／[6]おもひもかけぬ[7]い[8]ゑゐ[9]ありとは

【校異】八三、(同、一四二)。1たに—石《谷》(内百)。2かげ—陰(内百)、影(森百)。3しば—芝(森百)、柴(内百、林百)。4しられ—時雨(林百、森百)。5ら—く(古典文庫・神百)。6おもひ—思(森百)。7いゑゐ—家居(内百、森百)。8ゑ—へ(国、神百、書百、林百、古百)。9あり—有(神百、内百、林百、森百)。

【語注】○しばのけぶり　八代集にない。③125山家736「たちよりてしばのけぶりのあはれさをいかがおもひし冬の山ざと」(雑)。　○しられ　「る」可能か自発か。　○いゑゐ　漢語「家居」に当る。

【訳】谷の蔭にある柴をやく煙によって知られた事よ、思いがけなくも家の存在があったとは。

▽「知ら《る》」、「けり」。「山(里)」→「谷(蔭)」、「山里」「すみ」→「家居」。思いがけず「家居」があったとは、「谷蔭の柴の煙」で発見したと歌う「山家」詠。第二、三句しの頭韻。「けり」で結ぶ三句切、倒置法。31正治初度百首391(山家5の3)。

229　やまふかく[1]なるゝ[2]こゝろ[3]にいかに[4]また／くもより[5]おくにやど[6]もとむら[7]ん

【校異】八四、(同、一四三)。1なるゝ—馴(森百)。2こゝろに—心よ(神百、内百、林百、森百)、心よ《のイ》(書百)。3に—よ(古百、三百六十番)、の(続群、正治)。4また—又(内百)。5おく—ほか(三百六十番)。6もとむらん—求蘭(森百)。7ん—む(古百)。

【語注】○宿もとむ　⑤415伊勢物語107「住みわびぬ今はかぎりと山里に身をかくすべき宿求めてむ」(男。①後撰1083 1084。

③6業平78。②4古今六帖984)、⑤165治承三十六人歌合20「うき身をば我が心さへふり捨て山のあなたに宿もとむなり」(「述懐」皇太后宮大夫入道。③129長秋187。②10続詞花891)。

【訳】山深くもうすっかり慣れてしまった心であるのに、どうしてまた雲よりもさらに奥の所にわが家を求めるのであろうか。

〉「谷(蔭)」→「山(深く)」、「思ひ」→「心」、「煙」→「雲」、「家居」→「宿」。前歌・228が山奥の詠であったのに対して、229は逆に、我身は実際は都の中にいても山深く慣れ果てた心なのに、何故雲の彼方に住みかを求めるのかと、即ち都・平地で市中隠者の心であるのに、身はどうして…と歌う「山家」詠で、第二句末の「に」によって、やや屈折をもたせている。が、単純に、「山深くでの生活に馴れた心が、さらに奥に住みかをどうして求めるのか」か。初、末句やの頭韻。④31正治初度百首392(山家5の4)。183三百六十番歌合〈正治二年〉698、雑、六十一番、右、仁和寺宮。「百首・本文考」3頁参照。

230　いは[1]そゝくこゑ[2]よりやが[3]ておどろけば/ゆめあらひやむたにのしたみづ[4][5]

【校異】八五、(同、一四四)。1いは—岩(内百、書百、林百)、巌(森百)。2こゑ—声(神百)、聲(内百、林百、森百)。3やが—頓(森百)。4したみづ—下水(神百、内百、林百、森百、夫木、正治)。5みづ—水(書百、古百)。

【語注】○いはそゝく　③116林葉342「岩そそく谷のしみづにうちそひて秋も袂にもりぞきにける」(夏「泉辺秋近」)、③119教長306「いはそそくたにのみづのみおとづれてなつにしられぬみやまべのさと」(夏「納涼のこころを」)。○おどろけ　漢語「驚」に当る。○夢　迷妄の夢、無明長夜の夢か。○あらひ　和漢朗詠集579「更に俗物の人の眼《まなこ》に当れるなし　ただ泉の声の我が心を洗ふあり」(下「山寺」白楽天)。「水」の縁語。○あらひやむ　八代集にない。

「あらひやむ」は、新編国歌大観索引①〜⑩にも用例がない。

【訳】岩に注いでいる音によって、そのますすぐさまはっと目覚めると、夢を洗うようにしていたが、それが覚めて終ってしまう谷の下のほうを流れる水である事よ。

▽「山」→「水」、「山」「雲」→「岩」「洗ひ」「谷の下水」。前歌・山奥の詠より、岩注ぐ音に目覚め、（迷いの）夢を谷の下水が洗い覚まして終えさせてくれると、夢の覚醒の歌で一連の五首の「山家」の歌を終える。が、すなおに、谷の下水の岩注ぐ音で目ざめ夢が消えたという歌か。第四句「夢洗ひやむ」の表現が新しい。聴覚（「声」）。同じ守覚に「いは」「あらふ」「谷のした水」の詞の通う62、「岩そゝく」「水」「より」「（をと）」の詞の通う114がある。さらに式子にも86「苔むしろ岩ねの枕なれ行て心をあらふ山水の声」（雑）がある。16夫木17041、雑十八、夢「正治二年百首」喜多院入道二品のみこ。31正治初度百首393（山家5の5）。

【類歌】③133拾遺愚草409「岩そそくし水も春のこゑたててうちや出でぬる谷のさわらび」（早率百首、春）

旅[1]

231　[2]あともなくやへ[3]たつくもに[4]みち[5]わけて／なみだ[6]し[7]ぐるゝ[8]さ[9]やのなかやま

【校異】八六、（同、一四六　神宮文庫本、一一五の次）。1旅―羇旅（正治）。2あ―お（三百六十番）。3たつ―立（森百）。4みち―路（内百）、道（森百）。5わけ―分（内百、森百）。6しぐるゝ―時雨（森百）。7ぐ―ら続群。8さや―小夜（森百）。9や―よ（内百、秋風）。

【語注】**○やへたつくも**　③133拾遺愚草606「花の後八重たつ雲に空とぢて…」（花月百首、花五十首）。「立つ」は、今の進行形か。訳は今の状態（立っている）とした。　○くもに　「…に対して」か。　○なみだしぐる　八代集にない。③60賀茂保憲女1「くもりつつなみだしぐるるわがめにも…」、③106散木578「いかばかり涙のしぐれ色なればなげきおほしの山をそむらん」（冬）、③117頼政556「…のぼりなば涙時雨るる雲とやならん」（恋「恋、若狭三位歌合」）、③131拾玉3150「思ひあへず涙しぐるるたびの空は…」（秀歌百首草、羇旅十首）。「しぐるる」掛詞か。「雲」は時雨の雲で、上句とのかかわりで、人跡なく、幾重にも立つ雲の中に険しい山路を分けて行って、その旅の苦しさわびしさ、憂さ辛さに涙が…となる。さらに今初冬だが、この先の冬にはいかばかり…と思いやって涙が…となるか。　○さやの中山　「や」（夜）掛詞。西行の詠で有名。遠江（掛川市）。①千載538 537「たびねするこのした露の袖にまた時雨ふるなりさよの中山」（羇旅「旅のうたとてよめる」律師覚弁）。

【訳】人跡の一つもなく、幾重にも重なり立つ雲の中に、道を求め分け行って進めば、涙が時雨のように降る夜の小夜の中山である事よ。

▽「跡もなく八重立つ雲に道分けて」涙が時雨と降る小夜の中山と、旅の孤独、淋しさ、困難さ、つらさ、悲しさ等を歌枕・小夜の中山を舞台に「旅」歌群を歌い出す。上句（全体）は、和漢朗詠集404「山遠くしては雲行客の跡を埋む…」（下「雲」）によっておろう。視覚（「跡」）。16夫木16896、雑十八、旅「正治二年百首御歌」喜多院入道二品のみこ。31正治初度百首384（「羇旅」5首の1首目）。183三百六十番歌合〈正治二年〉457、冬、十三番、左、仁和寺宮。⑥10秋風集1021、羇旅「正治二年にたてまつりける百首歌に」北院入道二品親王守。288重出。

232　わび[1]つゝもかくていく[2]よか[3]す[4]ぎぬらん／か[5]りねな[6]らはぬい[7]なしきのさと

【校異】八七、（同、一四七）。1わび—侘（内百、林百）。2いくよ—幾代（森百）、幾夜（内百、林百）。3か—を（夫木)。4すぎ—過(神百、内百、林百、森百)。5かり—仮(森百)。6ならは—習(森百)。7いなし—秈し《本ノマヽ》(森百)。
いなしき—稲敷(内百)。

【語注】○わびつゝも　④11隆信548「わびつつもいくよになりぬ敷妙のまくらさだめぬうたたねの床」(恋三。31正治初度百首1280)。　○かりね　「稲」の縁語「刈(根)」。　○ならは　「習ふ」か。　○いなしきのさと　八代集にない。「いなしき」も。また『歌枕索引』は、この歌しか挙げていない。歌枕ではなく、普通名詞、即ち稲敷・田舎か。④26堀河百首1518「いなしきのふせやをみれば庭もせに門田の稲をかりほしてけり」(雑「田家」肥後)、③119教長77「いなしきもかきねのむめのかをるかははなのみやこにかはらざりけり」。「ゐなかをば、いなしき、…と云。」(歌学大系一—79頁「能因歌枕(広本)」)、同様の事は「俊頼髄脳」一—153頁、「奥義抄」一—305頁、「和歌色葉」三—200、201頁、「和歌童蒙抄」別巻一—249頁、「八雲御抄」別巻三—308頁にも記述がある。

【訳】もの思い侘びつつも、こうして幾夜かが過ぎていった事だろうか、仮寝というものを今までに体験した事のない稲敷の里においてである事よ。

▽引き続き体言止(歌枕「小夜の中山」→「稲敷の里」)。「なみだ」→「わび」。「稲敷」も田舎の意であり、その、仮寝など慣れてはいない里(々)に、「侘び」ながら幾夜か過ぎてしまったのかと、倒置法で「旅」の現実の様を歌ったものか。同じ守覚に、「いなしき」「かりね」の詞の通う117がある。三句切、体言止。第二、四句かの頭韻。16夫木14546、雑十三、里、いなしきのさと、未国「正治二年百首」喜多院入道二品のみこ。31正治初度百首385(羇旅5の2)。

【類歌】②16夫木14504「いなしきや山田もるをのかりほにてねぬよのかずをいくよへぬらん」(雑「…、山田」読人不知)

233 [1]を[2]がや[3]しくひ[4]なの[5]あら[6]の、つゆけ[7]さに／こゝろまでやはし[8]ほれ[9]はつべき

【校異】八八、（同、一四八）。1を―お（神百、林百、森百）。2が―も（林百）、り《〃イ如本》（書百）。3しく―鋪（森百）。4な―な《らイ》（書百）、ら（続群、正治）。5あら―荒（森百）。6の、―野の（内百）、野ゝ（林百）。7さ―さ《きイ》（書百）、き（古典文庫・神百、正治）。8ほ―を（古百、正治）、く（森百）。9はつ―ほす（森百）。

【語注】○をがや　屋根を葺く材料に用いる丈の高い薄や茅などの総称。八代集二例・千載856（恋四、親隆）、同859（恋四、清輔）。　○あらの　八代集にない。②万葉47「真《ミ》草《クサ》刈《カル》　荒野《アラノ》者《ニハ》雖有《アレド》　葉《ハ》過去《スギユク》　…」。枕草子「名おそろしき物　青淵。谷の洞。…荒野ら。」（146段、新大系196頁）。③125山家655「やまがつのあらのをしめてすみそむる…」（中、恋）、同866「ひばりたつあらのにおふるひめゆりの…」（中、雑）。　○しほれはつ　八代集（「しをれはつ」）にない。③129長秋142「荻原やしげみにまじるかるかやの下葉が下にしをれはてぬる」（秋「刈萱」）、③132壬二1486「山風や秋のあらしのことわりの木草も雪にしほれはてつつ」（洞院摂政家百首「雪」）。

【訳】小萱を敷いている田舎の荒れはてた野の露が数多く置いている事によって、心までもが萎れはてるのであろうか。

▽「敷《きく》」。「稲敷（田舎）」→「鄙」。「稲」→「を萱」「荒野」、「里」→「野」、「わび」「稲」→「露」、「わび」→「しほれ」。旅における、萱を敷いてねる鄙の荒野の露けさに涙し、心も「しほれ」果てるのかと、これも「旅（寝）」の現状の様子（感慨）を歌ったものである。31正治初度百首386（羇旅5の3）。

【類歌】①19新拾遺768「行きなれぬひなのあらのの露分けてしをるる旅のころもへにけり」（羇旅「旅の心を」今出河院近衛）

234
[1]あけがた[2]にさりともいま[3]はなり[4]ぬらん／やどる[5]みやまは[6]とりの[7]ねもせ[8]ず

【校異】八九、（同、一四九）。1あけ―明（森百）。あけがた―明方（内百）。2に―き《に》（神百）。3なり―成（神百、内百、林百、森百）。4らん―覧（古百）。5みやま―深山（内百、森百）。6とり……―以下ナシ（林百）。7ね―音（森百）。8ず―ぬ《すイ》（書百）、ぬ（神百、内百、古百）。

【語注】**〇あけがたに**　④28為忠家初度百首496「あけがたになりやしぬらんもろごゑにしもよのちどりなきわたるなり」（冬「暁天千鳥」）。**〇とりのねもせず**　この「とり」は、ごく一般の鳥とも考えられるが、④1式子292「あかつきの夕付鳥ぞあはれなる…」（鳥）などより鶏とする。④11隆信214「よしさらばとりのねもせぬ山ぢとてあくるもしらぬ月をながめん」（秋下「…、ふかきやまのあかつきの月」）。

【訳】明方時分に、鶏の鳴く声は聞こえなくても、今はなったのであろうか、旅寝で宿泊している深山は鶏の鳴く音もしない事よ。

▽「荒野」→「深山」。鳥の声はせずとも、明方にさぞなったろう、深山は夜明けても、山奥なため鳥の音もしないと、前歌の旅寝をここでもして、夜が明けた歌とする。三句切。聴覚（「音《ね》」）。最末「ず」と断定的否定表現。31正治初度百首387（羈旅5の4）。「百首・本文考」6、7頁参照。

235
[1]いそまくらぬる[2]ゝ[3]いと[4]は[5]じし[6]ほかぜ[7]に／月[8]かげよするまつがうら[9]なみ

【校異】九〇、（同、一五〇）。1いそまくら―磯枕（内百、森百）。2ゝ―と（神百、内百、林百、古百）、と《に》（書百）、に（続群、正治）、も（森百）。3は—は《は》（書百）、ひ（続群、正治）。4じ—し（正治）。5し—、（書百）。しほかぜ—塩風（内百、森百）。6ぜ—け（林百）。7かげ—影（林百）。8よす—寄（森百）。9なみ—なみ《しまイ》（書百）、しま（正治）、島続群。

【語注】○いそまくら　③130月清1382「きのくにやふきあげのまつによるなみのよるはすずしきいそまくらかな」（夏「納涼」）、④32正治後度百首774「浪かくるうらのとまやの磯まくら心の外の袖もぬれけり」（「海辺」季保）。○しほかぜに　③116林葉659「しほかぜによさのうらまつおとさえて千鳥とわたるあけぬこのよは」（「歌林苑十首歌中、千鳥」）、④31正治初度百首767「しほ風に月影わたる友千鳥なみにくだくるあり明のこゑ」（冬、忠良）。○よする「なみ」の縁語。○まつがうら　歌枕か。

【訳】磯での旅寝（においては）、波しぶきで濡れる事もいといはしまい、（なぜなら）潮風によって月の光を寄せてくる松の浦波であるからだよ。

▽舞台を深山から海辺へもってきて、その旅寝の様を描く。海辺の旅泊の材料（詞）が揃っている。正治百首は「いそ枕ぬるにいとひししほ風に月かげよするまつがうらしま」であり、その歌意は、磯枕では、寝るのにうるさくて嫌った潮風に乗って月光がうち寄せる〝松が浦島〟（この語は63前出。さらに63と「風」「月」が共通）である事よ、となる。第三句以下、風に月光を寄せる（松の浦波）という新風感覚表現。つまり風が吹き払って雲がなく、波に月がうつって岸に寄せるように見えるのである。同じ守覚の歌で「松が」「風」「いそまくら」の詞の通う類歌120、さらに「しほかぜ」「まつがうらなみ」「月」の詞の通う194がある。また③130月清61「しほかぜによさのうらまつおとふけて月かげよするおきつしらなみ」（花月百首、月五十首）、②13玄玉158「松風に月影よする白波のかへるもをしきしほがまの浦」（天地歌下「題不知」法橋宗円）が、235に酷似する。二句切、倒置法。視覚（「（月）影」）。31正治初度百首388（羇旅5の5）。「百首・本文考」7頁参照。

【参考】②10続詞花723「みさごゐるいそのまつがね枕にてしほかぜさむみあかしつるかな」（旅、登蓮法師）

236　やまぢよりほの見《み》えわたるゆふけぶり／こやゝどるべきふもとなるらん

【校異】九一、（同、一五一）。

【語注】**○ほのみえわたる**　八代集にない。が、「ほのみゆ」は、新古255（夏、良経）を初出として八代集三例。⑤162広田社歌合〈承安二年〉64「（くもま）よりほのみえわたる（あはぢしまやま）」。**○ゆふけぶり**　③133拾遺愚草187「そこはかとみえぬ山路の夕煙たつにぞ人のすみかともしる」（二見浦百首、雑廿首「夕」。文治二・1186年）。115前出。**○ふもとなるらん**　③95為仲119「これや此月みるたびに思ひつるをばすて山のふもとなるらむ」（「をばすて山の月をみて」）。

【訳】山路から、ずうっとほのかに見えわたっている夕煙（がある）、これが今夜宿をとる予定の麓なのであろう。

▽「月」→「夕」、「磯、潮風、浦波」→「山路」、「（潮）風」「（月）影」→「煙」、「枕」→「宿る」、「浦」→「麓」。再び場が「山」へ戻って、山路からほの見える家々の夕餉の仕度のための夕煙、その煙の立つ里が、今宵宿泊する筈の麓の村里だろうと推測した、前歌とは異なる平淡な詠。【語注】の定家詠とかかわりがあるか。視覚（「見え」）。④41御室五十首46（「旅三首」の1首目）。

237　ふみ[1]なれぬとこのうら風身にしみて／こゝろうきたつなみのをとかな

【校異】九二、（同、一五三　神宮文庫本、一一八の次）。1み―し（秋風）。

【語注】○とこのうらかぜ　八代集にない。「とこのうら」は八代集一例・後拾814（恋四、相模）。ただし後拾814・新大系は「床《とこ》のうち」。また「慣れぬ床」を掛けるか。「とこ（床）」は「ふみ（踏む）」の縁語。近江（彦根市）。阿波、石見説もある。　○二、三句　①千載259 258所収の俊成自讃歌の二、三句「野辺の秋風身にしみて」（秋上）と似る。○うきたつ　八代集一例・後拾1021（雑三、馬内侍）。源氏物語一例「暮れぬれば、心も空に浮きたちて、いかで出でなんと思ほすに、雪かきたれて降る。」（「真木柱」、新大系三―119、120頁）。「うき」は「浮・憂き」の掛詞か。「浮き」「立つ」は「波」の縁語。　○なみのおとかな　②10続詞花726「さよふけてあしのすゑこす浦風に哀うちそふなみのおとかな」（旅「ものへ…」肥後）、③131拾玉3747「思ひねのさよもふけ井のうら風に夢路たえぬる浪のおとかな」（詠百首和歌「海辺」）。

【訳】足で踏みなれた事もない鳥籠の浦風がしみじみと身にしみて、心が騒ぎ立つ波の音である事よ。

▽再び海辺の（おそらく）旅寝の詠で、踏み馴れない鳥籠の浦風が身にしみ、心が（不安で）浮き立って乱れる波の音よと詠嘆する。聴覚（「音」）。①19新拾遺828、羈旅「旅の心を」二品法親王守覚。④41御室五十首48（旅3の3）。⑥10秋風集1040、羈旅「たびの歌とて」北院入道二品親王。

【類歌】③131拾玉583「うきねして都へかへるうら風に情をかくる浪のおとかな」（御裳濯百首、雑二十首）
②15万代3395「身にしみてこころぼそきはあきのよのうらかぜちかきたびねなりけり」（雑四、堀川院中宮上総）
①18新千載769「うきねする床の浦風音ふけて浪の枕に月ぞかたぶく」（羇旅「…、月の歌に」賢俊）

238　さてもよをすご[1]しけるか[2]とよそにみし／ひなの[3]なかやまいくよとまりぬ

【校異】九三、（同、一五四）。1ご―ぐ（万代、夫木、御室、三百六十番）。2か―よ（夫木）。3なかやま―ささやに

（万代、夫木、御室、三百六十番）。

【語注】○さてもよを　「そのままで、そうして世の中を」ともとれる。「それでもこの世を（過ごしているのかと、）」（和歌文学大系14『万代和歌集(下)』3425）。　○よそにみし　②4古今六帖2495「うつせみのよのことなればよそにみしやまをやいまはよすると思はん」（第四。②万葉485 482）。　○ひなのなかやま　新編国歌大観①～⑩では以下の例のみ。①13新後撰533「君があたり見つつしのばんあまさ（ママ）がるひなのなか山雲なへだてそ」（離別、基俊。③108基俊89は「…あまざかるきびのなか山…」）。「ひなのなかやま」は、『歌枕索引』『歌枕辞典』『歌ことば大辞典』『歌学書被注語索引』共（項目）ない。また『歌枕索引』をみると、「ゐなのなかやま（猪名中山）」は、⑤137六条宰相家歌合〈永久四年〉22「冬さむみゐなのなか山こえくれば…」の歌例があがり、「中山」は③31元輔56「…うとからぬ我がなか山の松のこずゑに」、③89相模228「…あれぬるはわが中山のふるたなりけり」等の歌例がある。なお「中山」は阿波という説もある。そして『歌枕辞典』には、「猪名山（摂津国）」はある（450頁）が、「中山」はない。さらに「ささや」とある本文もあり、「ささがき（笹垣）」は9前出。「ささや」は八代集にない。その「笹屋」とは、「屋根を笹の葉で葺いた粗末な小屋。笹の屋」の事であり、今鏡「葺きぞわづらふ賤《しづ》のさゝ家《や》を」（御子たち、第八。古典全書325頁＝⑤356今鏡110）、②15万代1918「わがこひはしづのささやのとまをあらみ…」（恋一、後鳥羽院）、①21新続古960（羇旅、為氏）、⑤228院御歌合宝治元年216（「旅宿嵐」公相）・②15万代3380・①10続後撰1302 1299に用例がある。

【訳】それにしても、あんな所で生きていけるのかと他人事としてながめていたその田舎の中山に私は幾夜宿泊した事か。

▽再び「山」へ戻る。聴覚→視覚（「見」）、「浦」「波」→「（ひなのなか）山」。あんなところでと傍観していた所に幾晩も宿るようになったと、旅の感懐を歌う。15万代3425、雑四「五十首歌の中に、旅を」仁和寺入道二品親王守覚。16夫木14391、雑、屋、ひなのささや「家五十首御歌、旅」北院入道二品のみこ。41御室五十首47（旅3の2）。183三百六

十番歌合〈正治二年〉554、冬、六十一番、右、仁和寺宮。

眺望

239 ともづるやさはべのあしをあさるらん／とをざとをのゝ雪のむらぎえ

【校異】九四、（同、一六〇 神宮文庫本、一二六の次）。

【語注】○眺望 和漢朗詠集、下、624～630に、詩6句、歌1首（素性）がある。 ○ともづる 八代集にない。【訳】は一般の辞典によったが、「友千鳥」の如く〝数多く群れている鶴、親しい、仲間の鶴〟の義ではないか。他、③122林下370「わかのうらにむれゐてあそぶともづるよいくちよふともこころかはるな」（雑「俊成卿十首題人人読み侍りしに、祝を」）、③133拾遺愚草381「むれてゐしおなじなぎさの友づるに我が身ひとつのなどおくるらん」（閑居百首、述懐五首）、①11続古今1639 1647（雑中、成実）、③132壬二1141、2925に用例がある。 ○さはべのあし ③33能宣116「たづのすむさはべのあしのしたねとけみぎはもえいづる春はきにけり」（「…、春」。①後拾遺9）、③119教長905「おひしげるさはべのあしのはがくれはこゑにやたづのひとにしらるる」（雑歌「鶴鳴皐句題百首」）、③133拾遺愚草363「霜ふかきさはべのあしに鳴くつるの声もうらむる明暮の空」（閑居百首、冬十五首）。 ○とをざとをの 八代集にない。②万葉1160 1156「住吉之《スミノエノ》 遠里小野之《トホサトヲノノ》 真榛以《マハギモテ》 須礼流衣乃《スレルコロモノ》 盛過去《サカリスギユク》」（巻第七雑歌）、⑤164右大臣家歌合〈安元元年〉26「霜がれのま萩が枝ぞめづらしき遠ざとをのゝけさの初ゆき」（「初雪」寂念法師）、③131拾玉1260「津の国のとほ里をのゝ萩がえに雪の花さく冬はきにけり」（賦百字百首、冬十五首「はつゆき」）。摂津。

【訳】（仲のよい）雌雄そろった鶴よ、それらは沢辺の芦のところで、（さぞ）餌をあさっている事であろう、遠里小野の雪のむら消えの景色の中で。
▽鶴、沢辺の芦、遠里小野、雪のむら消と、早春の叙景「眺望」の歌。上句ア、下句ト、ノ、キの同音のリズム。三句切、体言止の倒置表現として【訳】したが、並立的に、…雪のむら消えの景が目前に広がっている事であるよ、ともとれる。「遠野小野」の歌枕としての、秋の寂しい雰囲気や萩のイメージからして、この歌の全体の景は珍しいものと思われる。16夫木9642、雑四、とほざとをの、遠里小（ママ）、摂津「家五十首、眺望」喜多院入道二品のみこ。41御室五十首49（「眺望二首」の一首目）。

240　[1]めかけに[2]おきかけさかりゆくふねは／かこのこゑこそまづはきえけれ

【校異】九五、（同、一六一）。1めかけ—めかけ（ママ）（国）、めもはる（夫木10600、15777、御室）。2おき—奥（御室）。

【語注】○めかけ　「しまかげ（島陰）」か。301は「目もはる」。いうまでもなく、「めかけ」は八代集にない。**○おきかけ**　辞書には「沖懸《おきがけ》」（名）・「船に乗って沖を行くこと。」として義経記—七の用例があがっている。また「沖影」で、第二句は「沖に浮ぶ（舟）影・姿が遠ざかって」か。**○おきかけさかりゆく**　「おきかけ」「かけさかり」は、八代集にないが、「さかりゆく」は、八代集一例・後撰71「…山の音にのみ花さかりゆく春をうら見む」（春中、小弐）。句またがり。「かけ」が掛詞で、「沖にかけて、かけ離れ行く」か。『日本国語大辞典』は「かけさかる」の例として、④26堀河百首1450（雑廿首「海路」顕仲）を挙げるが、新編国歌大観は「かげさかりゆらのとわたる…」とする。他、④29為忠家後度百首629「…こころみにただかけさかれよそのたまくら」（恋十五首「憑人妻恋」）、②16夫木15821「くもづよりすずめぐりするこし舟のおきかけさかるほのぼのにみゆ」（雑十五、船、こし舟「同」仲実）。他、「おきかけさかり」は⑦46出観841にもある。**○ゆくふねは**　④39延文百首1050「あさ霧に磯の浪わけゆく舟はおきにいでぬもとほざかりつつ」（秋二十首「霧」）。　**○かこ**　八代集にない。②万葉3644 3622「月余美乃《つくよみの》　比可里乎伎欲美《ひかりをきよみ》　由布奈《ゆふな》藝尓《ぎに》　加古能己恵欲妣《かこのこゑよび》　宇良末許具可聞《うらみこぐかも》」（「従二長門浦一船出之夜仰二観月光一作歌三首」）、他②万葉4355 4331など。　**○かこのこゑ**　⑤162広田社歌合〈承安二年〉98「はるばるとなみぢこぎゆくふねよりも風にさきだつかこのこゑかな」（「海上眺望」伊綱）、④4有房178「ゆくさきのきりのあなたにきこゆなりこれやをぶねのかこのえやこゑ」（秋「ふねの道のきり」）。

【訳】「めかけ」に〈「目もはるに」（目も遙かに遠く）・301〉沖合にかけて遠ざかって行く船（というもの）は、船頭の声こそがまず初めに消えてゆく（聞こえなくなってゆく）事よ。

▽「きえ」。再び海へ、「（とも）づる」→「かこ」。目も遥かに「沖掛け離り」行く舟は、水夫の声が最初に消えるとの海上「眺望」詠。視覚（「め（もはるに）」）、聴覚（「声」）。16夫木10600、雑五、澳「五十首、眺望」喜多院入道二品のみこ。同15777、雑十五、船「家五十首、眺望」喜多院入道二品のみこ。41御室五十首50（眺望2の2）。301重出。

【参考】③125山家419「おきかけてやへのしほぢをゆくふねはほかにぞききしはつかりの声」（「船中初雁」）

守覚法親王百首（神宮文庫本・林崎文庫、三、1226）

[1]詠百首和[2]歌

[3]沙門守覚

春[4]廿首

241　春の[5]野[6]に霞を[7]分て[8]入ぬとはあさ[9]なく[10]雉子の[11]は[12]おとにぞ[13]知

【校異】四、（古典文庫「守覚法親王百首（神宮文庫本）」の番号——以下、同じ——）。1「正治百首／詠百首和哥
御室守覚法親王／春／年くれし名こりの雪やおしからん跡たにつけてはるは来にけり／いしまより春をもらして
ゆく水のなみにたゝよふうすこほりかな／かすみしてひかたにあさる難波めは心あてにやいそなつむらむ」（書百）。同
歌の一頁目の右上「図書寮印」（書百）、「林崎文庫」の印（林百）、「大阪市立大学附属図書館蔵書」の印（森百）、
右「森　文庫」の印（森百）、「森小茂（ハンコ）」（森百）。2歌—（元・哥）—歌（内百、森百）。3沙門守覚—沙（書
百）。4廿—二十（内百、森百）。廿首—右側小字（書百）、ナシ（正治）。5野—、（書百、古百）。6に—を（林百）。
7分—わけ（書百、林百、森百、古百、正治）。8入—いり（書百、古百）。9なく—ナシ（林百）。10雉子—きし（書百、
古百）、きじ（正治）。11はおと—は音（正治）、羽音（内百）、はつ音（森百）。12お—を（書百、林百、古百）。おと—
かせ続群。13知—しる（内百、書百、林百、古百、正治）。

【語注】〇入ぬ　私・作者か、あるいは「雉子」か。わが身を隠せないですぐ飛び立って、所在を知られてしまう鳥
ゆえ後者か。〇あさなく　⑤167別雷社歌合56「武蔵野に朝なくきぎす声すなりかすみの中につまやこもれる」

（「霞」安性）、④41御室五十首758「春の野にあさなく雉なれのみかかりの浮世は誰もかなしな」（春十二首、生蓮）。

【訳】春の野の中に霞を分けて入り込んだとは、朝に鳴いている雉の羽の音をきいて知る事であるよ。
○雉子「きし」（新編国歌大観④索引、ただし31正治初度307）。
▽野に霞を分けて入った事は、鳴く雉の羽音に知るとの平明な詠。聴覚（「なく」「（羽）音」）。31正治初度百首307、詠百首和歌、御室守覚法親王、「春」20の4。
【参考】②4古今六帖1187「春ののにあさなくきじのつまごひにおのがありかを人にしられて」（第二、野「きじ」）…本歌か
③29順203「かりにくる人もこそきけ春の野にあさなくきじの近くも有るかな」（「きじの鳴くをききて、…」）
①詞花6「かすが野にあさなくきじのはねおとは雪のきえまにわかなつめとや」（春、源重之）

242　[1]鴬の[2]こゑに光や[3]そひぬらん月にうたひてたに[4]を[5]いづ[6]なり

【校異】五。1鴬―鸎（森百）、うくひす（書百、林百）。2こゑに―聲の《にイ》（内百）。3そひ―添（森百）。4を―に（書百）。5いづ―出（内百、森百）、出る続群。6なり―也（森百）。

【語注】**○鴬の**　③117頼政614「おぼつかな谷より出づる鴬のそこにありとはきかするものを」（雑「別当…」）。**○月に**・「月に対して」か。**○たにをいづ**　③129長秋617「谷を出でてたかきにうつる鴬は花さく宿のあかずなりけり」（「花の中に鴬ある所、人の家あり」）…守2。**○いづなり**　終止形接続につき、「なり」は、いわゆる伝聞推定（守1参照）か。「出る」なら連体形であり、断定となる。

【訳】鴬の声にさぞ月の光が加わった事であろう、月の光の中で歌いながら鴬が谷を出るようだ。

【本歌】古今14「うぐひすの谷よりいづる声なくははるくることを誰かしらまし」（春上「寛平御時后宮歌合の歌」大江千里）

▽「おと」→「こゑ」、「雉子」→「鶯」、「朝」「霞」→「月」、「野」→「谷」、「なく」→「うたひ」、「入（り）」→「いづ」。前歌の、朝・霞の春野の雉子から、夜・月、谷を出る鶯と舞台を変化させている。来春を告げて「谷を出づ」のは、本歌の古今14の如く声とも考えられるが、古今14を変えて、姿・鶯ととっておく。上句は聴覚（「声」）に視覚（「光」）の融合、添加の新風感覚表現。三句切。下句に、たの同音のくり返しによるリズム。16夫木324、春二、同（＝正治二年百首）「鶯」喜多院入道二品のみこ守。31正治初度百首308（春20の5）。同じ守覚の歌に「うぐひす」「こゑ」「たにをいで」の詞の通う151がある。

目加田さくを氏は、この歌が「形成する情景は、写実であると同時に幻想、…何人がこのようなアイ〔私注――「光そひぬらむ」と下句〕の表現を創造しうるであろうか。守覚という法親王ならではの王風というべきである。」（『私家集論(二)』180頁）と述べられる。

【参考】③119教長49「うぐひすのたにより いづるはつこゑにまずはるしるはみやまべのさと」（春）

243　か[1]をと[2]む[3]るたよりにき[4]なせ《け》[5]鶯のすぎ[6]そ《う》[7]かるべき梅のた[8]ちへ[9]や《ぞ》[10]

【校異】六。1か―香（内百、森百）。2とむ―留（森百）。3む―ん（古典文庫・神百）。4き―来（内百）。5せ《け》―け（内百、書百、林百、森百、古百、続群、正治）。6すぎ―過（内百、森百）。7そ《う》―う（内百、書百、林百、森百、古百、続群、正治）。8たちへ―立枝（内百、森百）。9へ―え（書百、古百、続群）、枝（正治）。10や《ぞ》―そ（内百、書百、林百、森百、古百、続群）、ぞ（正治）。

【訳】（梅の）香をとどめているゆかりとして来て鳴きなさいよ、鶯が行き過ぎがたい筈の梅の高く生い立った枝であるから。

▽「鶯」。「声」→「香」「なせ《け》」。谷を出た鶯の前歌より、鶯が過ぎ憂い梅の枝だから、香をそこにとめている——「尋ね、求めてくる」とも——縁で、鶯よ来鳴けと命令したものである。二句切、倒置法。嗅覚（「か」）、聴覚（「鳴け」）。31正治初度百首309（春20の6）。

【参考】③114田多民治10「やまがつのしづをがかこふかきほなる梅の立枝に鶯ぞなく」（春「鶯」）
③125山家994「すぎて行くはかぜなつかしうぐひすになづさひけりな梅の立枝に」（雑。③126西行法師8）

【類歌】⑤183三百六十番歌合〈正治二年〉44「のきちかきむめのたちえやしるからむおもひのほかにきなくうぐひす」（春、宮内卿。④32正治後度百首806）

244　つく〴〵と春雨そゝく軒ば[1]よりしのぶづた[2]へ《ひ》[3]に[4]おつるたま水

【校異】七。1ば—端（内百、林百、森百）。2づたへ《ひ》—傳ひ（内百）。づたへ《ひ》に—傳に《イ》（森百）。3へ《ひ》—ひ（書百、林百、古百、続群、正治）。4おつ—落（内百、林百、森百）。

【語注】○つく〴〵と　内面には深い感情を秘めながら、外面的には変化のない、もの静かな行為・動作が持続するさまをいう語（歌ことば大辞典）。○雨そゝく　「注く」は守114参照。参考、佐藤恒雄「日本古典文学会々報」No.69「雨そそく」。○しのぶづたひ　八代集にない。新編国歌大観①〜⑩の索引にも用例がない。○たま水　①後撰578 579「雨やまぬのきの玉水かずしらず…」（恋一、かねもり）、①千載686 685「おつれどものきにしられぬ玉水は恋のながめのしづくなりけり」（恋一「題しらず」大中臣清文）。

【訳】しみじみと春雨が注いでいる軒端より、忍ぶ草を伝って落ちている玉水＝雨の滴よ。

▽「梅」↓「忍ぶ」（草）。雨注ぐ軒端より忍ぶ草伝いに落ちる玉水を描く〝春雨〟の叙景歌。二、三句と続くとして解釈したが、二句切で「…春雨注く。軒端より…」ともとれる。31正治初度百首310（春20の7）。式子に④1式子117「たえぐくに軒の玉水をとづれてなぐさめがたき春の故郷」（春）がある。

【参考】④26堀河百首174「つくづくと詠めてぞふる春雨のをやまぬ空の軒の玉水」（春廿首「春雨」肥後）

【類歌】①新古今64「つくづくと春のながめのさびしきはしのぶにつたふ檐の玉水」（春上「閑中春雨といふことを」大僧正行慶）

①17風雅115 105「春雨は軒のいと水つくづくと心ぼそくて日をもふるかな」（春中「…、おなじ心を（＝春雨を）」俊成）

245　忘[1]なよ秋[2]こしかり[3]のいまはとて帰[4]山路におもひたつ[5]とむ[6]

【校異】八。1忘—わする（内百、古百、正治）。忘な—わすれ《るな》（書百）、わすれ《るな》宮百。2秋—烁（内百、森百）。3かり—雁（内百、正治）、鴈（森百）。4帰—帰る（内百、森百）、かへる（書百、古百、正治）。5たつ—立（森百）。6む—も（内百、書百、森百、古百、続群、正治）。

【語注】**○忘る**　何か。春の景か、春の情趣か、我か。**○かり**　『式子注釈』19参照。**○いまはとて帰**　④35宝治百首465「いくつらにはや成りぬらん今はとて帰りたちぬる春のかりがね」（春廿首「帰雁」寂西）。**○おもひたつ**　「立つ」（本歌、帰る事を決心する）か、「断つ」か。はた掛詞か。八代集における用例から、「立つ」とした。

【訳】決して（都の）春の情趣への思いを）忘れるなよ、秋にやって来た雁は、今はこれまでと春に帰って行く山路に帰る事を思い立ったとしても。

【本歌】③106散木152「春くればたのむ《も（堀）》のかりもいまはとてかへる雲路に思ひたつなり」（春、三月「…かへるかりの心をよめる」。④26堀河百首200。①千載36）

▽「春」→「秋」。俊頼の本歌をうけて、246は、その春の情緒を決して忘れないでおくれと雁へ呼びかけ、訴えかけたもの。古今30、31に歌われた「帰（る）雁」を詠む。初句切、倒置法。31正治初度百首311（春20の8）。

【参考】③96経信28「ふるさととあはれいづくをさだめてかあきこしかりのけふかへるらむ」（「伏見にて、帰雁を」）

【類歌】④31正治初度百首1020「春くればこしかたへとや雁がねもかへる山路にいそぎたつらん」（春、経家）

④22草庵84「一かたにおもひさだめぬ憂世とや秋こしかりのまたかへるらん」（春上「…、帰雁」）

④39延文百首2911「まよはずや秋こし雁のかへる山春は霞の中のかよひぢ」（春二十首「帰雁」行輔）

246　詠[1]てもいかにか[2]た[3]へん[4]梅がえの花に月もる春のあけ[5]ぼの

【校異】一〇。1詠—なかめ（内百、書百、古百）、ながめ（正治）。2か—こ（森百）。かたへ—語ら（内百）。3へ—へ《ら》（書百）、ら続群。へん—らむ（正治）。4梅—むめ（書百、古百）。5あけ—明（正治）。あけぼの—曙（森百）、明□（内百）。

【語注】○梅がえの花　守10、11前出。　○もる　「守る」をかけるか。

【訳】眺めみても一体どのように堪え忍べばいいのだろうか（、堪えられない）、梅の枝の花に対して月の光が漏れ出でてさす春の曙の美しい景は。

▽「梅が枝の花に月漏る春の曙」の佳景の美にはとうてい堪えられない（語り尽くせないトモ）と、三句以下の叙景

（視覚）に対する一、二句の詠嘆。第二句、反語。また「いかにかたらむ」の本文なら、「どのように語り尽くせばいいのだろうか、とうてい語り尽くす事はできない」となる。同じ守覚の詠に「むめがえの花に」「はるのあけぼの」の詞の通う11がある。また歌境の通う式子の詠に、④1式子110「この世には忘ぬ春の面影よおぼろ月夜の花の光に」（春）がある。下句はの頭韻。二句切、倒置法。視覚（「詠」）。31正治初度百首313（春20の10）。「百首・本文考」7、8頁参照。

【類歌】④18後鳥羽院640「ながめてもいかにかもせむわぎもこが袖ふる山の春のあけぼの」（詠五百首和歌、春百首）

247　[1]この[2]もと[3]に花[4]まちかねて[5]ながむれば面影よりぞ咲〈さき〉[6]はじめける

【校異】一一。1こ—木（内百、書百、林百）。2もと—本（内百、書百、正治）、下（林百）。3に—の（内百）。4まち—待（林百、森百）。5ながむ—詠（内百、森百）。6はじめ—初（森百）。

【語注】○このもとに　①千載77「さきしよりちるまでみれば木のもとに花も日かずもつもりぬるかな」（春下、白河院御製）。　○面影　拾遺1036「さかざらん物とはなしにさくら花おもかげにのみまだき見ゆらん」（雑春「だいしらず」躬恒）、③46安法法師93「すぎにける花ををしむとながむればおもかげにこそはるもながむれ」（「四月一日」）…247と逆。　○咲はじめ　八代集二例・詞花32、千載41。源氏物語一例「女郎花、き経など咲きはじめたるに、色々の狩衣姿の男どもの」（「手習」、新大系五—342頁）。

【訳】桜の木の本において、咲く桜の花をまちかねてしみじみと思いみると、面影から咲き始める（桜の花である）事よ。

▽「花」（ただし梅→桜）、「ながめ《むれ》」。前歌、梅の視覚詠から、木元に花を待つと、面影から咲くと、内容及び重な

る語句の位置の同一性等より、下記の④30久安百首20の影響を強く受けた歌。④30久安20同様分りやすい。視覚（「ながむれ」「面影」）。31正治初度百首314（春20の11）。式子に355「花をまつおも影みゆる明ぼのは四方の梢にかほるしら雲」（続千載68 69、春上）がある。

【参考】④30久安20「朝夕に花まつ比はおもひねの夢のうちにぞ咲きはじめける」（春二十首、御製。①千載41）

248
桜[1]咲[2]みね[3]たちはなれ[4]行雲はせめても花に[5]おもひわけ[6]とや

【校異】一二。1咲—さく（書百、古百、正治）。2みね—岑（内百）、嶺（林百）、峯（森百）。3たち—立（森百）。4行—ゆく（書百、正治）。5おもひ—思（森百）。6と—は《とイ》（書百）。

【語注】〇たちはなれ行　八代集一例・古今430「あしひきの山たちはなれ行く雲の宿りさだめぬ世にこそ有けれ」（物名「橘」小野滋蔭）。句またがり。また「はなれゆく」も、八代集一例・拾遺879。〇せめて　「不十分ではあるが。これだけで（も）」の意ととるのは、やはり無理か。

【訳】桜の咲いている峯を立ち離れて行く雲は、強いても無理に桜と区別せよという事なのか。

▽「咲」「花」。「木の本」→「峰」。前歌の下句「面影よりぞ咲き初めける」をうけて、「桜咲く峰…」となる。その峰を離れる事によって、区別しがたい雲は桜と区別せよとかと歌う。31正治初度百首315（春20の12）。

249
[1]ちりまがふ花のふゞきに[2]かきくれてそらまで[3]かほる[4]しがの[5]山[6]ごへ

【校異】一七。1ちり—散（内百、森百）。2くれ—暮（内百）。3かほる—薫（森百）、にほふ《かをる》（正治）、かをる（大木）。

4しが―志賀（内百、林百、森百）。5ごへ―越（内百、森百）。6へ―え（書百、古百、夫木、正治）。

【語注】**○花のふゞき**　③125山家113「はる風の花のふぶきにうづまれて《も》ゆきもやられぬしがのやまみち」（「落花の歌…」）、③131拾玉2307「こえくらす花のふぶきの春の山にまつりてなせそしがの里人」（詠百首和歌、春二十首）。「ふぶき」は八代集二例・千載455、同461、源氏物語一例「風はげしう吹ふゞきて、御簾のうちの匂ひ、いともの深き黒ぼうにしみて、」（「賢木」、新大系一―378頁）。**○かきくれ**　八代集にない。源氏物語一例「にはかに風吹き出でて、空もかきくれぬ。御祓へもしはてず、立ちさはぎたり。」（「須磨」、新大系二―45頁）。四辺がかき乱したように暗くなる。③115清輔200（冬「雪」）。　**○かほる**　ここは香（嗅覚）もあろうが、視覚的な美。「か《を》ほる」につき詳しくは『式子注釈』11、及び拙論『国文学研究ノート』21号「式子内親王の「薫る」――新風歌人としての側面――」参照。さらに「そらまでかほる」（③117頼政126。「そらまでにほふはな」は、②15万代238（春下「題しらず」道済））の、式子、良経、定家などにみられる新風（歌風の）感覚表現については、『式子注釈』11の〔語釈〕の「○かすみぞかほる」や守11（「こゑさへにほふ」）参照。　**○しがの山ごへ**　八代集二例・①後拾遺137「さくらばなみちみえぬまでちりにけりいかがはすべきしがのやまごえ」（春下「山路落花をよめる」橘成元）、後述の千載88。桜の名所。六百番歌合に「志賀山越」として春の歌題にある。④27永久百首60「家づとにをれる桜をちらさじといそぎぞしつるしがの山ごえ」（春「志賀山越」忠房）、①千載88「春かぜに志賀の山ごえ花ちればみねにぞうらの浪はたちける」（春下、親隆。④30久安614）、③131拾玉711「ちりまがふ花に心のむすぼれて思ひみだるるしがの山ごえ」（楚忽第一百首、春「桜」）、③133拾遺愚草605「桜花ちらぬ梢に風ふれててる日もかをる志賀の山越」（花月百首「花五十首」）。

【訳】散り乱れる桜吹雪に空が暗くなって、空までもが美しく輝く志賀の山越である事よ。

▽散り紛う花の吹雪に、あたり一面が暗くなり、地上のみならず空までも輝く美しい志賀の山越の叙景歌。永久百首57〜63（春）、六百番歌合133〜144（春）で採用された題を歌う。第四句「空まで薫る」に、新風流行表現が見える。

16夫木1492、春四、花「正治二年百首」喜多院入道二品のみこ。31正治初度百首320（春20の17）。

【類歌】⑤175六百番歌合139「にほはずはふぶくそらとぞおもはまし花ちりまがふ志がのやまみち」（春「志賀山越」季経）

④31正治初度百首15「さくら花ちりのまがひに日はくれぬ家路もとほししがの山ごえ」（春二十首、御製）

④32正治後度百首1072「あくがれし花のふぶきにすぎなれて雪の空にも志賀の山越」（「山路」慈鎮。③131拾玉3745）

250　いまぞしるたこのうらふし《ぢ》さきにけりおとせで浪はよするものかは

【校異】一八。1しる—知（森百）。2たこ—田子（内百、森百）。3ふし《ぢ》—藤（内百、書百、森百、正治）。4し《ぢ》—ち（林百、古百）。5さき—咲（内百、森百）。6お—を（古百）。7浪—波（内百、書百）。8よす—寄（森百）、こゆ（内百）。9もの—物（内百、林百、森百）。10は—は《なイ》（書百）、な（正治）。

【語注】**○たこのうら**　八代集二例・拾遺88「たこの浦の底さへにほふ藤浪をかざして行かん見ぬ人のため」（夏「たこの浦の藤花を見侍て」柿本人麿）、新古1482（雑上、慈円）。越中。藤の名所。「又越中国いづみの郡ふる江の村にある布勢の水うみ、たこの浦藤とよめるを、潮の定によむ事はあやまり也。」（日本歌学大系、別巻五「顕注密勘抄」197頁）。**○うらふぢ**　八代集にない。式子242「うら萩」にも似た語構成。『式子注釈』242及び583頁参照。**○ふぢさきにけり**　古今135「わが宿の池の藤波さきにけり山郭公いつか来なかむ」（夏「題しらず」読人しらず。②3新撰和歌121。②4古今六帖4236）。

【訳】今こそ知ったよ、多祜の浦の藤が咲いた事よ、音もたてないで浪は寄せるものであろうか、イヤ音がしないから波と見たのは、あれは藤であったのだ。

▽「志賀の山越」→「多祜の浦藤」、「花」→「藤」。華麗な桜の志賀の山越から、越中の多祜の浦藤の詠へと歌枕を移す。波は音をたてるのに、音がしない事によって浦の藤（波）が咲いたと知ると歌う、おなじみの藤を浪に見立てた詠。「白波の音せで立つと見えつるは…」（後拾遺172）。初句、三句切。初句と二、三句との倒置法。聴覚（「音」）。31正治初度百首321（春20の18）。「百首・本文考」8頁参照。

【参考】④26堀河百首279「むらさきのしきなみよすとみゆるまで田子の浦藤花咲きにけり」（春廿首「藤花」仲実）

251　我[1]もおしむみち[2]になこその関も有[3]を思ひ[4]もしらず帰る春哉[5]

【校異】二〇。1我―われ（書百、古百）。2みち―路（内百）、道（森百、正治）。3有―ある（書百、古首、正治）、り（林百）。有を―あり（三百六十番）。4思ひ―思（森百）。5哉―かな（林百、古百、正治、三百六十番）。

【語注】○我もおしむ　初句切か、下へ続くのか。初句字余り。「も」は、他の人々も、道もか。○なこその関「なこそ」例によって掛詞。陸奥・磐城（いわき市）。遠江という説もある。○関も有を　字余り（「あ」）。

【訳】私もまた惜しんでいる春の帰り行く道に、来るなという、「なこその関」もあるというのに、私の思いも知らず顔で帰って行く春である事よ。

▽①後拾遺3「あづまぢはなこそのせきもあるものをいかでか春のこえてきつらん」（春上「春はひむがしよりきたる…」源師賢）とは逆に〝帰る春〟を歌う。なこその関（歌枕）もあるのに、わが熱いせつない思いも知らぬげに来た時と同じく東へ帰る春だと詠嘆する。31正治初度百首323（春20の20）。183三百六十番歌合〈正治二年〉140、春、七十番、右、仁和寺宮。

【類歌】⑤197千五百番歌合598「かへるはるおもひやるこそくるしけれなこその関のゆふぐれの空」（春四、顕昭）

夏十五首[1]

252　五月雨に[2]よどの[3]かはをさ[4]ふなで[5]して[6]わけし[7]真鷹《こも》[8]はなみのした草

【校異】二二三。1十五首―右側小字（書百）、ナシ（正治）。2よど―淀（内百、森百）。3かはをさ―川長（内百、森百）。4ふな―舟（森百）。ふなで―船出（内百）。5わけ―分（内百、森百）。わけし―池の（夫木）。6真―ま（書百、古百、夫木、正治、三百六十番）。7鷹《こも》―こも（書百、林百、古百、夫木、正治、三百六十番）、薦（内百）、鷹（森百）。8した―下（内百、林百、森百）。

【語注】**〇よどのかはをさ**　「よどのかはをさ」「かはをさ」は八代集にないが、「よどのかはなみ」が後撰995（恋六、よみ人しらず）にある。「かはをさ」は、源氏物語一例「「さしかへる宇治の河おさ朝夕のしづくや袖をくたしはつらむ／身さへ浮きて。／と、」（「橋姫」、新大系四―322頁）。「淀川」は山城、水が淀んでいるように見えながら、実は流れていて、水深の深い川。③58好忠24「あさなぎにさをさすよどのかはをさもこころとけてははるぞみなるる」（正月をはり）、①13新後撰1283 1288「水まさる淀の川をささすさをの末もおよばぬ五月雨の比」（雑上「題しらず」観意法師）。**〇わけし**　「池の」（夫木）の本文は意不明。**〇真薦**　古今587「まこも刈る淀の沢水あめふれば常よりことにまさるわが恋」（恋二「題しらず」貫之）、①拾遺114「しげるごとまこものおふるよどのにはつゆのやどりを人ぞかりける」（夏「天暦御時御屏風に、よどのわたりする人かける所に」壬生忠見）、④26堀河百首441「いかにしてまこもをからん五月雨にたかせのよどの水まさりける」（夏十五首「五月雨」師時）。**〇なみのした草**　八代集二例・千載793（恋三、俊忠）、新古1360（恋五、読人しらず）。波の下に生えた草。

【訳】梅雨の中に淀（川）の船頭は舟出をして、かつて舟で分けて行ったまこもは、梅雨の増水のために波のはるか下の草となっている事よ。

▽「五月雨に」は、今までの五月雨によってともとれ、また「船出して」も過去とも解釈されるが、この歌は、とにかく梅雨の豪雨によって淀川の真薦が波の下となってしまった景を歌ったものである。真薦が波の下草となるのには、何か典拠があるか。16夫木10783、雑五、池（ママ）、よどのいけ「三百六十番歌合」喜多院入道二品のみこ。31正治初度百首326（夏15の3）。183三百六十番歌合〈正治二年〉224、夏、卅番、右、仁和寺宮。

【類歌】④31正治初度百首1230「五月雨にたのむつなでも朽ちはてて浪にながるるよどの河舟」（夏、隆信）

①21新続古293「五月雨に淀の河ぎし水こえてあらぬわたりに舟よばふらし」（夏、定親）

253　さても[1]なをいつか[2]はるべきひかず〈日数〉のみ[3]ふる[4]野の[5]里の[6]五月雨。のそら〈空〉

【校異】二四。1なを—猶（内百、林百、夫木、正治）、尚（森百）。2はるべき—はるへ《つィ》き続群。3ふる—布留（内百）。4野の—の、（書百、森百）、野、（林百）。5里—さは（正治）。6五月。雨—五月雨（内百、書百、林百、森百、古百、夫木）、さみだれ（正治）。

【語注】**○いつかはるべき**　③119教長273「さみだれはいつかはるべきあづまやののきのしのぶもくちやしぬらん」（夏「連日五月雨」）。**○はる**　「ふる」と対語。**○ふる**　掛詞。「雨」の縁語・「降る」。**○ふる野の里**　『歌枕索引』には「ふるのさと」の項目はないが、正治百首327の「ふるののさは」の項目があり、④26堀河百首1434（雑二十首「橋」顕仲）の用例があがっている。**○五月雨の**　③131拾玉3596「五月雨のふるののをざさみがくれて雲に空なきみわの山もと」（詠百首和歌、夏十五首）。

【訳】それにしてもやはり一体いつ晴れるのであろうか、毎日毎日雨で、日数ばかりがたつふる野の里の五月雨の空は。

▽「五月雨」。「淀の川」（山城）↓「布留野の里」（大和）。前歌と同じく「五月雨」の叙景歌で、これは、布留野の里に、雨が晴れる事なく降り続いている様を歌う。「(日数のみ)ふる」で時間的経過。二句切、倒置法。倒置法としたが、「…五月雨の空をみると、しみじみとそう思われるよ」とも解釈される。下句ののリズムと二句以下…はる…ひか…ふる。16夫木14729、雑十三、里、ふる野のさと、大和「正治二年百首御歌」喜多院入道二品のみこ。31正治初度百首327（夏15の4）。「百首・本文考」5頁参照。

【参考】③106散木297「おぼつかないつかはるべきわび人の思ふ心は五月雨の空」（夏「百首歌中に五月雨に」。①千載197。④26堀河百首440）

【類歌】①20新後拾691「日数のみふるのわさ田の五月雨にほさぬ袖にもとる早苗かな」（雑春、多多良義弘）

254　まち[1]くらすし累新《るし》[2]はこれ[3]かほとゝぎす[4]雲《くも》のはたてに一《ひと》こゑぞする

【校異】二七。1まち—待（内百、森百）。2し累新《るし》—しるし（内百、書百、林百、古百、正治）、験（森百）。3これ—是（森百）。4ほとゝぎす—時鳥（内百）、郭公（書百、林百、森百）。

【語注】○まちくらす　八代集二例・後撰205、870。源氏物語一例「「きのふ待ち暮らししを。猶あひ思ふまじきなめり」」（「帚木」、新大系一—73頁）。○雲のはたて　有名な古今484「ゆふぐれは雲のはたてに物ぞ思ふあまつ空なる人を恋ふとて」（恋一「題しらず」読人しらず。②4古今六帖521）、③132壬二1195「天つ空雲のはたての時鳥なくや夕は妻を恋ふらし」（大僧正四季百首、鳥）。○一声　④30久安1024「郭公雲井を過ぐる一こゑはそらみみかとぞあやまたれける」

（夏十首、堀川）。

【訳】（時鳥の声を）まって日々を送ったしるしというものは、これだったのか、時鳥（は）雲の果てに一声きこえる事よ。

▽ずうっと待っていた甲斐があって、「雲のはたてに」時鳥の一声がすると歌う、平明な「時鳥」詠。人口に膾炙した古今484によって、一首全体を恋歌（「時鳥」への）めかしている。31正治初度百首330（夏15の7）。式子に④1式子124「まちまちて夢かうつつか時鳥ただ一こゑの明ぼののそら」（夏）、④1式子378「まちまちてきくかとすればほととぎすこゑもすがたもくもにきえぬる」（三百六十番歌合、夏）がある。

【参考】③119教長245「いそげどもこよひはこえじおとはやまくものはたてにほととぎすなく」（夏「暮山時鳥」）

【類歌】④32正治後度百首116「一声はききつともなきほととぎす雲のいづくにまたなのるらん」（夏「郭公五首」範光）

255　いは《岩》ふれ[1]ば[2]みな[3]わ[4]たまちる[5]なつか[6]わに月[7]社[8]こほれ[9]波や[10]おと《音》せぬ

【校異】三〇。1ば—て（内百、書百、古百、続群、正治）。2みなわたま—皆わたま《本ノマ、》（森百）。3わ—は（内百、書百）。4たま—玉（内百、正治）。5なつかわ—夏川（内百、森百、正治）。6わ—は（書百、林百、古百）。7社—こそ（内百、書百、森百、古百、正治）。8こほ—氷（内百、森百）。9波—浪（内百、正治）、なみ（書百、古百）。10お—を（古百）。

【語注】〇**いはふれ**　④26堀河百首1387「みなせ川落ちくる水の岩ふれて折る人なしになみぞ花さく」（雑廿首「川」基俊）、③122林下163「けさのあさこほりしぬらしたにがはのいはふれゆきしおとたえにけり」（「こほりをよめる」）。〇**みなわ**　八代集二例、古今573、拾遺1320。源氏物語一例「なみだがは浮かぶみなはも消えぬべし流れてのちの瀬をも待たずて」（「須磨」、新大系二—16頁）。④26堀河百首1377「みなわまきとこなめはしるあなし川ひまこそなけれ浪の白ゆふ」（雑廿首「川」公実）、⑤154中宮亮顕輔家歌合7「岩間行く八十氏川のはやき瀬にみなわたてどもやどる月影」（「月」大蔵卿）。　**○なつかわ**　八代集にない。②10続詞花140「夏かはの岩瀬にやどる月影や冬にしられぬ氷なるらん」（夏「水上夏月をよめる」心覚）。　**○こほれ**　「こぼれ」ではなかろう。

【訳】（波が）岩に触れると、水泡が珠とちる夏の川に、月の光が水面に氷を敷いたように見える、がしかし、波が音をたてない事があろうか、イヤ決してそんな事はない（、波は音をたてるものなのだ、だから氷って音がしないように見えるのは、それは月光のせいなのだ）。

▽下句「…ように見える事よ、だから波が音もたてないのであろうか」とも考えられるが、第一、二句と古今41「色こそ見えね香やはかくるゝ」により、**【訳】**の如くとした。第四句は、例の、月光を水面に敷いた氷と見立てたもの（和漢朗詠集240「秦甸の一千余里　凜々として氷鋪き」（秋「十五夜付月」））、あるいは「水にうつる月が氷ったように見える」か。四句切。聴覚（「音」）。31正治初度百首333（夏15の10）。

256

しはつ山風〈かぜ〉[1]吹すさ[2]むなら〈楢〉のは〈葉〉[3]にた[4]へぐ[5]残[6]ひぐらしのこ[7]え

【校異】三二一。1吹―ふき（書百、古百、新続古、三百六十番）、咲《吹か》（林百）。2む―ふ（内百、森百、続群）、ぶ（新続古、夫木）。3に―の（森百）。4へ―え（内百、書百、森百、古百、新続古、夫木、正治、三百六十番）。5残―のこる（書百、古百、正治、三百六十番）、残る（内百、林百、森百、新続古、夫木）。6ひ―日（内百、書百、林百、正治）。ひぐらし―日暮（森百）。7え―ゑ（書百、古百、新続古、夫木、正治、三百六十番）。

【語注】○しはつ山…ならのは　③106散木314「しはつ山ならのわか葉にもる月の影さゆるまでよはふけぬらし《にけり》」（①21新続古332夏、六月「月前遂涼」）、③129長秋93「しはつ山ならの下葉を折敷きて今夜はさねん都恋しみ」（久安百首、雑歌廿首、羈旅五首。④30久安896）。　**○吹すさむ**（ぶ）　八代集一例・新古1304（恋四、摂政太政大臣）。源氏物語「あざれたる袿姿にて、笛をなつかしう吹きすさびつゝ、のぞきたまへれば、」（「紅葉賀」、新大系一―255頁）。「荒れる」ほうの意。　**○ひぐらしのこえ**　夏なのに秋の涼しさの趣をもつものとして詠まれる。古今205「ひぐらしのなく山ざとの夕暮は風よりほかに訪ふ人もなし」（秋上、よみ人しらず）、④26堀河百首823「山ざとはさびしかりける木がらしのふく夕ぐれの日ぐらしのこゑ」（秋廿首「虫」仲実）、④1式子135「夕さればならの下風袖過ぎて夏のほかなる日ぐらしのこゑ」（夏）。

【訳】しはつ山（において）、風が吹きすさぶ楢の葉（の音）のところに、とぎれとぎれに残っている日ぐらしの声が聞こえる事よ。

▽44に前出の「しはつ山」が舞台。風の吹く楢の葉によって、たえだえ聞こえる日ぐらしの声を歌ったもので、全体として聴覚（「声」）中心の叙景歌。漢詩を思わせる。同じ守覚の歌に、「しはつ山（初句）」「ならの葉」「風」「ふく」の詞の通う44がある。21新続古今1690、雑上「正治二年百首歌に」二品法親王守覚。16夫木3628、夏三、茅蜩「正治二年百首御歌」喜多院入道二品のみこ。31正治初度百首335（夏15の12）。183三百六十番歌合〈正治二年〉241、夏、四十九番、左、仁和寺宮。

【参考】③123唯心房41「日ぐらしのなくかた山のならのはに風うちそよぐなつのゆふぐれ」

秋[1]井[2]首

257　夕《ゆふ》ざれの秋[3]のあはれ[4]をさきだて[5]ゝあさかぜ《朝風》わたるおの[6]ゝ篠[7]はら《原》

【校異】三六。1秋井―秌二十（内百）、穐二十（森百）。2井首―右側小字（書百）、ナシ（正治）。3秋―秌（森百）。4あはれ―哀（内百、森百）。5さきだてゝ―先立て（内百、森百）。6お―小（森百）、を（書百、古百、正治、三百六十番）。おのゝ―小野の（内百）。7篠―しの（書百、林百、古百、正治、三百六十番）。

【語注】**○夕ざれ**　八代集にない。「夕され」とも。蜻蛉日記「201ゆふされのねやのつま〴〵ながむれば…」（下、新大系196頁）、巻末家集「44さみだれやこぐらきやどのゆふされは…」（「ほたる」、新大系247頁）。**○あさかぜ**　八代集にない。朝の風。陸から海へ、峰から谷へ吹く。万葉二例・75「宇《ウ》治《ヂ》間《マ》山《ヤマ》　朝風寒之《アサカゼサムシ》　旅尓《タビニ》師手《シテ》…」、1069 1065「…三《ミ》犬女乃《ヌメノ》浦者《ウラハ》　朝風尓《アサカゼニ》　浦浪左《ウラナミサ》和寸《ワキ》　夕浪尓《ユフナミニ》　玉藻《タマモ》者《ハ》来《キ》依《ヨル》…」、他③73和泉式部40、③116林葉604（冬）、④27永久百首236など。**○おのゝ篠はら**　勅撰集初出は①古今505（恋一、読人しらず）。普通名詞とする説が多いが、滋賀県野洲郡野洲町という説もある。①後撰577・百人一首39にも有名な歌がある。

【訳】夕方となった「秋のあはれ（情趣）」を先どりして、朝に風が渡っていく小野の篠原（の景色も「秋のあはれ」がある）よ。

▽朝風の渡る小野の篠原の景は、夕べの「秋のあはれ」を先に見せると歌った叙景歌。第二、四句あのリズムと頭韻。

31正治初度百首339（「秋」20の1）。183三百六十番歌合〈正治二年〉304、秋、八番、右、仁和寺宮。

【類歌】①新古今957「古郷も秋はゆふべをかたみとて風のみおくるをのゝしのはら」（羇旅、俊成女）

③130月清135「秋のよはをののしのはら風さびて月かげわたるさをしかのこゑ」（二夜百首、鹿五首）
①12続拾遺269「ゆふさればきりたつ空にかりなきて秋風さむし小ののしの原」（秋上、藻壁門院少将）

258　これ[1]のみと[2]おしむ。[3]く《も》るし我やど《わが宿》のひとむら[4]はぎ《萩》に[5]秋[6]風ぞ[7]吹[8]

【校異】三八。1これ—是（森百）。2と—て（林百）。3。く《も》—もく（内百、書百、林百、古百、続群、正治）。。く《も》る—も苦（森百）。4ひとむら—一村（内百、森百）。5に—そ（古典文庫・神百）。6秋—烁（内百、森百）。7ぞ—の（書百）。8吹—ふく（内百、書百、古百、正治）。

【語注】**○我やどのひとむら・はぎ**　③122林下99「我がやどのひとむらすすきまねかなむ…」（秋部「草のはなのこころを」）。③132壬二2346「我が宿のひと村はぎの朝あけを…」（秋「秋歌とて」）。　**○我やどの…秋風ぞ吹**　②4古今六帖401「君まつとこひつつふれば我がやどのすすきうごきて秋風ぞ吹く」（第一、天「あきの風」）、同1379「ひとりしてわがこひをればわがやどのすだれとほりて秋かぜぞふく」（第二、宅「すだれ」ぬかだのみこ）。　**○ひとむらはぎ**　八代集にない。万葉一例（後述）。他③124殷富門院大輔53。

【訳】（他に一杯景物があるのに）これだけと惜しむのも苦しい事よ、我が家の一群の萩に秋風が吹くのを見ると。

【本歌?】②4古今六帖3637「わがやどのひとむらはぎをおもふこにみせでほとほとちらしつるかも」（第六「秋はぎ」やかもち。②万葉1569、巻第八、秋雑歌、家持）

▽本歌?が、…を「思ふ子に」見せる事なく、もう少しで散らすところだったと歌ったものなら、258はそれをうけて、その我宿の萩だけ（散らすの）を惜しむのも心苦しい、が、今その萩に秋風が吹いて散らしかけていると歌う。一、二句の抒情と、第三句以下の叙景との融合。第四句「…ぞ」は、末句にも「ぞ」があるので、「に」が正しいかと思

われる。二句切。31正治初度百首341（秋20の3）。

259 う[1]《こ》ずへ[2]ふ[3]く嵐《〈あらし〉》のお[4]と《〈音〉》をしぐれ《〈時雨〉》にてした[5]紅葉《〈もみぢ〉》するまつ《〈松〉》も有[6]け[7]る《り》

【校異】四三。1う《こ》ーこ（内百、古百）、木（書百）。う《こ》ずへー木末（林百）、梢（森百）、木すゑ続群、こずゑ（正治）。6有ーあり（書百、古百、続群、正治）。7る《り》ーり（内百、書百、林百、森百、古百、続群、正治）。2へーゑ（内百、書百、古百）。3ふくー吹（森百）。4おーを（古百）。5したー下（内百、林百、森百、正治）。

【語注】○こずへふく　⑤184老若五十首歌合429「おしなべて梢ふきしく山風にひとりしなのるまつの音かな」（雑、寂蓮）。○嵐のおと　⑤141内大臣家歌合〈元永元年十月二日〉1「終夜嵐の音にたぐひつつ木の葉とともに降るしぐれかな」（「時雨」皇后宮摂津公）。○した紅葉する　八代集二例・拾遺844「したもみぢするを《（ありけるものを）》ばしらで松の《（は）》木のうへの《（は）》緑をたのみけるかな」（六帖）（恋三「女の許につかはしける」よみ人しらず。②4古今六帖3512）、金葉422。他、「下紅葉」は後撰834「高砂の松を緑と見し事は下の紅葉を知らぬなりけり」（恋四、よみ人しらず）。

【訳】梢を吹く嵐の音を時雨と思って、下葉が紅葉する松も有る事よ。

▽拾遺844や後撰834の如き恋歌ではなく、叙景歌として、梢吹く嵐を時雨と勘違いして、下のほうから紅く染まる（常磐の）松もあると歌ったもの。松風と時雨の音が似る。「木末」（先）と「下紅葉」は対。聴覚（「音」）。第三、四句しの頭韻。31正治初度百首346（秋20の8）。

【参考】③115清輔223「神無月時雨るる月のかさなればたえずや松も下もみぢする」（冬）

【類歌】③131拾玉5402「木ずゑふくこのはも風もおとたえて時雨にかふる初雪のには」

260 千[1]里[2]までさへ[3]ゆく[4]月に[5]ことゝ[6]はんあと〈跡〉なきゆきは[7]お[8]のが光か[9]

【校異】四四。1千里—ちとせ《さと歟》（書百）、ちらせ《さと》宮百。2里—郷（森百）。3へ—え（内百、古百、正治、三百六十番）、し（書百）。4ゆく—行（内百、森百）。5に—は宮百・続群。6ことゝ—事と（内百）。7ゆきは—雪□（内百）。8お—を（内百、書百、古百）。おの—己（森百）。9か—は（内百）。

【語注】〇千里　和漢朗詠集240「秦甸の一千余里　凜々として氷鋪《し》き…」（上、秋「十五夜付月」）、同242「三五夜中の新月の色　二千里の外の故人の心　白」（上、秋「十五夜付月」）、同244「…　千万里の外に　皆わが家の光を争ふ　紀」（上、秋「十五夜付月」）、③133拾遺愚草550「月清みよものおほぞら雲きえて千里の秋をうづむ白雪」（重早率百首、「秋」20首の15首目、1189年。『藤原定家全歌集　上』の「補注」では、和漢朗詠集240を「参考」とする）。〇さへゆく　八代集二例・金葉193「照る月の光さえゆく宿なれば…」（秋、摂津）、金葉288（冬、俊頼）。〇ことゝはん　伊勢物語、東下りの段、古今411「名にし負はばいざ言とはむ宮こどり…」（羇旅、在原業平朝臣）。〇ゆき　和漢朗詠集243「嵩山表裏千重の雪　洛水高低両顆の珠　白」（上、秋「十五夜付月」）、式子150「久かたの空行く月に雲きえてながむるままにつもるしらゆき」（秋一首多）。

【訳】はるか果ての彼方まで、光り輝く月の光に聞いてみる事にしよう、人跡のつかない雪は自分（月）の光かと。

▽「嵐（の音）」「時雨」→「月・光」「雪」。前歌、〝音の「見立て」〟詠、嵐の音を時雨と聞き違えて…と同様、月光を雪に「見立て」る。八月十五夜、どこまでも澄み渡っていく月に跡のない雪は月光かと問い尋ねたもの。同じ守覚の歌に「ちさと」「ゆく月」「おのがひかり」の詞の通う61、「あとなき雪」「月（かげ）」の詞の通う66がある。三句切、倒置法。31正治初度百首347（秋20の9）。183三百六十番歌合〈正治二年〉310、秋、十一番、右、仁和寺宮。

261 すむ[1]月にぬるゝ[2]たもと〈袂〉を我[3]ゆへの涙[4]とみてや影〈かげ〉やど[5]すら[6]ん[7]

【校異】四九。1すむ—澄（森百）。2ぬるゝ—浸る（森百）。3我—われ（書百、古百）。4涙—なみた（書百、古百）、泪（林百）。5やどすらん—宿覧（森百）。6らん—覧（古百）。7ん—む（内百、正治）。

【語注】**○我ゆへの** ①千載757 756「われゆゑの涙とこれをよそにみばあはれなるべき袖のうへかな」（恋二、隆信。⑤157中宮亮重家朝臣家歌合130）、③116林葉822「よしさらば君にも今夜我ゆゑの涙もよほす山のはの月」（「月前恋…」）、⑤411とはずがたり10「われ故の思ひならねど小夜衣涙の聞けば濡るる袖かな」（（作者））。**○や** 疑問ととったが、詠嘆ともとれる。**○影やどすらん** ④18後鳥羽院1215「露のおくとてこそぬるる袖の上をあやしと月を影やどすらむ」（秋）。④22草庵106「涙にはかすむならひを春の月しらでや袖にかげやどすらん」（春上）、⑤236摂政家月十首歌合94「あらはればいかにせよとてそでのうへのなみだに月のかげやどすらむ」（「寄月忍恋」則任）。

【訳】澄みはてる月の光によって濡れる袂を自分（月）のせいの涙とみて、月は涙に光を映すのであろうか。

▽澄む月に涙する袂を、月は自《み》らゆえの涙という事で月は姿をうつすのかと歌ったもの。四季（秋）歌ではあるが、抒情が主となる。西行の詠にも、百人一首86「嘆けとて月やは物を思はするかこち顔なる我が涙かな」（千載926、恋「月前恋といへる心を詠める」。③125山家628）や③125山家631「忍びねのなみだたたふる袖のうらになづまずやどる秋のよの月」（中、恋「月」）などがあり、この如く261は恋歌的である。「すむ」は掛詞（澄・住）か、また「我」も、月でない「私」か。視覚（「影」）。31正治初度百首352（秋20の14）。

【類歌】⑤236摂政家月十首歌合86「なにとまたなみだをつつむ袖のうへにわきては月のかげやどすらむ」（「寄月忍恋」左衛門督）

262
あ[1]はぢ[2]舟[3]霧〈きり〉[4]がくれこ[5]ぐさ[6]ほ[7]の[8]う[9]たのこゑ〈声〉[10]斗[11]社せとりたり《わ》[12]けれ

【校異】五二。1あはぢ—淡路（内百）。2ぢ舟—ぢぶね（夫木、正治）。3舟—船（森百）、ふね（書百、古百）。4が（元・か）—が（夫木、正治）。5こぐ—漕（森百）。6さほ—棹（内百、森百）。7ほ—を（夫木、正治）。ほの—を《のイ》（書百）。8の—｜《の》。宮百、ナシ（夫木）。9うた—歌（内百、夫木）、哥（森百）。10斗—はかり（内百、書百、古百）。11社—こそ（内百、書百、森百、古百、夫木、正治）。12りたり《わ》—渡（内百、森百）、渡り（林百）、わたり（書百、古百、夫木、正治）。

【語注】○あはぢ舟　八代集にない。淡路国の船の総称。『歌枕辞典』の「歌語索引」にも、『歌ことば大辞典』『歌枕索引』の項目にもない。③120登蓮法師22「あはぢふねしほのとどゐ（ママ）をまつほどにすずしくなりぬせとのゆふかぜ」（「海路晩冷」）。○霧がくれ　③118重家470「かりがねはいまぞきにけるきりがくれあさこぐふねのおとにまがひて」（「朝聞初雁」）。○がくれこぐ　八代集にない。○さほのうた　「さをのうた」も八代集にない。「さをのうた—」は、『新編国歌大観』①～⑩において、⑧12慕景集異本58、⑨3挙白集712、5逍遊集1308にある。「棹歌《さおうた》」は、「船頭などが棹で舟を進めながらうたう歌。舟歌。棹の歌。」。「さをうた（—）」は、『新編国歌大観』①～⑩の索引の用例になかった。八代集にもない。○第三句　字余り（「う」）。○せと　迫門《せと》。狭い、小さな海峡の事で、固有名詞ではない。

【訳】淡路島を行く船よ、霧に隠れて漕ぐ竿をさすその時に歌う声だけが、（船の姿は見えず）明石の海峡を渡る事よ。

▽守覚57に「浦づたふさほのうたのみきこゆなりあまのともぶねきりがくれつゝ」（秋「海辺霧」）があり、この歌と多く（詞、内容とも）が通う。「淡路船」があり、霧隠れつつ漕ぐ竿の歌は、霧のため船は見えず、声だけが瀬戸を

渡っていくと、【語注】で分るように新奇な詞を多く用いて情景を描く。あるいは二句切詠か。聴覚（「声」）。また「声ばかりこそ」「けれ」の詞の通う守151がある。16夫木15838、雑十五、舟、あはぢ舟「正治二年百首御歌」喜多院入道二品みこ。31正治初度百首355（秋20の17）。

【参考】①千載315 314「みなと川夜ふねこぎいづるおひかぜに鹿のこゑさへせとわたるなり」（秋下、道因）
③117頼政185「ともどりもを舟も見えでたはれめがこゑばかりこそ霧にかくれね」（「霧隔行舟」）

冬[1]十五首

263 かれ〴〵[2]のきく〈菊〉にや冬を[3]しりにけ[4]ん[5]下行水も[6]う[7]は[8]ごほり[9]けり

【校異】五六。1十—拾（森百）。十五首—右側小字（書百）、ナシ（正治）。2の—野（森百）。3しり—知（書百、森百）。しりにけ—知ぬら（内百）。4ん—む（林百、古百）。5下—した（古百）。下行—したゆく（書百）。6うは—上（森百）。7はごほ—す氷（内百）。8ごほり—氷（林百、森百）。9け—せ（内百、森百）。けり—せり《けりイ》（書百）、せり《けり》宮百。

【語注】○かれ〴〵の　八代集では「かれがれに」が三例ある。○きく　新古今717「菊の下水」。②4古今六帖2290「きくのはなした行く水にかげみればさらになみなくおいせざりけり」（第四「いはひ」）。○下行水　②万葉1796 1792「…下檜《シタヒ》山《ヤマ》　下逝水乃《シタユクミヅノ》　上丹《ウヘニ》不出《イデズ》　…」（巻第九、相聞）。○うはごほり　表面に薄く張った氷。八代集二例・後拾420「かもめこそよがれにけらしゐなのなるこやのいけ水うはごほりせり」（冬、長算）、千載961（雑上、清少納言。枕草子)。枕草子「うは氷あはにむすべるひもなればかざす日影にゆるぶばかりを」(新大系八六段、117頁)。③91四条宮下野141「しもがれのあしまのみづのうはごほりしたにながるるねこそかくれね」(「あしまのうすごほり」)。

【訳】枯れようとする菊に冬(の到来)を知った事であろうか、菊の下をくぐり流れる水も上のほうは氷の張っている事よ。

▽枯れ枯れの菊によって、来冬を知ったのか、菊の下を行く水の表面も薄く氷が張ると、〝菊の下水〟(不老長寿)の故事をひそませて、冬の到来を歌う。叙景歌。三句切。第三、四句しの頭韻。31正治初度百首359(「冬」15首の1首目)。「百首・本文考」8頁参照。

【参考】③114田多民治98「いとか山下行水のうすごほりくる人ごとにむすぶなりけり」(冬「氷」)

264　今朝《〈けさ見〉》みれば[1]たつた[2]がはらの[3]かは[4]おろしさそふ[5]も[6]みぢ[7]を[8]波ぞ[9]おりける

【校異】五七。1たつた—辰田(正治)。たつたがはら—立田川原(内百、夫木)、竜田川原(森百)。2が(元・か)—が(正治)。3かは—川(内百、夫木)、河(書百、森百、正治)。4お—を(古百)。5もみぢを—紅葉の続群。6みぢ(元・みち)—道(林百)。7を—を《のイ》(書百)、の(正治)。8波—なみ(古百)、浪(内百、森百)。9お—ち(古典文庫・神百)、を(内百、書百)。

【語注】**○今朝みれば**　式子217「今朝みればやどの木ずゑに風過ぎて…」、金葉58 61「今朝見ればよはの嵐にちりはて…」。冒頭表現の一つの型《パターン》。**○たつたがはら**　八代集一例・後拾220(夏、好忠)。竜田川は、八代集初出の古今集以来紅葉の名所ではあるが、「竜田川原」は、『歌枕索引』の例歌をみても、存外紅葉の歌が少ない。④18後鳥羽院622「から衣たつた川らの河かぜに浪もてむすぶ青やぎのいと」(詠五百首和歌、春百首)、⑤197千五百番歌合232「はるがすみたつたがはらのかはかぜに木ずゑなみよるきしのあをやぎ」（春二、忠良）。　**○かはおろし**　「山颪」はあっても、八代集に「川颪」はなく、新奇な詞。「川風」に同じ。③115清輔214「ひさぎおふるあそのかはらの川おろしにたぐふち鳥の声のさやけさ」（冬「寒夜千鳥」）、②14新撰和歌六帖2501「月かげもきよきかはらの川おろしにちりてひさぎのしたもくもらず」（「ひさぎ」）。　**○波ぞおりける**　「波ぞちりける」は新編国歌大観①～⑤の索引に一切ないが、⑩181歌枕名寄3388「かふちのやかた野の山のかたぎしに雪か花かとなみぞちりける」（第十二、交野、山「六帖　片岸　波」。②4古今六帖1258、末句「浪ぞよせくる」。②16夫木8321、末句「浪ぞよせける」）がある。

【訳】今朝見ると、竜田川の川原に川颪の風が吹き、（風が）誘う紅葉を波が織り込む（折る）事よ。

▽「菊」→「紅葉」、「下行水、氷」→「川原、川颪、波」。歌枕「竜田川・原」を舞台に、歌意は、今朝、竜田川原の川颪が誘う紅葉を波が織り（折り）込んでいる、又は、〝紅葉の波〟を空に織っているであろうが、やはり前者か。ともあれ二句以下の川颪に散る紅葉の叙景歌。視覚（「見れ」）。第一、三句かはのリズム。16夫木7778、雑一、風、河おろし「正治二年百首御歌」喜多院入道二品御子。31正治初度百首360（冬15の2）。

【類歌】③131拾玉1011「風ふけばたつたがはらの浪のあやを柳のいとのおるとこそ見れ」（宇治山百首、春「柳」）
③133拾遺愚草1032「夏衣たつた河らをきてみればしのにおりはへ波ぞほしける」（千五百番百首、夏十五首）

265　冬[1]ごも[2]る〈り〉[3]谷の[4]とたゝく[5]おと〈音〉[6]さ[7]へて[8]雪吹〈ふき〉[9]おろす[10]みねの[11]松風〈かぜ〉

【校異】六二。1ご（元・こ）—ご（正治）。ごも—籠（内百）。ごもる—篭（森百）。2る—り（古典文庫・神百）。3谷—たゝ《にイ》（書百）。4と—戸（内百、林百、森百、正治）。5お—を（古百）。6さ—寒《さ》（正治）。7へ—え（内百、書百、古百、正治）。8雪吹—ゆきゝ《吹》（書百）。雪吹お—ゆきお宮《本》百。9おろ—下（森百）。10みね—嶺（内百）、峯（林百、森百）、峰（正治）。11松（元・忝）―松（内百、林百、森百）、まつ（書百）。

【語注】〇谷の戸　和漢朗詠集559「…澗戸に鳥帰る　…」（下「山家」斉名）。「戸」ゆえに縁語「たゝく」。谷の山家の戸か。　〇おとさへて　③116林葉659「しほかぜによさのうらまつおとさえて千鳥とわたるあけぬこのよは」（冬「…、千鳥」）、⑤246内裏九十番歌合109「うちよするおきつしらなみおとさえて雪になるみのうら風ぞふく」（「浦雪」成胤）。　〇さへ　冷えの意もにおわすか。　〇吹おろす　八代集二例・千載370（秋下、俊恵）、新古591（冬、信明）。源氏物語一例「雪はやう〳〵降り積む。松風木高く吹きおろし、物すさまじくもありぬべき程に、」（「初音」、新大系二―390頁）。265は、あるいはこの源氏物語の世界に影響されたか。和漢朗詠集402「…月かげに紅葉吹きおろす山おろしの風」（下「風」）。　〇みねの松風　千載、新古今に用例が多くなる。④31正治初度1371「しろたへにたなびく雲を吹きまぜて雪にあまぎる嶺の松風」（冬、定家。③133拾遺愚草968）。

【訳】冬ごもりをしている時、谷の出入口を打つ音が冴え冴えと澄んできこえて、付近の雪を吹き下《おろ》している峯よりの松風である事よ。

▽「冬ごもり」をして、「谷の戸」を叩く音が「冴へ」て、「雪吹きおろす峰の松風」が聞こえるとの漢詩を思わせる詠。山家、庵にいる体。聴覚（「音」）。31正治初度百首366（冬15の8）。
目加田さくを氏は、この歌には、「あそびはない。微塵のすきもないきびしさがある。法親王のきびしさである。…とぎすまされた聴覚の詩人、その独得の高く清くおおらかな詠風の故に、王風と筆者は申すのである。」（『私家集論（二）』180頁）と述べられる。

【参考】④30久安959「しろ妙の雪吹きおろす風こしの嶺より出づる冬の夜の月」（冬十首、清輔。③115清輔217）

266 誰[1]ゆへのいけ〈池〉のつらゝや《の》[2]とこ〈床〉ならん見〈み〉なる[3]ゝと[4]り[5]はよ〈夜〉がれしに[6]けり

【校異】六七。1誰—たれ（書百、古百、正治）。2や—や《の》（森百）、の（内百、書百、林百、古百、続群、正治）。3なる、—馴《イ》（森百）。4とり—鳥（内百、林百、森百、正治）。5り—も《り》（書百）。6に—て（内百）。

【語注】〇いけのつらゝ　④32正治後度百首1045「我がやどは池のつららに鳥もこず人めは庭の草にかれつつ」（「氷」慈鎮。③131拾玉3718）。　〇つらゝのとこ　八代集にない。②10続詞花299「谷河のふしきにねぶるをしかもはつららのとこや寒けかるらん」（冬、仁和寺宮）。　〇見なるゝ　「水・見馴る」掛詞。②16夫木6995「こやのいけのみぎはのあしは霜がれてみなるるかもぞあを羽なりける」（冬二「…、池辺寒蘆」季経）、⑤248和歌一字抄276「うす氷今夜や池にとぢつらむみなるるをしの声も聞えぬ」（同座（＝「池水初氷」）隆資）。　〇よがれし　③130月清148「けさ見ればいけにはこほりひまもなしさてみづとりのよがれしけるを」（二夜百首「氷五首」）。

【訳】一体、誰のせいでの、冷たくなった池の氷の張った床《とこ》なのであろうか、水に馴れ見馴れていた鳥は、もうすっかりやって来なくなってしまった事よ。

▽上句の意はもう一つ分りにくいが、「誰のためにしつらえた池の氷の床なのか、（見馴れた鳥のためではないのか、それなのに）」か。【訳】の如くとすれば、池に氷が張り、見馴れた鳥は夜離れたのである。歌の表面はこのようであるが、裏に、どういうわけで、あの人は夜離れたのかという恋歌的世界をも潜ませるか。三句切。上句ののリズム。視覚（「み」）。④31正治初度百首370（冬15の12）。

【参考】②9後葉225「水鳥のうきねの床につららゐて心のほかによがれしにけり」（冬、平時信）

祝五首[1]

267
月影《かげ》にひらくるはし[2]の草[3]よりや[4]め[5]ぐみの露《つゆ》はよも《四方》に散[6]ら[7]ん

【校異】七一。「祝」歌は、正治百首では最末にくる。1五首―右側小字（書百）、ナシ（正治）。2し―ら《し》（書百）。3草―草《花イ》（書百）、花続群、はな（正治）。4や―も《やイ》（書百）。5めぐみ―恵（森百）。6散―ちる（書百、古百、正治）。7らん―覧（森百、古百）。

【語注】○に　「の中に」ともとれる。○はし　「はじ」か。「はじ（櫨）」は八代集二例・金葉243（秋、仲実）と「櫨紅葉」の新古539（秋下、親隆）。「はし」（正治）。「端」なら、末句の「よも（四方）」と対照。○めぐみ　「芽ぐみ」は「草」の縁語。「めぐみ・名詞」は八代集にない。八代集では「めぐむ（萌）」のみ二例であり、それは新古734「天の下めぐむ草木のめもはるにかぎりもしらぬ御代のすゑ〴〵」（賀、式子内親王）、1946（釈教、崇徳院）。③106散木65「めぐむよりけしきことなる花なれば…」（春、二月）。徒然草「木の葉の落つるも、まづ落ちて芽ぐむにはあらず、」（第百五十五段、新大系234頁）。○めぐみの露　⑤242年中行事歌合32「時しあれば民の草葉をもらさじと恵の露を君やかくらん」（「賑給」嗣長朝臣）。「露」は「草」の縁語。

【訳】月の光によって、開く端のほうの草から、恩恵の露は一面に散るのであろうよ。

▽「端」か「櫨」か。「櫨」なら、「草」ではおかしいので、「花」――「開くる」という詞によっても――となるが、ともあれ下句の、天子の恩沢がこの世のあたり四方八方に行き渡るという「祝」の歌。上句の「月影」は、済度の月の光の意もあるか。その「月影」に、開く端の花――「蓮」の花か――から…と歌ったものか。そうなら天子の恩を

仏恩としたものとなろう。視覚（「影」）。31正治初度百首399（「祝」5首の1首目）。「百首・本文考」8頁参照。

268　さゞれ[1]いし〈石〉のいは[2]ほとならん行末《ゆくすゑ》をはこやの山ぞ[3]かねて[4]みせける〈見〉

【校異】七二。1さゞれ―小（森百）。2いは―岩（内百）。いはほ―巌（森百）。3ぞ―や《そ》（内百）。4かねて―兼《てイ》（森百）。

【語注】○さゞれいしの　字余り（「い」）。○さゞれいしのいはほとなら　①拾遺277「君が世をなにゝたとへんさざれいしのいはほとならんほどもあかねば」（賀、もとすけ。3´拾遺抄175）。268の一、二句は①古今343「わが君は千世に八千世にさゞれ石の巌となりて苔のむすまで」（賀「題しらず」読人しらず）による。○第三、四句　④32正治後度百首797「ゆくすゑをはこやの山に契りおきて千代にちよそふ峰の若松」（「祝言」季保）。○はこやの山　八代集二例・千載625（賀、式子内親王）、同626（賀、俊成）。②4古今六帖2157＝②万葉3873 3851（第四）にもある。後鳥羽院の仙洞御所の事か。源氏物語は「はこや」一例「唐守、藐姑射の刀自、かぐや姫の物語の絵にかきたるをぞ、」（「蓬生」、新大系二―136頁）。

【訳】小さい石が巌ときっとなろう将来を、はこやの山（仙洞（御所））があらかじめ見せている事よ。

▽「ん」。永遠の遠い果ての姿を、仙洞御所が前もって見せると、これも「祝」の歌。歌としては分りやすい。視覚（「みせ」）。31正治初度百首400（祝5の2）。式子に、268の第一、二句と通う300「君が齢みくまの川のさゞれ石の苔むす岩に成つくす哉《まで也》」（「祝」）、第四句と通う304「うごきなく猶万代をたのむべきはこやの山の峰の松かげ」（「…、祝の歌」。千載625）がある。

【類歌】⑤197千五百番歌合2111「さざれ石のいはほとならんゆくすゑをちたび見るべき君とこそきけ」（祝、三宮）

269
[1]ふた[2]千代を[3]かさねてゆ[4]づれ[5]君を[6]祈[7]小[8]松の[9]里の[10]鶴の[11]け衣〈毛ごろも〉

【校異】七四。1ふた—二（内百、森百、夫木）。2千代—ち世（書百）。3かさね—重（森百）。4づ—す（森百）。5君—公（森百）。6祈—いのる（内百、古百、夫木）、祈る（書百、正治）、社（林百）。7小松—こまつ（書百、古百）。8松（元・忩）—松（内百、林百、森百）。9里—さと（書百、古百、夫木、正治）、郷（森百）。10鶴（元・靍〈靏〉）—つる（書百、古百、正治）。11のけ衣—け衣（林百）。

【語注】○ふた千代　八代集にない。○かさね　「衣」の縁語。○小松の里　八代集にない。③129長秋295「子日して小松がさきをけふ見ればはるかに千世のかげぞうかべる」（同悠紀方御屛風六帖和歌十八首、甲帖正二月「小松崎、子日有遊客眺望湖海」）、「小松が崎」は近江の地名。また後撰1373「大原や小塩の山の小松原はや木高かれ千代の影見む」（慶賀、つらゆき）ともある。「小松の里」は『歌枕索引』にもなく、あるいは「小松」は、古今907（雑上、よみ人しらず）のように普通名詞か。○松　古今356「万世を松にぞ君をいはひつる千年のかげにすまむと思へば」（賀、素性法師）、貫之集51「我が宿の松の梢に住む鶴は千世の雪かと思ふべらなり」（貫之集278も）。○靏のけ衣　八代集二例・後拾438（賀、赤染衛門）、金葉323（後述）。「小松」に「子（松）」をかけ、後拾438のように「鶴の羽毛のような産着」を意味するか。③31元輔43「千とせへんかたみとを見よ忍びつつひとりすだたむ鶴の毛衣」（「ある人の…」）。源氏物語一例「山際より池の堤過ぐるほどのよそ目は、千歳をかねてあそぶ鶴の毛衣に思まがへらる。」（「若菜上」、新大系三—263、264頁）。④31正治初度694「千とせまでつもれる年のしるしとて雪をかさぬる鶴の毛衣」（「鳥」慈円）。式子231「蟬のは衣」（夏）。

【訳】松、鶴よ、二つの千代を合せて譲っておくれ、君の長久を祈る小松の里にいる鶴の白い毛衣のように。

▽わが君の永遠長久を祈る小松の里の鶴の毛衣のように、…と歌う。「二千代を重ねて譲れ」には、帝とその子・皇太子（子・小松）、二代の意もあるか。ともあれ「松」と「靍」と長寿の象徴、めでたいものが並ぶ「祝」歌。二句切、倒置法。下句ののリズム。16夫木14739、雑十三、里、こまつのさと、未国「正治二年百首」喜多院入道二品のみこ。31正治初度百首402（祝5の4）。式子にも201「鶴の子の千たび巣だゝん君が世を松の陰にや誰もかくれん」（雑）がある。

【参考】①金葉二323 344「君がよはいくよろづよかさぬべきいつぬきがはのつるのけごろも」（賀、道経。5′金葉三328）
④30久安1100「君が為むれてきたるなむしろだの鶴の毛ごろも千代を重ねて」（物名「たるなむし」）

【類歌】④31正治初度百首794「色かへぬ鶴の毛衣千代をへていく世の霜をかさねきつらん」（「鳥」忠良）
④31同1799「君が代はながすの里に年をへて千とせかさぬる鶴の毛衣」（「祝」生蓮）
⑤358増鏡17「…　のどかにて　君をいのらん　よろづよに　千代をかさねて　松が枝を　つばさにならす　鶴の子の　ゆづるよはひは　わかの浦や　…」（定家の中将）

270　くも〈雲〉とのみ1いな〈稲葉〉ば2は〈見〉みえて3たがやど〈宿〉も4うるほひ5わたる〈渡〉6雨《あめ》7の8下9哉

【校異】七五。1いな―軒（森百）。2は―、（林百、古百）。3たがやど―誰里（内百）。4ほ―を（書百、古百）。5わたる―渡（森百）。6雨《あめ》―雨《あめ》（古典文庫・神百）、あめ（書百、林百、古百、正治）、雨（森百）、天（内百）。7の―か（森百）。8下―した（正治）。下哉―したかな（書百、古百）。9哉―かな（森百、正治）。

【語注】○いなば　「夕されば門田の稲葉訪れて…」（金葉173、秋、経信）。一、二句なぜ「稲葉」が「雲」と見えるのか。雲は、古代人にとっては、国土の生命力の姿そのものであった。ゆえに単なる見立てではなく、豊饒な稲葉を生命力のある雲と見、その雲は雨をもたらすもの、また稲葉は収穫によって人々（の生命）を支えるものなどのイメージがあるか。なお「稲葉の雲」は、①12続拾遺744 745「民やすき田のもの庵の秋風にいなばの雲は月もさはらず」（賀「文永五年〈1268〉八月十五夜内裏歌合に、田家見月」前中納言資宣）、②16夫木9899「いほりさすいなばのくももうちなびき山田のはらは時雨れてぞゆく」（第二十二、雑部四、山田のはら、伊勢、外宮なり「秋御歌中、雲葉」後光明峰寺摂政。⑥11雲葉708。⑤231三十六人大歌合弘長二年〈1262〉）に用例がある。**○たがやど**　八代集にない。③90出羽弁32「たがやどもかきねのさくらちりぬれど…」。**○うるほひわたる**　八代集一例・新古1893（神祇、賀茂幸平）。源氏物語一例「ものいと心ぼそくて、すこし隙ありつる袖ども潤《うる》ひわたりぬ。」（「葵」、新大系一―322頁。「うるほひわたりぬ（湖・不）」大系一―476頁）。**○雨の下**　「天」と掛詞。「雨」は「雲」「うるほひ」の縁語。仏教語の「天下」の翻読語。

【訳】雲とばかり、稲葉は見えて、どの人間の家も雨の恵みによって、すべてうるおうこの世の中、雨の中である事よ。

▽「松」→「稲（葉）」、「（小松の）里」→「（たが）宿」。雲と稲葉は見え、すべての家も満ち足りているこの天（雨）下であると、広く恵みをうけて豊かに栄えているという寿ぐ「祝」の歌。31正治初度百首403（祝5の5）。

【類歌】④4有房359「くにぐにのたみのかまどをみわたせばみなうるほへるあめのしたかな」

恋十首[1]

271　[2]いは[3]ゝし[4]なかの[5]た[6]へま[7]はさもあらばあれ[8]聞ばや夜《よる》の契[9]斗を

【校異】七六。1十首—十五首・右側小字（書百）、ナシ（正治）。——十首が正しい——。2いは、し—岩橋（内百、森百）。3、—ば（正治）。4なか—中（内百、森百、正治）、よる《なか》（書百）、よる《なイ》宮百。5たへ—空《たえ》（書百）、寒《たえ》宮百。6へ—え（古百、正治）。7は—に《はイ》（書百）。8聞—きか（書百、古百、正治）。9斗—はかり（内百、書百、森百、古百）。

【語注】○いはゝしの　①新古今1406 1405「かづらきやくめぢにわたすいはばしのたえにしなかとなりやはてなん」（恋五、能宣。③33能宣174）。○なかのたへまは　①拾遺863「いかばかり苦しきものぞ葛木のくめぢのはしの中のたえまは」（恋四、よみ人しらず）。○さもあらばあれ　投げやりな言い方。本来は、「遮莫」の漢文訓読語。字余り（「あ、あ」）。式子にもある（④1式子64）。○夜の契　八代集一例・拾遺1201（雑賀、左近）。男女の仲、逢瀬。

【訳】久米の岩橋の如く、男女の仲の、中途半端で、絶え果てた事はそれはそれでいい、が、聞きたいものだよ、夜やってくるという約束だけは。

【本歌?】①拾遺1201「いはばしのよるの契もたえぬべしあくるわびしき葛木の神」（雑賀、春宮女蔵人左近。3′拾遺抄469。③36小大君12）

▽「見え」→「聞か」。二人の仲は絶えるであろう、夜が明けるのがつらい「葛城の神」という本歌?をふまえるなら、それをやや変えて、その二人の途絶えはどうでもいいが、今後逢瀬ばかりはあるという事は——あるいは、夜の

床で交す愛は不変だという約束だけは、か――聞きたいものだと歌ったもので、一言主神の故事をふまえる。守覚が(本歌?と同じく)女の立場に立って歌う。つまり、二人の仲がこの先中途で絶えてしまう事はともかく、今夜の逢瀬の約束(が絶えた事)だけは聞きたいと歌ったものか。「仲の絶間」と「夜の契り」が対語。下句、倒置法。三句切。聴覚(「聞か」)。31正治初度百首374(「恋」10首の1首目)。

272　あはゞ[1]やなよ[2]そながらのみ三[3]芳[4]野[5]のみくまがすげ〈菅〉のかりね成[6]と[7]も

【校異】七七。1ゞ―ば(万代、夫木、正治)、し《はイ》(書百)。2よそ―餘所(森百)。3三芳野の―みよしの、(書百)、ゝよしの、(古百)、御吉の、(森百)。4芳―吉(林百、夫木)。5野の―野ゝ(林百)。6成―なり(書百、古百、万代、夫木、正治)。7と―ら(林百)。

【語注】○三芳野　「三《み》」・「見(る)」の掛詞。○三芳野のみくまがすげ　④18後鳥羽730「五月雨のほどもこそふれみよしののみくまがすげをけふやからまし」(詠五百首和歌、夏五十首)。○みくま　流れが岸にまがり入った所。八代集にない。万葉一例(後述)。○かりね　掛詞。意は「仮寝」をにおわすが、「仮り」のみか。

【訳】会いたいものだよ、遠くからだけで見るみ吉野の水隈の菅の刈根、即ち仮りであっても。

【本歌?】②4古今六帖3938「みよしののみくまがすげをあまゐる《(なく)》にかりのみかりてみだれなんとや」(第六「すげ」)=⑤292綺語抄670
=②万葉2848 2837「三吉野之《ミヨシノノ》水具麻我菅乎《ミグマガスゲヲ》不編尓《アマナクニ》苅耳苅而《カリノミカリテ》将乱跡也《ミダレナムトヤ》」(巻第十一、譬喩、右四首寄レ草喩レ思)

▽(「葛城山」)→「み芳野・水隈」、「聞か」→「み」(見)。本歌?が、男の不誠実をなじる女の歌であり、「み吉野の水隈が菅」=女自身の譬えで、それをまだ妻にしていないのに――万葉のほうが意は解しやすい――、関係だけ結んで…と歌ったものなら、この歌をうけて、この本歌?の女の立場で、遠くから見るだけの私は、仮りにでも会いたいと希

望したものである。初句切、倒置法。序詞の第三、四句みの頭韻、…み三…みのリズム。視覚（「み」）。15万代2019、恋二「正治百首に」仁和寺入道二品親王守覚。16夫木13531、雑十、菅「正治二年百首」喜多院入道二品のみこ。31正治初度百首375（恋10の2）。和歌文学大系13『万代和歌集(上)』2019は、「み吉野の…」（万葉・巻十一）を「本歌」とする。

【類歌】④15明日香井800「みよしののみくまがすげをかりにだに見ぬものからやおもひみだれん」（恋。①9新勅撰780）

273 年1へてや《は》2つらき心《こころ》やかはる3とて行末《ゆくすゑ》のみぞいま《今》はまた4るゝ

【校異】七八。1年—とし（書百、古百）、歳（森百）。2や《は》—は（内百、書百、林百、森百、古百、続群、正治）。3かは—替（森百）。4また—待（森百）。

【語注】○かはるとて　①17風雅1180 1170「われと人あはれこゝろのかはるとてなどかはつらきなにかこひしき」（恋三「恋歌に」儀子内親王）。

【訳】年が経《へ》たら、あなたの私に対する辛い心が変ってしまうのかと思って、将来だけが今は自然と待たれる事よ。

▽年がたったら、私への辛い心が変わるかと、将来だけを待つと分りやすく歌う。男の歌とも考えられるが、「待つ」とあるので、作者が女の立場に立った歌としておく。31正治初度百首376（恋10の3）。

274 恋侘《こひわび》ぬつれなき1人《ひと》にあふみぢ2のしるべ3にかよ《通》へ4しのゝ5あふ6くき7

【校異】七九。1つれなき—難面（森百）。2あふみぢ—近江路（内百）。3ぢ（元・ち）—路（森百、正治）、ぢ（夫木）。4へ—ふ（林百）。5あふくき—をふゝき（内百、書百、古百）、をふふき《ママ》（正治）、をふぶき（夫木）、おすゝき

（古典文庫・神百）。6く―丶（林百）。7き―さ（森百）。

【語注】○つれなき　二つの物事の間に何のつながりも無いさま。　○つれなき人に　⑤109内裏後番歌合〈承暦二年〉29「我が恋は夢ぢにのみぞなぐさむるつれなき人にあふとみゆれば」（「恋」伊家）。　○あふみぢ　「近江路」（後撰785）、八代集一例・後述。②万葉490 487「淡海《アフミ》路乃《ヂノ》　鳥籠之《トコノ》山有《ヤマナル》　不知哉川《イサヤガハ》　気乃己呂其侶波《ケノコロゴロハ》　恋乍裳《コヒツツモ》将有《アラム》」（巻第四、相聞）。「逢ふ」と「身」「道」を掛ける。後撰785「あふみぢをしるべなくても見てし哉関のこなたはわびしかりけり」（恋三「女のもとにつかはしける」源中正）、④30久安164「名にしおはば春うちとけよ近江路のしののをふぶきしのびしのびに」（恋二十首、公能）。　○しの丶あふくき　「しののあふくき」「あふくき」意不明、八代集にもない。「おふ丶き」→「あふくき」となったとみる。「をふぶき」「しののをふぶき」は、八代集にはない。「おふぶき」について、「語義、清濁未詳。蕗（ふき）のことか。野分のこととする説もある。…補注「和名抄」に「蕗　布布木」とあり、「おふふき」で、小さい蕗をいうか。」（日本国語大辞典）とあり、催馬楽に19「近江路の　篠の小蕗　はや曳かず　子持　待ち痩せぬらむ　さきむだちや」（「近江路」）とあるが、篠をなびかせて吹く激しい風と考えられもした。③106散木327「秋きぬと竹のそのふになのらせてしののをふぶき人はかるなり」（夏）、風と思われる③118重家403「をみなへしなびきながらにつゆけきはつらくやあたるしののをふぶき」（「女郎（ママ）」）、③130月清1181「むさしののしののをふぶきさむきよにつまもこもらぬをしかなくなり」（秋「鹿」）。また「しののをすすき」は、八代集二例・同一歌の金葉680（補遺歌・伊家）、千載271（秋上、伊家）。意は、篠や薄が群がって生えている事。夫木の「風」では「小吹雪」となる。

【訳】すっかり恋の辛さに耐えられなくなってしまった、冷淡な人に「近江（路）」という会う身の方法・道のしるしとして、通い導き（風で）なびいてくれ、篠の「あふくき」よ〔吹雪よ、蕗よ、薄よ〕。

▽「恋侘」びた、冷たい人に逢う身、道の導き手として通ってくれ、「篠の小吹雪〈蕗（薄）〉」よと、催馬楽19（「近

江路」）により、「篠の小吹雪〈路〈薄〉〉」に呼びかけたもので、「篠の小吹雪」（夫木）のほうが、導き手となってくれ！と通りはいい。「風」に「しるべせよ」といった式子271もある。が、「篠の小路、小薄」でも、「しるべ」となって通え（続いてほしい）と目の前のそれへいったものととれる。初句、四句切。第四、五句しの頭韻。16夫木7794、雑一、風、（しののをふぶき）、「正治二年百首」喜多院入道二品親王。31正治初度百首377（恋10の4）。

【参考】③123唯心房54「いづかたか人のかよひしみちならんにはさながらしののをすすき」

【類歌】⑤197千五百番歌合2476「たのむともいまはたのまじあふみぢのしののをふぶき人はかりけり」（恋二、小侍従）

275　[1]おもひねのさよ〈小夜〉の枕に[2]あひみ[3]れば[4]現に[5]ま[6]さる夢のかよひぢ〈通路〉

【校異】八〇。1おも—思（内百、正治）。おもひ—思（森百）。2あひ—逢（森百）。あひみ—逢見（書百）。3れ—ゝねれ（内百）。4現—うつゝ（内百、書百、古百）、契（森百）。5まさ—増（内百、森百）。6さ—た（古典文庫・神百）。

【語注】**○おもひね**　勅撰集初出は古今608「君をのみ思ひ寝にねし夢なればわが心から見つるなりけり」（恋二「題しらず」躬恒）＝②4古今六帖2056。式子にも75「たのむ哉まだ見ぬ人を思ひねのほのかになるゝよひ〳〵の夢」（恋）がある。守覚はこの一例のみ。『式子注釈』75や『滋賀大国文』28、29号「式子内親王と西行の詞(1)(2)——「思ひ寝」「閉づ」をめぐって——」参照。　**○下句**　【訳】は、「〃現に優る夢の通路〃である事よ」か。　**○夢のかよひぢ**　八代集三例・①古今559「住の江の岸による浪よるさへや夢の通ひぢ人目よく覧」（恋二、藤原敏行朝臣。②4古今六帖2033。⑤4寛平御時后宮歌合186）、式子に305「はかなしや枕さだめぬうたゝねにほのかにまよふ夢の通路」（①千載677 676、恋一）、新古1315（恋四、雅経）。

【訳】あなたを思って寝る夜の枕もとで、あなたと（夢に）会ったので、現実よりまさっている、夢での（あなたとの）出会いは。

【本歌？】①後撰766 767「思ひねのよなよな夢に逢ふ事をただかた時のうつつともがな」（恋三、よみ人しらず）

▽「あひ《ふ》」「かよひ《へ》」体言止。本歌？は、「思ひ寝の夜な〱夢に逢事をたゞ片時の現」としたいものだといったのをうけて、276は、…会い見るので現に…と変えている。275の全体の基調は、古今553「うたゝねに恋しき人を見てしより夢てふ物は頼みそめてき」（恋二「題しらず」小町）であろう。他、「現」と「夢」との対比を歌った有名な歌に、古今647「むばたまの闇の現はさだかなる夢にいくか《（ママ）》もまさらざりけり」（恋三「題しらず」よみ人しらず）がある。第四句「現にまたる」なら、現実に自然とまたれる、あなたが来るという夢のような通路を、あるいは、再び、そういった夢であなたに会える事を自然と待つという意か。が、「現にまさる」のほうが意は通りやすい。また末句に続くなら「またるる」となる筈。下句倒置法。31正治初度百首378（恋10の5）。

【参考】①千載898 896「おもひねの夢になぐさむ恋なればあはねどくれのそらぞまたるる」（恋四、丹後）

【類歌】④19俊成卿女・解題2「みてもまたいかにねし夜のおもかげのうつつもまよふゆめのかよひ路」（恋）

①18新千載1395「人めよく夢のただぢの契だにうつつにまさる身の思ひかな」（恋三、常磐井入道前太政大臣）

④40永享百首751「夢にさへあふともみえずうつの山うつつにまさる人のつらさは」（恋二十首「寄山恋」兼良）

276　たがふなよ契を[1]きてしこと《〈言〉》のは《〈葉〉》にかゝる命《〈いのち〉》のた[2]へ[3]も社[4]すれ

【校異】八一。1を―お（書百、林百、正治）。をき―置（内百、森百）。2たへ―絶（内百、森百）。3へ―え（書百、古百、正治）。4社―こそ（内百、書百、古百、正治）。

【語注】○ことのはに　①15続千載1290 1294「いつはりとおもひながらもことのはにかかるは露の命なりけり」（恋三、行深）。　**○かゝる命**　⑤421源氏物語38「うつせみの世はうきものと知りにしをまた言の葉にかかる命よ」（光源氏）。

【訳】約束を違えて下さるなよ、（もし違えるなら）約束したその言葉にかけた命がとだえ死にもするから。

▽約束を違えないよう、そうでないと約束の言葉にかかる命が絶え果てもするから…と、式子によくみられる恋死の型《パターン》の歌。初句切。31正治初度百首379（恋10の6）。式子に著名な318「玉のをよ絶なばたえねながらへば忍ぶる事のよはりもぞする」（新古今1034、恋一「百首歌の中に忍恋」）や177「我恋はあふにもかへすよしなくて命ばかりの絶やはてなん」（恋）がある。

【参考】③81赤染衛門61「岩代の松にかかれる露の命たえもこそすれ結びとどめよ」（「おなじ人」）

277　な[1]をざりに[2]そら〈空〉だのめしてこぬ人を待[3]夜[4]ぞ恋のか[5]ぎり成[6]ける

【校異】八二。1なをざり―等閑（内百、森百）。2に―の宮百。3待夜―まつよ（書百、古百）。待夜ぞ―まつこそ（正治）。4夜―よ（森百）。5かぎ―限（内百、林百）。かぎり―限（森百）。6成―なり（書百、古百、正治）。

【語注】**○こぬ人を待つ**　①古今777「来ぬ人を松ゆふぐれの秋風は…」（恋五、よみ人しらず）、①新古今1283「こぬ人をまつとはなくてまつよひのふけゆくそらの月もうらめし」（恋四、有家）、「来ぬ人を松帆の浦の夕凪に…」（百人一首97。新勅撰851、恋）で分るように、恋の伝統。**○恋のかぎり**　八代集にない。⑤175六百番歌合699「はてもなくゆくへもさらにしらざりし恋のかぎりはこよひなりけり」（恋「遇恋」有家）。

【訳】いい加減にも、こちらに空しくあてにさせて来ない人を待つ夜が、恋の続いている状態である事よ、待たないようになった時、それは恋の終りの時であるのだ。

▽「命のたえ《へ》」→「恋の限り」。「なをざりに空頼め」をして来ない人を待つ夜が恋の果て、終りともとれるが、【訳】

の如くとした。理屈っぽい詠。31正治初度百首380（恋10の7）。

【参考】①後拾遺862 863「なほざりのそらだのめせであはれにもまつにかならずいづる月かな」（雑一「こむといひつつこざりける人のもとにつきのあかかりければつかはしける」小弁）③124殷富門院大輔127「なほざりのそらだのめかとまちしよのくるしかりしぞいまはこひしき」（「俊恵…」）

278　[1]こひ[2]しなばまた《〈又〉》も[3]此[4]代に[5]廻《〈めぐり〉》きて[6]ふたゝび君をよそ[7]にだにみ[8]ん

【校異】八三。1こひ—恋（内百、書百、森百）。2しな—死（森百）。3此—この（書百、森百、古百、三百六十番）。4代—世（内百、続後拾）、よ（書百、森百、古百、正治、三百六十番）。5廻—巡（古典文庫・神百）、めくり（内百、書百、森百）。6ふたゝ—二た（内百、続後拾）。ふたゝび—二度（森百）。7にだ—た（林百）。8ん—む（三百六十番）。

【語注】**○こひしな**　逢わぬ恋の苦衷。式子372「いかにせんこひぞしぬべき…」。**○廻き**　輪廻転生の考え。

【訳】恋死をしたなら、再びこの世に生き返って、その時は再び（あなたを）みるが、せめてあなたを他人の存在としてだけなりとみよう。

▽「恋」「夜・世」「来」。「人」→「君」、「恋のかぎり」→「恋ひ死」。「来ぬ人を待夜ぞ恋の限り」と歌った前歌をうけて、恋い死をしたとしたら…と歌う。前歌同様、一息な詠。これも276同様、式子に多い恋死の型《パターン》の詠。視覚（「見」）。16続後拾遺727、恋二「正治百首歌奉りける時」仁和寺二品法親王守覚。31正治初度百首381（恋10の8）。183三百六十番歌合659、恋三、四十二番、左、仁和寺宮。

【類歌】①新古今1531 1529「おもひきや別れし秋にめぐり逢ひて《き て（長秋）》又もこの世の月をみむとは」（雑上、俊成。③129長秋480）

…278と歌のリズムが通う

279　何事《なにごと》もふり[1]ゆくみ《身》には[2]忍草恋[3]斗[4]社露《つゆ》もかはらね

【校異】八四。1ゆく—行（内百、林百、森百）。2忍—忘（内百、林百、森百）、わすれ（書百、古百、正治）。3斗—はかり（内百、書百、林百、古百）。4社—こそ（内百、書百、森百、古百、正治）。

【語注】〇忍草　「忍」掛詞・あなたを忍・偲ぶ、昔を忍・偲ぶ。「草」の縁語「露」。

【訳】ものすべてが古びてゆく我にとっては昔をしのぶばかりで、ものすべてが変ってしまったが、あなたを思い慕う恋の思いだけは昔と全く変わらない事よ。

▽「恋」。「来」↓「行」。古りゆく我身は昔を「忍」び、変化していく中で、恋だけは不変だと、身と恋とを対照化してみせた歌である。輪廻転生の前歌に対して、これは「古りゆく（我）身」。古今747「月やあらぬ春や昔の…」（恋五、業平。伊勢物語四段）を思わせる。また劉希夷・代白頭吟「年年歳歳花相似。歳歳年年人不㆑同」の世界でもある。

【参考】④30久安1175「心にもあらで軒端の忍ぶ草しのぶ思ひはつゆもかはらず」（恋二十首、上西門院兵衛）
31正治初度百首382（恋10の9）。

280　[1]かよひ[2]こし[3]野中[4]の[5]清水かき[6]た[7]へて[8]くまぬにしもぞ袖はぬれける[9]

【校異】八五。1かよひ—通（森百）。2こ—来（内百）。3野中—のなか（書百、古百）。4の—ナシ（林百）。5清—し（書百、正治）。清水—しみつ（古百）。6たへ—絶（内百）。7へ—え（書百、古百、続拾遺、正治）。8くま—汲

（森百）。９る—り（林百）。

【語注】**〇かよひこ**　八代集一例・新古1335（恋四、俊成女）。源氏物語一例「かの御あたりの人の通ひ来るたよりに、御ありさまは絶えず聞きかはし給ひけり。」（「早蕨」、新大系五—6頁）。**〇野中の清水**　播磨・印南野。「水」の縁語「汲むま」。①後撰813 814「いにしへの野中のし水見るからにさしぐむ物は涙なりけり」（恋四、よみ人しらず）。

【訳】昔足繁く通って来ていた恋人もすっかり来なくなってしまって（「本の心を」汲んでくれなくて）、清水を汲みはしないのに袖がぬれてしまう事よ。

【本歌】①古今887「いにしへの野中の清水ぬるけれど本の心をしる人ぞくむ」（雑上「題しらず」よみ人しらず。②6和漢朗詠集748。②3新撰和歌275。②4古今六帖2921）

▽「露」→「水」「ぬれ」。通った人（男）が来なくなり涙すると、女の立場に立って詠んだ詠。本歌は、…「知る人ぞ汲む」と歌い、280は、…「汲まぬにしもぞ（袖は濡れける）」と応ずる。第一、三句かの頭韻。12続拾遺1051 1052、恋五「題しらず」仁和寺二品親王守覚。31正治初度百首383（恋10の10）。

鳥[1]五首[2]

281　も[3]ろ人《びと》[4]をはぐゝむちかひ《誓》あらはれ[5]てわし社[6]峯[7]の名《な》にはおひ[8]ぬ[9]れ

【校異】九六。正治百首においては、「春／夏／秋／冬／恋／羇旅／山家／鳥／祝」の順序となっている。１山家五首〔226〜230〕（神百、内百、書百、林百、森百。ただし「五首」—右側小字（書百）、ナシ（正治））／羇旅五首〔231〜235〕

（神百、内百、書百、林百、森百。ただし「羇」—「羈」（森百、正治）、「五首」—右側小字（書百）、ナシ（正治））。2五首—右側小字（書百）、ナシ（正治）。3もろ—諸（内百、森百、正治）。4を—に（内百）。5あらはれ—顕（森百）。6社—こそ（内百、書百、古百、正治）。7峯—嶺（内百）、峰（正治）、みね（書百、古百）。8ひ—い（書百）。9ぬ—け（内百）。

【語注】○はぐゝむ　「鷲」「生ふ」の縁語。　○あらはれて　③125山家889「さとりえし心の月のあらはれてわしのたかねにすむにぞ有りける」（雑）。　○わし　「鷲」は山の名。鷲峯《ジュブ》山、霊鷲《リョウジュ》山。釈迦が『法華経』を説いたという霊鷲山の事で、和語的に表現した。「鹿の国わしの峰の深き御法を悟るにしもあらず。」（千載、序）。　○おひ　「負ひ」の事。

【訳】鳥が鷲が子を育てるように、すべての人を庇護し慈しむ仏の誓願が（そこに）あらわれて、鷲という名を峯の名として持っている事よ。

▽釈教歌的。万民を「育む」誓願が、鷲という峯の名にあらわれていると歌う。31正治初度百首394（「鳥」5首の1首目）。

【類歌】②15万代1555「もろびとをはぐくむちかひありてこそうみのみやとはあとをたれけめ」（第七、神祇「後法性寺入道前関白、右大臣の時の百首に」正三位季経）

282　たのしみ〈楽〉や[1]たか[2]らのいけ〈池〉に[3]ふ[4]〔かゝ〕[5]らん[6]たま[7]もにあそぶ〈遊〉[8]か[9]も。の[10]むらどり〈村鳥〉

【校異】九七。1たから—寳（森百）。2ら—え《ライ》（書百）。3ふ〔かゝ〕—深か（森百）。4〔かゝ〕—か、（内百、書百、林百）、かか（夫木、正治）。5らん—らむ（夫木）、覧（林百、古百）。6たまも—玉藻（森百）。7も—り（内百）。

8かも―鴨（内百）。9も《の》。―りの（正治）。10《の》。―の（内百、書百、林百、森百、古百、続群、夫木）。

【語注】○たのしみ　八代集にないが、「楽し」は古今1069（大歌所御歌）よりある。源氏物語「養はれ給て、色色の楽しみに驕り給しかど、深き御うつくしみ」（「明石」、新大系二―54頁）。　○や　疑問か詠嘆か。一応疑問としておく。○たからのいけ　八代集にない。極楽浄土にある七宝で飾られた池で、そこには八功徳の水がたたえられているという。④22草庵1389「はちすさくたからの池にこぐ舟のまづ面影にうかびぬるかな」（釈教「宝池をよめる」）。「宝」、「池」の縁語、各々「玉」「深から」。　○に（下句）　場所か、「〜に対して」か。後者だとすると、上句に応じ合う。○かもの群鳥　八代集にない。が、「むらどり」は、八代集二例・古今674（恋三、よみ人しらず）、後拾567（哀傷、義孝）。源氏物語一例「明かくなりゆき、むら鳥の立ちさまよふ羽風近く聞こゆ。」（「総角」、新大系四―394頁）。正治百首の「かり」は、常世の国からくる霊鳥である事によろう。

【訳】楽しみが宝の池に深いのであろうか、珠のような藻のところで遊んでいる鴨の一群である事よ。

▽「（鷲）峯」→「（宝の）池」、「鷲」→「鴨」。楽しみは極楽の池に多いの（か）、玉藻に遊ぶ鴨の多くの鳥と、前歌同様、釈教歌的――この「鳥五首」すべてが法親王ゆえかそう――である。第一、二、四句たの頭韻。三句切、体言止。16夫木7016、冬二、水鳥「正治二年百首」喜多院入道二品のみこ。31正治初度百首395（鳥5の2）。「百首・本文考」5頁参照。

【参考】①後撰72「春の池の玉もに遊ぶにほどりのあしのいとなきこひもするかな」（春中「題しらず」宮道高風。②4古今六帖1504）

【類歌】③132壬二766「我が恋はますだの池のにほどりの玉もに遊ぶ跡もはかなし」（恋「益田池」）

283　いさぎよくはちす[1]の[2]のりをうつしてぞはと〈鳩〉もすゞり〈硯〉の水をそ[3]へ[4]ける

【校異】九八。1はちす—蓮（内百、森百）。2の—、（書百、古百）。のり—法（内百、森百）。3そへ—添（森百）。4へ—つ《へ》（書百）。

【語注】〇いさぎよく　万代、夫木、正治とも。本来訓読語。八代集三例・金葉628、千載1232、新古1863。徒然草「死を軽くして、少しもなづまざる方、いさぎよく覚て、人の語りしまゝに書付侍る也。」（第百十五段、新大系190頁）。④30久安587「いさぎよくおもふ心のふかからばむねの蓮もひらけざらめや」（「尺教」隆季）、②12月詣1067「いさぎよく心のしみづすみぬればはちすはよその花とやはみる」（釈教、実仙法師）。「いざきよく」か。が、これでは通りがよくない。　〇はちすののり　「法華経」の異称。妙法蓮華経。八代集にない。　〇はと　八代集二例・千載848 847（恋四、仲実）、新古1676 1674「ふるはたのそはの立木にゐる鳩のともよぶ声のすごきゆふ暮」（雑中「題しらず」西行法師）。②4古今六帖1189「われをあきとふるつゆなれば山ばとの鳴きこそわたれきみまつのえに」（第二、野「はと」）。②16夫木5549（秋五、好忠）。「はとのつえ」⑤399源家長日記76。「鳩」がこの歌に登場してきたのは何らかの故事があるのか。この点について、山崎桂子氏も「鳩の歌　付・小侍従の不詳歌をめぐって」（『研究と資料』第二十輯、昭和63年12月）において、「「はちすののり」＝法華経を書写する硯に鳩も水を添えるというのだが、なぜ鳩が詠まれているのか、ふまえるところがあるのだろうが捜し得ていない。」（48頁）といわれている。鳩は石清水八幡（宮・神）の使者と信じられていたので、その鳩も…か。平家物語「大菩薩、…はるかに照覧し給ひけん、雲のなかより山鳩三《みつ》飛来《とびきた》ッて、源氏の白旗の上に翩翻す。」（新大系下—16頁）。他、今昔物語集（新大系三—133、134頁）など。梁塵秘抄495「山鳩は何処か鳥栖《とぐら》石清水　八幡の宮の若松の枝」（神社歌　六十九首、「石清水　五首」）。　〇すゞり　万葉、八代集にない。源氏物語「いと若くおかしげなり。／硯引き寄せて、手習に、」（「玉鬘」、新大系二―365頁）。**○すゞりの水**　③74和泉式部続集84「あかざりしむかしの事をかきつくるすゞりの水は涙なりけり」、他、③106散木783、129長秋200。

【訳】清らかに法華経を写経している時に、鳩も硯の水を加える事よ。

▽「（宝の）池」→「蓮（の法）」、「池」→「水」、「鴨」→「鳩」。清澄に法華経を写している時、鳩も硯の水に、石清水八幡宮の神使として石清水を加え協力すると歌ったものであろう。仏、神両世界を歌う。第二、四句はの頭韻。15万代1702、第八、釈教歌「正治百首に」仁和寺入道二品親王守覚。16夫木15089、雑一四、硯「正治二年百首」喜多院入道二品のみこ。31正治初度百首396（鳥5の3）。和歌文学大系13『万代和歌集(上)』1702は、「○蓮の法―法花経のこと。「花」を匂わせ、「葉」と対比させる。○うつして―「写して」「移して」を掛ける。○はとも―「鳩」に「葉」を掛ける。「葉」は「蓮」の縁語。▽汚れなく法花経を写してこそ、鳩も蓮の葉の露を移し入れた硯の水を添えることだ。…水差しまたは硯に鳩の装飾が付いているのであろう。鳩は、釈迦が尸毘王だった時、自分のもの肉を代償に鳩を助けた（智度論、三宝絵）という故事によるか。」と述べる。その『大智度論』「鳩の秤」の故事については、「小侍従の不詳歌　始末」（山崎桂子「鹿児島女子大学研究紀要」1997・7）129、131頁にも触れてある（=『正治百首の研究』316、317頁）。

284　ながき[1]夜《よ》の夢覚《ゆめさめ》よとやには《庭》つとり《鳥》あけ[2]行[3]空[4]を人につぐ[5]らん[6]

【校異】九九。1なが―永（森百）。ながき―長（内百）。2あけ―明（内百、森百、夫木）。3行―ゆく（書百、林百、正治）。4空―そら《ほとイ》（書百）、空《ほど》（正治）。5つぐ―告（森百）。6らん―らむ（夫木）、覧（林百）。

【語注】○ながき夜　仏典語「長夜」。「長夜の眠り」。生死輪廻の境界に迷い、それから覚めない事。源氏物語「まつはれてこそは長き夜の闇にもまどふわざななれ、」（「横笛」、新大系四―60頁）。**○ながき夜の夢** 凡夫の迷いの世界。新古833「きのふ見し人はいかにとおどろけどなを長夜の夢にぞ有ける」（哀傷「（無常の心を）」慈円）、④17明日香井66「ながきよの夢をゆめぞとしるきみやさめてまよへる人をたすけむ」（「御報」）。**○にはつとり** 「にはつとり」（夫木）。八代集にない。②万葉1417 1413「庭津鳥《ニハツトリ》 可鶏乃垂尾乃《カケノタレヲノ》 乱尾乃《シダリヲノ》…」。**○つぐ** 「つぐ」（夫木、正治）。「つく」か。

【訳】無明長夜の迷妄の夢よ覚めよという事か、鶏は夜明けて行く空を人に告げるのであろう。

▽「鳩」→「庭つ鳥」。長夜の夢を覚まし悟りを開けと鶏は、夜明けを告げるという釈教歌的詠。同じ正治二年初度百首の式子歌に、291「暁のゆふつけ鳥ぞ哀なるながき眠を思ふなみだに《枕イ》」（鳥。新古1810、雑下）がある。16夫木12748、雑九、鶏「正治二年百首御歌」喜多院入道二品のみこ。31正治初度百首397（鳥5の4）。

【類歌】①11続古今814 821「ながきよのゆめのうちにもまちわびぬさむるならひのあか月のそら」（釈教、長恵）

285　[1]あひがたき[2]みつの[3]たからの[4]みな[5]おしも[6]声も[7]おしまず鳥《〈とり〉》[8]の[9]なく[10]な[11]る

【校異】一〇〇。1あひ―逢（内百）。2みつ―三（内百）。3たから―宝（内百）。4みな―御名（内百、森百）。5お―を（内百、書百、森百、古百、正治）。6声―こゑ（書百、森百、古百、正治）、聲（内百、林百）。7お―を（古百、正治）。8のなくなる―ナシ（内百）。9なく―鳴（林百）。10なる―成（森百）、なる《らんイ》（書百）、らん（続群、正治）。11る―り（古百）。12次頁・右側、奥付「元禄十二ゥ年〔私注―1699年己卯〕十月廿日江府／亭にて戸川玄蕃殿本本通う〔書望?〕つし候也今日風丸吹」（森百）。〔私注―「トガハ　ヒデヤス　戸川秀安　備前常山城主、備後門田の人、…父は定安、玄蕃と称すもと安芸の人、備後に移住し富川と称す…慶長三年八月没す（野史）」（『大日本人名辞書㈢』（講談社学術文庫）1743、1744頁）」。

【語注】○あひがたき　八代集二例・古今665（恋三、深養父）、金葉638（雑下、永縁）。伊勢物語「むかし、おとこ、逢ひがたき女にあひて、物語などするほどに、」（（五十三段）、新大系129頁）。○みつのたから　八代集にない。「三宝」の訓読語。③131拾玉598「後の世もたのしかるべきとりなれやみつのたからを声にをさめて」（御裳濯百首、雑二十首）。○みなお《(を)》しも　八代集に用例のない「見直し」ではなかろう。「御名」（山崎桂子『正治百首の研究』281頁）＋「をしも」。「御名」は八代集一例・拾遺1351（哀傷）。「をしも」は強めの助詞。また「皆惜しも」とも解される。○なる　いわゆる伝聞推定か断定か。「らん」の本文があるので、前者か。

【訳】この世にめぐり会いがたい仏・法・僧の御名をば、声も惜しまず鳥（仏法僧）が鳴いているようだ。

▽「鳥」（鶏→仏法僧）。「告ぐ」→「鳴く」、「らん」→「なる」（伝推）。これも前歌に続いて釈教歌的詠。会いがたい三宝の御名を惜しまずに仏法僧（三宝）が鳴き唱えていると歌う。第二、三句みの頭韻。全体としても「あひがたきみつのたからのみなお《(を)》しもこゑもお《(を)》しまずとりのなくなる」と、リズムがある。聴覚（「声」「鳴く」）。三句切、連体形止。31正治初度百首398（鳥5の5）。「百首・本文考」8頁参照。

【類歌】⑤403弁内侍日記185「とにかくにかしこき君が御代なれば三のたからのとりもなくなり」（弁ないし）

三百六十番歌合　正治二年（「仁和寺宮『新編国歌大観　第五巻』183）

286　あさゆふのくもにめなるるやま人ははなをもはなとみでやすぐらむ（102、春、五十一番、右）

【語注】○くもにめなるる　⑤182石清水若宮歌合〈正治二年〉53「いつもたつ雲にめなれて尋ねずはけふ高砂の花をみましや」（「桜」沙弥性昭）。○めなるる　八代集一例・後撰857（恋四、よみ人しらず）。枕草子「「されどそれはめなれにて侍れば、よくしたてて侍らんにしもこそ、」（新大系五段、9、10頁）。○みで　「みて」とも考えられるが、「見で」であろう。「みで」（御室）。①詞花1817「くれなゐのうす花ざくらにほはずはみなしら雲とみてやすぎまし」（春、康資王母。③99康資王母15。⑤121高陽院七番歌合3）。○や　疑問としたが、詠嘆ともとれる。

【訳】朝夕の雲を見馴れている山がつは、さぞ花雲を桜とも見ないで行き過ぎる事であろうよ。

▽雲に目馴れている「山人」は、花雲をも花と見ないで過ぎる――見過ごすともとれる――と歌ったもので、例の、花を雲と〝見立て〟たものである。視覚（「目」「見」）。41御室五十首8（「春十二首」の8首目、御詠）。

【参考】①千載56「かづらきやたかまの山のさくら花雲井のよそにみてや過ぎなん」（春上、顕輔。④30久安313）

⑤182石清水若宮歌合〈正治二年〉57「雲とのみみてやすぎまし山ざくら花を尋ぬる心ならずは」（「桜」泰覚）

【付記】守覚の私家集、Ⅰ145、Ⅱ178首（共に私家集大成による）を見れば、三百六十番所収歌26首のうち私家集にある歌は16首である。三百六十番歌合については、『滋賀大国文』22号「式子内親王と三百六十番歌合」、『ぐんしょ』（再刊）4号「三百六十番歌合の式子内親王の歌」及び『式子注釈』597～600頁で触れた事があるので繰り返さないが、紙（机）上歌合だと考えられ、楠橋開氏は、覚盛が本歌合の撰歌に関与していたのではないかと言われている。

287　あはれしるながめはひとつそらながら月のあたりのくもぞしぐるる　（456、冬、十二番、右）

【語注】○ひとつそら　八代集にない。句またがり。⑤197千五百番歌合1861「ひとつそらにおなじ雲こそかはりけれふもとはしぐれみねは白雪」（冬二、忠良卿）。○そらながら　②15万代1237「山ざとはまだながづきのそらながらあはれしぐれのふるにぞありける」（秋下、能因）、③131拾玉5795「木がらしやしぐるともなき空ながら雲まに月のもりかはるらん」。

【訳】しみじみとものの情趣を感じさせてくれる眺めは一つの空の中ではあるが、月の付近の雲は時雨れている事よ（、つまり二つの景に分かれている）。

▽「哀」を「知るながめは一つ」の空だが、月の付近の雲が時雨れている事によって、そこと、その他の空というように二つ（の景）に分かれていると理屈っぽく歌ったものである。が、下句は、「秋とはうって変って、冬には雲が時雨れる」ともとれる。視覚（「ながめ」）。41御室五十首33（「冬七首」の2首目）。

288　お[1]ともなくやへたつくもにみちわけてなみだしぐるるさやの中山　（457、冬、十三番、左）

【校異】1おと—跡（夫木、正治）。

【語注】○おともなく　「時雨（るる）」に対して。「八重」と対照か。また「さや」（さやか）とも対照か。

【訳】何ら音もさせず…＝231

▽無音で幾重にも立つ雲に、道を分けていって涙が時雨と降る小夜の中山と、冬歌ではあるが、羇旅歌の趣である。

聴覚（「音」）。231前出。

新時代不同歌合（「守覚法親王」、『新編国歌大観　第五巻』235）

289　つれなさにいまはおもひも絶えなまし此世ばかりの契りなりせば　（179、三十番、右）

【語注】○つれなさに　⑤64内裏歌合〈永承四年〉27「つれなさにおもひたえなでなほこふるわがこころをぞいまはうらむる」（恋、兼房）。　**○いまはおもひ**　③118重家226「なかなかになさけをかけぬものならばいまは思ひのたえましものを」（「本歌、御製」）、③119教長691「つらかりしむかしながらのはしならばいまはおもひもたえましものを」（恋）。

【訳】冷たさに、今となっては恋の思いも絶えはててしまうであろう、この今の世だけの宿縁であったとしたら。

▽第二、三句は、**【語注】**の歌（群）による型《パターン》。現世のみの縁だとしたら、（あなた…男とも女ともとれる、の）冷淡さに今は思慕の情もきっとなくなっただろう。が、この恋は前世——後世、及び両方という考えもある——から運命付けられていた定めだから、思いは絶える事はないと歌ったものである。三句切、反実仮想、倒置法。新時代不同歌合では、178「たちぬるる山の…」（213）と180「ながらへて世に…」（222）の間にある。①7千載737 736（恋二「題不知」）、ただし顕昭法師、しかも第四句が「この世ひとつの」。『新大系・千載737』は、「あくまでも恋人を諦めず、来世までもと期待する心。」の歌とする。

月詣和歌集（「仁和寺二品法親王」、『新編国歌大観　第二巻』12）

290　花もみでいかがはやどにかへるべきしばしはれよのべの夕ぎり

（772「夕霧を」巻第九、九月附雑下）

【語注】○夕霧　月詣772（守覚）のみの珍しい歌題（歌題索引）。　**○花も見で**　霧ゆえ。　**○しばしはれよ**　④31正治初度百首1751「たどり行くきそのかけぢのほどばかりしばしはれよ秋の夕霧」（秋、生蓮）。

【訳】秋の花も見ないで、どうしてわが家に帰る事ができようか、できない、だから束の間でもいい、晴れてくれ、野辺の夕霧よ。

▽秋花も見ず家に帰れようか、（ゆえに）ほんのしばらくでもいいから晴れよと、野辺の夕霧に訴えかけたもの。分りやすい。三句切、体言止。視覚（「見」）。

夫木和歌抄（「喜多院入道二品親王のみこ（ママ）」291、「喜多院入道二品のみこ」292 294 295 296 298 299 301 303 304 305 306、「喜多院入道二品親王」293 297、「北院入道二品のみこ」300、「北院入道親王二品みこ」302、『新編国歌大観　第二巻』16）

291　うぐひすの上毛は竹にまがへどもこゑの色には似る物ぞなき

（418「百首御歌、春」巻第二、春部二、鶯）

【語注】○こゑの色　八代集にない。聴、視覚（融合）、感覚の錯綜。150「こゑぞ色」参照。③106散木59「くれなゐの梅がえになく鶯は声の色さへことにぞありける」（春「紅梅をよめる」）。

【訳】鶯の上のほうの毛の色（鶯色）は、竹に比較できても、あの声の色模様には似るものが全くない事よ。

▽鶯の上毛の色は竹にまがえても、声の色には匹敵するものがないと、④32正治後度百首410「梅は雪桜は雲とまがへてもにる物なきはうぐひすのこゑ」（春「鶯」隆実）とよく似た詠で、鶯の声の色は最高、最上だと述べている。第一、二句うの頭韻。聴・視覚（「声の色」）。⑦46出観集〔覚性法親王〕29（春「鶯」4首の4首目）。

【類歌】⑤197千五百番歌合145「こゑのいろにたぐふ花だになかりけりうぐひすきゐる松のむらだち」（春、良平）

⑤197同4「夜をこめてたけにさへづるうぐひすのこゑのいろにやはるのみどりは」（春、内大臣）

292　友がほにうぐひすばかりおとづれてかすみにむせぶ春の山里

（519「百首御歌」巻第二、春部二、霞）

【語注】○友がほ　八代集にない。友だちぶった様子。「…顔」は西行に多い用例。⑤175六百番歌合98「春くればなびくやなぎのともがほにそらにまがふやあそぶいとゆふ」（春「遊糸」隆信）。他③133拾遺愚草2116、134同員外348。**○かすみにむせぶ**　「に」は「に対して」ともとれる。③106散木15「春きぬと聞きだにあへぬあけくれにかすみにむせぶまののはぎ原」（春「霞の歌とてよめる」）、③116林葉48「あさまだき霞にむせぶ鶯はおのがふるすをとめやかぬらん」（春）、他、③129長秋204（中）、③132壬二9（初心百首、春）。『新古今和歌集入門』137、138頁参照。**○春の山里**　④31正治初度1189「心あらん人のとへかしむめの花かすみにかをるはるの山ざと」（「山家」釈阿）。

【訳】友という顔つきをして、（人は訪れず）鶯だけが私のもとにやってきて、鶯は霞の中で咽び鳴いている春の山里である事よ。

▽「友顔」で鶯のみが来て、霞に咽び鳴く春の山里と、和漢朗詠集65「霧に咽ぶ山鶯は啼くことなほ少し…」（春「鶯」元）をもとにして、春の山里の世界を描く叙景歌。「霞に咽ぶ」という表現が新しく、上句の伝統的詠風と下句の当代的表現が好対照を為す。⑦46出観30（春「閑居聞鶯」）。

【参考】③125山家24「うき身にてきくもをしきはうぐひすの霞にむせぶあけぼのの山」（春「寄鶯述懐」）

【類歌】①14玉葉71「山ざとは嵐にかをる窓の梅かすみにむせぶ谷のうぐひす」（春上、有家。⑤197千五百番歌合201）

293　出でてみよ野辺のさわらびもえぬらし雪の消間にきぎすおとなふ

（903「百首御歌中」巻第三、春部三、早蕨）

【語注】**○出でてみよ**　①古今18「かすがののとぶひののもりいでて見よ…」（春上、よみ人しらず。②3新撰和歌25。②4古今六帖9）。この歌により、293の「野」は「飛火野」。**○さわらび**　八代集三例・拾遺1154「さわらびやしたにもゆらんしもがれののばらの煙春めきにけり」（雑秋「東宮の御屏風に、冬野やく所」藤原通頼）、金葉71、新古32。源氏物語一例「この春はたれにか見せむなき人のかたみに摘める嶺の早蕨」（「早蕨」、新大系五―5頁）。 **○もえ** 万葉集の後「蕨・早蕨にのみ継承されることとなる。…特に『堀河百首』の「早蕨」題での歌々は蕨と「萌」が密接な関係にある。」（歌ことば大辞典）。 **○消間** 八代集一例・後述の詞花6。「雪の消間」（早蕨がもえている所）＝「雪間」（式子104、281）か。 **○きぎす** 「火」「燃え」により、「焼野のきぎす」をほのめかすか。②万葉3324 3310「雉動《キギスモトヨミ》《きぎしはとよむ》」、①千載109「きぎすなくいはたのをののつぼすみれ…」（春下、顕季）、②10続詞花11「御狩野にまだふる雪はきえねどもきぎすの声は春めきにけり」（春上、能因）。 **○おとなふ** 八代集にない。やってくる意か。音を立てる動作をするのが原義。源氏物語「古りにたるあたりとて、をとなひきこゆる人もなかりけるを、ましていまは」（「末摘花」、新大系一―214頁）。

【訳】 出てみよ、野辺の早蕨がきっと萌え出ている筈だ、その雪の消えている所に雉子の鳴いている（声がきこえる）。

▽古今18をふまえ、初句は「春日野の飛火の野守（よ）」出て見よ！と呼びかけ、早蕨が萌える、その雪の消えている場所に雉が鳴くと、早春の材料・歌材を揃え、叙景歌仕立てにしている。早蕨と雉子の組み合せが珍しい。「火」「燃え」と「消」とは対照。視覚（「見」）。聴覚（「音なふ」）。初、三句切。⑦46出観65（春「早蕨」）、第三句「もえぬらし」。

【参考】 ③35重之225「かすがのにむれ立つ《あさなく（詞6）》きじのはねおとはゆきのきえまにわかなつめとや」＝①詞花6（春）

294 帰るさに名のるばかりをなさけにてたのむの雁も遠ざかるなり

（1611「家五十首」巻第五、春部五、帰雁）

【語注】 **○上句** ③131拾玉4274「かへるさにあかぬばかりをなさけにて…」（「暮秋暁恋、持」）。 **○たのむの雁** 勅撰集初出は①千載36「春くればたのむのかりもいまはとてかへる雲ぢにおもひたつなり」（春上、源俊頼。③106散木152）。伊勢物語「14みよし野のたのむの雁もひたふるに君がかたにぞよると鳴くなる」（十段）、新大系90頁。③6業平14。②4古今六帖4380）から出た語。「たのむ」は掛詞。　○なり　断定か。

【訳】帰る時に一声鳴くだけをこちらへのせめての思いやりとして、あてにした田の面の雁も、また恋人同様遠ざかってゆくようである。

▽294は、帰りがけに声だけを残し、それを情けとして、田面の雁も遠ざかる、あの人と同様…と、伊勢物語的な恋愛の世界を背後にほのめかして、帰雁の叙景歌としている。①新古今58「いまはとてたのむの雁もうちわびぬおぼろ月よのあけぼのの空」（春上、寂蓮）と比べるなら、294は伝統的詠歌といえ、詠法の異なる事が知られよう。聴覚（「名のる」）。第二、三句なの頭韻。41御室五十首11（詠五十首和歌、御詠「春十二首」の11首目）。

【参考】③119教長154「はるばるとこしぢにかへるかりがねのこゑもかすかにとほざかるなり」（春「帰雁をよめる」）

295　柴の庵のかけ樋の水の音とめよ谷のすぎふにほととぎすなく

（2851「百首御歌」巻第八、夏部二、郭公）

【語注】○柴の庵　粗末な仮の家。八代集一例・千載1072（雑中、源定宗）。あと「しばのいほり」が新古今に3例ある。○第一句　正しい字余り（「いほ」）。　○かけ樋　勅撰集初出は①後拾遺1040「かけひのみづの」（雑三、上東門院中将）。徒然草「木の葉に埋もる、懸樋のしづくならでは、露音なふ物なし。」（第十一段、新大系88頁）。　○すぎふ　杉生。八代集にない。③106散木859「けふみれば花もすぎふに成りにけり…」（悲歎部、神祇）。

【訳】柴の庵の掛け渡してある樋の水の音を立てないようにせよ、（なぜなら今）谷の杉の生えている所に郭公が鳴いている（から）。

▽谷の杉生に郭公が鳴いているので、筧の水の音を止めよ、邪魔になるからと呼びかけた、山家の体の詠。明快。上句（一、二句）ののリズム。三句切。聴覚（「なく」）。⑦46出観170（夏「ほととぎすのこころを」8首の5首目）。また同じ守覚に「(声)」「とめよ」「ほととぎすなく」の詞の通う34がある。

【類歌】③131拾玉4304「杉ふかき山かげしめてすむいほに有明の月に郭公なく」（「暁聞郭公」）

⑤244南朝五百番歌合968「松の風かけひの水の音までもこころすみける谷陰の庵」（雑四、頼意）

296　をやま田は夏の暮こそうれしけれいなばのほたるしづのかやり火

（3268「百首御歌」巻第八、夏部二、蛍）

【語注】**○をやま田**　「山田」の歌語。　**○しづのかやり火**　「蚊遣火《び・ひ》」につき詳しくは、『式子注釈』130参照。『新編国歌大観』①〜⑩の索引をみると、他には全くないが、下記の出観集270に同一歌がある。

【訳】山田は夏の夕暮こそがうれしい事よ、稲葉を行き交う螢や山賤のたく蚊遣火（の景色）によって。

▽下句の二つの景物「稲葉の螢、賤の蚊遣火」によって、山田は夏の夕暮がうれしいと、後述の式子130同様、新しい情趣の発見の詠となる。三句切、倒置法、及び下句の二つのものの構造は、和漢朗詠集229「秋はなほ夕まぐれこそたゞならね荻の上風萩の下露」（秋「秋興」義孝少将）と同じである。⑦46出観270、第三句「あはれなれ」（夏「題不知」2首の2首目）。式子にも、128「春秋の色のほかなる哀哉ほたるほのめく五月雨のよひ」（夏）、130「山がつの蚊遣火たつる夕暮も思ひのほかに哀ならずや」（夏）がある。新古今でいえば、後鳥羽院の36「見渡せば山もとかすむ水無瀬川夕べは秋と…」（春上）、清輔の340「薄霧の籬の花の朝じめり…」（秋上）、定家の363「見渡せば花も紅葉もなか

りけり…」（秋上）などの新しい美・詩趣の発見。

297　かびたつるかきねむかひのほそ道は都の人に見せまうきかな

（3378「おなじく〔＝百首御歌〕」巻第九、夏部三、蚊遣火）

【語注】○かび　蚊火。八代集一例・新古今992「か火《ひ》」（恋一、人麿）。万葉一例・②万2657 2649「置蚊火之《オクカヒノ》」（巻第十一。「鹿火《かひ》」という説もある）。　○むかひ　八代集にない。が、式子188「むかひの山に出る月影」（雑）とある。伊勢物語「ひをりの日、むかひに立てたりける車に、女の顔の」（〈九十九段〉、新大系175頁）。②万葉1974 1970「見渡者《ミワタセバ》　向野辺《ムカヒノノヘ》乃《ノ》　石竹之《ナデシコノ》　落巻惜毛《チラマクヲシモ》　雨莫零行年《アメナフリコソ》」（巻第十、夏雑歌「詠ㇾ花」）。　○ほそ道　八代集一例・千載465（冬、為季）。源氏物語一例「常よりもわりなきまれの細道を分け給ほど、御供の人も泣きぬばかりおそろしう」（「浮舟」、新大系五―221頁）。堀河百首1490「山ざとはまれのほそ道跡たえてまさきのかづらくる人もなし」（雑廿首「山家」匡房）、あと同347（夏十五首「卯花」基俊）。

【訳】蚊遣火を立てる垣根の向こう側の細道は、都の人に見せるのが辛い事であるよ。（それだけ独自な美しさをもっていて知らせるのが惜しい、自分だけのものにしておきたくて。）

▽蚊火を立てる垣根の向うの細道は、都の人に見せたくないとの新しい美の発見の歌。前歌・296参照。平明。第一、二句か、下句みの頭韻。視覚（「みせ」）。⑤340二言抄6。が、作者は衣笠内大臣（＝藤原家良・1192～1264）である。私家集大成・4・中世Ⅱ、8家良Ⅰ、9家良Ⅱにこの歌はなかった。⑦46出観274（夏「山家蚊遣火」）。

298　霜がれの荻の葉さやぎあられふりつげがほにてぞ冬はきにける

（6346「家五十首」巻第十六、冬部一、初冬）

【語注】○さやぎ　八代集三例。古今1047「さかしらに夏は人まね笹の葉のさやぐ霜夜をわがひとり寝る」（雑体、よみ人しらず）。②万葉4455 4431「佐左賀波乃《ササガハノ》　佐也久志毛用尓《サヤクシモヨニ》　奈奈弁加流《ナナヘカル》…」（巻第二十）。○つげがほ　八代集にない。「…がほ」は西行に多い表現。知らせたいような様子、またそのさま。③125山家186「ほととぎすきかであけぬとつげがほにまたれぬとりのねぞきこゆなる」（上、夏）。「付け顔」とも考えられるが、上の用例によって「告げ顔」（守覚・御室五十首も）とする。○冬はきにける　③110忠盛51「山ざとはのべのくさ葉もしもさえて人めもかるるふゆはきにける」（百首、冬十首）。

【訳】すっかり霜枯れてしまった荻の葉が（風によって）さやさやと音をたて、また霰が降って、いかにもやって来たぞといった感じで、冬は来た事よ。

▽霜枯れの荻の葉がさやぎ、霰が降り、告げ顔で冬が来たと歌う明確印象的な叙景歌。④41御室五十首32（「冬七首」の冒頭）。

目加田さくを氏は、この歌について、「告げ顔…が面白い。たくまぬ素朴な表現が素直に、冬到来の実感を漂わせている。稚気すら感じさせる此のおおらかさを王風、親王ならではとみる。」（『私家集論㈡』178頁）と言われる。

299
水とりのあしにひかるるねぬなはは人もかまへぬくくりなりけり
（7035「百首歌」巻第十七、冬部二、水鳥）

【語注】○あし　「葦」との掛詞ではなかろう。○ねぬなは　「寝ぬ名（は）」で恋の歌に用いる。梁塵秘抄425「聖の好む物、比良の山をこそ尋ぬなれ、…根芹根蓴菜《ねぬなは》、…」（巻第二）。古今六帖に、第六、草「ねぬなは」3829〜3832・四首がある。○かまへ　八代集二例・拾遺410（物名、輔相）、同572。○くくり　八代集にない。枕草子「衣どもつゝみて、指貫のくゝりなどぞ見えたる、弓、矢、楯など持てありくに、」（四三段、新大系63頁）。源氏物語一例「君に馬はたてまつりて、くゝり引き上げなどして、かつは」（「夕顔」、新大系一―129頁）。

【訳】水鳥の足に引っぱられている蓴菜《じゅんさい》は、人ももってきて準備していない括りひもである事よ。

▽鳥の足にひかれている蓴菜は、人の前もって用意していない紐だと歌う、見立ての単純な叙景歌であり、①新古今755「たちよればすずしかりけり水鳥の青羽の山の松の夕かぜ」（賀「…、青羽山」光範）などとは詠法の違いを見せる。末句りのリズム。⑦46出観633（冬「水鳥」5首の1首目）。

300
山ざくらみねのあらしやわたるらんほそ谷川の花のうきはし
（9371「百首御歌」巻第二十一、雑部三、橋・花のうきはし）

【語注】○花のうきはし　『歌題索引』にない。○ほそ谷川　備中の歌枕もあるが、ここは普通名詞であろう。○花のうきはし　①20新後拾遺635「わたるべき物ともみえず山河に風のかけたる花のうき橋」（雑春、通藤女）。○

うきはし 八代集二例・後撰1122（雑一、四条御息所女）と有名な「夢浮橋」一例（新古38）。源氏物語「浮橋のもとなどにも、好ましう立ちさまよふよき車多かり。」（「行幸」、新大系三―59頁）。水の上に板や舟を並べ浮かせて作る橋。

【訳】 山桜に峯の風が吹き渡っているのであろう、細谷川に流れ込んでそれは花の浮橋となっている事よ。

【本歌?・】 5金葉二57 60「はなさそふあらしやみねをわたるらんさくらなみよるたにがはのみづ」（春、源雅兼。5′金葉三56。③109雅兼3「水上落花」）

▽細谷川の花の浮橋によって、桜に峯の嵐が通り過ぎたと推量したもので、三代集時代の見立て（末句）と推量の平明な詠である。2／3の文字の重なる（「わたるらん」の三句切と体言止も）雅兼詠があり、ほぼそのまま　うつしたような歌で、出観集97の詠とも合せて考えられるべきであろう。三句切、体言止。⑦46出観集97「桜さくみねに…」（春「落花」）。

【参考】 ③119教長143「やまざくらみねこすかぜのふきためてはなにせかるるたにがはのみづ」（春「…渓流落花といふ…」）

③124殷富門院大輔20「やまざくらみねのあらしにちりゆけばたにのこずゑに又さきにけり」（「花のうたに」）

⑤165治承三十六人歌合241「山風の吹きだにやめばと絶えけり細谷川の花のうき橋」（「落花」盛方朝臣）

【類歌】 ⑤197千五百番歌合523「たに河に花のしらなみかけてけりみねのあらしやはるのせきもり」（春四、越前）

301　目もはるにおきかけさかり行く舟はかこの声こそまづはきえけれ

（10600「家五十首、眺望」巻第二十三、雑部五、澳）

【訳】 目も遙かに…＝240

▽240前出。

302　山里はまばらの軒のかやまよりもりくる秋の夕づく夜かな（14336「百首御歌、秋」巻第三十、雑、宅）

【語注】○まばらの　「軒」「かやま」ともにかかるか。　○かやま　茅と茅との間、すき間。八代集にない。「のきのかやま―」は、③100江帥235「はるくればのきのかやまのあまそそき…」（恋）、③111顕輔63「あづまののきのかやまのしのぶぐさ…」（「恋」）。あと③100江帥395、②16夫木14388（清輔）などがある。　○もりくる　①古今184「このまよりもりくる月の影見れば心づくしの秋はきにけり」（秋上「題しらず」よみ人しらず）。　○夕づく夜　式子にも3「…木間の夕月夜…」（春）、238「ながむれば木葉うつろふ夕月夜やゝけしきだつ秋の空哉」（秋）がある。　○夕づく夜かな　①金葉二175 185「かぜふけばえだやすからぬこのまよりほのめく秋のゆふづくよかな」（秋「…ゆふづくよ…」忠隆）。

【訳】山里は、まばらな軒を葺いている茅の間から月光がもれてくる秋の夕月の夜（の景色）である事よ。

▽山里というものは、「まばらの軒の茅間」から、「漏り来る秋の夕月夜」（の光景）だと、一幅の絵画を思わせる山里の情景を描く叙景歌。その大もとに右記の古今184があるのはいうまでもない。枕草子の「春は曙」の如く、山里の情景の中で最高に情趣深いのは、「まばらの…秋の夕月夜」の景色であるよともとれるが、【訳】の如くとした。⑦46出観342（秋「月」39首の1首目）。

【類歌】②16夫木15003「かた山のすどがたかがきあみめよりもりくる秋の月のさびしき」（雑十三、牆、すどが竹がき「千首歌」為家）

303
峰わたる風なかりせばあばらやの軒に木の葉を誰かふかまし
（14393「百首御歌、冬」巻第三十、雑、屋・あばらや）
【語注】○あばらや　八代集にない。「あばら」も八代集一例・拾遺1111（雑秋、好忠。③58好忠239）のみ。壁のない粗末な家。源氏物語一例「明け暮人知れぬあばら屋にながむる心ぼそさなれば、」（「澪標」、新大系二―102頁）。④26堀河百首1497「山のたかねのあばら屋は月の…」（雑廿首「山家」師時）。○ふか　「風」の縁語「吹く」を匂わせる。
【訳】峯を越し渡ってゆく風というものがなかったとしたら、荒廃の家の軒に木葉を一体誰が葺くのであろうか、誰も葺きはしない（のだ）。
▽峯行く風がなかったら、荒れ破屋の軒に木葉を誰も葺かないと、①古今118「吹風と谷の水としなかりせば深山がくれの花を見ましや」（春下、貫之）と同じ反実仮想の表現型《パターン》。平易。⑦46出観526、第四句「うへにこのはを」（冬「落葉」3首の3首目）。
【参考】④30久安951「山下《山おろし》のかぜなかりせばわが宿の庭のもみぢ《このは》（①10続後撰475 467）を誰はらはまし」（秋二十首、清輔）

304
けさみればきそのふせ屋の竹ばしらたわむばかりに雪ふりにけり
（14397「百首御歌中」巻第三十、雑、屋・きそのふせや）
【語注】○きそ　木曽。八代集一例・千載1195「きそのかけぢ」（雑下、空人法師）。あと「きそぢ」は八代集に「きそぢのはし（木曽路橋）」として三例ある。なお③125山家1415（下、雑）、1432（下、雑）に「木曽の懸橋」がある。○き

そのふせ屋 ②16夫木5690（俊頼）・③106散木473「山田もるきそのふせやに風ふけば…」。**○竹ばしら** 八代集にない。式子287「今は我松のはしらの杉の庵に…」（山家）。④30久安695「をかやかるくぐめやかたの竹柱」（羇旅、親隆）、③123唯心房72「よをいとふくさのいほりのたけばしら」（「入道静蓮、…」）。**○雪ふりにけり** ④26堀河百首950「けさみれば袖ふりはへて昨日こしよし野の山は雪ふりにけり」（冬十五首「雪」顕仲）。

【訳】今朝見ると、木曽の伏せ庵の竹の柱が、たわむほどに雪が降り積った事よ。

▽今朝、木曽の伏屋の竹柱がたわむほどに雪が降ると、第二句以下の景を平易に歌う。303・前歌同様の叙景歌。視覚（「見れ」）。第三、四句たの頭韻。⑦46出観608、第四句「たわむばかりに」（冬「雪のこころを」11首の8首目）。

305　たまくらにいれしかたみとおもはずはなみだにくたす袖はをしまじ

（15395「百首御歌」巻第三十二、雑部十四、枕・手枕）

【語注】○たまくら 『式子注釈』16参照。独寝ともとれるが、共寝のほうが味わいが深かろう。**○なみだにくたす** ④30久安467「君こふる涙にくたす衣手をやすきままには形見とぞ見る」（恋二十首、季通）。

【訳】手枕として入れた形見の品と思われなかったなら、涙によって腐らせた袖をば決して惜しみなんかはしませんよ。

▽二人の共寝の時、手枕に入れた形見と思わなかったら、涙で朽ちた袖なんか惜しみはしない、形見と思うから、袖を惜しむと歌ったもので、これも303同様、反実仮想表現の平明な詠である。⑦46出観693（恋「恋のこころを」31首の30首目）。

306　さしもあらぬ時雨なれども玉がしはことにとりなす夜半の音かな

（17260「百首御歌」巻第三十六、雑部十八、言語）

【語注】○第一句　字余り（「あ」）。　○玉がしは　八代集では金葉97以後三例。他、②4古今六帖1266、④26堀河百首899「み山べのしぐれてわたる数ごとにかごとがましき玉がしはかな」（冬十五首「時雨」国信。①千載411 410）。　○ことにとりなす　「殊・異に取り為す」・「特によい具合に響かせる」か。　○とりなす　八代集にない。源氏物語「見てしがな、と思ほせど、けざやかにとりなさむもまばゆし、」（「末摘花」、新大系一―222頁）の他、源氏に数多の用例があり、この語は文章語と考えられる。

【訳】特にどうという事のない時雨（の音）なのだけれども、柏（の木葉）には言語を感じさせる夜更けの音であるよ。

▽「言語」（夫木）に入っている事により、第四句は「言《こと》に…」であり、とりたててどうともない時雨だが、柏（木葉）には言葉をいっているような夜半の音だといったもので、【語注】の26堀河百首899の「かごとがましき」（ぐちを言っているような様子な）を受けて、「言にとりなす夜半の音哉」と歌っているのである。聴覚（「音」）。⑦46出観555、第三句「玉河は」（冬「時雨」7首の7首目）。式子にも、161「めぐりくる時雨のたびにこたへつゝ庭に待とるならの葉柏」（冬）がある。

平家物語〔覚一本〕（「御室」、『新編国歌大観　第五巻』361）

307　あかずしてわかるる君が名残をばのちのかたみにつつみてぞおく

（巻七、経正都落・60）　延―二～四句「ながるる袖の涙をば君がかたみに」

【語注】○あかずして　167前出。　**○かたみ**　琵琶の事。

【訳】名残惜しいままに別れてしまう君の記念としては、（別れた）後の形見としてこれ（琵琶）を包んで置く事だ。

〔延―満ち足りる事なく、流れてしまう袖の涙を、君の記念・形見として…〕

【本歌】①古今400「あかずしてわかるるそでのしらたまを君がかたみとつつみてぞ行く」（離別、よみ人しらず）

▽心満たされず別れなければならない貴方の記念として、後《あと》に残る形見として（この琵琶を）大事に包んで置いていくと、古今400を本歌として、別れの歌を歌う。⑤362平家物語（延慶本）143、仁和寺五宮。

『平家物語　下』新大系・52頁「御室哀におぼしめし、一首の御詠をあそばひ《（い）》てくだされけり。／あかずしてわかるゝ、君が名残をばのちのかたみにつゝみてぞを《（お）》く／経正、御硯くだされて、／くれ竹のかけひの水はかはれどもなを《（ほ）》すみあかぬみやの中かな」寿永二年〈1183〉、守覚34歳、7月平家都落ちの事。

源平盛衰記（「仁和寺宮守覚法親王」、『新編国歌大観　第五巻』363）

308　呉竹の本のかけひは絶えはてて流るる水の末をしらばや　（巻三十一・150）

【語注】○呉竹　竹園・皇族の意をこめている。　**○絶えはて**　源氏物語「はかなき一くだりの御返のたまさかなりしも絶えはてにたり。」（「若紫」、新大系一―178頁）。　**○流る**　「泣かる」を掛けるか。⑤197千五百番歌合2778「うきふしはとどこほるともかはたけのながれてすゑにあふせなりせば」（雑一、小侍従）。

【訳】呉竹のもとの掛けわたしてある樋（の水）は、すっかり絶え果ててしまって、流れている水の末を知りたいものだよ。

▽前の歌・⑤362平家物語（延慶本）141「くれたけのもとのかけひはかはらねどなほすみあかぬ宮の中（内（盛））かな」（経正）＝⑤363源平盛衰記149をうけて、308「呉竹の…」と歌う。平家（延）では、307「あかずして…」の歌が最後にくる。308は、都落で、平（経正）は（御所・都に）いなくなるが、どのようになっていくのか、その運命を知りたいものだ、心に懸かっていると歌ったものか。また「本」は先祖、「末」は子孫で対照語か。⑤362平家（延）142、第三末（巻七）「経正仁和寺五宮御所参事付青山云琵琶由来事」、仁和寺五宮（延）。

源平盛衰記「さても経正は、既に罷出んとしけるが、今を限の別の道、立もやらず琵琶を御前に閣《さしお》きつゝ、角《かく》ぞ思つゞけゝる。／呉竹のもとの筧はかはらねどなほ住あかぬ宮の内かな／宮も御涙を押へ御座て、／呉竹の本の筧は絶はてゝながるゝ水のすゑをしらばや／御前に候ける人々、昔の好み争《いかで》可レ忘なれば、各遺《なごり》を惜つゝ、墨染の袖をぞ絞ける。」（755頁）。

▽（補遺）

新古今和歌集（「守覚法親王」、『新編国歌大観　第一巻』８）

309　身にかへていざさは秋ををしみみむさらでももろき露の命を

（549、秋下「五十首歌よませ侍りけるに」）

【語注】**○身にかへて…をしみ**　①拾遺54「身にかへてあやなく花を惜むかないけらばのちのはるもこそあれ」（春、長能。3′拾遺抄41。③69長能25＝174）、①金葉二解19「身にかへてをしむにとまる花ならばけふや我が世のかぎりならまし」（春、俊頼。5′金葉三67。①詞花42。③106散木134）、①新古今733「身にかへて花もをしまじ君が代にみるべき春のかぎりなければ」（賀、参河内侍）、③133拾遺愚草45「身にかへて秋やかなしききりぎりすよなよなこゑをしまざるらん」（初学百首、秋廿首）。**○さらでも**　八代集一例・新古549（この歌）。**○さらでももろき**　①17風雅1974 1964「おもへかしさらでももろき袖の上に露おきあまる秋のこころを」（雑下、隆博）。**○もろき**　八代集では新古今ばかり四例。源氏物語「宮は、吹風につけてだに、木の葉よりけにもろき御涙は、ましてとりあへ給はず。」（「葵」、新大系一―319頁）。**○露の命**　はかなく消えやすい生命。②4古今六帖1324「山がつのかきほにのみやこひわびんわが身も人も露のいのちに」（第二「かきほ」）、③74和泉続306「逢ふ事もなにのかひなき露のみをかへばやかへんつゆの命を」。**○命を**・「（である）から」「（である）よ」ともとれる。

【訳】我身と引替えて、さあそれでは秋を惜しむ（で引留める）事にしよう、そうでなくてもあやうくもろい露の命を。

▽そうでなくてさえもろい露の命を我身に替えて秋を惜しもうといった「惜秋」の歌で、やや抽象的。三句切、倒置法。隠岐本除棄歌。腰句「…みん」（新大系）。41御室五十首31（「秋十二首」の最末歌）。⑩57御室撰歌合51、御作、廿六番、秋、左持、「…みん」。

『新大系・新古549』は、「参考」として、「命にも替へやしなまし暮れてゆく今宵ばかりの秋のけしきを」（堀河百首・河内）を指摘する。また『古典集成・新古549』は、「「命やは何ぞは露のあだものをあふにしかへば惜しからなくに」（『古今集』恋二、紀友則）を本歌とし、恋を秋に変えた。「命にも…」（『堀河百首』九月尽、河内）も念頭に置いているると見られる。」と記す。

夫木和歌抄（『新編国歌大観　第二巻』16）

310　ささでふすねやのいた戸は今夜こそひきたてつべき秋風はふけ

（5416「喜多院入道二品のみこ」、巻第十三、秋部四、秋風「百首御歌」）

【語注】**○ひきたて**　八代集にない。源氏物語「内も外も人さはがしければ、引きたてて別れ給ほど、心ぼそく隔つる関と見えたり。」（「帚木」、新大系一―70頁）。「（あの人を）引っぱって、無理に連れて来る」意も掛けるか。**○秋**　男に「飽き」られたものとは見なさない。

【訳】戸鎖さないで寝る閨の板戸をば今宵こそは（、あの人を連れ入れては、引いて）閉じる事のできる秋風よふけ。

【本歌】①古今690「君や来む我やゆかむのいさよひに槇の板戸もささず寝にけり」（恋四「題しらず」読人しらず）

①後撰589 590「山里の槇の板戸もささざりきたのめし人をまちしよひより」（恋一「をとこのこんとてこざりければ」読人しらず）

▽本歌の古今690の下句は、310の第一、二句、後撰589 590は上句にふまえて、「頼めし人を待ちし宵より」（後撰）ずうっと「鎖さで伏」していた閨の板戸は、今夜こそ「（あの人を）ひきたてつべき」秋風よ吹け、と秋風に、本歌の女の立場で命令したものである。万代の作者は覚性となっている。②15万代和歌集794、巻第四、秋歌上「題しらず」仁和寺入道二品親王覚性。

【類歌】②14新撰和歌六帖838「君まつとさも夜さむなる秋かぜにねやのいたどをささであけぬる」（第二帖「と」知家）⑦46出観283、第二句「…いたども」（秋「立秋のこころを」5首の1首目、「秋」の冒頭歌）。

311　風わたるいらごがさきのそなれまつしづえは波の花さきにけり
（12094「喜多院入道二品のみこ」、巻第二十六、雑部八、崎・「いらごが崎、美濃」、「三百六十番歌合」）

【語注】○いらごがさき　八代集一例・千載1044（雑上、顕季）「伊良胡《いらこ》が崎《さき》」。②万葉24「空蟬之《ウツセミノ》　命乎惜美《イノチヲヲシミ》　浪尓《ナミニ》所《ヒ》湿《チ》　伊良虞能嶋之《イラゴノシマノ》　玉藻《タマモ》苅食《カリマス》」（巻第一、「麻続王聞レ之感傷和歌」）。「所名／崎／参河いらごがさき　松アリ」（日本歌学大系、第二巻、和歌初学抄、230頁）。①千載1044 1041「玉もかるいらこがさきのいはねまつ…」・④26堀河百首1301・③105六条修理大夫262。○そなれまつ　八代集にない。が、古今1128（異本の歌「曼殊院本にあり」（雑上907の次））「かぜふけば…」＝②4古今六帖4113「風ふけばなみこすいそのそなれまつ根にあらはれてなきぬべらなり」（第六、木「まつ」人丸）。○波の花　漢語「浪花」に当る。

【訳】風が渡って行く伊良古が崎の「磯馴れ松」（の、）下のほうの枝は、（風によって、松であるのに）波の花が咲いた事よ。

▽見立てによる松の叙景歌。これも覚性となっているものがある。①16続後拾遺978 970、巻第十五、雑上「海辺松といふ事を」入道二品親王覚性。②15万代3244、巻第十六、雑三「海辺松といふ事を」仁和寺入道二品親王覚性。⑤183三百六十番歌合588、雑、六番、右、仁和寺宮。

【参考】③106散木1534「すまのうらやなぎさにたてるそなれまつはひえ《しづえは》（続後）をなみのうたぬ日ぞなき」（雑下、隠題「柳」。①16続後拾遺505）

③110忠盛108「なみよするいらごがさきのまつかぜをたれもしばしのまくらにぞきく」

【類歌】②16夫木12093「みさごゐるいらごがさきのそなれまついく世の波にしほれきぬらん」（雑八、崎・「いらごが崎、美濃」、「雑歌中、歌林」読人不知）＝この歌・311の前歌

御室五十首（『新編国歌大観　第四巻』41、御詠・守覚法親王）

312　これやさは霞にみつる路ならむゆけばさすがに駒もたどらず　（5、春十二首）

【語注】○これやさは　⑤426とりかへばや物語3「これやさは入りて繁きは道ならむ山口しるく惑はるるかな」（巻一（女中納言））。

【訳】これがそうか、霞に覆われ果ててしまった路なのであろう（か）、路を行ってもやはり馬もたどって行く事が（でき）ない。

▽有名な蒙求（「管仲随馬」）の故事――『式子注釈』170参照――か、それを「雪」から「霞」へ持ってきたものか。

312は霞の歌で、充満した霞で、雪なら道の分る馬も難渋していると歌ったもの。三句切。春12の5。

313　もりあかすなさけをかけて梅がえの色をもかをも人ぞしりける　（7、春十二首）

【語注】○もりあかす　「漏・守り、明るくする・夜を明す」掛詞（か）。125参照。

【訳】色香が漏れ、また梅を（見）守り夜を明かし、あたりが明るくなる、（そのようなわが）〝情愛〟を（私が）梅に注ぐ事によって、梅の枝の（、梅の）色をも香をも（他の）人が知ってしまった事よ。

【本歌】①古今38「君ならで誰にか見せむ梅花色をもかをもしる人ぞしる」（春上、とものり）。②4古今六帖4147。②6和漢朗詠集100。③11友則3。③25信明100）

▽本歌が、梅花の色をも香をもあなたこそが知っていると歌ったものなら、313は、第一、二句によって、梅枝の色香を他人が知ったと変えているのである。やや抽象詠。「明す」で時間的経過。視覚（「色」）。嗅覚（「香」）。春12の7。

【類歌】③131拾玉4762「むめの花色をも香をもしる人のことしの春は春のみや人」

314　五月雨にひまもしらまぬ閨の内は夏の夜しもぞあかしかねつる　（14、夏七首）

【語注】○第二句　「隙白む」は、八代集一例・後拾392（冬、増基法師）。「白む」もあと新古259（夏、通光）のみ。○閨の内　和漢朗詠集380「班女が閨《ねや》の中《うち》の秋の扇の色…」（上、冬「雪」尊敬）。　○第三句　字余り（「う」）。　○下句　⑤15京極御息所歌合63「ときしもあれさつきにひとをこひそめてなつのよをさへあかしかねつる」（夏、左）、⑤124左兵衛佐師時家歌合29「こひわびてあかしかねつる夏の夜をみじかきものとたれかいひけむ」（「夏夜恋」もろすゑ）。

上記の二つの歌と第三句「閨の内」から、314は恋歌めかすか。　○あかしかね　源氏物語「御胸つとふたがりて露まどろまれず、明かしかねさせ給ふ。」（「桐壺」、新大系一―8頁）。

【訳】連日うち続く梅雨に夜明けが分らない寝室の中は、（あの短い）夏の夜でさえも明しかねた事よ。

【本歌】③12躬恒281「さみだれにみだれてものをおもふみはなつのよをさへあかしかねつる」（「なつ」。①18新千載259「…人を思ふとて…」（夏、遍昭）。①18新千載1502「…思ふには…」（恋四、躬恒））

▽本歌と314との異なりは、ほぼ「乱れて物を思ふ身は」（躬恒）と「隙も白まぬ閨の内は」（守覚）であり、共に「夏《なつ》」歌ではあるが、恋歌めかしているのが通っている。が314は、第一、二句によって分るように、一ひねりがきかせてあって、本歌の如く単純ではない。視覚（「（隙も）白ま」）。夏7の2。

【参考】③12躬恒437「さみだれのたまのをばかりみじかくてほどなし夜をもあかしかねつる」

315　まだきより秋のゆかりに袖ふれてその色ならぬ萩が花ずり　（19、夏七首）

【語注】○秋のゆかり　八代集にない。意外にも、新編国歌大観①～⑤の索引では、この315と③123唯心房112「おくれにし秋のゆかりをおもふにも一本ぎくぞあはれそひぬる」（「はじめの冬ののこりのきく」）のみ。

【訳】まだその時期に達していない時に、「秋のゆかり（＝萩）」に袖が触れて、（時期ではないのだから）その色とはいえない萩の花摺りである事よ。

▽まだ秋ではないのに、萩に袖が触れ、本物の色とはいえぬ「萩が花摺（り）」だとの明快な詠。また第二～四句は、「萩の露に袖が触れても、萩が咲いていないから、その色ではない」ともとれる。第三、四句その頭韻。視覚（「色」）。夏7の末。

316　山陰のあを葉がくれの下紅葉しのぶものから色に出でにけり　（23、秋十二首）

【語注】○山陰　八代集初出は詞花110「象山《きさやま》かげ」（秋、好忠）。「山陰」自体の八代集初出は千載210（夏、慈円）。ただし「山の陰」は古今204（秋上、よみ人しらず）にある。源氏物語一例「なのめなる際の、さるべき人の使《つかひ》だにまれなる山陰に、いとめづらしく待ちよろこび給て、」（「橋姫」、新大系四―307、308頁）。　○しのぶ　「慕ふ」をほのめかす。○下句　③32兼盛102「しのぶれど色にいでにけり我が恋は物やおもふと人のとふまで」（恋。拾遺622、恋。百人一首40）に分るように、これだけでみると恋歌。

【訳】山の陰になっている所の青葉隠れの下のほうの紅葉（は）、人目をさけているものの（隠せず）色としてあらわれてしまった事よ。

▽左記の千載歌によって分るように、第三句以下に恋歌めかしているが、「山陰の青葉隠れの下紅葉」（上句、序詞的であり、具体的景物）という三重《トリプル》の負の要素でもって、これだけ忍んでいるものの…と、さらにこれだけ恋心を秘めていたのに出てしまったと歌う。なかなかに技巧的であり、象徴詠ともいいうる。が、歌の表面はあくまでも四季、叙景歌。第三、四句しの頭韻。視覚（「色」「青」）。秋12の4。同じ守覚に「色に出で」「しのぶ」「やま」「下」「もみぢ」「けれ」の詞の通う79がある。

【参考】②4古今六帖2685「こころみにおもひしものをあきやまのはつもみぢばのいろにいでにけり」（第五、雑思「人にしらるる」人まろ）

①千載691 690「いかにせむしのぶの山のしたもみぢしぐるるままに色のまさるを」（恋一、常陸）

付　記

歌人（勅撰集作者）としてよりも、宗教家（平安末・鎌倉初期の真言宗僧）として著名な守覚法親王の生涯は、各種歴史辞典などにも、その記述がみられる（例、『国史大辞典』）。さらに最近宗教家としての守覚の活動を示す著書が、相ついで公刊され、そして伝記や諸本・伝本・本文などの研究が進められて、現在守覚研究が活発化している。詳しくは、後述の〔参考文献〕の著書、論文によられたい。

「凡例」にも記しておいたが、二系統に分かれる現存諸本のうち、第一系統本であり、『新編国歌大観　第四巻』の底本ともなっている神宮文庫蔵本を、この全歌注釈は底本としたが、これは145首までしかなく、残り95首を第二系統本である書陵部蔵本より補った。この95首は、御室五十首と正治初度百首の歌を選んで付加したものとされている（詳細は、〔参考文献〕の下釜氏の論文および『新編国歌大観　第四巻』解題によられたい）。さらに、以上にない守覚の正治初度百首の歌を、神宮文庫蔵「守覚法親王百首」より補足し、その他の、以上にない歌を集めて全歌注釈とした。145までの諸本については、「河」「東」「国」（底本よりも、校訂本文としてのそれ）に共通するものが多い。そして「東」「河」は同一であり、「東」が加筆（朱）した部分が異なっているにすぎない。また「書」「書百」は字がよく類似している。

さらに「北院御室御集」（145首）と「書陵部本拾遺　北院御室集」（95首）の各部の歌数をみると、次表の如くであり、「恋」の部は共になく、秋、雑が多く、夏はその半分程度である。それを同時代の勅撰集である千載集と比べて

	北院	書陵	計	千載
春	29首	17	46	135
夏	16	16	32	90
秋	39	23	62	161
冬	24	16	40	89
雑	37	23	60	
計	145	95	240	

みるなら、ほぼ似たような傾向がうかがえるのである。

次に守覚全歌の勅撰集、私撰集の入集状況をみると左表の如くであるが——詳しくは、〈付表〉の「守覚の所収歌一覧」および『勅撰集作者索引』(和泉書院)、『私撰集作者索引』(同)の各144、131と132頁、及び『日本古代文学人名索引(散文編)』、『同(韻文編)』参照——、この中では、勅撰集の17風雅集に一首も所収されていない事が目をひく。姉・式子は14首入集している。ちなみに14玉葉集は、守覚5、式子16首である。後述の千載、新古今の入集状態と合せて際立った対照をなしているといえよう。なお、月詣集所載の10首のうち、『私撰集作者索引』において、96は覚守法親王、あとの9首(14、40、50、95、101、115、121、126、290)は、覚性法親王の歌とされている。

ところで、46「出観集(覚性法親王)」(『新編国歌大観　第七巻』)と守覚とで共通する歌が14首(左表)あり、すべて守291〜310の中にある。守覚歌はすべて、夫木抄、百首(御)歌で、喜多(北)院入道二品(親王)のみこ《親王》である。出観集については、「覚性法親王(大治四年〈一一二九〉〜嘉応元年〈一一六九〉)の家集。…家集成立の時期は、内部徴証より法親王逝去の嘉応元年(一一六九)一二月一一日以後まもなくの頃——嘉応二年正月以降、安元元年(一一七五)一一月以前の六年間——と推定される。編集者は法親王の近習者と考えてよいだろう。」(『新編国歌大観　第七巻』「解題」796頁)とあり、『私家集大成　2(中古Ⅱ)』にも本文がある。ちなみに覚性法親王は、夫木抄では「紫金台院入道二品親王、紫金台寺入道二品のみ子、入道二品のみこ覚性」と記されている。そして『新編国歌大観　第十

千載	9
新古今	5
新勅撰	2
続後撰	1
続古今	2
続拾遺	1
新後撰	1
玉葉	5
続千載	2
続後拾	2
新千載	1
新拾遺	1
新後拾	3
新続古	5
玄玉	3
万代	5
夫木	55

守覚	出観
291	29
292	30
293	65
295	170
296	270
297	274
299	633
300	97
302	342
303	526
304	608
305	693
306	555
310	283

巻』、57「御室撰歌合」に、守覚は「御作」として8首（守53、148、176、181、184、205、222、309）とられている。

さらに歌題をみれば、守覚のみのそれがいかに多い事か。以下にそれを掲げよう。〔　〕に入れたものは、他に一つ（例、19「行宗1」）だけの歌題である。ここには挙げなかったが、他二つ（二人）もままある。

春3梅喚鶯、6山霞、7野望霞、9羇旅霞、13春雪埋梅、14残雪未尽、〔19山花未綻〕、20野桜、21樹陰翫花、〔23海辺花〕、〔28羇中落花〕、〔29山家春興〕、夏〔31朝見卯花〕、〔32海辺五月雨〕、33深夜五月雨、41草上蛍、42蛍照海浜、〔43蛍照船〕、〔45杜辺納涼〕、秋47初秋納涼、54野花露、56旅霧、〔57海辺霧〕、58霧籠暁天、〔68野宿見月〕、69月澄海辺、71対月忘愁、72暁更月、74田家暁月、79紅葉日浅、81野外秋尽、冬86山中落葉、95野雪、96池辺雪、98雪埋社樹、〔99暁天雪〕、102河上千鳥、〔104朝見水鳥〕、雑114閑居水声、115山家晩思、119山路旅行、120旅宿松風、121旅宿言志／197杜紅葉、213垂氷、215雑冬／290夕霧（月詣）

これらを見ると、当然ながら、145までの「北院御室御集」に集中しているのが分る。守覚のみは31題であり、145首の二割を越えるのである。詳しい考察は、今後にまちたいが、先述の出観集（覚性法親王・〈仁和寺歌圏〉）の歌題との比較なども視野に入れていいのではないか。

守覚の「歌風は平明のうちに艶と余情を含む新古今調である。」（『和歌大辞典』）といわれる。式子内親王・守覚法親王、姉弟の勅撰集初出の千載集をみるなら、式子9首、守覚9首と同数であるにもかかわらず、次の新古今所収歌は、式子49首（全歌人中5位）、守覚はわずか5首と、歴然たる差がついている。勅撰集所収歌をみても、155首と37首である。「新古今調」とされたが、守覚はやはり六条家系歌人であり、その歌世界は、新古今所収歌（549、629、630、

1563、1768）をみても分るように、式子ほどにあざやかな際立った個性を示してはいないというべきであろう。

〈付表〉守覚の所収歌一覧

守覚の全歌の中、他書に記されている歌および出典を、守覚の歌番号順に表とした。守覚の歌を理解する上での参考とされたい。なお、他人の歌とされているものは、24・顕昭、25（覚性）、84・顕昭、107・敦経、163（定家）、173（後鳥羽院）、289（顕昭）、310（覚性）、311（覚性）である。

前述の勅撰集は、上3字内、私撰集（玄玉、万代集）は、上2字の略称にとどめた。②12月詣和歌集、夫木、④31正治初度百首、41御室五十首、⑤183三百六十番歌合、376宝物集、⑥10秋風和歌集、11雲葉和歌集、16和漢兼作集、17閑月和歌集、27六華和歌集、⑦46出観集、⑩57御室撰歌合は、それぞれ月詣、夫、正、御、三百、宝物、秋風、雲葉、和漢兼、閑月、六華、出、御室合とした。なお1～240の左端の番号は、『私家集大成・中世Ⅰ』「18守覚法親王Ⅱ」・私Ⅱ・「書」のそれ、146～240の右端下の番号は、『新編国歌大観　第四巻』「2守覚法親王集」の「解題」の「書陵部本拾遺」のもの、241～285の左端の番号は、『新編国歌大観　第四巻』「31正治初度百首」のそれである。

234	149、正387 89	冬263	359	293	夫903、出65
235	150、正388 90	264	360、夫7778	294	夫1611、御11
236	151、御46 91	265	366	295	夫2851、出170
237	153、新拾遺828、御48、秋風1040 92	266	370	296	夫3268、出270
238	154、万代3425、夫14391、御47、三百554 93	祝267	399	297	夫3378、二言抄6、出274
239	160、夫9642、御49 94	268	400	298	夫6346、御32
240＝301	161、夫10600、15777、御50 95	269	402、夫14739	299	夫7035、出633
	正治初度百首	270	403	300	夫9371、出97
春241	307	恋271	374	301	夫10600、15777、240前出
242	308、夫324	272	375、万代2019、夫13531	302	夫14336、出342
243	309	273	376	303	夫14393、出526
244	310	274	377、夫7794	304	夫14397、出608
245	311	275	378	305	夫15395、出693
246	313	276	379	306	夫17260、出555
247	314	277	380	307	平家物語60、延慶本143
248	315	278	381、続後拾727、三百659	308	源平盛衰記150、延慶本142
249	320、夫1492	279	382	309	新古今549、御31、御室合51
250	321	280	383、続拾遺1051 1052	310	夫5416、万代794(覚性)、出283
251	323、三百140	鳥281	394	311	夫12094、続後拾978・970(覚性)、万代3244(覚性)、三百588
夏252	326、夫10783、三百224	282	395、夫7016	312	御5
253	327、夫14729	283	396、万代1702、夫15089	313	御7
254	330	284	397、夫12748	314	御14
255	333	285	398	315	御19
256	335、新続古1690、夫3628、三百241	☆286	三百102、御8	316	御23
秋257	339、三百304	287	三百456、御33		
258	341	288	三百457、231前出		
259	346	289	新時代不同歌合179、千載737・736(顕昭)		
260	347、三百310	290	月詣772		
261	352	291	夫418、出29		
262	355、夫15838	292	夫519、出30		

※新時代不同歌合180、
御室合101、釈教三十六人歌合30

145	178		174	47＝173	29	204	101、正363	59
			175	48、御17	30	205	102、御35、御室合79、	60
春146	2、御1、夫64	1	176	50、三百278、御18、閑月159、御室合25	31	206	103、新勅撰1296・1298、御36、三百513	61
147	3、正304	2	177	51、正337	32	207	104、正365	62
148	4、御2、御室合1	3	178	52、正338	33	208	105、続古今650・654、正367、三百508	63
149	5、正305	4	秋179	53、御20、三百290	34	209	106、正368	64
150	6、玉葉58、御3、三百42	5	180	56、正340	35	210	107、正369	65
151	7、御4	6	181	57、三百297、万代824、夫4083、御21、御室合45	36	211	113、夫6888、正371	66
152	9、正306、新続古60	7	182	58、玉葉498、正342、夫9950	37	212	114、玉葉915・916、御37、三百532	67
153	11、正312	8	183	61、正343、三百389	38	213	116、新古今630、正364、新時代不同歌合178	68
154	14、御6、夫614	9	184	62、御22、夫5847、御室合47	39	214	118、夫6992、御34	69
155	17、正316	10	185	64、御26	40	215	120、新古今629、正372	70
156	18、正317	11	186	65、御25	41	216	121、正373、三百574、雲葉881	71
157	19、正318	12	187	69、正344	42	217	124、夫7650、御38、六華1421	72
158	20、正319	13	188	72、正348、三百314	43	雑218	127、正401	73
159	21、御9	14	189	73、夫8961、正349	44	219	128、夫14972、御39	74
160	24、御10	15	190	74、正350	45	220	129、夫17272、御40	75
161	26、正322、夫2156	16	191	75、夫4706、正351	46	221	131、御41	76
162	28、御12	17	192	76、正353	47	222	132、新古今1768・1766、御42、※	77
夏163	29、御13、三百152（定家）	18	193	77、新後拾398、御27、閑月207	48	223	133、新古今1563・1561、御43、三百676	78
164	30、正324	19	194	78、御28	49	224	136、夫14301、御44、三百286	79
165	31、正325	20	195	79、新勅撰1075 1077、御29	50	225	137、御45	80
166	33、正328、夫2827	21	196	87、正354	51	226	140、正389	81
167	34、新千載196、正329、夫2798	22	197	89＝78	52	227	141、正390	82
168	35、正331	23	198	90、玉葉1969・1961、夫4861、正357、秋風1176	53	228	142、正391	83
169	37、御15	24	199	91、御30	54	229	143、正392、三百698、	84
170	38、御16	25	200	92、正345	55	230	144、夫17041、正393、	85
171	39、正332	26	201	94、正358	56	231	146、夫16896、正384、三百457、秋風1021	86
172	43、正336、夫3214	27	冬202	99、正361	57	232	147、夫14546、正385、	87
173	45、正334、夫3555（後鳥羽院）	28	203	100、続古今615・618、正362、秋風483、和漢兼928	58	233	148、正386	88

春1	1、玄玉356	55	66、正356	108	126
3	8	56	67	雑109	130、千載$^{1108}_{1105}$
7	10	58	68	110	続後撰$^{1190}_{1187}$、万代3683
11	12、千載28	61	70	111	134
13	13	63	71、三百333	112	135
14	月詣42	67	80	113	138
15	15、続千載$^{137}_{138}$	68	81	114	139、千載$^{1134}_{1131}$
16	16、和漢兼250	69	82	115	145、月詣802、三百707
21	22	71	83	118	152
22	23、新続古140	73	84	119	155
24	新拾遺686(顕昭)	74	85、新後拾374、玄玉125、和漢兼748	120	156
25	新拾遺687(覚性)	75	86	121	157、千載$^{532}_{531}$、月詣288
26	25	79	88	125	158
29	27	82	93	126	159、千載$^{1107}_{1104}$、月詣863
夏32	32	83	95	127	162
34	夫2753、玉葉371	84	96(顕昭)	128	163、新後拾1466
35	36	冬85	97、玄玉444	130	164、新続古1582
37	40	86	98	132	165
39	41、千載157、古来風体抄583	95	108、月詣936	133	166
40	42、月詣308	96	109、千載456、月詣941、宝物10	134	167
41	44	97	110	135	168
42	46	98	111	136	169
44	49	99	112	137	170
45	閑月154	101	月詣1004	138	171
秋46	54、千載$^{227}_{226}$	102	115	139	172
47	55	103	117	140	173
50	月詣611、宝物353	104	119、新続古1786	141	174
52	59、新後撰301	105	122	142	175
53	60、御24、御室合49	106	123、続千載$^{704}_{708}$	143	176
54	63、千載$^{262}_{261}$	107	125(敦経)	144	177、続後拾$^{1213}_{1206}$

〔参考文献〕
『守覚法親王の儀礼的世界　仁和寺蔵紺表紙小双紙の研究』仁和寺紺表紙小双紙研究会編、勉誠出版・社
『守覚法親王と仁和寺御流の文献学的研究　仁和寺蔵御流聖教』阿部泰郎・山崎誠編、勉誠出版
『守覚法親王と仁和寺御流の文献学的研究　金沢文庫蔵御流聖教』阿部泰郎・山崎誠・福島金治編、勉誠出版
『守覚法親王と仁和寺御流の文献学的研究　論文篇』勉誠出版
『私家集論(二)』目加田さくを、笠間書院、「二一　守覚法親王・萱斎院式子内親王」177〜182頁
『正治百首の研究』山崎桂子、勉誠出版。守覚法親王の正治百首については、「三、守覚法親王」198〜200頁
『新古今和歌集の研究　基盤と構成』有吉保、三省堂
「法橋顕昭の著書と守覚法親王」・『史学雑誌』第31編3号（大九・三）、橋本進吉
「『守覚法親王集』の研究――家集の成立について――」・『仏教文学』第六号（S57・2）、下釜逸子
「守覚法親王略年譜――和歌活動の面を中心に――」・『筑波大学平家部会論集』3集（H4・3）、千草聡
「『守覚法親王百首』本文考」・『日本語と日本文学（筑波大学）』18号（H5・8）
「『北院御室御集』伝本考――宮内庁書陵部蔵『守覚法親王集』を中心に――」・『筑波大学平家部会論集』5集（H7・11）、千草聡
「守覚法親王の御芸能生活――新古今集研究への一試論」・『国文学踏査』（S33・3）、折原教詮
「中世初期の仁和寺御室――『古今著聞集』の説話を中心に」・『日本歴史』（S60・12）、土谷恵

＊

最後にこの著の出版に当っては、和泉書院・廣橋研三氏を初め、多くの方のお世話になった。この場をかりてお礼を申し上げたい。なお題字は、前著『式子内親王全歌注釈』と同じく、わが母・小田妙子氏にお願いした。父の恩と

合せて、生み育ててくれた労に感謝したい。さらに私を支えてくれている妻に対しても同様である。このささやかな著が守覚歌研究の一助となれば幸いである。

索　引

全歌自立語総索引
五句索引

全歌自立語総索引　凡例

1、以下は、守覚法親王の歌に用いられている全ての自立語を掲げたものである。歌語のみとし、詞書、集付などは除外した。がしかし、接頭語、接尾語は入れた。

2、他人の歌、重出歌は〈〉とした。24—顕昭、84—顕昭、107—敦経、122—雅頼、重複78〈＝197〉、173〈＝174〉、231〈＝288〉、240〈＝301〉、計8首である。

3、語の処置に関しては、滝沢貞夫編『新古今集総索引』や通常の辞典に、ほぼ従った。

複合語、連語についても、意味をもつまとまりとして尊重する立場から、そのままで扱った（例、「秋風」「我が宿」「春の色」「秋来衣《あきさりごろも》」「うら寂《さ》ぶ」「散り紛《まが》ふ」など）。ただし、複合語、連語を構成する各単語からも検索できるように、（　）を付し、参照項目として示した（例、「(秋風)」、「(我が宿)」など）。

4、語の配列と表記は、次の通りである。

(1)、見出し語は、原則として歴史的仮名遣いによって表記し（底本の本文のそれが誤っている場合は正して）、五十音順に並べた。「ゐ」は「い」の、「ゑ」は「え」の、「を」は「お」の語群に、それぞれ入れたが、それらの、「あ」や「し」、「と」などの各語内での順序は、原則として五十音順とした。また、使用の便を考え、意味のまとまり（例、「岩《いは》—」、「山《やま》—」）を重視して、五十音順に厳密にこだわらなかったところもある。

(2)、活用語は、終止形（基本形）で立項し、活用語尾の五十音順とした。

(3)、見出し語の次に、（　）を以て記した漢字は便宜的なものである。

(4)、縁語の指摘は省いたが、掛詞は、表《おもて》の意で採用し、裏の意は、その語の歌番号の下に☆で示した。

(5)、本文をかえた箇所は、以下である。

1、ミけせ→せ
2、。にイ→に
10、ミきに歟〔朱〕→に
12、るそ歟→そ
24、、ゆる〔朱〕→る
60、ミみも→も

64、ミね→ナシ
68、。か→か
68、本ノマミ〔朱〕→すすき
72、、くつ〔朱〕〔朱〕→つ
74、⬚、なた、くつ、るり〔朱〕〔朱〕→もたつなる
87、。声→声

102、り《る》→る
109、ん《り》→り
112、る《る》→る
113、ま《に歟》〔朱〕→に
118、ち《ひ》→ひ
121、も《て》→て
146、〔は〕《本》→〔は〕
146、ま《よ》→よ
156、そ→ば
157、《くれぬなり歟》→くれぬなり
167、りす→かず（りす）
171、く→う〔う〕
196、ちら→ちら（し）
206、と《本》→と
217、こゝろ心にし《本》→こころ(心)にし

224、こち→こち・こけ
243、きなせ《け》→きなけ、きなせ…両項とも
243、そ《う》→う（そ）
243、や《そ》→ぞ
244、へ《ひ》→ひ
245、とむ→とも(む)
246、かたへ→かたへ（ら）
250、し《ぢ》→ぢ
252、鷹《こも》→薦
253、五月。《雨》→五月雨
254、し累新《るし》→しるし
258、。く《も》→もく
259、う《こ》→こ

259、る《り》→り
262、り《わ》→わ
265、〈り〉る→る
266、や《の》→の

270、雨《あめ》→雨
273、や《は》→は
282、かも。《の》→かもの

五句索引　凡例

「自立語総索引」に基づき、五十音順に配列した。初句には○を付した。初句が同じ場合は、第二句をも示した。

全歌自立語総索引

あ

あかし(明石)……188
あかす(明す)……あかし314
(語らひ明かす)(守り明かす)(漏り明かす)
あかず(飽かず)……167 307
あかで(飽かで)……185
あかぬ(飽かぬ)……157 181
あき(秋)……45 46 47 48 54 59 68 76 78 81 82 83〈84〉178 179 185 189〈197〉201 245 257 302 309 315
あきかぜ(秋風)……44 258 310
あきさりごろも(秋来衣)……49
あきはぎ(秋萩)……53
あきやま(秋山)……199
あく(明く)……あくれ146、あけ31 58 74 108〔156〕
あく(開く)……あくれ146☆
(在明)
あけがた(明方)……131 234
あけぐれ(明けぐれ)……112
あけぼの(曙)……11 91 99 165 212 246
あけゆく(明け行く)……あけゆく284、あけゆけ172
あさ(朝)……6 184 185 241
(今朝)
あさかぜ(朝風)……257
あさごほり(朝氷)……104
あさひ(朝日)……7
あさゆふ(朝夕)……286
あさぢ(浅茅)……187
あさぢふ(浅茅生)……46
あさる(漁る)……あさる152 239
あし(足)……299
あし(芦)……239
あしび(芦火)……208
あしわけぶね(芦分船)……43
あそぶ(遊ぶ)……あそぶ282
あだ(仇)……25 73
あたり(辺り)……68 287
あぢきなし(味気なし)……あぢきなく181
(心当て)
あと(跡)……28 66 126 130 133 147〔175〕209 216 231 260
あなし(北西風)……211
あなた……55
あはぢぶね(淡路舟)……262
あばらや(…屋)……303
あはれ(哀れ)……21 81 129 157 221 227 257 287
(星合)
あひみる(会ひ見る)……あひみれ275
あふ(合ふ)……あは117
あふ(会ふ)……あは108 272、あひ2 220 285、あふ140 274☆
あふ(敢ふ)……あへ202
(堰き敢ふ)
あふくき……274
あふさか(逢坂)……66
あふせ(逢瀬)……48
あふみぢ(近江路)……274
あま(天)……180 270☆(あめ)
あまくだる(天下る)……あまくだる218
あまのと(天の戸・門)……146
あま(海士)……57 69 210
あまる(余る)……あまり37、あまる127
あめ(雨)……63 270

（小雨｜）（五月雨｜）（春雨｜）（一村雨｜）（村雨｜）
あらし（嵐）……86 259 300
あらの（荒野）……233
（さしもあらぬ‖）（さもあらぬ‖）（さもあ‖らばあれ）
あらはる（現る）……あらはれ 13 281
あらひやむ（洗ひ止む）…あらひやむ 230
あらふ（洗ふ）……あらふ 62 194
あらまし……19
あられ（霰）……298
あり（在り）…あら 20 44 77 83 90 109、あり 27 56 73☆、96 120☆、136 150 209 228 259、ある 46 189 192 251、〈あれ 122〉
（奥有り｜）（さもあらばあれ｜）
ありあけ（在明）……72 73
ありし（在りし）……132
ありす（在巣）……38（167）
ありそ（荒磯）……120
あるじ（主）……135
あれはつ（荒れ果つ）……あれはて 134
あれま（荒れ間）……193
あわ（泡《あわ》）……130
（水泡｜）

あをば（青葉）……214
あをばがくれ（青葉隠れ）……164 316
あをやぎ（青柳）……135

い・ゐ

（山の井｜）
いかが（如何が）……18 153 290（｜は）
いかなり（如何なり）…いかなら 216、いかなる 128 185
いかに（如何に）……〔155〕 201 229 246
いく（幾）……89☆
いく（生く）……いく 89☆
いくちよ（幾千代）……219
いくよ（幾夜）……232 238
いくの（生野・歌枕）……89
いけ（池）……96 104 266 282
いけみづ（池水）……103
いざ……177 309
いさぎよし（潔し）……いさぎよく 283
（さざれ石｜）
いしばしる（石走る）……176
いしま（石間）……149
いせのうみ（伊勢の海）……42

いせを（伊勢男）……69
いそ（磯）……70 121
（荒磯｜）
いそな（磯菜）……152
いそまくら（磯枕）……120 235
いそやま（磯山）…210（「いそや（磯屋）」―カ）
〈いたし（甚し）……いたく 107〉
いたど（板戸）……310
いづ（出づ）…いづ 242、いで 79（色に） 151（色に） 316（色に）、で 166（色に）
（思ひ出づ｜）
いつか（何時か）……142 186（｜は） 253（｜は）
いづく……40
いつしか……79
いつぬきがは（伊都貫川）……80
いつのま（何時の間）……173〈174〉
いづれ……71
ゐで（井手）……178
（思ひ出で｜）
いでてみる（出でて見る）…いでてみよ 293
いと（糸）……135

いと(副詞)……………………170
いとど……………………25 116
いとふ(厭ふ)…いとは〈122〉235、いとひ109、いとふ19 67 205 226
いなしき(稲敷き)……………117 232
いなば(稲葉)……………270 296
いにしへ(旧・古)……………112
いぬ(去・往ぬ)……………いぬ201
いのち(命)……………222 276 309(露の—)
いのる(祈る)……………いのる269
いは(岩)……………114 126 230 255
いはかげまゆみ(岩陰檀)……………196
いはがね(岩が根)……………156
いはしろ(岩代)……………20 92 161
いはでのもり(いはでの森・歌枕)…166
いはね(岩根)……………118 209 224
いははし(岩橋)……………271
いはほ(巌)……………268
いはま(岩間)……………62
いふ(言ふ)…いは92☆、166(いはで)☆、いへ185
いへぢ(家路)……………28
いへづと(家苞)……………158
いへゐ(家居)……………228
いほ(仮庵《いほ》)(柴の庵)
いま(今)……………31 33 41 74 119 234 250
いまは(今は)……………127 245 273 289
いらごがさき(伊良古・胡が崎)……311
いりしほ(入潮)……………211
いる(入る)…〈いら122〉、いり241、いれ305(分け入る)
ゐる(居る)……………ゐ85、ゐる101 214(家居)(起居)(置居)(田居)(長居)(円居)(後れ居《ゐ》る)(降《お》り居る)(来居る)(散り居る)(夕居る)
いろ(色)…13 54 79 80 123 150 163 166 182 183 189 204 214 313 315 316(声の色)(春の色)
いろづく(色付く)………いろづき87 196

う

う(得)……………え29 171
うきたつ(浮き立つ)……………うきたつ237
うきはし(浮橋)……………300
うきみ(憂身)……………111 132
うきよ(憂世)……………16 109 131
うく(浮く)……………うき71☆
うぐひす(鶯)……2 3 11 150 151 242 243 291 292
うし(憂し)……………うき71 95 222 297(過ぎ憂し)(住み憂し)(立ち憂し)
うすぎりがくれ(薄霧隠れ)……………186
うすくも(薄雲)……………200
うすごほり(薄氷)……………149
うすし(薄し)……………うすき9
うた(歌)……………57 262
うたふ(歌ふ)……うたひ242、うたふ8
うち(内)……………8 93〈107〉108 117 314
うちすさぶ(打ちすさぶ)…うちすさぶ113
うちとく(打ちとく)……………うちとけ103
うちはらふ(うち払ふ)…うちはらひ93
うつ(打つ)……………うつ76、うち113☆
うつす(写す)……………うつし283
うつつ(現)……………131 217 275
うづみのこす(埋み残す)…うづみのこす208
うづもる(埋もる)…うづもれ4 13 137 138 224

うづら（鶉）……200
（峰移りす）
うつる（移る）…うつり65、うつる2 52
うつる（映・写る）…うつり65☆、うつる69
うつろふ（移ろふ）…うつろふ11 183、うつろへ54
うとし（疎し）…うとき159
うのはなかげ（卯の花陰）……165
うのはなやま（卯の花山）……31 167
うはげ（上毛）……291
うはごほる（上氷る）…うはごほり263
うはつゆ（上露）……41 183
うばふ（奪ふ）…うばひ80
うへ（上）……17 139 206 215
（伊勢の海）（四方の海）
↓む
（む）うめ（梅）……13
（む）うめがえ（梅が枝）……10 11 313
（む）うめがか（梅が香）……3
（む）うめのはな（梅の花）……12
うら（末）……163 ☆
うら（浦）……23 32 125 190
（鳥籠の浦風）（松が浦島）（松が浦波）
うらかぜ（裏風）……81
うらがる（末枯る）…うらがれ204
うらさぶ（うら寂・淋ぶ）…うらさび113 143
うらちどり（浦千鳥）……101（はまイ）
うらづたふ（浦伝ふ）…うらづたひ188、うらづたふ57
うらふぢ（浦藤）……250
うらまつ（浦松）……100 212
うらわ（浦わ）……60
うらみ（恨み）……40
うらむ（恨む）…うらみ159
うらめづらし（心珍し）…うらめづらしき163
うるほひわたる（潤ひ渡る）…うるほひわたる270
うれし…うれしき220、うれしけれ296、うれしさ37
うう（植う）……う〔ゑ〕171
（住の江）

え・ゑ

（梅が枝）（下枝）（立枝）（浜松が枝）（一枝）
えだ（枝）……12 150
えも　えも言は（ず）……92

お・を

を（尾）……17
（伊勢男）
おいす（老いす）…おいせ219
をがや（小萱）……233
おき（沖）……8 240〈301〉
をぎ（荻）……154
をぎのは（荻の葉）……298
おきゐ（起居・歌枕）……76
おきゐ（起居・名詞）……76 ☆
おきゐ（置居）……76 ☆
おく（置く）…おく41 307
（契り置く）
おく（奥）……156 177 229
おくあり（奥有り）…おくある169
おくやま（奥山）……2 196
おくる（送る）…おくる102
（咲き遅る）

おくれゐる（後れ居る）……おくれゐ137
（川長）
をざさ（小篠・笹）……223
をし（惜し）……をし27、をしから110〔147〕、
をしき106 155
をし（鴛）……103
〈おしなべて……197〉
をじま（雄島）……70
をしむ（惜しむ）……をしま〈107〉285 305、をし
み72 82 160 309、をしむ83〈84〉251 258
〔をすすき（小薄）……274〕
をち（遠）……35
（瀬落ち）
おつ（落つ）……おつる212 244
おと（音）……5 55 63 145 176 179 213 237 259 265〈288〉295
306
（羽音）
おとす（音す）……おとせ114（掛詞）、220 250
255
おとづる（訪る）……おとづれ292
おとなふ（訪ふ）……おとなふ293
おどろく（驚く）……おどろけ230
おなじ（同じ）……おなじ22
をの（小野）……191 257
（遠里小野）
おのが（己が）……3 13 61 101 260
をばな（尾花）……95
おふ（負ふ）……おは69、おひ281
〔をふぶき（小吹雪・小蕗）……274〕
おほかた（大方）……180
おほとり（大鳥）……141
おほわだ（大和田）……60
おも（面）……225
（田の面）→（此面）（彼面）
おもかげ（面影）……112 178 188 247
おもひ（思ひ）……106 115 221 228 251 289
おもひいづ（思ひ出づ）……おもひいで124
おもひいで（思ひ出で）……109
おもひしる（思ひ知る）……おもひしり131
おもひたがふ（思ひ違ふ）……おもひたが
へ47
おもひたつ（思ひ立つ）……おもひたつ245
おもひね（思ひ寝）……275
おもひわく（思ひ分く）……おもひわけ248
おもふ（思ふ）……おもは25 305、おもひ134
144 202、おもふ166 195 215 223、おもへ〈107〉
をやまだ（小山田）……296
129
をり（折・名）……29 44 136 165 171 201
（折折）
〔をりしく（折り敷く）……をりしき156〕
をりやつす（折りやつす）……をりやつさ
159
おりゐる（降り居る）……おりゐる7
をりをり（折折）……227
おる（織る）……おり264（ちり）
をる（折る）……をら10 51
（下折れ）
をれふす（折れ伏す）……をれふし90
（川颪）
（吹き下ろす）

か

か（香）……243 313
（梅が香）
かかる（掛・懸かる）……かかる17 276
（這ひ掛かる）
（羽搔き）
（笹（細）垣）（玉垣）

かきくる（掻き昏る）……かきくれ〔160〕249
かきたゆ（かき絶ゆ）……かきたえ 280
かきね（垣根）……297
（ときはかきは）
かぎり（限り）……〈122〉277
かくて（斯くて）……232
かくと（斯くと）……196
かくは（斯くは）……170
かくや（斯くや）……40
かく（掛・懸く）…かけ 8 96 121 143 228 240 ☆、〈301〉☆、313
（染め掛く）（結び掛く）
（立ち隠す）
かくる（隠る）……かくれ 203
（霧隠る）（霧隠れ漕ぐ）（青葉隠れ）（薄霧隠れ）（草隠れ）（葉隠れ）（深山隠れ）
かげ（陰）……132〔175〕
かげ（影）……31（月の―）42 73 130 172 192 203 219 261
（岩陰檀）（卯花陰）（木陰）〔（島陰）〕（谷陰）（葉陰）（花の陰）（山陰）
（面影）（月影）
かげくさ（陰草）……204
かけさかりゆく（掛け離り行く）…かけさかりゆく 240〈301〉
かけひ（懸け樋・筧）……295 308
かこ（水夫）……240〈301〉
かこつ……かこた 53
かざごし（風越）……94
かさぬ（重ぬ）…〈かさぬ24〉、かさぬる 49、かさね 25 269
（鳴き重ぬ）
（玉柏）
かす（貸す）……かし 181
かず（数）……30 60〈122〉186
（日数）
かすみ（霞）……4 8 9 151 241 292 312
（春霞）（夕霞）
かすみす（霞す）……かすみし 152
かぜ（風）…5 26 47 60 63 99 100 120 123〔148〕179 223 256 303 311
（秋風）（朝風）（浦風）（裏風）（佐保風）
（塩風）（谷風）（鳥籠の浦風）（羽風）（春風）（松風）（山風）（夕風）
かた（方）……83 88 97
（ちりがた（方・接尾語））
（明方）（大方）（一方）
（干潟）
…がたし（難し）……がたき 285
かたしく（片敷く）……かたしく 191
かたぶく（傾く）……かたぶく 33
かたみ（形見）……143 305 307
かたやま（片山）……200
かたよる（片寄る）……かたよる 187
かたらひあかす（語らひ明かす）…かたらひあかせ 168
（かたる（語る）……かたら 246）
かぢまくら（楫枕）……70
かどた（門田）……74
かなし（悲し）…かなし199、かなしき 135
かぬ……かね 72 82 145 160 221 247 314
かね（鐘）……145
かねて（予て）……19 268
かのも（彼面）……64
（いつぬき川）（隅田川原）（竜田川原）
（夏川）（ひのくま川）（細谷川）（水無瀬川）
（物かは）
かはおろし（川颪）……264

かはをさ（川長）……252
かはす（交す）……かはす103
かはる（変る）…かはら279、かはり204、かはる179 273
（立ち変る）
かひ（甲斐）……90 222
かび（蚊火）……297
（羽交）
（塩貝）
かふ（替ふ）……かへ222 309
（飛び交ふ）
（衣更へ）（葉換へ）
かへる（帰・返る）…かへら130、かへり41 54、かへる14 245 251 290
かへるさ（帰るさ）……18 158 294
（しるべ顔）（告げ顔）（友顔）
かまふ（構ふ）……かまへ299
かみ（神）……111 218
かみすぎ（神杉）……98
かも（鴨）……214 282
（小萱）
かやま（茅間）……302
かやりび（蚊遣火）……296

かよひく（通ひ来）……かよひこ280
かよひぢ（通路）……55 97 118 119 216 275
かよふ（通ふ）…かよは140、かよふ123 209、かよへ224 274
（物から）
（木枯（し））
からふね（唐船）……127
かり（雁）……245 294
かり（仮（り））……135 223 272 ☆
かりいほ（仮庵）……9
かりね（仮寝）……117 232 272
かり（刈り）……223 ☆
かりね（刈根）……272
かる（借る）……かり191
（宿借る）
（末《うら》枯る）
（枯れ枯れ）（霜枯れ）
（夜離れす）
かれがれ（枯れ枯れ）……263
かわく（乾く）……かわく71 180
かをる（薫る）……かをる249

き

（木＝こ）（木木）（真木）（深山木）
（斑《むら》消え）
きえはつ（消え果つ）……きえはて141
きえま（消間）……293
きえやる（消えやる）……きえやら4
きえゆく（消え行く）……きえゆく73
きぎ（木木）……77 86
きぎす（雉子）……293
ききはじ〔む〕（聞き始〔む〕）…ききはじ〔め〕146
きく（菊）……263
（群菊）
きく（固有名詞）……5
きく（聞く）…きか187 271、きく5☆、114、きけ25 36（きく）
きこゆ（聞こゆ）……きこゆ57
きさがた（象潟・歌枕）……210
きし（岸）……80
きじ（雉子）……241
きそ（木曽）……304
きてみる（来て見る）……きてみれ133

きなく(来鳴く)…きなく36、きなけ243
きなす(来成す)……きなせ243
(水際・汀)
きみ(君)……〈24〉〈84〉218 269 278 307
きゆ(消ゆ)…きえ88 96 130 133 172〔175〕186 194 240〈301〉、きゆれ148
きよし(清し)……きよき42
きり(霧)……50 55 56 60 144 185
(薄霧隠れ)(夕霧)
きりがくる(霧隠る)…きりがくれ57
きりがくれこぐ(霧隠れ漕ぐ)…きりがくれこぐ262
きりま(霧間)……58
きる(着る)……き126
きゐる(来居る)……きゐる171

く

く(来)…き4 46 47 85〔147〕298、くる146、こ81(来ず)☆、189 245 277
(通ひ来)(越え来)(誘ひ来)(尋ね来)
(訪《と》ひ来)(馴れ来)(逃れ来)(廻り来)
(漏り来)
くくり(括り)……299
くさ(草)……41 225 267
(陰草)(下草)(忍草)(千草・種)(深草)
(水草)(群草)(藻塩草)
くさがくれ(草隠れ)……198
くさたつ(草立つ)……くさたた154
くさば(草葉)……73
くさぶし(草臥)……191
(玉串の葉)
くず(葛)……81 184
くたす(腐す)……くたす305
(天下《あまくだ》る)
(水《み》隈《くま》)
くむ(汲む)……くま280
くも(雲)…39 62 67 88 94 119 162〔173〕〈174〉175 194 206 224 229 231 248 254 270 286 287〈288〉
(薄雲)(白雲)(村雲)(横雲)
くもり(曇り)……190
くもる(曇る)……くもる192 202
くらし(暗し)……くらき58
(待ち暮す)
くる(暮る)……くれ81 82〈107〉〔157〕185く〔れ〕217
(掻《か》き昏る)(年暮る)
くるし(苦し)…くるし258、くるしき181
くれ(暮)……106(年の—)187 200 296
(明け暮れ)
くれたけ(呉竹)……90 308

け

(上毛)
けごろも(毛衣)……269
けさ(今朝)……9 98 164 264 304
けしき(景色)…50 78☆、88 95 132 159 187〈197〉
☆
けしきのもり(景色の森・歌枕)…78〈197〉
けふ(今日)……22〈84〉157
けぶり(煙)……172 208 228
(夕煙)

こ

こ(木)……21
(夏木立)
(此や)に
(山越《こえ》)
こえく(越え来)……こえこ116
こえゆく(越え行く)……こえゆく119
こかげ(木陰)……22

こがらし(木枯)……59 187
こがれわたる(焦れわたる)……こがれわたる 78 〈197〉
(霧隠れ漕ぐ)
こけ(苔)……138(―の下)
こち・こけ(苔)……224
こけのころも(苔の衣)……126
こころち(心ち)……43(―す) 45(―す)
こころ(心)……16 27(―にして) 65 85 96 101(―と) 106 109 114 〈122〉 123 137 181 182 188 217 (217) 229 233 237 273
こころあて(心当て)……152
こころなし(心無し)……こころなき 227
こさめ(小雨)……154
こすの(こす(ず)野・歌枕)……81
(風越)(葉越《ごし》)
こずゑ(梢・木末)……35 63 78 〈197〉 207 259
こづたふ(木伝ふ)……こづたふ 150
こと(事)……75 166
(何事)
こととふ(言問ふ)……こととは 56 260
ことに(言に)……306
ことのは(言の葉)……123 276
ことよす(言寄す)……ことよせ 20

この(此の)……38 75
このした(木の下)……89
このは(木の葉)……55 87 199 303
このま(木の間)……189
このも(此面)……64
このもと(木の本)……247
このよ(此の世)……129 278 289
こはぎはら(小萩原)……51
こひ(恋)……277 279
こひし(恋し)……こひしかる 124
こひしぬ(恋ひ死ぬ)……こひしな 278
こひわぶ(恋ひ侘ぶ)……こひわび 274
こほり(氷)……103
(朝氷)(薄氷)
こほる(氷る)……こほり 1、215、こほれ 255、こほる 96 148
(上氷る)
こぼる……こぼるる 43 223
こま(木間)……64
こま(駒)……28 65 66 89 140 216 312
こまつ(小松)……269
こむ(籠む)……こめ 9 56(霧―)
(立ち籠《こ》む)

(真薦)
(冬籠り)
こもる(籠る)……こもり 150
こや(昆陽)……103
こや(此や)……236
こゆ(越ゆ)……こえ 120
こよひ(今宵・今夜)……180 310
これ(此れ)……38 55 76 161 254 258 312
ころも(衣)……76 93
(秋来衣)(毛衣)(苔の衣)(羽衣)(山分衣)
ころもがへ(衣更へ)……30
ころもでのもり(衣手の森・歌枕)……37
45 163
こゑ(声)……3(―す) 8 11 34 87 100 102 113 136 139 142 150 151 166 169 〔171〕 182 230 240 242 256 262 285 〈301〉
(鳥の声)(初声)(一声)
こゑのいろ(声の色)……291

さ

(帰るさ・接尾語)
さ(然)……76(―は) 309(〃) 312(〃)
さえゆく(冴え行く)……さえゆく 260

さえわたる（冴え渡る）…さえわたる 207
さかり（盛り）……10
（花盛り）
（掛け離《さか》り行く）（遠離《ざか》り行く）
（遠離る）
（いらごが崎）（としまが崎）
さきだつ（先立つ）……さきだて 257
さきに（先に）……153
さきおくる（咲き遅る）…さきおくれ 12
さきはじむ（咲き始む）…さきはじめ 247
さく（咲く）…さか 14 153、さき 80 92 250 311、
さく 23 248
さくら（桜）……14 20 23 29 248
（八重桜）（山桜）
（小篠《ざさ》（・笹））
ささがき（笹（細）垣）……9
さざなみ（細波）……139
ささめ……93
さざれいし（さざれ石）……268
さしもあらぬ……306
さす（差す）……さす 7
さす（鎖す）……ささ 310
さすがに……312

さそひく（誘ひ来）……さそひき 188
さそひゆく（誘ひ行く）…さそひゆく 86
さそふ（誘ふ）…さそふ 3 75 264、さそへ
171
さだむ（定む）……さだめ 128
さつきやみ（五月闇）……165
さては（然ては）……83
さても（然ても）……238 253
さと（里）……76 184 232 253 269
（千里）（遠里小野）（古里）（山里）
さながら……160
さはべ（沢辺）……239
さびし（淋し）…さびしかり 134、さびし
き 91
（うら淋ぶ）
さほかぜ（佐保風）……102
さま（様）……69
さみだれ（五月雨）……32 33 252 253 314
さむ（覚む）……さめよ 284
さむし（寒し）……さむみ 85 102 194
（寝覚）
さもあらぬ（然も…）……145
さもあらばあれ……271

さやかなり……さやかに 46
さやぐ……さやぎ 298
さやのなかやま（小夜の中山・歌枕）…
231 〈288〉
さゆ（冴ゆ）……さえ 99〔148〕 215 265
さよ（小夜）……50 215 275
さらでも（然（あ）らでも）……309
さらぬ（然（あ）らぬ）……155
（よしさらば）
（秋来《さり》衣）
さりとも（然りとも）……234
さる（去る）……さら 219
（夕去《ざ》れ）
さわぐ（騒ぐ）……さわぐ 47 101
さわらび（早蕨）……293
さを（竿・棹）……57 262

し

しか（鹿）……51 53 55 182 191 199 209 225
しかのね（鹿の音）……198
しが（志賀）……207 249
（稲敷《しき》（き））
しぎ（鴫）……58 74

しきつ（敷津）……125
しく（敷く）……しき125☆、しく233
（折り敷く）（片敷く）
しぐる（時雨る）……しぐるる203 231 287〈288〉、
しぐれ88
しぐれ（時雨）……77 259 306
（初時雨）（村時雨）
しげし（茂・繁し）…しげき64、しげみ
193
した（下）……14 87 97 138 270
（木の下）（波の下）
（踏みしだく）
したくさ（下草）……252
したつゆ（下露）……21
したば（下葉）……79 213
したぶし（下伏し・臥）……125〔156〕
したみち（下道）……177
したみづ（下水）……62 148 230
したむせぶ（下咽ぶ）……したむせぶ1
したもみぢ（下紅葉）……316
したもみぢす（下紅葉す）…したもみぢ
する259
したもゆ（下萌ゆ）……したもえ154
したゆくみづ（下行く水）……263
したをれ（下折れ）……95
したはし（慕はし）……したはしき72
しづ（賤）……115 296
しづえ（下枝）……32 311
しづく（雫）……139 175 213
（にして）
（恋ひ死ぬ）
しの（篠）…223（☆「しの」（しきりに）も）、
274
しのはら（篠原）……93 257
しのぶ（忍ぶ＝草）……193
しのぶ（忍・偲ぶ）…しのぶ39☆、50 79
☆、279☆、316
しのぶぐさ（忍草）……279
しのぶづたひ（忍ぶ伝ひ）……244
しのぶやま（忍ぶ山）……39 79
しば（柴）……228
（真柴）
しばし（暫し）……118 290
しはつやま（四極山）……44 256
しばのいほ（柴の庵）……295
しほ（潮）……220
（入潮）
（藻塩《しほ》草）
しほかぜ（塩風）……194 235
しほがひ（塩貝）……190
しほたる（汐垂る）……しほたる69
（雄島）（松が浦島）
しみづ（清水）……280
しむ（占む）……しめ52
しむ（沁む）……しみ237
しも（霜）……141
（初霜）
しもがれ（霜枯れ）……298
しらくも（白雲）……15 116 118
しらなみ（白浪）……17
しらむ（白む）……しらま314、しらむ165
しらゆき（白雪）……94 206
しらゆふ（白木綿）……98
しりそむ（知る初む）……しりそめ153
しる（知る）…しら97 144 167 179（196）206 228 251 308、
しり26 58 85 195 263 313、しる198 227 241 250
287、しれ41
（思ひ知る）
しるし（験・印＝名詞）……1 254

しるし(著し)…しるき50、しるし38 55
しるべ……61(—す)75 86 274
しるべがほ(しるべ顔)……6
しろし(白し)……しろき99、しろし204
しろたへ(白妙)……80
しをれはつ(萎れ果つ)…しをれはつ233

す

す(為)…し30 35 43 45 63 213 252、す8 219、
　する10 254、すれ276、せ75 92 121 234
(老いす)(音す)(霞す)(下紅葉す)(空頼めす)(峰移りす)(紅葉す)(夜離れす)
(ともすれば)
(在巣)(古巣)
すがはら(菅原・歌枕)……91
(神杉)
すぎふ(杉生)……295
すぎうし(過ぎ憂し)……すぎうかる(そ)243
すぐ(過ぐ)…すぎ34 88 95 169〔173〕〈〔174〕〉175 216 232、
　すぐ286、すぐる19
すぐす(過ぐす)……すぐす221
すげ(菅)……272
すごす(過ごす)……すごし238
(打ちすさぶ)
(吹きすさむ)
(小薄)(花〔薄〕)
すずし(涼し)…すずし176 177、すずしさ45
(夕涼み)
すずり(硯)……283
すそ(裾)……154(山が裾)、169(〃)
すその(裾野)……200
(一筋に)
(鳴き捨つ)(見捨つ)
すま(須磨)……188 212
すます(澄ます)……すまし114
すまひ(住まひ)……67 124
すみうし(住み憂し)……すみうかり227
すみか(住みか)……134
すみだがはら(隅田川原)……56
すみのえ(住之《の》江)……32
すみわぶ(住み侘ぶ)……すみわび225
すむ(住む)……すみ210、すむ135 222
すむ(澄む)…すみ178、すむ190 261、すめ65
(花摺り)
すゑ(末)……18 308
(木末)(葉末)(行末)

せ

(逢瀬)(瀬瀬)(滝つ瀬)(水無瀬川)
せおち(瀬落ち)……87
せき(関)……251
せきあふ(堰き敢ふ)……せきあへ136
せきぢ(関路)……66
(所狭《せ》し)
せぜ(瀬瀬)……102
せと(瀬戸)……262
せめても……248

そ

そこ(底)……13(「其処」もか)39 151 178 195
(夢の底)
そこ(其処)……5
そそく(注く)……そそく114(岩—)230(岩—)244
そで(袖)……21 37 68 71(—の露)82(—の露)121 139(—の上)158 184 215(—の上)280 305 315
そでのもの(袖の物)……195

そなれまつ（磯馴れ松）……311
その（其の）……90 142 315
（花園）
そふ（添ふ）…そひ242、そふ68、そへ283
そむ（染む）……そめ54
（知り初む）（紅葉初（染）む）（宿り初む）
［そめかく（染め掛く）……そめかけ163］
そめのこす（染め残す）…そめのこす77
そよぐ……そよぐ223
そら（空）…33 50 88 98 104 112 160 167（「暗」もか） 185 201 203 206 249 253 284
（旅の空）（一つ空）
そらだのめす（空頼めす）…そらだのめし277
それながら……30

た

た（誰）……たが52→（誰が宿）
（小山田）（門田）
（絶え絶え）
たえだえ（絶え絶え）……186 200 256
たえはつ（絶え果つ）……たえはて308
たえま（絶（え）間）……144 271
たかし（高し）……たかき2（「高木」か）
たがふ（違ふ）……たがふ276、たがへ165
（思ひ違ふ）
たかま（高間・歌枕）……203
たがやど（誰が宿）……270
たから（宝）……127 282 285
たき（滝）……17
たきつせ（滝つ瀬）……136
たく（焚く）……たく208
たぐひ（類ひ）……136 162
たぐふ（類ふ）……たぐふ59、たぐへ100
たけ（竹）……47 291
（呉竹）
たけばしら（竹柱）……304
たこ（多祜・歌枕）……250
ただ（唯）……138
たたく（叩く）……たたく265
ただよふ（漂ふ）……ただよふ149
（夏木立）（夕立）
たちうし（立ち憂し）……たちうき157
たちえ（立枝）……243
たちかくす（立ち隠す）…たちかくす50
たちかはる（立ち変る）…たちかはり1
たちこむ（立ち籠む）……たちこめ5
たちぬる（立ち濡る）……たちぬるる213
たちのく（立ち退く）……たちのけ118
たちはなる（立ち離る）…たちはなる176
たちはなれゆく（立ち離れ行く）…たちはなれゆく248
たちへだつ（立ち隔つ）…たちへだつる27
たちばな（橘・立花）……34〔171〕
たつ（立つ）…たち27☆、45、たつ74 185 231〈288〉、たつる297、たて6 101
（浮き立つ）（思ひ立つ）（草立つ）（先立つ）（引き立つ）
たつたがは（立・竜田川）……87 214
たつたがはら（立田川原）……264
たづねく（尋ね来）……たづねき22
たづねみる（尋ね見る）……たづねみ40
たどる（辿る）……たどら312
たなばた（七夕）……49 181
たに（谷）……2 62 151 204 230 242 295
（細谷川）
たにかげ（谷陰）……148 228
たにかぜ（谷風）……85

たにのと（谷の戸）……265
たのしみ（楽しみ）……282
たのむ（田の面）……294☆
たのむ（頼む）……たのむ 132 294
（空頼めす）
（再度）
たびね（旅寝）……121（―す）
たびのそら（旅の空）……124
たふ（堪ふ）……たへ 246
（白妙《たへ》）
たま（玉）……42 127 145
たまがき（玉垣）……111
たまがしは（玉柏）……306
たまぐしのは（玉串の葉）……218
たまくら（手枕）……305
たまちる（玉散る）……たまちる 255
たまみづ（玉水）……178 244
たまも（玉藻）……282
たむく（手向く）……たむく 98
ためし（例）……〈24〉25
たもと（袂）……52 261
たゆ（絶ゆ）……たえ 28 126 135 139 213 276 289
（かき絶ゆ）
たより（便り）……102 123 243
（汐垂る）
たるひ（垂氷）……213（―す）
たれ（誰）……38☆、93 98（―か）128 129 161（―か）220 266 303（―か）
たれそのもり（誰その森・歌枕）……38
たわむ（撓む）……たわむ 304
たゐ（田居）……91

ち

（浅茅）
（近江路）（家路《ぢ》）（通路）（関路）（山路）
ちかし（近し）……ちかく 35
ちかひ（誓ひ）……281
ちぎり（契り）……271 289
ちぎりおく（契り置く）……ちぎりおき 104 276
ちくさ（千草・種）……54 183 186
ちさと（千里）……61 260
〈ちとせ（千歳）……24〉
ちどり（千鳥）……100 102 212
（浦千鳥）（友無し千鳥）
ちふね（千舟）……60
ちよ（千代）……25
（幾千代）（二千代）
ちらす（散らす）……ちらす 26
ちり（塵）……67 129
ちりがた（散り方・接尾語）……10
ちりまがふ（散り紛ふ）……ちりまがふ 249
［ちりやる（散り遣る）……ちりやら 164］
ちりゐる（散り居る）……ちりゐる 62
ちる（散る）……ちら 20（しら）196、ちり 41 53 127 158 162、ちる 27 123 183 267
（玉散る）

つ

（敷津）
つき（月）……31 33 61 63 64 67 68 69 70 71 72 73 74 75 94 125 167 188 189 190 191 192 193 194 195 201 203 211 242 246 255 260 261 287
（五月闇）（夕月夜）
つきかげ（月影）……60 62 65 66 212 235 267
つきひ（月日）……219
つく（付く）……つけ 147
（色付く）
つく（尽く）……つくる 162
つぐ（告ぐ）……つぐ 284

つくづくと……244
つくばね（筑波嶺）……64
つげがほ（告げ顔）……298
つた（蔦）……113
（忍ぶ伝ひ）
つたふ（伝ふ）……つたふ118 209
（浦伝ふ）（木伝ふ）
つつむ（包む）……つつみ158 307
（家苞）
つね（常）……81 129
つひ（遂・終）……128 166
つま（妻）……212
つむ（摘む）……つむ152
つむ（積む）……つめ127
つもり（津守・歌枕）……32
つもる（積る）…つもら105、つもり32☆、つもる210
つゆ（決して・副詞）……76 168 279
つゆ（露）…43 54 59 68 71 73 76☆、82 133 141 180 184 193 223 267 309
（上露《うは》）（下露《した》）
つゆけし（露けし）…つゆけき98、つゆけく46、つゆけさ233
つらし（辛し）……つらき15 273
つらら（氷・名）……85 266
つる（鶴）……269
（友鶴）
つれなし……つれなき274、つれなさ289

て

て（手）……178
（衣手の森）
（船出）
てらす（照らす）……てらす218
てる（照る）……てる42

と

と（門）……100（—渡る）
（天の戸・門）（板戸）（瀬戸）（谷の戸）
とき（時）……123
ときのま（時の間）……202
ときは（常盤）……20 218☆
ときはかきは（常盤堅磐）……218
とく（解く）……とけ104 206
（うちとく）
とこ（床）……131 215 266
とこのうらかぜ（鳥籠の浦風）……237
ところせし（所狭し）…ところせき133 184
とし（年・歳）……105 106（—の暮）〈107〉110 216 217
としくる（年暮る）…としくる108、としくれ147
としなみ（年波）……1
としふ（年経）…としふれ219、としへ30 273
としまがさき（としま＝歌枕・が崎）…211
（千歳）
とどむ（止・停む）……とどむ130
となへなる（唱へ馴る）…となへなれ142
とびかふ（飛び交ふ）……とびかふ43
とひく（訪ひ来）……とひこ224
とふ（問ふ）……とふ221
（言問ふ）
とほざかりゆく（遠離り行く）…とほざかりゆく8
とほざかる（遠離る）……とほざかる294
とほざとをの（遠里小野・歌枕）…239
とほし（遠し）……とほき18
とまや（苫・篷屋）……121
とまり（泊り・名）……70
とまる（泊る）……とまり238

とまる(止まる)…とまら23 59 83 141、と
まり109 138、とまる82〈84〉143
とむ(止む)…とむる243、とめ16 34 65 89、
とめよ295
(分け止む)
(諸共)
とも(友)……3
ともがほ(友顔)……292
ともづる(友鶴)……239
ともなしちどり(友無し千鳥)……211
ともね(共寝)……103
ともぶね(友・伴船)……57
ともすれば……21
とやま(外山)……169 177
とり(鳥)……266 285
(浦千鳥)(大鳥)(千鳥)(友無し千鳥)
(庭つ鳥)(水鳥)(都鳥)(村鳥)
とりのこゑ(鳥の声〔音・ね〕)……170
とりのね(鳥の音)……146 234
とりなす(とり為す)……とりなす306

な

な(名)……138 281
(御《み》名)
(磯菜)
(水無瀬川)
なか(仲)……271
(野中)(中中)
ながきよ(長き夜)……284
なかなか(中中)……6 16 73
ながむ(眺・詠む)…ながめ201 202 246、な
がむる137、ながむれ226 247
ながめ(眺め)……287
なかやま(中山)……238
(小夜の中山)
(それながら)
ながらふ(永・長らふ)…ながらへ110 222
ながる(流る)……ながるる308
ながゐ(長居)……23(歌枕と「長居」)
なきかさぬ(鳴き重ぬ)…なきかさね37
なきすつ(鳴き捨つ)……なきすて169
なく(鳴く)…なき199、なく34 35 39 167 182
200 211 241 285 295、なけ〔170〕
なく(泣く)……なき199☆
(来鳴く)
なぐさむ(慰む)…なぐさみ162、なぐさ
む83
なげき(嘆き)……105
なげく(嘆く)……なげき221
なこそ(勿来・歌枕)……251(掛詞)
なごり(名残)……35 82 141〔155〕157 164 201 307
なごりのゆき(名残の雪)……147
なさけ(情け)……26 120 294 313
なし(無し)…な190☆、なかり67 132 153 303、
なき66 130(=亡)143(=亡)192 217 260 291、なく75
134 145 231〈288〉、なければ222、なし23 51 110
119〔170〕〔201〕216
(味気なし)(心無し)(友無し千鳥)
(来成す)(とり為す)
なつ(夏)……176 296 314
なつかは(夏川)……255
なつこだち(夏木立)……163
なづさふ……なづさふ21
など……49(〜か)
なに(何)……48 75 139 140 201 221
なにごと(何事)……94 110 112 279
なにはびと(難波人)……208
なにはめ(難波女)……〔152〕
なのる(名告る)…なのら170、なのる38

なほ(猶)……19 30 34 39 41 95 150 164 253 294
なほざり……192 277
なみ(波)…87 96 101 121 143 149 176 190 220 237 250 252 255 264
(さざ波)(白波)(年波)(松が浦波)
なみのした(波の下)……210
なみのはな(波の花)……311
(人並)
なみだ(涙)…59 136 160 195(―のそこ) 215 231 261 〈288〉 305
なら(楢)……44
ならのは(楢の葉)……256
ならひ(馴らひ)……105
ならふ(馴らふ)……ならは232
ならふ(習ふ)……ならひ168
なりゆく(為／成り行く)……なりゆく112
なる(例、〜に為《な》／と成る)…なら268、なり33 49 〔185〕 234、なる10
なる(馴る)……なれ22、なるる229
(唱へ馴る)(吹き馴る)(踏み馴る)(見馴る)(水馴る)(目馴る)
(そなれ松)
なれく(馴れ来)……なれくる198
なれ(汝)……199

に

にし(西)……75
にしき(錦)……29
にして……217
には(庭)……53 133 137 198 225(―の面)
にはつとり(庭つ鳥)……284
にほひ(匂ひ)……34 158
にほふ(匂ふ)…にほは3、にほふ11 13 〔171〕
にる(似る)……にる291

ぬ

(飽かぬ)
ぬし(主)……145
ぬらす(濡らす)……ぬらし21
ぬる(濡る)…ぬるる235 261、ぬれ121 〔180〕 184 280
(立ち濡る)

ね

ね(根)……14
(鹿の音)(鳥の音)(笛の音)(虫の音)
(岩が根)(岩根)(垣根)(刈根)
(思ひ寝)(仮寝)(旅寝)(共寝)
(筑波嶺)(富士の嶺)
ねざめ(寝覚)……131 215 223
ねぬなは……299
ねや(閨・寝屋)……310 314

の

の(野)……7 52 54(秋の―) 59(〃) 68(〃) 241(春の―)
(荒野)(生・幾野)(小野)(こす野)(裾野)(遠里小野)(ふる野)(宮城野)
のがる(逃る)……のがる126
のがれく(逃れ来)…のがれき16、のがれこ226
のき(軒)……35 302 303
のきば(軒端)……193 244
(立ち退《の》く)
のこす(残す)……のこす172 175
(埋み残す)(染め残す)
のこる(残る)…のこり31、のこる112 139
のち(後)……104 204 307 200 214 256

のなか(野中・名)……20 280
のばら(ママ)(野原)……93
のべ(野辺)……53 95 128 290 293
のり(法)……142 283(はちすの—)
(名告る)

は

(青葉)(青葉隠れ)(稲葉)(荻の葉)(草葉)(木《こ》の葉)(下葉)(玉串の葉)(楢の葉)(紅葉葉)
(言の葉)
(軒端)(山の端)
(夕映え)
はおと(羽音)……241
はがくれ(葉隠れ)……177
はかげ(葉陰)……44 47
はかぜ(羽風)……101
はかなし(儚し)…はかなく 82 133 144、はかなさ 26 217、はかなし 128
はがひ(羽交)……141
はがへ(葉替・換へ)……92(—す)
はぎ(萩)……52 182 315
(秋萩)(小萩原)(一村萩)
はぐくむ(育む)……はぐくむ 281
はごし(葉越)……212
はこや……268
はごろも(羽衣)……180
はし(端)……267
(岩橋)(浮橋)
はしだて(橋立・歌枕)……100
(聞き始む)(咲き始む)
(竹柱)
(石走る)
はずゑ(葉末)……43
(七夕《ばた》)
はたて(果たて)……254
はちす(蓮)……283
はつ(果つ)……はて 40 106
(荒れ果つ)(消え果つ)(萎れ果つ)(絶え果つ)
はつこゑ(初声)……39
はつしぐれ(初時雨)……202
はつしも(初霜)……204
はて(果て)……129
はと(鳩)……283
はな(花)…10 11 14 15 16 18 19 21 22 23 26 27 51 54 68(—すすき) 92 150 153 155 156 158 159 160 〔161〕 162 164 183 186 246 247 248 249 286 286 290 300
(卯の花)(卯花陰)(卯花山)(梅の花)
(尾花)(立花)(波の花)
はなざかり(花盛り)……17 31
はな〔すすき(花薄)……68〕
はなずり(花摺り)……52 315
はなぞの(花園)……207
はなのかげ(花の陰)……157
(立ち離る)(立ち離れ行く)
はね(羽)……103
はねがき(羽搔き)……58
はひかかる(這ひ掛かる)…はひかかる 113
はふ(這ふ)……はふ 115
はぶき(羽振き・名)……3
はまべ(浜辺)……42
はままつ(浜松)……5
はままつがえ(浜松が枝)……92 120 161
はやま(端山)……154
はやむ(速む)……はやめ 140
はら(原)……182
(小萩原)(篠《しの》原)(菅原)(隅田川原)(立

田川原|）（野原|）（焼原|）
はらふ（払ふ）…はらは205、はらふ15 68 90
（打ち払ふ|）
はる（晴る）…はる253、はれ33 33 60 115 221、はれよ290
はる（春）…2 4 11 12 15 23 〈24〉 106 108 146 〔147〕 149 162 164 241 246 251 292
はるがすみ（春霞）……6
はるかぜ（春風）……19
はるさめ（春雨）……244
はるのいろ（春の色）……153
はるめく（春めく）…はるめき148、はるめく207
はるかに（遙かに）……66 226
はるに（遙に）……91 〈301〉
はるばると（遙々と）……61 89
はれやる（晴れやる）……はれやら99
はれわたる（晴れ渡る）…はれわたる94
はわけ（葉分け）……184

ひ

（朝日|）（月日|）
（垂氷|）
（芦火|）（蚊火|）（蚊遣火|）
（懸け樋|）
ひかず（日数）……32 124 253
ひがた（干潟）……152
ひかり（光）……61 242 260
ひきたつ（引き立つ）……ひきたて310
ひく（引・曳く）……ひか299、ひく66
ひぐらし（蜩）……256
ひこぼし（彦星）……48
ひつ（沾つ）……ひち32
ひと（人）……36 81 〈84〉 224 274 277 284 297 299 313
（難波人|）（船人|）（諸人|）（山人|）
ひとえだ（一枝）……51 159
ひとかた（一方）……106
ひとこゑ（一声）……35 254
ひとすぢに（一筋に）……135
ひとつ（一つ）……88 114
ひとつぞら（一つ空）……287
ひとなみ（人並）……30
ひとへに……45
ひとむらさめ（一村雨）……〔173〕〈174〉
ひとむらはぎ（一村萩）……258
ひとめ（人目）……198
ひとよ（一夜）……49 191
ひとり（一人）……137
ひな（鄙）……9 117 124 233 238
ひのくまがは（檜隈川）……65
ひばり（雲雀）……7
ひま（隙）……216 314
ひらく（開く）……ひらくる267
ひれ……72
ひろふ（拾ふ）……ひろへ42 190

ふ

ふ（経）……ふ25、ふる253☆、へ〈24〉124
（年経《ふ》|）
（浅茅生|）（杉生《ふ》|）（蓬生|）
（横笛|）
ふえのね（笛の音）……138
ふかくさ（深草）……184
ふかし（深し）…ふか184☆、ふ〔かか〕ら282、ふかき151、ふかく229、ふかし81
（羽振《ぶ》き|）
ふきおろす（吹き下ろす）…ふきおろす

ふきすさむ（吹きすさむ）…ふきすさむ 265
ふきなる（吹き馴る）……ふきなれ 145 256
ふきまく（吹き巻く）……ふきまく 199
ふく（吹く）…ふく 44 100 211 258 259、ふけ 310
ふく（更く）……ふけ 36 50
ふく（葺く）……ふか 303
ふけゆく（更け行く）……ふけゆけ 191 194
（草臥）（下伏し・臥）
ふしぶし（節節）……142
（節節）
ふじのね（富士の嶺）……206
ふしみ（伏見・歌枕）……91
ふす（伏す）……ふす 310
（折れ伏す）
ふせや（伏屋）……115 304
ふたたび（再度）……278
ふたちよ（二千代）……269
ふぢ（藤）……161
（浦藤）
ふなで（船出）……252（—す）
ふなびと（船人）……8 23
ふね（船）……70 240〈301〉
（芦分船）（淡路舟）（唐船）（千舟）（友船）
ふぶき（吹雪）……249
（小吹雪・小蕗）
ふみしだく（踏みしだく）…ふみしだく 51
ふみなる（踏み馴・慣る）…ふみなれ 118 237
ふみゆく（踏み行く）……ふみゆけ 120
ふみわく（踏み分く）……ふみわけ 97 119
ふむ（踏む）……ふみ 224、ふむ 55
ふもと（麓）……226 236
ふゆ（冬）……85 207 263 298
ふゆごもる（冬籠る）……ふゆごもる 265
ふりゆく（古り行く）……ふりゆく 279
ふる（古る）……ふり〈107〉108、ふる 110
ふる（布留・歌枕）……98
ふる（振る）……ふる 72
ふる（触る）……ふれ 255 315
ふる（降る）…ふり 28〈107〉☆、108☆、160 298 304、ふる 154 205 208、ふれ 92
ふるさと（古里）……116
ふるす（古巣）……2
ふるの（布留野・歌枕）……253

へ

（八重）（八重桜）
（沢辺）（野辺）（浜辺）
へだつ（隔つ）……へだつ 111、へだて 116
（立ち隔つ）

ほ

ほか（他）……16 61 114
（彦星）
ほしあひ（星合）……50
ほそたにがは（細谷川）……300
ほそみち（細道）……297
ほたる（蛍）……41 42 43 172 296
ほど（程）……18 33 71 111 198 219
ほととぎす（時鳥）…34 35 37 38 39 40 166 167 169〔170〕171 254 295
（山時鳥）
ほの……236（—見え渡る）
（明けぼの）

ま

ま(間)……90(夜の—)
(荒れ間—)(石間—)(何時《いつ》の間—)(岩間—)(茅《かや》間—)(消間—)(霧間—)(木の間—)(木間—)(絶(え)間—)(時の間—)
まかす(委す)…〈まかする84〉、まかせ28
まがふ(紛ふ)……まがふ6、まがへ291
(散り紛ふ)
まき(真木・槙)……213
まきのや(槙の屋)……113
まぎる(紛る)……まぎる170
(吹き巻く)
まくら(枕)……128 275
(磯枕—)(楫枕—)(手枕—)
まこも(真薦)……252
まさる(優る)……まさる275
ましば(真柴)……156
また(又・亦)……4〔155〕157 170 189(—も)196 229 278(—も)
まだ(未だ)……14 154
まだき(夙)……315
まちくらす(待ち暮す)…まちくらす254
まつ(松)……20 32 63☆、125 132 177 179 259
(浦松—)(小松—)(そなれ松—)(浜松—)(浜松‖が枝)
まつがうらしま(松が浦島・歌枕)…63
まつがうらなみ(松が浦波)……194 235
まつかぜ(松風)……265
まつ(待つ)…また36 48 187 273、まち247、まつ19 71 106 110 140 168 277
まづ(先)……240〈301〉
まつちやま(真土山・歌枕)……140
まつら(松浦・歌枕)……72
まど(窓)……113
まどろむ……まどろま76 168
まどゐ(円居)……22
まねく(招く)……まねか95
まばら……302
(岩陰檀—)
まよふ(迷ふ)……まよひ99、まよふ144
まれ(稀)……97 198

み

み(身)……30 105 110〈122〉127 221 227 237(—にしむ)274☆、279 309
(憂身—)(我身—)
みえわたる(見え渡る)…みえわたる236
みぎは(水際・汀)……96
みくさ(水草)……192
みくま(水隈)……272
みす(見す)……みせ268 297
みすつ(見捨つ)……みすて18
みち(道)……86 89 126 140 231 251 274☆、〈288〉312
(下道—)(細道—)
みつ(三つ)……285
みつ(御津・歌枕)……111
みつ(満つ)……みつる312
みづ(水)……1 85 114 130 149 172 283 295 308
(池水—)(下水—)(下行く水—)(清水—)(玉水—)
みづとり(水鳥)……104 299
みどり(緑)……132 163
みな(御名)……285
みな(皆)……220
みなせがは(水無瀬川)……176
みなる(見馴る)……みなる266
みなる(水馴る)……みなる266☆
みなわ(水泡)……255
みね(峰)……17 19 27 62 94 118 119 248 265 281 300 303

みねうつりす（峰移りす）…みね〔うつりし〕173〈174〉、みねうつりする 86
みねのゆき（峰の雪）…209
みふね（三船・歌枕）…17
みやぎの（宮城野）…182
みやこ（都）…29 117 226 297
みやこどり（都鳥）…56
みやま（深山）…234
みやまがくれ（深山隠れ）…67
みやまぎ（深山木）…97 175（みやま〔ぎ〕）
みゆ（見ゆ）…みえ 5 46 56 88 123 162 164 178 183 192 205 270、〔みゆ155〕、みゆる〈24〉60 206
みよしの（三吉野）…272
みる（見る）…み 73 74 111 117 119 134 159 238 261 272 278 286 290、みる 15 21 31 91 115、みれ 12 14 27 65 203 210 264 304
☆
（会ひ見る）（出でて見る）（来て見る）
（尋ね見る）
…みる…み 309（をしみ—）
みわく（見分く）…みわか 94

む

むかし（昔）…134 195 215
むかひ（向かひ）…297
（手向く）
むぐら（葎）…115
むし（虫）…53
むしのね（虫の音）…59 187
むすびかく（結び掛く）…むすびかけ 161
むすぶ（結ぶ）…むすぶ 103 178
むせぶ（咽ぶ）…むせぶ 87 136 292
（下《した》咽ぶ）
↓う
む（う）め（梅）…153 243
むめがえ（梅が枝）…246
むやふ…むやふ 70
（一村雨）（一村萩）
むらぎえ（村・群・斑消え）…14 64 239
むらぎく（群菊）…80
むらくさ（群草）…133
むらくも（村雲）…203
むらさめ（村雨）…113
むらしぐれ（村時雨）…89
むらどり（村鳥）…282
むる（群る）…むれ 101

め

め（目）…46 91 117〈301〉
（人目）（余・他目）
（難波女）
め（ママ）かけ〔〈島陰カ〉〕…240
（春めく）
めぐみ（恵み）…111 267
めぐりく（廻り来）…めぐりき 278
めぐる（廻る）…めぐる 77
（うら珍し）
めなる（目馴る）…めなる 286

も

（彼面《も》）（此面《も》）
（玉藻）
もがな…89
もしほぐさ（藻塩草）…125 143
もと（元・本）…183 308
（木の本）（たもと）
もとむ（求む）…もとむ 229
もの（物）…135 291
（袖の物）

ものかは(物かは)……108 250
ものから(物から)……316
ものを(物・者を)……46 139 178
もみぢ(紅葉)……77 189 214 264
(下紅葉)(下紅葉す)
もみぢす(紅葉す)……もみぢせ 179
(下紅葉す)
もみぢそむ(紅葉初む)…もみぢそめ〔「染む」もか〕79
もみぢば(紅葉葉)……78 86
もゆ(萌ゆ)……もえ 293
(下萌ゆ)
もゆ(燃ゆ)……もゆる 172
(いはでの森)(景色の森)(衣手の森)
(誰その森)
もらす(漏らす)……もらし 149
もりあかす(守り明かす)…もりあかし 125☆、もりあかす 313
もりあかす(漏り明かす)…もりあかし 125、もりあかす 313☆
もりく(漏り来)……もりくる 302
もる(漏る)…もり 189、もる 63 193 246、もれ 64 158〔203〕
もろし(脆し)……もろき 155 309
もろとも(諸共)……83 142
もろびと(諸人)……281

や

や(屋)……208
(あばら屋)(磯屋)(苫屋)(寝屋)(伏屋)
(槙の屋)
や(夜)……231☆、288☆
やがて……146 230
(青柳)
やく(焼く)……やく 78〈197〉
やけはら(焼原)……154
やす(野洲)……48
やすし(易し)……やす 48☆、やすき 109
(折りやつす)
やつる(窶る)…やつる 51、やつるる 225、やつれ 10
やど(宿)……34 191 225 229 290
(誰が宿)(我宿)
やどかる(宿借る)……やどかる 68
やどす(宿す)……やどし 195、やどす 261
やどりそむ(宿り初む)…やどりそめ 193
やどる(宿る)…やどら 71、やどる 70 234 236
やなぎ(柳)……29→(青柳)
やへ(八重)……9 116 151 231〈288〉
やへざくら(八重桜)……〈24〉25
やま(山)……17 49〔仲〕72 77 116 189 213 229 268
(秋山)(磯山)(卯の花山)(奥山)(小山田)(片山)(忍ぶ山)(しはつ山)(外山)
(中山)(小夜の中山)(端山)(真土山)
(深山)(深山隠れ)(深山木)(吉野山)
やまかげ(山陰)……316
やまかぜ(山風)……15
やまごえ(山越)……249
やまざくら(山桜)……28 300
やまざと(山里)……29 227 292 302
(小山田)
やまぢ(山路)……6 18 224 226 236 245
やまのは(山の端)……99
やまのゐ(山の井)……192
やまびと(山人)……286
やまほととぎす(山時鳥)……36 168
やまわけごろも(山分衣)……205
やみ(闇)……144
(五月闇)

(洗ひ止む)
(蚊遣火)
…やる……やら148(はるめき―)
(消えやる)(散りやる)(晴れやる)

ゆ

ゆかり(縁)……315
ゆき(雪)…4 13(―の内) 14(〃) 28 64 66 90 91 92 93(―の内) 95 96 97 99 〈107〉 108 137 148 〔155〕 160 165 205 207 208 210 239 260 265 293 304
(白雪)(名残の雪)(峰の雪)
ゆく(行く)…ゆく28 61 82 〈84〉 89 ☆いく、97 105 〈122〉 149 205 216、ゆけ184 312
(明け行く)(掛け離り行く)(消え行く)
(越え行く)(冴え行く)(誘ひ行く)(下行く水)(立ち離れ行く)(遠離り行く)
(為《な》り行く)(更け行く)(踏み行く)(古り行く)(分け行く)
ゆくすゑ(行末)……268 273
(下行く水)
ゆづる(譲る)……ゆづら225、ゆづれ269
(白木綿)
(朝夕)
ゆふがすみ(夕霞)……5 27
ゆふかぜ(夕風)……45 199
ゆふぎり(夕霧)……290
ゆふけぶり(夕煙)……115 236
ゆふざれ(夕去れ)……257
ゆふすずみ(夕涼み)……44
ゆふだち(夕立)……〔173〕〈174〉175
ゆふづくよ(夕月夜)……302
ゆふばえ(夕映)……18
ゆふゐる(夕居る)……ゆふゐる39
ゆめ(夢)……112 117 131 230 275 284
ゆめのそこ(夢の底)……217
ゆゑ(故)……26 〈84〉 261 266

よ

よ(世)……26 67 126 132 138 〔196〕 222 223 238
(幾千代)(憂世)(こ《此》の世)(千代)(二千代)
よ(夜)……76 90 102 168 277 314
(幾夜)(小夜)(小夜の中山)(長き夜)
(一夜《よ》)(夕月夜)
よ(節)……90 ☆
よがれす(夜離れす)……よがれし40 266
よこぐも(横雲)……99
よこぶえ(横笛)……145
よさ(与謝)……100
よしさらば……121
よしの(吉野)……156
よしのやま(吉野山)……4 16
(三吉野)
よす(寄す)……よする235 250
(言《こと》寄す)
よそ(余・他所)…116 119 159 181 205 221 238 272 278
よそなり(余・他所なり)…よそなる12
よそふ(譬ふ)……よそへ115
よそめ(余・他目)……15
よど(淀)……252
よに(・全く)……196
よは(夜半)……66 190 306
よひ(宵)……36 74
(今宵)
よぶ(呼ぶ)……よぶ212
よも(四方)……267
よものうみ(四方の海)……220
よもぎふ(蓬生)……128 129
よる(夜)……271
(片寄る)

わ

（浦わ）
わが（我が）……52 140（—駒）
わがみ（我身）……12〈107〉
わがやど（我宿）……258
わかる（別る）……わかる104 307
わかれ（別れ）……105 181
わく（分く）…わけ214 231 241 252〈288〉、わくる58
（思ひ分く）（踏み分く）（見分く）
（芦分《わけ》船）（葉分け）（山分け衣）
わけいる（分け入る）……わけいら177
わけとむ（分け止む）……わけとめ182
わけゆく（分け行く）…わけゆか52、わけゆく93
わし（鷲）……281
わする（忘る）…わする22 245、わすれ142
（おほわだ）
わたり（渡り）……48
わたる（渡る）…わたり262、わたる63 100 102 179 257 300 303 311
（潤ひ渡る）（焦《こが》れ渡る）（冴え渡る）（晴れ渡る）（見え渡る）
わぶ（侘ぶ）……わび232
（住み侘ぶ）（恋ひ侘ぶ）
（早蕨）
われ（我）……53（—と） 75 111（—から） 251 261（—ゆゑ）
ゐ→い
を→お

五句索引

〔5字分〕……69 174
〔7字分〕……7 47
〔11字分〕……7

あ

あかしかねつる……314
○あかずして……307
あかず(りす)して……167
あかでく〔れぬる〕……185
あかぬなごりに……157
あかぬわかれの……181
あきかぜぞふく……44 258
あきかぜはふけ……310
あききぬと……46
あきくれて……81
あきこしかりの……245
あきさりごろも……49
○あきといへば……185
○あきとのみ……48
あきのあはれを……257
あきのおもかげ……178
○あきののに……68
○あきのの……54
あきののは……59
あきのゆかりに……315
あきのよの……76
○あきはいぬ……201
あきはきにけり……47
あきはしらるれ……179
○あきやまの……199
あきをやく……78〈197〉
あくればやがて……146
○あけがたに……234
○あけがたの……131
あけぐれのそら……112
あけてもつきの……31
あけなばはるに……108
〔あけにけり〕……156
○あけぬとは……74
○あけぬとや……58
あけゆくそらを……284
○あけゆけば……172
あさかぜわたる……257
○あさごほり……104
あさたつきりに……185
あさたてば……6
あさぢかたよる……187
○あさぢふの……46
あさなくきじの……241
○あさひさす……7
○あさゆけば……184
○あさゆふの……286
あさるらん……239
あしにひかるる……299
あしびたくやに……208
あしわけぶねに……43
あだにおもはじ……25
○あだにみし……73
あたりのつゆを……68
あぢきなく……181
あとありとても……209
〔あときえて〕……175
○あとたえて……126
あとたえて……28
あとだにつけで……147
あとだにもなし……216
あとなきゆきは……260
あとなきゆきや……66
○あともなく……231
○あなしふく……211
あはじものかは……108
○あはぢぶね……262
○あはばやな……272
あばらやの……303
○あはれしる……287
あはれしるべき……227
あはれたちうき……157
あはれとやみる……21
あはれとよそに……221
あはれなる……129
あはれはふかし……81
○あひがたき……285
あひにけり……220
あひみれば……275
○あふさかの……66
あふせをやすの……48
あふみぢの……274
○あまくだる……218

○あまのとの……146
あまのともぶね……57
あまのはごろも……180
あまはすみける……210
あまるらん……127
あめのしたかな……270
あらじとて……77
あらしのおとを……259
あらしをみちの……86
あらばこころも……109
あらはれて……281
あらはれにけり……13
あられふり……298
ありあけの……73
ありあけのつき……72
ありけりと……136
○ありしよの……132
ありすなりける《りイ》……38
ありとみえばや……56
あるかなきかの……192
あるじたえにし……135
あれはてて……134
○あれまもる……193

あわときえなば……130
あをばがくれ〔に〕……164
あをばがくれの……316
あをやぎのいと……135

い

いかがはやどに……290
いかがみすてん……18
いかならん……216
いかなるそらと……185
いかなるのべの……128
いかにかたへ(ら)ん……246
いかにながめん……201
いかにまた……229
〔いかにまた〕……155
いくちよか……219
いくののみちの……89
いくよとまりぬ……238
いけのつららの……266
いけのみづとり……104
○いさぎよく……283
いざさはあきを……309
いざわけいらん……177

○いしばしる……176
○いしまより……149
○いせのうみの……42
いせをのあまの……69
いそなつむ〔らん〕……152
いそのとまやに……121
○いそまくら……235
いそまくらかな……120
いそやまつもる……210
いつかはなの……186
いつかはるべき……253
いつかわすれむ……142
いづくもかくや……40
○いつしかは……79
いつぬきがはの……80
○いつのまに……173〈174〉
みねうつりして……173〈174〉
いづれはかわく……71
○いでてみよ……293
ゐでのたまみづ……178
○いとかくは……170
いとどよそにぞ……116
〈いとはざらなん……122〉

いとひやすきは……109
いとふかな……19
いとふとよそに……205
いとふみやこは……226
いなしきのさと……232
○いなしきや……117
いなばのほたる……296
いなばはみえて……270
いにしへの……112
いのちなりけり……222
いはかげまゆみ……196
○いはがねに……156
いはさへこけの……126
○いはしろの……20 161
はままつがえの……161
まつのときはに……20
○いはそそく……114 230
こゑよりやがて……230
みづよりほかに……114
いはでのもりの……166
○いはねふみ……224
○いはねより……209
いはねをつたふ……118

○いははしの……271
○いはふれば……255
いはほとならん……268
いはまにあらふ……62
いへぢをこまに……28
○いへづとに……158
いへゐありとは……228
○いまこそや……41
いまぞかどたに……74
いまぞこえゆく……119
○いまぞしる……250
○いまぞみる……31
いまはおもひも……289
いまはとて……245
いまはのみをも……127
いまはまたるる……273
いらごがさきの……311
〈いらざらめ……122〉
いりしほに……211
いりぬとは……241
ゐるかもの……214
いれしかたみと……305
いろづきて……87
いろづきにけり……196
いろとこゑとに……182
いろにあきある……189
いろにあをばは……214
いろにいでしと……79
いろにいでにけり……316
いろにでにけり……166
いろにみえける……123
いろはありける……150
いろはみえける……183
いろをうばひて……80
いろをもかをも……313

う

○うきながら……71
うきにかへたる……222
うきみのほどを……111
うきみはたのむ……132
うきよなりけり……109
うきよのほかに……16
うきよをゆめと……131
○うぐひすの……242 291
うはげはたけに……291
こゑにひかりや……242
うぐひすの……11 150 243
うぐひすのこゑ……3
うぐひすは……151
うぐひすばかり……292
うぐひすも……2
うすぎりがくれ……186
うすくものこる……200
うすごほりかな……149
うたふふなびと……8
うちとけて……103
うちにだにみぬ……117
うちはらひ……93
うつしてぞ……283
うつつともなき……217
うつつにて……131
うつつにまさる……275
うづみのこすは……208
うづもれて……13 138 224
うづもれにけり……4
うづもれにけれ……137
うづらなくなり……200
うつりけり……65
うつるつきかな……69
うつるらん……52
うつろへば……54
うときけしきを……159
うのはなかげの……165
うのはなやまの……31 167
うはげはたけに……291
うはごほりけり……263
うはつゆは……183
う(↓む)めがえの……10 313
○う(↓む)めがかを……3
○う(↓む)めのはな……12
○うらがれて……204
○うらさびて……113
うらさびてこそ……143
うら《はまイ》ちどりかな……101
うらづたひける……188
○うらづたふ……57
うらならん……23
うらなれや……32
うらのしほがひ……190
○うらまつの……212
うらみはてん……40

うらめづらしき……163
うらわのかぜに……60
うるほひわたる……270
うれしきしほに……220
うれしけれ……296
○うれしさは……37

え

えだにこもりて……150
えだみれば……12
えもいはしろに……92

お・を

おいせぬほどを……219
○をがやしく……233
おきかけさかり……240〈301〉
○おきかけて……8
をぎのはさやぎ……298
をぎのやけはら……154
おきゐのさとか……76
○おくまでも……177
○おくやまの……2
おくやま［の］……196
○おくれゐて……137
をしからぬみの……110
［をしからん］……147
をしき［なごりを］……155
〈○おしなべて……197〉
をじまがいその……70
〈をしまるる……107〉
○をしみかね……72 82 160
なみだにそらも……160
はかなくくれて……82
ひれふるまでぞ……72
をしみみむ……309
〈をしむひとゆゑ……84〉
をしむもあきは……83
をしむもくるし……258
をちのこずゑに……35
おつるたまみづ……244
おとかはるなり……179
おとさえて……265
おとさへすずし……176
○おとしるし……55
おとせでなみは……250
おとせねば……114
おとぞかなしき……145
おとたえて……213
おとづれて……292
おとどめよ……295
おとはして……63
〈○おともなく……288〉
おどろけば……230
おなじこかげに……22
○おのがいろは……13
おのがはかぜに……101
おのがはぶきに……3
おのがひかりか……260
おのがひかりや……61
をののくさぶし……191
をののしのはら……257
○おほかたの……180
○おほとりの……141
○おほわだの……60
○おもかげに……188
おもかげのこる……112
おもかげよりぞ……247
おもはずは……305
○おもひいでの……109
おもひいでば……124
おもひけるかな……144
おもひしよりも……134
おもひしりぬる……131
おもひぞはてぬ……106
おもひたがへし……47
おもひたつとも（む）……245
○おもひねの……275
おもひもあへぬ……202
おもひもかけぬ……228
おもひもしらず……251
おもひもはれで……221
おもひわけとや……248
○おもふこと……166
おもふねざめに……223
おもへばたれも……129
○をやまだは……296
をりえてきゐる……171
をりしもそらに……201
をりしもむせぶ……136
をりたがへたる……165
をりにもあらぬ……44
をりゐるひばり……7

をりやつさじと……159
をりをえて……29
○をりをりの……227
をれふしにけり……90

か

かかるいのちの……276
かかるしらなみ……17
かきくれて……249
かき〔くれて〕……160
かきたえて……280
かきねむかひの……297
〈○かぎりあれば……122〉
かぎりなりける……277
かくていくよか……232
○かくとだに……196
○かくれぬと……203
かげきえて……172
かげなかりけり……132
かげのこりけり……31
かげはきえゆく……73
かけひのみづの……295
かげみえて……192
かげも〔れて〕……203
かげやどすらん……261
かげをだにやは……130
かこたまし……53
かこのこゑこそ……240〈301〉
かざごしの……94
〈かさぬべき……24〉
かさぬるやまと……49
かさねていとど……25
かさねてゆづれ……269
かずきえて……186
○かずならで……30
○かすみして……152
かすみにみつる……312
かすみにむせぶ……292
かすみにもまた……4
かすみのうちに……8
かすみのそこの……151
かすみをわけて……241
かぜこえて……120
かぜさえて……99〔148〕
○かぜさわぐ……47
○かぜそよぐ……223
かぜなかりせば……303
かぜのおとにぞ……5
かぜふきすさむ……256
○かぜわたる……63 179 311
いらごがさきの……311
おとかはるなり……179
こずゑにあめの……63
かたこそしらね……97
かたぶくほどに……33
かたみにとまる……143
かたやあらまし……83
かたやまの……200
かたらひあかせ……168
かぢまくら……70
かねてみせける……268
○かねてより……19
かはおろし……264
かはりぬる……204
かはるとて……273
○かびたつる……297
かへらぬみづの……130
かへりやはおく……41
○かへるさに……294
○かへるさの……18
かへるさは……158
かへるはるかな……251
かへるべき……290
かへるやまぢに……245
かみのめぐみも……111
かみはきみをぞ……218
かものむらどり……282
かやまより……302
○かよひこし……280
かよひぢなしと……119
かよひぢに……118
かよふこころも……123
かよふべきかは……209
○からふねに……127
かりにすむ……135
かりねならはぬ……232
かりねなりとも……272
かりのよを……223
かれがれの……263
○かをとむる……243

き

きえなまし……96
きえにしあとを……133
きえはてて……141
きかばやよるの……271
きぎすおとなふ……293
きぎのもみぢば……86
きぎのもみぢも……77
ききはじ〔めける〕……146
きくにやふゆを……263
きくのはままつ……5
きこゆなり……57
○きさがたや……210
きしのむらぎく……80
きそのふせやの……304
きてみれば……133
きなくなり……36
〈○きみがへん……24〉
〈きみばかりにぞ……84〉
きみをいのる……269
きゆればこほる……148
きよきはまべに……42
きりがくれこぐ……262
きりがくれつつ……57
きりこめてけり……56
きりたちかくす……50
きりのあなたに……55
きりのたえまと……144
きりはれて……60
きりまをわくる……58

く

くくりなりけり……299
○くさがくれ……198
くさにやつるる……225
くさのうはつゆ……41
くさよりや……267
くずのうらかぜ……81
くずのはわけに……184
くまぬにしもぞ……280
くもきえて……88 194
くもこそかよへ……224
くもぞしぐるる……287
○くもとのみ……270
くもになるる……286
くものちりゐる……62
くものはたてに……254
くもはれわたる……94
くもふみわけて……119
くもよりうへに……206
くもよりおくに……229
くもりもなみに……190
くもるかとこそ……202
くらきものから……58
くるはる〔は〕……146
くれぞまたるる……187
○くれたけの……308
くれたけの……90
〔くれぬなり〕……157
〈くれぬるとしぞ……107〉

け

けさぞかすみの……9
けさはつゆけき……98
○けさみれば……264 304
　きそのふせやの……304
　たつたがはらの……264
○けさもなほ……164
けしきかな……95
けしきにて……132
けしきのもりの……78〈197〉
けしきより……187
〈けふはまかする……84〉
○けふもまた……157
けぶりなりけり……208
けぶりをみづに……172

こ

こえこしやまの……116
○こがらしに……59 187
　あさぢかたよる……187
　むしのねたぐふ……59
こがれわたるや……78〈197〉
○こけのしたに……138
ここちして……43 45
こころあてにや……152
こころありけり……27
こころありても……96
こころうきたつ……237
こころぞつきに……188
こころとさわぐ……101

こころとめつる……16
こころなきみぞ……227
こころ（こころ）にして　217
こころにをしき……106
〈こころのゆくを……122〉
こころひとつを……114
こころまでこそ……137
こころまでやは……233
こころをかして……181
○こころをば……182
○こさめふる……154
こずゑなるらん……78〈197〉
こずゑにあめの……63
こずゑばかりや……207
○こずゑふく……259
こづたふこゑぞ……150
ことぞともなく……75
こととはん……56 260
ことにとりなす……306
ことのはに……276
○ことのはの……123
ことよせて……20
こぬひとを……277

このしたつゆに……21
このしたもがな……89
このはのしたに……87
このはふきまく……199
このはふむなり……55
この「まより」……189
このもかのもの……64
○このもとに……247
このよのはてぞ……129
このよばかりの……289
こはぎはら……51
こひしかるべき……124
○こひしなば……278
こひばかりこそ……279
○こひわびぬ……274
こほりしみづも……1
こほりぞむすぶ……103
こほるいけかな……96
こぼるるつゆの……43
こまつのさとの……269
こまとめつべき……89
○こまとめて……65
こまもたどらず……312

こめてける……9
こやのいけみづ……103
こややどるべき……236
こよひこそ……310
こよひはかわく……180
これさへたれか……161
これぞこの……38
これなれや……55
○これのみと……258
○これはさは……76
○これやさは……312
ころもうつなり……76
ころもがへしつ……30
ころもきてけり……126
ころもでのもり……37 45
ころもで「のもり」……163
こゑさへにほふ……11
こゑすなり……8
こゑにひかりや……242
「こゑにほふなり」……171
こゑのいろには……291
こゑのにほひは……34
こゑばかりこそ……151 262

こゑむせぶなり……87
こゑもおくある……169
こゑもをしまず……285
こゑよりやがて……230
こゑをたぐへて……100

さ

さえゆくつきに……260
○さえわたる……207
さかずはいかが……153
さきおくれたる……12
さきだてて……257
さきにけり……80 250
さきはじめける……247
さくらがしたの……14
○さくらさく……23 248
はるやながゐの……23
みねたちはなれ……248
ささがきうすき……9
○ささでふす……310
さざなみのこゑ……139
さざめのころも……93
○さざれいしの……268

○さしもあらぬ……306
さそひき〔て〕……188
○さそひゆく……86
さそふもみぢを……264
さそへとう〔ゑし〕……171
○さつきやみ……165
さてはなぐさむ……83
○さてもなほ……253
○さてもよを……238
さはべのあしを……239
さびしかりけり……134
さほかぜおくる……102
さまにもおはず……69
○さみだれに……252 314
ひまもしらまぬ……314
よどのかはをさ……252
○さみだれの……32
さみだれのそら……33 253
さもあらぬかねの……145
さもあらばあれ……271
さやのなかやま……231〈288〉
さよのねざめの……215
さよのまくらに……275
○さよふけて……50
さらでももろき……309
○さらぬだに……155
さらんとすらん……219
さりともいまは……234
さをのうたの……262
さをのうたのみ……57

し

しかかむしかに……53
しかさへなきぬ……199
しかにひとよの……191
しかのかよひぢ……55
しかのねに……198
しがのはなぞの……207
しかのみつたふ……209
しがのやまごえ……249
しかはなしやは……51
しきつのうらの……125
しぎのはねがき……58
しぎもたつなる……74
○しぐれつつ……88
しぐれなれども……306
しぐれにて……259
しぐれはやまを……77
しげきこまより……64
したばよりこそ……79
したはしき……72
したむせぶなり……1
したもえて……154
したもみぢ……316
したもみぢする……259
したゆくみづも……263
しづえはなみの……311
しづえもひちぬ……32
しづくをのこす……175
しづのかやりび……296
しづのふせやの……115
しののあふくき〔をすき〕〔をふぶき〕……274
しののをざさの……223
しのぶぐさ……279
しのぶけしきの……50
しのぶづたひに……244
しのぶものから……316
しのぶやま……39 79
しのぶよりこそ……193
しばしたちのけ……118
しばしはれよ……290
○しはつやま……44 256
かぜふきすさむ……256
ならのはかげの……44
○しばのいほの……295
しばのけぶりに……228
しほかぜさむみ……194
しほかぜに……235
○しほたるる……69
○しもがれの……298
しらくもも……15
しらむより……165
○しらゆふを……98
しられけり……206 228
しり〔そめん〕……153
しりにけん……263
しりぬらん……58 85
しりぬれば……26
しるきかな……50
しるしにや……1
しるしはこれか……254

しるべがほにて……6
しるべせで……75
しるべなるらん……61
しるべにかよへ……274
しるべにて……86
○しろたへの……80
しをれはつべき……233

す

すがはらや……91
すぎ（そ）うかるべき……243
○すぎぬとも……34
すぎぬらん……232
〔すぎぬらん〕……173〈174〉
○すぎぬるか……216
すぎぬるかたは……88
すぎぬるくもは……175
すぎぬれば……169
すぐすみを……221
すぐるはるかぜ……19
すごしけるかと……238
○すずしさは……45
す〔そ〕ののくれに……200
すましてぞきく……114
すまのあけぼの……212
すまひには……67
すまもあかしも……188
すみうかりける……227
すみかともなく……134
すみだがはらは……56
すみのえのまつ……32
○すみわびぬ……225
○すむつきに……261
すめるつきかげ……65
すゑほどとほき……18
すゑをしらばや……308

せ

せおちのなみも……87
○せきあへぬ……136
せきぢはるかに……66
せきもあるを……251
せぜわたるなり……102
せとわたりけれ……262
せめてもはなに……248

そ

そこすみて……178
そこともみえず……5
そこになくなり……39
そでにあまりぬ……37
そでぬらし……21
そでぬれて……184
そでのうへかな……215
○そでのうへに……139
そでのつゆかな……71 82
そではぬれける……280
そではをしまじ……305
そでふれて……315
そなれまつ……311
そのいろならぬ……315
そのかひあらじ……90
そのふしぶしを……142
そひぬらん……242
〔そめかけて〕……163
○そめのこす……77
そらだのめして……277
そらながら……287
そらにしられぬ……167
そらにわかるる……104
そらまでかをる……249
そらよりたれか……98
それながら……30

た

○たえだえに……200
○たえだえの……186
たえだえのこる……256
たえなまし……289
たえにしものを……139
たえはてて……308
たえもこそすれ……276
たかきにうつる……2
たがたもとにも……52
○たがふなよ……276
たがやども……270
たからのいけに……282
たきつせのこゑ……136
○たきのうへの……17
たぐひもみえず……162
たけはかげ［　］……47

たけばしら……304
たこのうらふぢ……250
ただなばかりぞ……138
たちかはりぬる……1
たちこめて……5
○たちぬるる……213
［たちばなに］……171
たちはなるらん……176
たちへだつるも……27
○たつたがは……87 214
　せおちのなみも……87
　もみぢをわけて……214
たつたがはらの……264
たづねきて……22
○たづねみて……40
○たなばたに……181
○たなばたの……49
○たにかげの……228
○たにかげは……148
たにかぜさむみ……85
たにのかげくさ……204
たにのしたみづ……62 230
たにのすぎふに……295
たにのとたたく……265
たにのふるすの……2
たにをいづなり……242
たにをいでけれ……151
○たのしみや……282
たのむのかりも……294
たびねせん……121
たびのそらかな……124
たまがしは……306
たまぐしのはの……218
○たまくらに……305
たまぞちりける……127
たまとひろへば……42
たまのよこぶえ……145
たまもにあそぶ……282
たむくらん……98
ためしときけば……25
〈ためしとみゆる……24〉
たよりにきなけ・せ……243
たよりには……102
たよりのかぜに……123
たるひしにけり……213
たれかふかまし……303
たれそのもりの……38
○たれもみな……220
○たれゆゑの……266
たわむばかりに……304

ち

ちぎりおきて……104
ちぎりおきてし……276
ちぎりなりせば……289
ちぎりばかりを……271
ちくさなりける……186
ちくさのいろに……54
○ちくさまで……183
ちさとのほかへ……61
○ちさとまで……260
〈ちとせのはるを……24〉
ちどりつまよぶ……212
ちどりとわたる……100
ちどりのこゑも……102
ちふねのかずも……60
○ちよふべき……25
ちらすもかぜの……26
ちらずもあらなむ……20
○ちりがたに……10
ちりてなほ……41
ちりなかりけり……67
○ちりぬれど……162
○ちりまがふ……249
［ちりやらで］……164
ちるときぞ……123
ちるにぞもとの……183

つ

つきあらふなり……194
○つきかげに……267
つきかげに……212
つきかげよする……235
つきかげを……62
つきこそこほれ……255
つきさへくもの……67
つきさへやどる……70
つきぞなかなか……73
つきなれど……74
つきにうたひて……242
つきになくなり……167 211
つきにみわかん……94

つきのあたりの……287
○つきのみぞ……125
つきのみぞもる……63
つきはすむらん……190
つき〔はなし〕……201
つきひのかげの……219
○つきもいまは……33
つきもしぐるる……203
つきももりけり……189
つきもれば……64
つきをかたしく……191
つきをばそでの……195
○つくづくと……244
○つくばねの……64
つくるはるかな……162
つげがほにてぞ……298
つたはひかかる……113
つつみてぞおく……307
○つねならぬ……129
○つねよりも……81
つひにはこゐも……166
つひにはたれも……128
つめるたからや……127

つゆけくもあるか……46
つゆけさに……233
つゆしげみ……193
つゆぞこぼるる……223
つゆところせき……133 184
つゆのいのちを……309
つゆばかりにや……180
つゆはくさばに……73
つゆまどろまで……76 168
つゆもかはらね……279
つゆもなみだも……59
つゆをそめける……54
つらきこころや……273
つららゐにけり……85
つるのけごろも……269
つれなきひとに……274
○つれなさに……289

て

○てにむすぶ……178
てらすらん……218
てるかげを……42

と

○ときのまに……202
ときはかきはに……218
とけてもそらに……206
とけなんのちと……104
とこさえて……215
とこならん……266
とこのうらかぜ……237
○としくるる……108
○としくれし……147
としぞくれぬる……217
○としなみの……1
としのかよひぢ……216
としのくれかな……106
○としふれど……219
○としへては……273
としへぬるみは……30
としまがさきの……211
としをふるかな……110
とどむべき……130
となへなれにし……142
とほざかりゆく……8
とほざかるなり……294
とほざとをのの……239
とまらざりけり……59 141
とまらねど……83
とまりなりけり……70
とまりなん……109
〈とまるか《やイ》と……84〉
○ともがほに……292
ともさそふなり……3
○ともすれば……21
○ともづるや……239
ともなしちどり……211
ともねのをしは……103
とやまがすそを……169
とやまだに……177
とりのこゐ〔かは?〕〔ねもなし〕……170
とりのなくなる……285
とりのねもせず……234
とりのねよりぞ……146

な

○ながきよの……284
なかなかはなに……16

なかなかまがふ……6
なかのたえまは……271
ながむれば……226　247
ながめ〔つれ〕……202
○ながめても……246
ながめはひとつ……287
○ながらへて……222
ながらへて……110
ながるるみづの……308
○なきあとに……130
なきかさねたる……37
○なきすてて……169
○なきをまで……143
なぐさみて……162
○なげきかね……221
なげきにて……105
なけれども……222
なごりとは……307
なごりなくなり……35
なごりにとまる……82
なごりのつゆも……141
なごりのゆき〔や〕……147
なさけありその……120

なさけなりけり……26
なさけにて……294
なさけをかけて……313
なつかはに……255
○なつこだち……163
なづさふはなよ……21
なつのくれこそ……296
なつのよしもぞ……314
などかなりけん……49
なにかとふらん……221
なにかはやめん……140
なにかまたまし……48
○なにごとも……112　279
　ふりゆくみには……279
　ゆめになりゆく……112
○なにごとを……94　110
　つきにみわかん……94
　まつともなしに……110
○なにとこの……75
なにのしづくの……139
なにのなごりを……201
なにはおひぬれ……281
○なにはびと……208

〔なにはめは〕……152
なのらでもな〔け〕……170
なのるにしるし……38
なのるばかりを……294
なほあらましに……19
○なほざりに……192　277
　あるかなきかの……192
　そらだのめして……277
なほすぎまうき……95
なほとめよ……34
なほはつこゑを……39
なほひとなみに……30
なみかけずとて……121
○なみかけば……96
なみぞお《ち》りける……264
なみたてて……101
なみだしぐるる……231〈288〉
なみだとみてや……261
なみだにくたす……305
なみだにそらも……160
なみだのそこに……195
なみだはたぐひ……136
なみだもこほる……215

なみにただよふ……149
なみにやなつの……176
なみのおとかな……237
なみのしたくさ……252
なみのしたにぞ……210
なみはかけけれ……143
なみもおとせぬ……220
なみやおとせぬ……255
ならのはかげの……44
ならのはに……256
ならひなりせば……105
ならひにき……168
なりぬらん（む）……33〔185〕234
なるともをらん……10
なるるこころに……229
なれぬるけふの……22
なれもかなしや……199

に

にしきなりける……29
にしへはつきの……75
にはつとり……284
にはになれくる……198

にはのあきはぎ……53
にはのおもかな……225
にはのむらくさ……133
にはのゆきに……137
にほはせて……3
にほひぞそでに……158
にほふにう(む)めは……13
にるものぞなき……291

ぬ

ぬしなくて……145
ぬるるいとはじ……235
ぬるるたもとを……261
ぬれぬそでかは……121
［ぬれぬらん］……180

ね

ねざめのとこは……131
○ねにかへる……14
ねぬなはは……299
ねやのいたどは……310
ねやのうちは……314

の

の［（11字分）］……7
のがれきて……16
○のがれこし……226
○のきちかく……35
のきにこのはを……303
のきばのつきは……193
のきばより……244
のこすなりけり……172
のこるなりけり……214
のこるらん……139
のちさへいろぞ……204
のちのかたみに……307
のなかのさくら……20
のなかのしみづ……280
のばらしのはら……93
○のべならば……53
のべのさわらび……293
のべのゆふぎり……290
のべのをばなの……95
のりのこゑ……142

は

はおとにぞしる……241
はがくれすずし……177
はかなくくれて……82
○はかなくて……133
はかなくも……144
○はかなさは……217
○はかなしや……128
はがひのしもは……141
○はがへせぬ……92
はぎがはなずり……52　315
はぎにしかなく……182
はぐくむちかひ……281
はごしにおつる……212
はこやのやまぞ……268
○はしだてや……100
○はずゑより……43
はちすののりを……283
はつしぐれかな……202
はつしもしろし……204
はともすずりの……283
はなかとみれば……14
はなざかり……17　31
はなさきて……92
はなさきにけり……311
はな［すすき］……68
はなぞかへりて……54
はなちるみねの……27
○はなとみる……15
はななかりけり……153
はなにうつろふ……11　183
はなにつきもる……246
はなにとまらぬ……23
はなにみえけ［る］……164
はなのうきはし……300
はなのかげかな……157
はなのさかりは……10
はな［のしたぶし］……156
はなのふぶきに……249
はなのまとゐを……22
はなのゆふばえ……18
はなはくもにも……162
はなはさながら……160
○はなはなほ……150
はなふみしだく……51

はなちかねて……247
はなまつみねを……19
○はなもみで……290
はなやうらみむ……159
○はなゆゑに……26
はなよりもろき……155
はなをつつみて……158
はなをもはなと……286
○はねかはす……103
はままつがえに……120
はままつがえの……161
はままつがえも……92
はやまがすそに……154
はらはでぞゆく……205
はらふそでそふ……68
○はらふとも……90
はらふはつらき……15
○はるがすみ……6
○はるきても……4
はるさめそそく……244
はるにあひにけり……2
はるによそなる……12
はるのあけぼの……11 246

○はるのいろも……153
はるのなごりぞ……164
○はるののに……241
はるのやまかぜ……15
はるのやまざと……292
［はるはきにけり］……147
○はるばると……61 89
いくののみちの……89
ちさとのほかへ……61
はるめきやら［ず］……148
はるやながゐの……23
はるをまつ……106
はるをもらして……149
はれずははれず……33
はれぬおもひに……115
○はれやらぬ……99

ひ

ひかずつもりの……32
ひかずのみ……253
○ひかずへし……124
ひがたにあさる……152
ひきたてつべき……310

ひくこまの……66
ひぐらしのこゑ……256
ひこぼしの……48
○ひとえだも……159
ひとえだをらん……51
○ひとかたに……106
ひとこゑぞする……254
ひとこゑはして……35
○ひとすぢに……135
ひとぞしりける……313
ひとつけしきに……88
ひとにつぐらん……284
ひとはとひこず……224
ひとへにあきの……45
ひとむらさめの……〈174〉
［ひとむらさめの］……173
ひとむらはぎに……258
ひとめまれなる……198
ひともかまへぬ……299
ひともきけ《く》とや……36
ひともこすのの……81
ひとよのみ……49
ひとりながむる……137

ひなのあらのの……233
ひなのかりいほ……9
ひなのかりねは……117
ひなのすまひを……124
ひなのなかやま……238
ひのくまがはに……65
ひまもしらまぬ……314
ひまゆくこまは……216
ひらくるはしの……267
ひれふるまでぞ……72
ひろへとや……190

ふ

ふえのねまでも……138
ふ［かか］らん……282
ふかくさのさと……184
○ふきなれし……145
ふくかぜに……100
○ふけてしも……36
○ふけゆけば……191 194
しかにひとよの……191
しほかぜさむみ……194
○ふじのねは……206

ふしみのたゐの……91
ふたたびきみを……278
○ふたちよを……269
ふぢ〔のはな〕……161
ふなでして……252
ふなびともなし……23
○ふねむやふ……70
○ふみなれぬ……118 237
いはねをつたふ……118
とこのうらかぜ……237
○ふみゆけば……120
○ふみわけん……97
ふもとなりけり……226
ふもとなるらん……236
○ふゆきぬと……85
○ふゆごもる……265
ふゆならん……207
ふゆはきにける……298
〈ふりぬとおもへば……107〉
ふりぬとも……108
ふりゆくみには……279
○ふるさとを……116
ふるのかみすぎ……98

ふるののさとの……253
ふるゆきの……208
○ふるゆきを……205
ふれるゆきかな……92

へ

へだつらん……111
へだてつる……116

ほ

ほしあひのそら……50
ほそたにがはの……300
ほそみちは……297
ほたるとびかふ……43
ほたるともしれ……41
ほたるなりけり……42
○ほととぎす……38 39 167 171
うのはなやまの……167
さそへとうゑし……171
なのるにしるし……38
なほはつこゑを……39
ほととぎす 35 37 40 166 〔170〕 254
ほととぎすかな……169

ほととぎすなく……34 295
ほどをしるかな……198
ほのみえわたる……236

ま

まかせてぞゆく……28
まがへども……291
まきのしたばに……213
まきのやに……113
まくらさだめん……128
ましば〔をりしき〕……156
○まだきより……315
まだくさたたぬ……154
まださかぬ……14
またまぎるべき……170
またもこのよに……278
○またもこん(し)……189
またよにちらじ……196
○まちくらす……254
まつがうらしま……63
まつがうらなみ……194 235
まつちやま……140
まつとあふべき……140

まつともなしに……110
まつにしもこそ……179
まつのしたぶし……125
まつのしたみち……177
まつのときはに……20
まつのみどりの……132
まづはきえけれ……240 〈301〉
まつほどに……71
まつもありけり……259
まつよぞこひの……277
○まつよだに……168
まつらのやまの……72
まどうちすさぶ……113
○まねかねど……95
まばらのきの……302
○まよふべき……144
まれのかよひぢ……97

み

みえけるものを……46 178
みえじとて……205
みえぬそらかな……88
みぎはのゆきも……96

みくさにくもる……192
みくまがすげの……272
〈みこそかずにも……122〉
みしみねを……119
みせまうきかな……297
みちならむ……312
みちなれや……126
みちになこその……251
みちもかよはじ……140
みちわけて……231〈288〉
○みづとりの……299
みづに《のイ》こころや……85
みつのたからの……285
みつのたまがき……111
みづよりほかに……114
みづをそへける……283
みでやすぐらん……286
みどりのいろ〔に〕……163
みなせがは……176
みなるるとりは……266
みなわたまちる……255
みなをしも……285
○みにかへて……309
みにしみて……237
みにはつもらぬ……105
みねうつりして……〈174〉
みね〔うつりして〕……173
みねうつりする……86
みねたちはなれ……248
○みねにても……62
みねにもをにも……17
みねのあらしや……300
みねのしらくも……118
みねのしらゆき……94
みねのまつかぜ……265
みねのゆきは……209
○みねわたる……303
みふねのやまの……17
みやぎののはら……182
○みやこどり……56
みやこのひとに……297
みやこのみやは……29
みやこをゆめの……117
みやま〔ぎのかげ〕……175
みやまがくれの……67
みやまぎの……97
みゆるしらゆき……206
みゆるつきかげ……60
みよしのの……272
みるぞさびしき……91
みればこころも……65
みればたかまに……203
○みればをし……27

む

○むかしおもふ……195 215
さよのねざめの……215
なみだのそこに……195
○むかしみし……134
○むぐらはふ……115
むしのねきかん……187
むしのねたぐふ……59
む(↓う)すびかけけん……161
○む(↓う)めがえの……11
む(↓う)めがえの……246
む(↓う)めのたちえぞ……243
むめよりさきに……153
むらくものそら……203
むらさめのこゑ……113
むらしぐれ……89
○むれてゐる……101

め

○め(ママ)かけに……240
めぐみのつゆは……267
めぐりきて……278
めぐるなりけり……77
めにはさやかに……46
めもあはで……117
○めもはるに……91〈301〉
おきかけさかり……〈301〉
みるぞさびしき……91

も

もえぬべし……293
もしほぐさ……125 143
もとのかけひは……308
ものぞかなしき……135
ものとしりぬる……195
もみぢせぬ……179
もみぢそめけれ……79
もみぢのやまの……189

○もみぢばの……78
もみぢをわけて……214
もゆるほたるも……172
もりあかしつる……125
○もりあかす……313
もりくるあきの……302
もれてちりける……158
○もろともに……83 142
となへなれにし……142
をしむもあきは……83
○もろびとを……281

や

○やつるとも……51
やつれもぞする……10
やどかりて……191
やどかるつきを……68
やどしてぞ……195
やどのたちばな……34
やどもとむらん……229
やどらむつきを……71
やどりそめけれ……193
やどるみやまは……234
やどをやしかに……225
やなぎさくらも……29
やへざくら……25
〈やへざくらかな……24〉
やへたつくもに……231〈288〉
やへのしらくも……116
○やへふかき……151
○やへまでは……9
○やまかげの……316
○やまざくら……28 300
みねのあらしや……300
ゆきとふりつつ……28
やまざとに……227
○やまざとの……29
○やまざとは……302
やまぢなりけり……6
やまぢにも……18
やまぢはこち《け》に……224
やまぢはるかに……226
○やまぢより……236
やまのしづくも……213
やまのはしろき……99
やまのゐのつき……192
やまびとは……286
○やまふかく……229
やまほととぎす……36 168
やまわけごろも……205
やみをばしらで……144

ゆ

ゆききえやらぬ……4
ゆきとふりつつ……28
ゆきとふりぬる……160
「ゆきとみゆらん」……155
ゆきにはるめく……207
ゆきのあけぼの……91 99 165
○ゆきのうちに……93〈107〉
くれぬるとしぞ……〈107〉
ささめのころも……93
ゆきのうちには……108
ゆきのきえまに……293
ゆきのしたみづ……148
ゆきのしたゆく……97
ゆきのしたをれ……95
ゆきのむらぎえ……14 64 239
ゆきふきおろす……265
ゆきふりにけり……304
ゆきみれば……210
ゆきよりそこに……13
ゆくあきの……82
〈○ゆくあきも……84〉
ゆくくもは……248
ゆくすゑのみぞ……273
ゆくすゑを……268
ゆくつきは……61
○ゆくとしの……105
ゆくふねは……240〈301〉
ゆくみづの……149
ゆけばさすがに……312
ゆづらまし……225
○ゆふがすみ……5
ゆふがすみ……27
ゆふかぜたちぬ……45
ゆふかぜに……199
ゆふけぶり……115 236
○ゆふざれの……257
ゆふすずみ……44
○ゆふだちの……175
ゆふだちのくも……〈174〉

〔ゆふだちのくも〕……173
ゆふづくよかな……302
ゆふゐるくもの……39
ゆめあらひやむ……230
ゆめさめよとや……284
ゆめになりゆく……112
ゆめのかよひぢ……275
ゆめのそこより……217

よ

よがれしつらん……40
よがれしにけり……266
よこぐもまよひ……99
よさのうらまつ……100
○よしさらば……121
よしののおくの……156
○よしのやま……16
よしのやま……4
よするものかは……250
よそながらのみ……272
よそにくるしき……181
よそにだにみん……278
○よそにては……119
よそにみし……238
よそにみば……159
よそへてぞみる……115
よそめばかりの……15
よどのかはをさ……252
よにすむかひは……222
よにとまりける……138
よのはかなさを……26
よのまのゆきに……90
○よはにさへ……190
よはのおとかな……306
よはのつきかげ……66
よひにはまたぬ……36
よひよりみつる……74
よもぎふに……128
よもぎふのちり……129
よもにちるらん……267
よものうみかな……220
○よをいとふ……67
○よをさむみ……102
よをのがるべき……126

わ

○わがこまを……140
わがしめしのの……52
わがみのみやは……12
〈わがみもいたく……107〉
わがやどの……258
わかるるきみが……307
わかればかりを……105
わけしまこもは……252
わけとめつ……182
○わけゆかば……52
わけゆくやたれ……93
わしこそみねの……281
○わするなよ……22 245
あきこしかりの……245
おなじこかげに……22
わたりなりせば……48
わたるらん……300
○わびつつも……232
○われからや……111
われさそふらん……75
われとちりぬる……53
○われもをしむ……251
われゆゑの……261

ゐ→い
を→お

■著者略歴

小田　剛（おだ　たけし）
一九四八年京都市に生まれる。
神戸大学大学院修士課程修了
京都府立向陽高等学校教諭（国語科）
専　攻：中世和歌文学
著　書：『式子内親王全歌注釈』（和泉書院）
主論文：「式子内親王の「薫る」―新風歌人としての側面―」（『国文学研究ノート』第二一号）、「式子内親王歌の漢語的側面―「窓」「静（〜）」―」（『古今和歌集連環』（和泉書院））、「小侍従注釈（1）」（『国文学研究ノート』第三三号）など。
現住所：〒六六六-〇一二三　川西市大和西二-一-四-五
　　　　ＴＥＬ　〇七二七-九四-六一七〇

研究叢書261

守覚法親王全歌注釈

二〇〇一年四月一〇日初版第一刷発行
（検印省略）

著　者　小　田　　剛
発行者　廣　橋　研　三
印刷所　中　村　印　刷
製本所　免　手　製　本　所
発行所　有限会社　和　泉　書　院
大阪市天王寺区上汐五-三-八
〒五四三-〇〇〇二
電話　〇六-六七七一-一四六七
振替　〇〇九七〇-八-一五〇四三

ISBN4-7576-0083-6　C3395

研究叢書